文学与当代史丛书

丛书主编
洪子诚

50—70年代中国文学经典再解读

李杨 著

北京大学出版社
PEKING UNIVERSITY PRESS

图书在版编目(CIP)数据

50—70年代中国文学经典再解读/李杨著.—北京：北京大学出版社，2018.8
（文学与当代史丛书）
ISBN 978-7-301-29531-1

Ⅰ.①5… Ⅱ.①李… Ⅲ.①中国文学—当代文学—文学欣赏 Ⅳ.①I206.7

中国版本图书馆CIP数据核字（2018）第098450号

书　　名	50—70年代中国文学经典再解读 50—70 NIANDAI ZHONGGUO WENXUE JINGDIAN ZAI JIEDU
著作责任者	李　杨　著
责任编辑	黄敏劼
标准书号	ISBN 978-7-301-29531-1
出版发行	北京大学出版社
地　　址	北京市海淀区成府路205号　100871
网　　址	http://www.pup.cn　新浪微博：@北京大学出版社 @培文图书
电子信箱	pkupw@qq.com
电　　话	邮购部 62752015　发行部 62750672　编辑部 62750883
印刷者	天津光之彩印刷有限公司
经销者	新华书店
	660毫米×960毫米　16开本　23印张　312千字 2018年8月第1版　2021年9月第2次印刷
定　　价	72.00元

未经许可，不得以任何方式复制或抄袭本书之部分或全部内容。
版权所有，侵权必究
举报电话：010-62752024　电子信箱：fd@pup.pku.edu.cn
图书如有印装质量问题，请与出版部联系，电话：010-62756370

目 录

第一章 《林海雪原》

——"革命通俗小说":"传统"与"革命"的融合、
分裂与冲突 ································· 1

一、"英雄" ································· 4

二、"儿女" ································· 13

三、"鬼神" ································· 19

四、"旧瓶"与"新酒" ························· 27

第二章 《红旗谱》

——"成长小说"之一:"时间""空间"与
中国小说的现代转型 ························· 32

一、"成长小说"视阈中的朱老忠形象 ············· 34

二、从"家族复仇"到"阶级斗争" ··············· 46

三、"田园诗"与"历史小说" ··················· 60

第三章 《青春之歌》

——"成长小说"之二:"性"与"政治"的双重变奏 ········ 82

一、政治叙事中的"中国知识分子" ··············· 84

二、《青春之歌》的另一种阅读方式:情爱叙事 ······· 98

三、"成长小说":在"性"与"政治"之间 ········· 115

第四章 《创业史》
——"现代性""知识"与想象农民的方式 ………… 125
一、在两种革命之间 ………… 128
二、"旧农民"序列 ………… 132
三、新农民形象 ………… 139
四、梁生宝与梁三老汉 ………… 152

第五章 《红岩》
——"红色圣经"中的现代性革命 ………… 160
一、"革命不回家" ………… 162
二、"个体"与"神性" ………… 171
三、"身体的意识形态" ………… 174
四、"虐恋"与"向死而生" ………… 179

第六章 《红灯记》
——"镜像"中的"自我"与"他者"建构 ………… 193
一、"样板戏":在"文艺"与"政治"、"意识形态"
　　与"乌托邦"之间 ………… 193
二、《红灯记》的版本沿革:从电影、沪剧到京剧 ………… 201
三、"镜像"中的"自我" ………… 212
四、"镜像"中的"革命" ………… 223
五、"京剧"与"革命" ………… 234

第七章 《白毛女》
——在"政治革命"与"文化革命"之间 ………… 243
一、文本生产过程 ………… 244
二、歌剧《白毛女》中的"政治革命" ………… 252
三、芭蕾舞剧《白毛女》中的"文化革命" ………… 263
四、"文化革命"视野中的"延安文艺" ………… 272

第八章 《第二次握手》
　　——"地下文学"的三种叙事方式：言情小说、
　　　政治叙事与民族寓言 ································ 284
　　一、言情小说中的"男人"与"女人" ·············· 286
　　二、政治叙事中的"知识分子"与"党" ············ 297
　　三、民族寓言中的"中国"与"西方" ·············· 314

附录　工业题材、工业主义与"社会主义现代性"
　　——《乘风破浪》再解读 ························ 326

主要参考书目 ·· 351
2002 年版后记 ·· 355

第一章 《林海雪原》

——"革命通俗小说":"传统"与"革命"的融合、分裂与冲突①

"革命通俗小说"是50年代中前期出现于中国文坛的一种文学类型,主要包括《铁道游击队》(知侠著,上海文艺出版社1954年出版)、《林海雪原》(曲波著,作家出版社1957年出版)、《野火春风斗古城》(李英儒著,作家出版社1958年出版)、《敌后武工队》(冯志著,解放军文艺出版社1958年出版)、《烈火金刚》(刘流著,中国青年出版社1958年出版)等等作品,由于多以传统小说的手法来表现"革命"主题,语言通俗,具有很强的故事性,因此深受读者欢迎。当时的批评家一方面指出这些作品"思想性的深刻程度尚不足、人物的性格有些单薄、不成熟",另一方面也因为这些作品"具有民族风格的某些特点,故事性强并且有吸引力,语言通俗化、群众化,极少有知识分子或翻译作品式的洋腔调,又能生动准确地描绘出人民斗争生活的风貌(如《铁道游击队》《新儿女英雄传》等等),它们的普及性也很大,读者面更广,能够深入到许多文学作品不能深入到的读者层去"②,因而给予程度不同的肯定。批评家冯牧、黄昭彦认为:"这类作

---

① 《林海雪原》,曲波著,作家出版社1957年9月出版,重版过程中曾对原作作过多次文字上的修改。本章分析采用作家出版社1958年7月再版本。
② 侯金镜:《一部引人入胜的长篇小说——读〈林海雪原〉》,《文艺报》1958年第3期。

品着重于情节的惊险曲折,而人物性格则比较单薄,但由于情节的引人入胜,故事性强,也有一定教育意义,容易收到普及的效果,它们已经占领了大部分过去泛滥着黄色书刊和旧式侦探小说的阵地,在这种意义上,它们的积极作用是不容许我们忽视的。"①

自晚清开始的中国文学现代性的建构中,通俗文学一直是作为新文学的"他者"存在的,通俗小说更是新文学穷追猛打的对象,由于通俗小说深受文化水平不高的一般民众的欢迎,以至"我们国民的学问,大多数却实在靠着小说,甚至于还靠着从小说编出来的戏文"②,因此,要批判"国民性",当然不能放过这些通俗小说以及潜藏于其后的意识形态。向来激烈的梁启超认为:"吾中国人状元宰相之思想何自来乎?小说也。吾中国人佳人才子之思想何自来乎?小说也。吾中国人江湖盗贼之思想何自来乎?小说也。吾中国人妖巫狐鬼之思想何自来乎?小说也。"③周作人更干脆称"新文学"为"人的文学",将作为"迷信的鬼神书类"的《西游记》《封神传》、"妖怪书类"的《聊斋志异》、"强盗书类"的《水浒传》等等的通俗小说归入"非人的文学"一类。在他看来,这些小说"全是妨碍人性的生长,破坏人类的平和的东西,统应该排斥"。④因为有这样的理论背景,这些在新文学中被"批倒批臭"的传统通俗小说在50年代穿上"革命"的外衣死灰复燃,甚至几成燎原之势,算得上是革命文学的奇观,也因此一度成为"文革"后的评论家将社会主义革命定性为"封建文化"的重要口实。只是隐含在"革命历史小说"中的"传统"与"革命"的关系远比这种简单的解释要复杂得多。事实上,50年代主流批评家对这种文体的褒扬大

---

① 冯牧、黄昭彦:《新时代生活的画卷——略谈建国十年来长篇小说的丰收》,《文艺报》(北京)1959年第19期。
② 鲁迅:《华盖集续集·马上支日记》。
③ 梁启超:《论小说与群治之关系》,陈平原编《二十世纪中国小说理论资料》,北京大学出版社,1989年,第33页。
④ 周作人:《人的文学》,《新青年》5卷6号。

都十分节制,至多只是从"普及"的角度予以肯定,与此同时,针对《林海雪原》这一类作品的大量批评意见尤其值得关注,因为这些批评意见不仅来自职业批评家,更来自工厂和农村的普通读者。更重要的是,随着50年代末期以《红旗谱》《青春之歌》为代表的"成长小说"的兴起,"革命通俗小说"便很快退出了历史舞台。对这一昙花一现的文学现象的文学史意义,文学史家显然注意不够。洪子诚的《中国当代文学史》将这一类小说在50年代前期的繁荣解释为这一时期文学政策上的"犹疑摇摆"导致的结果,认为"1958年以后,对'通俗小说'的这种松动,又重新'收紧'"①。显然只是从文学的"外部研究"中获得的结论,而"革命通俗小说"这一文体内部蕴涵的"传统"与"革命"的融合、龃龉乃至冲突以及这一文体在50年代小说文类的发展过程中承前启后的作用,可能都存在进一步探究的必要。

《林海雪原》是"革命通俗小说"中影响最大的作品,出版后不到一年就销售了五十万册。《林海雪原》的风行,显然与小说中的通俗小说元素有关。小说以情节为中心的结构方式、类型化的人物塑造、"花开三朵,各表一枝"以及"大故事套小故事"的叙事方式、情节与叙事节奏上的章回小说痕迹、使用大量"巧合"造成的传奇效果、全知全能的叙事角度等等,都再现了中国传统小说的风采。清末民初小说批评家管达如曾将中国传统小说分为"英雄、儿女、鬼神"三类②,侠人在对中国小说与西方小说进行比较分析时也指出:"西洋小说分类甚精,中国则不然,仅可约举为英雄、儿女、鬼神三大派,然一书中仍相混杂,此中国之所短一。"③《林海雪原》对"英雄""儿女""鬼神"这三类中国传统小说母题的借用和改造,以不可替代的方式凸现出"革命"与"传统"之间错综复杂的关系。

---

① 洪子诚:《中国当代文学史》,北京大学出版社,1999年,第125页。
② 管达如:《说小说》,《小说月报》第三卷第五、第七至十一号(1912年)。
③ 见《小说丛话》中侠人语,《新小说》第13号,1905年。

一、"英雄"

中国古代叙事文学中的小说、戏剧，通称传奇。"传奇"以情节丰富、新奇，故事多变为特色。中国小说的传奇性，正是传统美学在小说艺术中显现的一个突出的特征。情节的魅力在中国叙事艺术中往往比在西方叙事艺术中更受重视。传奇意味着在艺术对现实的把握中，摈弃那些普遍的平凡的生活素材，选取那些富于戏剧性的生活内容，并以偶然和巧合的形态显现。英雄传奇既多虚构，而且其人物又是理想化了的英雄，所以免不了要用夸大的笔法，为他们的行为涂上一层怪异的、超常的或神奇的色调。在有关《林海雪原》的创作谈中，只读过六年书，十多岁就参加了革命的曲波坦承自己的文学知识主要并不是来源于像《钢铁是怎样炼成的》这样的外国小说，而是来自于类似于《水浒传》《三国演义》《说岳全传》等中国传统的英雄传奇。[①] 曲波提到的这几部作品都是中国传统通俗小说中著名的"英雄传奇"，《林海雪原》直接效仿了这种诞生于元末明初的"英雄传奇"及其演化出的诸多变种，如侠义小说、公案小说乃至侠义公案小说等等。

无论在文体还是在主题上，《水浒》式的"英雄传奇"都不同于西方文学史中的"史诗"（epic）或"英雄史诗"（heroic poem），由"英雄传奇"演化出的"侠义小说"更是中国文化的特产。关于侠义小说的叙事模式，在不同理论家的归纳中有不同的形式，然而无论在何种形式中，都不会缺少血债与报恩复仇这些基本的元素。在经典的侠义小说中，血仇——通常是主人公遭逢的杀父或灭门之仇常常是叙事的起

[①] 曲波在《关于"林海雪原"》一文中说："我读过《钢铁是怎样炼成的》等文学名著，其中人物高尚的共产主义道德品质和革命英雄主义的气概曾深深地教育了我，它们使我陶醉在伟大的精神气概里。但叫我讲给别人听，我只能讲个大概，讲个精神，或者只能意会不能言传；可是叫我讲《三国演义》《水浒》《说岳全传》，我就可以像说评词一样地讲出来，甚至最好的章节我还可以背诵。这些作品，在一些不识字的群众间也能口传。因此看起来工农兵群众还是习惯于这种民族风格的。"此文见《北京日报》1957年11月9日。

点，幸存的主人公走上了漫漫的复仇之路，手刃仇敌成为主人公生存的唯一意义。"丈夫第一关心事，受恩深处报恩时"，报恩与复仇历来是侠义小说表达得最为集中的伦理观念。"侠"的观念渊源于原始正义观念，即原始氏族公社成员所尊奉的观念，因此，摩尔根认为"为血亲报仇这种古老的习俗，在人类各部落中流行得非常广，其渊源即出自氏族制度"，① 由此可见，这种报恩仇的侠意识并非为中华民族所独有。然而，在氏族社会解体之后，报恩复仇却成为了中国特有的家国同体的社会形式的重要表现方式。只有在家国一体的社会中，为亲复仇才在"尽孝"的同时具有为国"尽忠"的意义。在儒家思想中，忠孝一体，孝悌为本，基本的原理是"移孝作忠"，"君子之事亲孝，故忠可以移于君"，为亲人复仇体现出"血缘"的神圣不可侵犯。由于"血缘"是由家及国的起点、基石和范型，是"人"确立自身的基本依据，因此，以"义"为道德出发点的侠客只能是血缘宗法制社会的英雄。这也是西方武侠小说不发达的重要原因。可以毫不夸张地说，报恩复仇的观念通过小说与戏曲的不断传播已经内化为中华民族的集体无意识。即使新派武侠小说也难脱窠臼，新派武侠小说中的武侠乱斗，大部分理由是为报家族门派之仇。孝道为杀人提供道义。《笑傲江湖》中的林平之为父复仇，修炼"辟邪剑法"，变得异常阴毒，杀人无数；《碧血剑》中的夏雪宜为父复仇，用过分残忍的方式杀灭仇家；《雪山飞狐》中四个家族，百年积仇，互相残杀无所不用其极；《天龙八部》中游坦之浑浑噩噩，报家仇的初衷却是很清楚……正因为为亲人"复仇"成为武侠小说最重要的元素，因此，"反武侠"与"解武侠"的小说常常以消解"复仇"这一元素为基本的手段。以金庸的收山之作《鹿鼎记》为例，金庸把主人公韦小宝写成了一个妓女的儿子，其实是大有深意的安排。由于"无父"，韦小宝永远不可能遭逢困扰几乎所有武侠英雄人物的"杀父之仇"，而"无仇可报"的韦小宝也因此永远无

---

① 摩尔根：《古代社会》，商务印书馆，1983年，第75页。

法使自己成为一个真正的侠义英雄，这也注定了以韦小宝这样的人物作为主人公的《鹿鼎记》根本无法发展成一部真正的"武侠小说"。可以说，金庸正是通过这样的错乱来达到彻底解构武侠世界的目的，用以完成对自己的武侠幻梦的彻底终结。因此，《鹿鼎记》的故事恰恰从反面证明了"为父复仇"以及"为亲人复仇"对于武侠小说的重要性。

许多从事中国通俗文学研究的学者，在论述古代英雄传奇向新派武侠小说的发展时，常常从《三侠五义》、王度庐一步跨到了金庸、梁羽生、古龙。殊不知"英雄——武侠小说"传统在50年代以后的大陆中国文学中并没有断流，以《林海雪原》为例，这部与金庸的《书剑恩仇录》同年出版的书讲述的是40年代末期一支解放军小分队奉命深入东北林海雪原清剿国民党残匪的故事，是"革命通俗小说"，却将一个现代意义的"革命"主题内置于一个古老的"报恩复仇"框架中，以此完成了对传统的"创造性转化"。①

《林海雪原》的第一章"血债"，写的是少剑波临危受命，率队驰援遭土匪袭击的村庄杉岚站，因为杉岚站驻扎着少剑波的亲姐姐鞠县长率领的一支土改工作队。少剑波父母早亡，是姐姐将他抚养成人。因此，姐姐的安危让少剑波心急如焚。当他纵马赶到杉岚站的时候，土匪已经逃逸，留下了乡亲们的尸体。少剑波疯狂地寻找着他的姐姐：

> 那位老人弯腰顿足喊着："鞠县长！鞠县长！……"他悲愤得再也说不下去了，只是用手连连指着西山。
>
> 剑波当即面色变得苍白，心像一块重重的冷铅沉下去，绝望地只问了一声："什么地方？"
>
> "西山上……"高波毕竟还是个孩子，没有成年人那应有的理智，刚一张嘴便呜呜地大哭起来。

---

① 《林海雪原》后来改编为京剧"样板戏"《智取威虎山》，成为"文革"时期家喻户晓的革命故事。在《智取威虎山》中，原来隐含在《林海雪原》中的这个报恩复仇的故事被完全抹掉了。

剑波的脑子顿时轰的一阵像爆炸了一样，全身僵直了，麻木了，僵僵地瞪着两眼呆了半晌："走！走！"他说出的声音已完全不像是他自己的。（第8页）

赶到西山的少剑波见到的是被土匪吊在西山坡上的九具尸体，包括他的姐姐在内，"六男三女，都用刺刀剖开了肚子，肝肠坠地，没有了一只耳朵，只留下被刺刀割掉的痕迹"。

剑波一看到这场惨景，眼睛顿时什么也看不见了，失去了视觉；头像炸开，昏昏沉沉，失去了知觉，就要倒将下来。高波一把扶住："二零三！二零三！（"二零三"为少剑波代号，引者注）"一面哭泣，一面喊。

剑波用力张开眼睛，定了定神，刚想再向姐姐看一眼，突然一声亲切温柔的声音，从耳边掠过："剑波同志！……万一有什么不幸，切记要镇静。"临行前刘政委叮嘱他的情景，好像就在眼前。他紧咬牙关，没有眼泪，悲切的心变成冲天的愤怒。（第8页）

《林海雪原》是作者曲波根据自己40年代末期在东北剿匪的亲身经历创作的小说。[①]主人公少剑波是曲波自我想象与自恋的产物。作为一个职业军人，对于少剑波和小分队战士而言，剿匪是上级下达

[①] 作者曲波，1923年生，山东省黄县人。小时候只念过六年小学，13岁即失学在家打柴干农活。1938年参加八路军。抗日战争期间，他在山东地区作战，曾任连、营指挥员。1943年进入胶东军区任报社记者。抗战胜利后，部队开赴东北，他担任牡丹江军区二团副政委。1946年冬，他亲自率领一支小分队，深入牡丹江一带的深山密林进行剿匪战斗。《林海雪原》显然是一部带有自传色彩的小说。像这个时期的大多数作家一样，曲波也分不清"小说"与"历史"的界限——或者说，他有意混淆这两者的界限。小说扉页上的题词：献给我的战友杨子荣、高波，更使人将《林海雪原》误解为一部"革命回忆录"。由此可见那个时代的人们对真实性的理解。不过"小说"与"历史"的差异，又实在是一个谁也说不清楚的问题。

的任务。然而，曲波虚构出的"代父"的鞠县长这一人物，却使"剿匪"这一政治任务具有了伦理前提。小说的主人公一下子被抛掷在一个武侠小说的读者异常熟悉的情景中，与一股熟悉和亲切的文化气息重逢的读者与我们的主人公一同踏上正义的复仇之旅。在找到了这个重要的意义生长点之后，"剿匪"就不再只是"党"的任务，而同时还是——或许还更重要的是作为个体的少剑波对自身的伦理道德要求：

> 控诉的人群里，他仿佛又听到姐姐的声音：有她少女时期对着孤灯劳动的咳嗽及低低呻吟声，有她动听的讲课声，有她参军后唱不尽的歌声，有"小波，小波！"温柔的呼唤声，有她和姐夫的谈爱声……他又好像觉得挂在他胸前的那个兜兜在跳动，这跳动的声音和他小时伏在姐姐怀里睡觉时听到姐姐心音的跳动声一模一样。但是，这所有一切的声音似乎都在说："小波！别流泪！杀敌！报仇！"
>
> 悲痛，此刻已完全变成了力量，愤怒的火焰，从剑波的眼睛里猛喷狂射……（第19页）

这个时候的少剑波已经变成了一颗没有任何力量可以阻挡的复仇的子弹。当"剿匪"变成了"复仇"，外在的政治任务也就被有效地转化成了内在的道德要求。被土匪凶残地杀害的"鞠县长"，远远不仅仅是一个共产党的县长，还是一个善良的"姐姐"，一个慈祥的"母亲"。事实上，少剑波的"血仇"还只是叙事的起点，从此以后的全部剿匪故事都是这一逻辑的展现，小说中所有的主要正面人物——无论是杨子荣这样的小分队战士还是普通的百姓都有亲人被杀害的痛苦经历，为亲人复仇成为了他们最为内在的冲动，也成为叙事的动力与方向。通过这样的叙事策略，《林海雪原》将政治使命转述为一个道德化的中国故事。"革命"穿上了"传统"的外衣。

一位批评家敏锐地发现了这种叙事方式与现代革命的疏离：

由于作者不能很恰当地结合"私仇"与"公愤"——个人仇恨和阶级仇恨,不善于表现骨肉感情和革命感情的一致性,而在不知不觉间过分地突出了少剑波由于姐姐被杀而感到的痛苦,相对地冲淡了少剑波的阶级仇恨和革命义愤,甚至容易使人感到少剑波对于群众的感情,远不如他对亲人的感情来得深厚,因而无形间贬低了这个人物的精神境界。①

不过,以《林海雪原》比附"英雄传奇",多少有些不合卯榫的地方。像《水浒传》这样的英雄传奇写的是民间豪侠义士的壮举,表达的是官逼民反的主题,水浒英雄是"匪"而不是"官",在这一点上,《林海雪原》似乎又更接近于英雄传奇的另一变种"公案小说"或《三侠五义》这样的"侠义公案小说"。侠义、公案本属两种不同题材的小说,前者写侠士们仗义助人,为民除害,考虑的是下层民众的利益,而后者则是维护封建法律,虽然也有为民雪冤的清官,但从根本上说,是为统治阶级服务的。公案小说有些类似于现代的侦探小说,描写案件侦破的曲折过程,歌颂清官的聪明才智。公案小说虽然早有记载,但真正形成规模并成为一种小说类型是在宋代。在宋代说书中,公案题材是极重要的一种,已成为民众喜闻乐见的题材。在公案小说中,侠客义士在接受清官的统领之后,其除暴安良的行为便不再仅仅具有行侠仗义、打抱不平的性质,而是一种代表政府意志的活动。从艺术风格上看,公案小说与侠义小说也有相近的地方:二者都讲究故事情节的曲折变化,主人公都充满智慧,并且神秘莫测,具有超常的能力,为故事蒙上了一层神奇的色彩,产生了其他类型小说所没有的那种独特的吸引力。至清代侠义与公案合流,侠士们终于变为官府手中的得力工具,完全改变了侠原有的性质。不过,在当时的语境中,清官与侠义代表着社会公正与正义,也是作者致君泽民的思想主旨的

---

① 何家槐:《略谈"林海雪原"》,《文学研究》1958 年第 2 期。

体现者，侠士除暴安良的行为，又在一定程度上体现着民众社会公正的愿望。而且，合流后的公案侠义小说变得智勇相兼，文武双全，愈发显得有声有色。

读者显然不难在《林海雪原》中体味这种侠义公案小说的神奇魅力，再度重温智勇双全的少剑波统帅的一群粗豪的勇士在党的领导下剿灭国民党残匪的传奇经历。事实上，无论是英雄传奇还是侠义小说、公案小说，体现的都是在忠奸、善恶、正邪等道德冲突上确立的政治原则。这一原则在《林海雪原》中得以完整的呈现。代表正义力量的小分队战士诛奸除恶、为民除害、施财济困、见义勇为、疾恶如仇、助人为乐、知恩图报，这些民间伦理早已泛化于广大平民大众心中，成为民间社会的价值、行为规范的重要组成部分，因此，集中体现出这些美德的小分队实际上成为民间伦理的体现者与捍卫者。与被神化的英雄相对的土匪则是民间伦理的破坏者，在没有边际的非理性的烧杀掳掠活动中，将这些无恶不作、凶狠残暴、尔虞我诈的土匪统一起来的已经不是他们的政治立场，而是带有变态色彩的超现实的兽性。

将政治的使命转换为一个道德的命题，既是时代对文学的要求，同时亦可视为传统文学为革命文学提供的不可替代的资源。道德与政治的一体化是古代中国"家国一体"与"家国同构"的政治文化体制的必然产物，在这种关系中，言国家之治的"政治"与言个人之修的"道德"连成一片，不但政治的权力道德化了，道德也被政治权力化了。道德被视为政治合法化的唯一依据，人有德即有天命，天命又与德性一致，故有德必能唤起百姓大众的共信与共识，形成政治权力的基础，这一政治文化特点使政治的道德化成为传统政治寻求合法性的基本方式，在四五十年代，又再度为《林海雪原》这样的"革命通俗小说"所借用。

只是这一政治道德化的叙事，毕竟只是对传统意识形态修辞的"借用"。一种权宜之计，20世纪的中国"革命"毕竟不是传统意义上的"革命",因而不可能真正为传统伦理阐释和说明。"革命"借传统伦理的母腹发育成长,终将破茧而出,在"样板戏"的舞台上自我证明、自我呈现。只是现在还不到时候罢了。

"英雄传奇"的重心是对英雄人物的刻画,传奇里的英雄人物大抵分为两类,一类是张飞、武松、李逵一类粗豪的英雄,另一类则是诸葛亮、周瑜式的儒将。《林海雪原》中的英雄也由这两种类型构成,杨子荣、刘勋苍等小分队战士属于前一类,是所谓的"五虎将"似的英雄,少剑波则是典型的儒将式的人物。一群粗豪的勇士拱卫着这位"精悍俏爽、健美英俊"的"少帅"。这位二十二岁的主人公上知天文,下知地理,既有科学知识,又有文学才华,自然攻无不克,战无不胜,很自然成了民众的救星与小分队的灵魂。面对这样智勇双全的理想男性,天真的女护士白茹情不能禁,认为这位只有二十二岁的小首长,智慧那么多,胆魄那么大,却又那么谦虚,常常说:"一切归功于党,一切归功于群众";杨子荣对少剑波的评价是:"就像你,二零三首长,由于你身经百战,所以你指挥千军万马,就像挥动你自己的两只拳头一样,这一点,我无论如何办不到";小分队的战士对少剑波无不佩服得五体投地,他们欢腾若狂地嚷道:"我们二零三首长真是文武双全";夹皮沟的老百姓更是将少剑波奉若神明:"这一来剑波在夹皮沟,已成了神话中的人物",而剑波面对群众的个人崇拜,特地谦逊地作了一番解释,认为自己"只费了一番计划的力量"……

将革命小说的主人公刻画成周瑜式的英雄,即使是在50年代的文学语境中也显得不合时宜。在各地报刊组织的关于《林海雪原》的讨论中,少剑波成为众矢之的。许多批评意见非常尖锐。大多数批评集中于少剑波的"个人英雄主义",认为小说因此忽略了"党的领导""集体智慧"和"人民群众的力量","在整部作品中,作者过分渲染了少剑波个人的指挥才能,极力描写他的惊人智慧和果断坚决,描写他的运筹帷幄和神机妙算,有时甚至把他的个人作用夸大到了使人不能置信的程度",①"在描述战斗活动上，那些带有很大偶然性的情节，最后都是由于少剑波的神机妙算而解决的；小说对于人民群众的作用没有给予充分的估价，比起对少剑波的颂扬来，实在太不相称了"。②所谓的"个人主义"其实是一个与"党""集体"和"人民群众"这些整体性与同质化范畴对立的现代性概念，以这些现代性观念来批评传统小说中的类型化人物，说明"讲述话语的时代"的深刻变化。连普通的农村青年也能够指出小说的缺陷："小资产阶级的感情是显然的，另外似乎还抹上了一层封建的薄影。"③可见曲波已经完全落后于这个时代，也说明传统小说中的英雄类型已经难以承担现代性的革命主题。一位批评者指出："小说《林海雪原》的思想性、艺术性不强，主要地还不在于用了真的人名地名，而是在于少剑波这个人物描写的失败。由于把这个人物置于党和群众之外，就没有充分地表现出历史的本质和时代的精神。即使完全作为一部小说来看，对于这个党性不高、格调不够健康的人物，如果缺乏分析，就会在读者中树立一个不高的学习榜样。他的许多不正确的思想作风会起到与作者本意相反的作用。"④

如何以小说来"充分地表现出历史的本质和时代的精神"，显然不仅仅是曲波遇到的问题。在《林海雪原》再版时，曲波根据读者的批评，多次对少剑波的形象进行修改，不断抹掉少剑波身上的"个人主义"踪迹，使《林海雪原》变成了一部支离破碎的英雄传奇。显然，对这一类满脑子是《水浒传》《三国演义》《西游记》的"作家"来说，要"跟上时代的步伐"，不那么容易。

---

① 何家槐：《略谈"林海雪原"》。
② 章仲锷：《辞藻堆不成"英雄"》，《北京日报》1961年5月20日。
③ 吴敏之：《农村青年评〈林海雪原〉——河北建屏柏坡乡下放干部和青年农民座谈的意见整理》，《文学知识》1958年创刊号。
④ 金童：《也谈文学的真实》，《北京日报》1961年5月27日。

二、"儿女"

无"情"无"性"几乎是明清以前的中国小说中男性侠客的共同特征,"自古英雄不好色",在读者最熟知的英雄传奇中出没的理想男性大都是热衷于除暴安良,对男女情事浑然不觉,"并无淫欲邪心",一派天真的禁欲主义好汉。水泊梁山武松式的带有明显的"厌女症"倾向的绿林好汉就是这类"粗豪"男性的代表。这种状况一直持续到了明代后期才有所改变。明代末年是一个"天崩地解"的时代,随着思想解放运动的兴起,主张"存天理,灭人欲"的理学教条和佛学的禁欲主义思想受到了猛烈的冲击,在戏曲小说领域,掀起了一个以"才子佳人小说"为代表的写"情"文学的高潮,文学中的男性由"目中无女"的"莽汉"变为软弱的"书生",粗豪的英雄变成儿女情长的风流公子,与"厌女症"的好汉或践踏花柳的恶少完全相反,男人殷勤、体贴,动不动就为女人害相思病,惯于用下跪的方式向所爱者求欢,常常为亲近国色而动用全部心思和才华,甚至甘愿贴陪性命。这种转变无疑给通俗小说注入了新的活力,只是物极必反,过分"滥情"与过于懦弱的书生又使文学走向了另一个极端。在人们对这种脂粉气过于浓烈的才子佳人小说渐生厌倦之后,尝试调和"英雄""儿女"、统一"侠""情"关系的所谓"侠情小说"于是应运而生。清初的《好逑传》与清咸丰、同治年间的《儿女英雄传》可视为这类小说的最初代表。明教中人编次的《好逑传》主人公秀才铁中玉年方二十,集"英雄""儿女"于一身,生得丰姿俊秀,才略出众,胆识过人,性格刚毅,既通经史,又谙武艺,虽是一介书生,却有一股刚毅豪爽之气,与同样才智双全的奇女子水冰心成就了一段美满婚姻;而文康则在《儿女英雄传》中直接宣称"儿女无非天性,英雄不外人情","有了英雄至性才成就儿女心肠,有了儿女真情才作得出英雄事业",一心要把"侠烈"与"温柔"合二为一,捏合出一个"英雄儿女,儿女英雄,一身兼备"的模式。可惜由于不可能真正摆脱封建礼教的限制,《好逑传》中的铁中玉与水冰心仍然在封建礼教的泥潭中挣扎,文康用以整合"英雄"与"儿女"的武器仍是"人情天理""节义忠孝"这些封建伦理,因此在大谈了一番"性情"之后,结论仍然是"以礼制情",成了一锅半生不熟的夹生饭。不过,由于侠情小说真正满足了民间大团圆的审美欲望,武侠与言情的合流最终成为了通俗文学的方向,"到清末,单纯'缠绵悱恻'的风月传奇,或'粗豪略脱'的侠义小说,都很难令人满意。'儿女'与'英雄',或曰'情'与'侠'的结合,可谓势在必行"。①越来越多武侠小说的正面主人公变成为侠情兼备的"双面英雄"。在惊险曲折的漫游路上展现男女侠客的爱情,成为武侠小说写作的一大诀窍。尤其是在民国以后,侠情小说进入了自己的高潮阶段,随着封建伦理的崩溃,逐步融入现代意识的现代侠情小说从王度庐开始已摆脱"伦常"的缠绕,从情与义、情与理、灵与肉的冲突中揭示侠与情的现代意蕴。金庸小说最让人津津乐道的成就之一就是塑造了杨过、黄药师这样"刚柔并济"的全新的男性英雄的形象。这些"侠骨柔肠""剑胆琴心"的"双面英雄"全面超越了英雄传奇或旧武侠小说人物的境界,继承和发展了新派武侠小说的艺术探索,因而一直被视为金庸小说最重要的艺术成就之一。

"侠情小说"对《林海雪原》的影响主要体现在小说主人公少剑波的形象塑造上。新派武侠小说中的主人公常常体现出作者的自恋,在这一点上《林海雪原》并无例外。《林海雪原》并不满足于将少剑波刻画成英雄传奇中的"儒将",为了表现少剑波的"柔肠",作者刻画了少剑波的文人气的软弱与感伤。在小说不断渲染的少剑波对姐姐的无限深情中,少剑波始终没有摆脱稚气未脱的"弟弟"的形象,在回溯少剑波的成长时,小说使用了大量的肢体语言,如抱、搂、拉、吻,这些爱的动作支撑了少剑波的成长,姐姐被杀后,少剑波始终没能从

---

① 见《陈平原小说史论集》,河北人民出版社,1997年,第992页。

痛苦和对姐姐的思念中摆脱出来,他经常会不由自主地陷入对惨死的姐姐的感伤怀念中不能自拔。在姐姐和首长无微不至的关爱面前,少剑波始终是一个长不大的孩子。这种被"雌化"的男性显然不同于小分队那些不解风情的粗豪的战士,当然,也使少剑波实在不像我们在未来的政治小说中见到的那些成熟而坚强的"共产党人",漂亮、聪明、文雅的少剑波几乎是传统才子的翻版。

当然,最能体现出作者融合"英雄志"与"儿女情"的是少剑波与小分队女护士白茹之间的爱情纠葛。将一个美丽纯洁的女兵放置在一群粗豪的剿匪英雄之中,这一超现实的设计可见出作者受传统侠情小说的影响之深。一对英雄美人的诗情画意将刀光剑影的林海雪原变为风景旖旎的温柔乡,也将"剿匪"变成了浪漫与凶险兼备的诗意长旅,难怪当时有的"从政治出发"的批评家指斥这种叙事态度是为艰苦的战斗"抹上一笔桃红的彩色"。

绰号"小白鸽"的女兵白茹是那种经常出没于古典小说中的女性形象,"因为她姓白,又身穿白护士服,性格又是那样明快乐观,每天又总是不知多少遍地哼着她最喜爱的和那性格一样的'飞飞飞'的歌子,所以人们都叫她小白鸽"。年轻、纯洁、美丽——这三者缺一不可的女性才可能成为男性幻想的对象。正如有的女性批评家指出的,男人对这样的女性情有独钟,是因为只有这样的女性才能满足男性潜意识中的一种占有欲:"希望女性在身心上皆为稚嫩的,没有任何人生阅历,不具备自主性和独立性,从而能更顺从地被驱使和驾驭。"[①]也只有这样的女性才会产生对男性的精神依附。在这一模式中,女性的职责是辅助男人成功,因而她必备的品质是美丽、温顺、贤惠、贞洁——男权的女性性别角色期望。从而在艺术形象上以女人的娇弱、纤细映衬出男人的强悍与伟岸。

[①] 刘惠英:《走出男权传统的藩篱——文学中男权意识的批判》,生活·读书·新知三联书店,1996年,第19页。

在50—70年代的中国文学中，男女之爱绝对是稀缺物质，少剑波和白茹之间的爱情故事因而非常著名。虽然这个故事并没有任何新意，充其量只是写"郎才女貌"的才子佳人小说的翻版，在一个情爱荒芜的时代，长久地抚慰着人们的情感饥渴。小说对男女主人公之间相互虚构、相互排斥、相互吸引、相互渴求的细腻描述，极尽小儿女的情致，凸现出才子佳人小说特有的趣味。少剑波大破威虎山后，雪夜萌情心，诗兴大发，在日记本上挥笔赋诗，赞美心上人白茹。诗曰：

> 万马军中一小丫，
> 颜似露润月季花。
> 体灵比鸟鸟亦笨，
> 歌声赛琴琴声哑。
> 双目神动似能语，
> 垂髻散涌瀑布发。
> 她是万绿丛中一点红，
> 她是晨曦仙女散彩霞。
> ……

写这种粗俗的"香艳诗"的少剑波，显然已经完全变成了才子佳人小说中的人物，曲波的革命想象也完全被少年绮梦所引领。小说中夹带诗词抒情，本来是中国古典小说最引人注目的特点之一。魏子安的《花月痕》就是著名的例子。辛亥革命后，徐枕亚创作《玉梨魂》《雪鸿泪史》，引录大量诗词，才子佳人满口诗赋，显然受《花月痕》影响。"五四"作家对传统小说的引录大量诗词颇不以为然，茅盾就曾批评旧小说人物出场处来一首"西江月"或一篇"古风"，"实在引不起什么美感"[①]；罗家伦也讥笑喜欢"中间夹几句香艳诗"的"滥调

[①] 茅盾：《自然主义与中国现代小说》，《小说月报》第13卷第7号，1922年。

四六派",是"只会套来套去,做几句滥调的四六、香艳的诗词"①其实,这种夹叙夹议或者叙事抒情混杂的文体应当与中国传统小说叙述模式中的全知全能视角有关。传统小说的作者不懂"现实主义"的意义,当然不会有意识地对叙事视角进行限制。想到什么就说什么。曲波让少剑波写这种"香艳诗",显然已经忘了少剑波在小说中的身份与教养,把"少帅"完全当成了才子佳人小说中的人物。

如果说吟诗作画尚属文人习气,那么,诸如智破威虎山后少剑波偷窥白茹睡觉的场面则带有传统小说中特有的世俗气息了:

> 剑波冒着越下越大的雪朵,走来这里,一进门,看见白茹正在酣睡,屋子暖暖的,白茹的脸是那样的红,闭阖着的眼缝下,睫毛显得格外长。两手抱着剑波的皮包,深怕被人拿去似的。她自己的药包搁在脸旁的滑雪具上,枕着座山雕老婆子的一个大枕头,上面蒙着她自己的白毛巾。头上的红色绒线衬帽已离开了她散乱的头发,只有两条长长兼作小围巾的帽扇挂在她的脖子上。她那美丽的脸腮更加润细,偶尔吮一吮红红的小嘴唇,腮上的酒窝微动中更加美丽。她在睡中也是满面笑容,她睡得是那样的幸福和安静。两只静白如棉的细嫩的小脚伸在炕沿上。
>
> 剑波的心忽的一热,马上退了出来,脑子里的思欲顿时被这个美丽的小女兵所占领。(第308页)

好一幅"穆尔维式凝视"中的"美人冬睡图"!宋伟杰曾将金庸名作《书剑恩仇录》中男主人公陈家洛偷窥香香公主洗澡的场面称为体现男性狂想的"穆尔维式凝视",②这种不断出现于中国通俗小说的场

---

① 志希:《今日中国之小说界》,《新潮》第1卷第1号,1919年。
② 宋伟杰:《从娱乐行为到乌托邦冲动》,江苏人民出版社,1999年,第123页。

景，表达的常常是男性主人公、作者与读者的共同欲望，不过，"革命通俗小说"与金庸代表的文人化的新派武侠小说并非全无差异。以《书剑恩仇录》为例，在湖中裸身洗澡的香香公主在陈家洛眼中却是"明艳圣洁，仪态不可方物"，这显然是一种没有任何"非分之想"的柏拉图式的精神"凝视"，而少剑波眼中的这幅"美人冬睡图"透露的趣味，尤其是"肉体的低下部位"（巴赫金语）——"两只静白如棉的细嫩的小脚"在"少帅"身上引发的不可遏止的"思欲"显已超出了"精神恋爱"的范畴。我们知道，女子的足部在中国古代向来被视为身体上最隐私、最性感的部位。在这一点上，"革命通俗小说"残留着未被完全"擦抹"的原生态的"革命"特有的一份粗鄙性，与此同时，它还凸现出"革命"与另一种"民间"——非文人化的市井文化的联系，或许因为这个原因，"政治与性"才成为解读这一书写了一代人的个人、集体记忆的文本不可忽略的重要维度。

对这种以旧小说的英雄美人模式来表现的"现实"革命斗争，读者给予了严厉的批评。一篇题为"女英雄还是装饰品"的文章从"小白鸽"的形象谈到了妇女英雄形象的创造，[①] 认为"小白鸽"白茹是个失败的妇女形象。侯金镜批评"作者不是从现实生活基础上进行想象和加工，而是把主观的幻想和并不健康的感情趣味硬加在作品里。所以无论情调、气氛、语言和描写方法都与全书的格调相径庭。在这一点上，作者离开了现实主义的方法"。[②]

显而易见的是，曲波在为作品中爱情描写的"小资产阶级情调"付出代价。然而，批评家可能不得不承认，这些差强人意的爱情描写，却是决定小说畅销的重要因素之一——对于来自"民间"的读者而言，"小说之足以动情者，无若男女之情"[③]，至于不写男女之情依然

[①] 田禾：《女英雄还是装饰品——从"小白鸽"谈到妇女英雄形象的创造》，《北京日报》1961年6月10日。

[②] 侯金镜：《一部引人入胜的长篇小说——读〈林海雪原〉》，《文艺报》1958年第3期。

[③] 林纾：《〈不如归〉序》，《不如归》，商务印书馆，1908年。

"动人"的小说，或以泯灭男女之情为己任的小说，那已经不是"革命通俗小说"的使命了。

三、"鬼神"

以"鬼神"为对象的中国"神魔小说"诞生于明初，"神魔小说"代表作《西游记》的成功，带动了这一类超现实小说的风行，很快形成了一个强大的小说流派，占据了文坛。"神魔小说"凭借想象、幻化将作品的艺术形象、境界、气氛、道具神化，情节离奇怪诞，艺术手法夸张。《林海雪原》显然打上了《西游记》的印记，小分队进山剿匪的经历，不仅在神奇瑰丽的林海雪原上再现了《西游记》对异国风光的铺陈，再现了浪漫和凶险兼备的神魔斗法的故事，同时，也再现了唐僧师徒取经路上斩妖伏魔的经历。

《西游记》的真正主题，一直是文人聚讼不已的话题，然而，对于大多数通俗小说的读者而言，《西游记》是一个非常纯粹的描写神魔斗法的激动人心的故事，这个故事隐含的是一整套完整的神是正，魔是邪，正邪对立，邪不压正的道德主题。中国古代的神魔小说都是社会矛盾的集中体现，《西游记》的作者在妖魔身上赋予的邪恶与黑暗的本质与唐僧师徒体现的正义与光明恰好形成了鲜明的对比，为了加强光明和正义战胜黑暗和邪恶这一主题，作者将许多昭彰的劣迹——诸如残杀、淫荡、阴谋、奸险、抢掠、欺骗等等与反对、阻碍、扼杀取经事业的邪恶势力联系在一起，在这里，妖魔的邪恶不仅表现为对取经事业的反对，更是其不可改变的本质的体现。

《林海雪原》在借用了"英雄传奇"的策略，将敌我之间的矛盾表述为"正"与"邪"的对立的同时，进一步采用"神魔小说"的策略，将正邪对立转化为"神"与"魔"的对立。对于《林海雪原》的作者而言,取消这群政治土匪合法性的唯一方式就是通过叙事使他们失去道德上的合法性。"剿匪"体现的是共产党与国民党两种政治力量之间的较量,这里的反面人物并不是传统意义上的打家劫舍的土匪,而是一群有着明确政治诉求的政治土匪。然而,在《林海雪原》中,这两种现代政治力量的斗争被转述为纯粹的道德冲突,变成了发生在被"神化"的解放军战士与被"妖魔化"的国民党土匪之间的"神魔"较量。将反面人物妖魔化——野兽化的方式,常常是神魔小说表达现实诉求的方式。

《西游记》中的妖魔,几乎都是动物变成的精怪,他们的原形,分别是狮子、老虎、象、熊、蟒蛇、老鼠、蜈蚣、蜘蛛等,以这种超现实的漫画式的人物形象地展示出道德意义上的善恶对立。车迟国三位大仙,"呼风唤雨,只在翻掌之间,指水为油,点石成金,却如转身之易",但是他们是在这个国家实行宗教迫害的"妖道",因而最终只能在孙悟空正义的法力下身败名裂,现出虎、鹿和羊的真形;另一个自夸"三教之中无上品,古来惟道独称尊"的妖怪国丈,要用一千一百一十一个小儿心肝为药引子,想炼长生之身,本身却是一个白鹿;想在唐僧这里吸取真元的妖公主,虽然"妖氛却也不十分凶恶",但也不是人类,而是太阴星君那里的玉兔……这种将非文明的习惯一概归之于非人类的策略是明清小说家惯用的伎俩。《林海雪原》反映的是现实题材,当然不会走得这样远,但对少剑波的神化和对反面人物的兽化,运用的显然是神魔小说的方法。这是匪首许大马棒出场时的形象:

> 他是杉岚站人,身高六尺开外,膀宽腰粗,满身黑毛,光秃头,扫帚眉,络腮胡子,大厚嘴唇,不知几辈以前他许家就成了这杉岚站上的恶霸。(第23页)

如果说许大马棒是以凶狠残暴著称,那么,匪首座山雕的形象则无处不透露出他的阴险奸诈。这个"几十年"的惯匪,确实像有的批评文章指出的那样,是一个"旧小说中所描写的山大王"一样的人物。座山雕的出场是漫画式的:"威虎堂"中"大木房的地板上,铺着几十张黑熊皮缝接的熊皮大地毯,七八盏大碗的野猪油灯,闪耀着晃眼的光亮";座山雕穿着"宽宽大大的貂皮袄",坐在"威虎堂"正中"一把粗糙的大椅子上""上面垫着一张虎皮","身后墙上挂着一幅大条山,条山上画着一支老鹰,振翘着双翅,爪下抓着那块峰顶的巨石,野凶凶地俯视着山下",他的左右是"坐在八块大木墩上",手持寒光逼人的匕首的"八大金刚";他们有着最复杂、秘密的礼俗和黑话……

如果说许大马棒是一头凶恶的熊,那么,座山雕则是一只阴险的雕,而他们手下的小土匪更是一个个丑恶的小鬼:

> 刘勋苍这时才细细看了这个土匪的长相,真是好笑,长得像猴子一样。雷公嘴,罗圈腿,瞪着机溜溜两个恐怖的猴眼。脸上一脸灰气,看看就是个大烟鬼。——这是小土匪刁占一。(第71页)

> 他的脸又瘦又长,像个关东山人穿的那没絮草的干乌拉。在这干乌拉似的脸上,有一个特别明显的标志——他的右腮上有铜钱大的一颗灰色的痣,痣上长着二寸多长的一撮毛,在屋内火盆烘烤的热气的掀动下,那撮毛在微微颤动。——这是座山雕的副官、小土匪刘维山。(第148页)
> …………

展现在读者面前的这幅土匪的群丑图,显然并不是一个历史化的现实领域,而是一个纯粹的由魑魅魍魉组成的"动物世界"。与此形成鲜明对比的是被神化的英雄形象,吴承恩曾在一首有名的《二郎搜山图歌》中想象过二郎神除妖的英姿,诗曰:

> 少年都美清源公,指挥部从扬灵风,星飞电挚各奉命,搜罗要使山林空。名鹰博拏犬腾啮,大剑长刀莹霜雪。猴老难延欲断魂,狐娘空洒娇啼血。江翻海搅走六丁,纷纷水怪无留纵,青锋一下断狂虺,金锁交缠擒独龙。神兵猎妖犹猎兽,探穴捣巢无逸寇。平生气焰安在哉,爪牙虽存敢驰骋。①

《林海雪原》中的少剑波,活脱脱是吴承恩笔下的这位二郎神。超现实的神魔争斗必然极大地简化现实斗争的复杂性,因此,这些活跃在林海雪原的土匪无论外表和行为多么凶顽,由于总是无法逃脱神布下的法网,因此始终无法给人带来真正的恐怖感,难怪有批评者认为小说美化了艰难的剿匪斗争。然而,这种超现实的传奇性显然并非出于作者的艺术虚构,而是传统神魔小说特有的"邪不压正"的伦理原则的体现。

中国文学中的神怪题材自六朝志怪始,经唐代传奇以至明清神魔小说长盛不衰,原因可能是多方面的,但是一个不可忽视的原因是,神怪题材具有其他题材所没有的独特的趣味性。对于小说来说,所谓审美价值在很大程度上指的是趣味性,人们可以在这里发现一个奇妙之境,它或者以艺术的手法再现现实的人生,或者以迷离的色彩展示神鬼的世界,使人得到极大的乐趣。中国古代士大夫阶级向来鄙视小说创作,认为这是雕虫小技而不足道;即使对于这种新颖的独特文体有所爱好,也不过是在从事"经国大业"之外的游戏翰墨。六朝志怪和唐代传奇中的神怪故事,在很大程度上是以内容的怪异性满足读者的好奇心而受到欢迎的。明清神魔小说在象征性上有了很大发展,变得更为丰富和深刻,同时仍然保留着浓厚的趣味性,有些作品不时运用俳谐的笔法,使全书洋溢着喜剧的色彩。鲁迅在《中国小说史略》中指出《西游记》的作者禀性善谐谑,"故虽述变幻恍忽之事,亦

---

① 吴承恩:《吴承恩诗文集笺校》,上海古籍出版社,1991年,第31页。

每杂解颐之言,使神魔皆有神情,精魅亦通世故,而玩世不恭之意寓焉",①鲁迅因此指出《西游记》的写作突出了作者的"游戏"心理。"游戏"说显然是中国古代小说观的一种反映。

《林海雪原》要以"神魔小说"的手法写现实的"革命"题材,不可能不受"神魔小说"的"游戏"心态的干扰。以这种漫画式的笔法描写类型化的人物,譬如将土匪刻画成妖怪,不但无法激起读者的恐惧感和仇恨,甚至可能因此将反面人物喜剧化了。对这一点,批评家显然已经有所警觉。冯仲云指出:"小说里面的敌人,也写得过分夸张,一个个古怪离奇,像神话里的妖魔。"②结果不但不为读者憎恨,甚至被许多青年学生模仿。一位小学教师指出:"孩子们摹仿《林海雪原》里的反面人物,是否他们从心里爱这些人物呢?肯定是不成功的,没有起到反面人物的反面教育作用,没有使孩子们对这些匪徒恨之入骨。影片中的反面人物都是些'脸谱化'的头像,离奇古怪的场面过多,没有更深刻地揭示出反动分子狡猾、阴险、残害人民的本质。尤其是像'傻大个儿'那类土匪,真是傻乎乎的,怎么能让孩子们从心底里憎恨呢?"③另一位批评家进一步指出小说将座山雕写得像"旧小说中所描写的山大王"一样的人物,认为"在座山雕身上集中着东北惯匪的野蛮和残忍。只是作者对于座山雕的存在缺乏必要的交代,尤其是他如何与日本帝国主义和封建势力相勾结在一起,缺乏交代"。④显然,在批评家眼中,这种被抽象化、空间化的反面人物显然不利于表现现实中的革命斗争,要改变这种人物的塑造方式,唯一的方法就是将人物历史化,只有这样才能刻画出反面人物的"反动本质"。

不过,中国小说中把人写坏并非全无办法。儒家的道德伦理历来是分等级的,与"百善孝为先"相对的是"万恶淫为首",《林海雪原》

---

① 鲁迅:《中国小说史略》,人民文学出版社,1973年,第139页。
② 冯仲云:《评影片〈林海雪原〉和同名小说》,《北京日报》1961年5月9日。
③ 丁林(北京第二实验小学):《我们的共同责任》,《北京日报》1961年5月25日。
④ 洪迅:《"林海雪原"琐谈——读书札记》,《处女地》1958年3月号。

中给人印象最深的土匪宋宝森和蝴蝶迷，都是十足的淫魔。定河妖道宋宝森所有的丑行，都与他肮脏的情欲有关，这是少剑波揭开宋宝森画皮的场面：

> 剑波站起身来，向妖道逼近一步，一手掐腰，威严地向老道一瞅。
> "看看，宋宝森，你的修善堂藏着女人，你的修善榻睡着女人，还有连你们党子党孙栾警尉和一撮毛的老婆，你也……"（第351页）

在传统小说中，性始终是丑化敌人的最有效的手段。这种常见的修辞策略，甚至在50—70年代的中国小说中仍屡试不爽。出现在小说中的那种义正辞严的"正邪之别"，总是将政治上的对立者送上正统伦理与道德法庭的审判席。"妖"常常与"邪""淫""乱"这样一些词语互通。男女淫乱违背伦常，直接社会后果就是导致秩序之"乱"。"淫"为"邪"，"邪"为"妖"，而"妖"则为"乱"，这里的"乱"指的就是在伦理规范和社会建构被破坏时，家国同体的帝国中产生的无秩序。妖道、淫魔、邪术、精怪等等语词，连同他们最后必然败道亡身的故事，是传统小说中叙述"妖道"与"妖术"的固定套路，表明这种价值判断与故事想象，在很长的历史时间里是听众普遍接受的思路。

最集中地体现出这种道德等级制的反面人物是土匪中的女匪首蝴蝶迷。蝴蝶迷的父亲是"作威作福，花天酒地"、一共娶了"大小七个老婆"却在人们的诅咒中无法生育的大地主姜三膘子：

> 大概是在他五十三岁那年上，娶了第五房，这个小老婆是牡丹江市头等妓女海棠红。姜三膘子把她赎买出来七个月时，生了一个稀罕的女儿，人们背地里议论说："这还不知是谁的种呢？"（第22页）

生于邪恶的蝴蝶迷，自然无法摆脱邪恶的本性。这是她的"尊容"：

> 要论起她的长相，真令人发呕，脸长得有些过分，宽度与长度可大不相称，活像一穗包米大头朝下安在脖子上。她为了掩饰这伤心的缺陷，把前额上的那绺头发梳成了很长的头帘，一直盖到眉毛，就这样也丝毫挽救不了她的难看。还有那满脸雀斑，配在她那干黄的脸皮上，真是黄黑分明。为了这个她就大量地抹粉，有时竟抹得眼皮一眨巴，就向下掉渣渣。牙被大烟熏得焦黄，她索性让它大黄一黄，于是全包上金，张嘴一笑，晶明瓦亮。（第22页）

不可思议的是，如此丑陋的蝴蝶迷竟是土匪中出名的淫娃荡妇，她不断与不同的男性鬼混，上山当了土匪后，她成了许大马棒父子共同的姘妇，许大马棒死后，她又成了郑三炮的姘头，被郑三炮抛弃后，她更加肆无忌惮：

> 这个妖妇从许大马棒覆灭后，成了一个女光棍，在大锅盔这段时间里，每天尽是用两条干干的大腿找靠主。（第413页）

在传统叙事中，淫荡的女人总是比最凶狠的男人更能引起读者的憎恶。在书写土匪的"恶"的本质的过程中，蝴蝶迷的作用无疑是无法被取代的，她使土匪的"凶恶"本质增加了"淫邪"的成分。蝴蝶迷这样集丑陋与淫荡于一体的反面女性形象在古典神魔小说中并不多见，这种极端化的恶的形象表现出更为本质化的政治道德化诉求。如果说蝴蝶迷的出生具有象征意义，她的死亡同样让人难以忘怀。这是杨子荣刀劈蝴蝶迷的场面：

"蝴蝶迷看刀！"随着喊声，蝴蝶迷从右肩到胯下，活活的劈成两片，肝肠五脏臭烘烘地流了满地。（第538页）

可以与此对照的是土匪刀劈老百姓的一个场面：

程小武的新媳妇，几次扑了上去，都被蝴蝶迷抓着头发甩回来。她再也忍不住胸中的仇恨，便拼命地扑向蝴蝶迷，双手一抓，把蝴蝶迷的大长脸，抓了十个血指印。她正要再掐那女妖的脖子，不幸却被许福抓住了她的乱发，抽出了战刀剖开了她的肚子。她那坚贞的肝胆坠地了⋯⋯（第28页）

非常有趣的是，这种"少儿不宜"的"自然主义"场面，竟然被革命作家用来展现让人难以忘怀的"身体伦理"——因为"革命"与"反革命"的关系，作为人的身体器官的"肝肠"也会散发出不同的道德气息。具有神性的"革命者"的"肝胆"是"坚贞"的，而动物化的"反革命"的"肝肠"则是"臭烘烘"的，在这里，政治斗争完全变成了人兽之争。

值得回味的是，小说中一再出现这种刺刀剖腹、"肝胆坠地"的血腥镜头，同样可视为传统小说情境的再现。曲波如此残忍，却大都是从古代小说中学来的知识。周作人由此得出"中国人特嗜杀人"的结论："《水浒》中杀人的事情也不少，而写杀潘金莲杀潘巧云迎儿处都特别细致残忍，或有点欣赏的意思，在这里又显出淫虐狂的痕迹来了。"（《知堂乙酉文编·小说的回忆》）不过，《水浒传》中层出不穷的英雄杀戮女性的场面都是"正义的"屠杀：比如二十一回写宋江杀阎婆惜，"宋江左手早按住婆娘，右手却早刀落，去那婆娘颈子上只一勒，鲜血飞出，那妇人兀自吼哩。宋江怕他不死，再复一刀，那颗头，伶伶仃仃，落在枕头上。"第二十六回写武松杀潘金莲，"把尖刀去胸前只一剜，口里衔着刀，双手去挖开胸脯，抠出心肝五脏，供在灵前；肐查一刀，便割下那妇人头来，血流满地。"第四十六回写杨雄杀潘巧云，先用刀割了舌头，然后"一刀从心窝里直到小肚子下，取出心肝五脏，挂在树上"。第六十七回写卢俊义杀李固、贾氏，"将二人割腹剜心，凌迟处死，抛尸抛首"。还有雷横枷打白秀英，张顺忿杀李巧奴等等，明显暴露出中国传统小说中特有的暴力特征。不仅梁山好汉欣赏这种"手到处青春丧命，刀落时红粉亡身"的血腥场面，就连施耐庵也津津乐道地说："从来美兴一时休，此日娇容堪恋否？"还说什么"须知愤杀奸淫者，不作违条犯法人"。公开赞扬梁山好汉这种杀戮女性的行为，并为之辩护。英雄杀荡妇，仇恨不是因为其政治选择，而是因为其道德缺陷。英雄与淫妇势不两立。女子只要沾上"淫"字，就会堕入万劫不复的深渊。在这一点上，《林海雪原》显然是再现了传统小说的这一叙事策略。

四、"旧瓶"与"新酒"

文学史家谈到《林海雪原》这部作品时，大都称其为"旧瓶装新酒"的典范，即以"传统"的形式来表现"现代"的革命主题，这一描述显然过于简单。因为要分清到底是"旧瓶装新酒"还是"新瓶装旧酒"其实并不容易。仅仅在"形式"的意义上理解《林海雪原》蕴涵的"英雄""儿女""鬼神"，可能会忽略这三类文学母题作为文学"内容"的意义。当现代意义的革命被"翻译"成传统的英雄故事时，"革命"难免不被歪曲或篡改。尤其是这种革命发展出更为抽象的意义时，"革命"与"传统"的冲突将更为不可调和。一位批评者如此表达他对《林海雪原》的担心：

应该看到，对《林海雪原》这类书籍最热心的读者是青少年（电影也是如此）。青少年正处于长身体、长知识的时期，整个世界对他们来说是十分新奇的。……这部小说偏偏又比显然较它思想性强的《红日》等作品流传得广。我想，这主要是由于它的戏剧性的故事情节，颇为吸引人的传奇性，它的十分突出的"英雄"色彩，作者确实在上面注入了自己的感情的"英雄人物"等等（这当然与作者所选择的题材——歌颂解放军英雄的剿匪斗争也是分不开的）。这些正好容易为青少年读者所接受的特点，深深地打动了他们的心扉，这便是这本书所谓"感人的力量"的来源。然而也正因为如此，书中的一些缺点（如过分突出地夸大了个人的作用，把一个原为党领导的、依靠集体的力量得以成功的事件描绘成为少数个人的功绩，把一个广大群众参加的斗争描写为孤军深入），也会与那些"新的精神，新的内容"一起，借助其艺术性把一种与时代精神不相称的个人英雄主义灌注给读者——尤其是青少年读者。我们应该承认，这些缺点的部分对有些读者，也会具有一时的"感人的力量"的，可是它们绝不是什么"新的精神，新的内容"。①

事实上，这并不是《林海雪原》带来的问题，甚至也不仅仅是"革命通俗小说"的问题。在现代中国文学的发展过程中，如何处理"传统"与"现代性"的关系，历来是新文学无法回避的重要问题。一方面："人们自己创造自己的历史，但是他们并不是随心所欲地创造，并不是在他们自己选定的条件下创造，而是在直接碰到的、既定的、从过去继承下来的条件下创造。一切已死的先辈们的传统，像梦魇一样纠缠着活人的头脑。当人们好像只是在忙于改造自己和周围的事物

---

① 卢义茂：《也谈"感人的力量从何而来"》，《北京日报》1961年6月3日。

并创造前所未闻的事物时,恰好在这种革命危机时代,他们战战兢兢地请出亡灵来给他们以帮助,借用他们的名字、战斗口号和衣服,一边穿着这种久受崇敬的服装,用这种借来的语言,演出世界历史新的一面",①另一方面,从知识分子开始意识到传统文艺形式在现代性建构的过程中的重要作用并开始有意识地将其改造为社会教育的手段开始,旧的"形式"与新的"主题"之间的融合和冲突在成为理论与实践中不断遇到的难题的同时,也进一步凸现了"传统"与"现代"这两个现代性范畴之间剪不断理还乱的复杂关系。就通俗小说而言,抗日战争爆发后,为适应抗日宣传和动员民众的需要,创造力求接近于民众的文艺,现代新文学家开始改变对传统文艺的态度,纷纷以旧文艺形式来表现抗战的内容。为推动通俗文艺的发展,中华全国文艺界抗敌协会成立后,曾发出征求通俗文学一百种的号召。通俗文艺一时流行起来,然而,即使在这一特定的时期,新文学家对通俗文学的这种"现代"意义仍然满腹狐疑。老舍在一个座谈会上说:"由于作家的生活逐渐深入了战争,发现抗战的面貌并不像原先所理解的那样简单,要将这新的现实装进旧瓶里去,一装进去瓶就炸了。"②冯雪峰也指出了形式和内容之间的"复杂性",认为在新旧文化的过渡时代,"一方面,有新形式(作为生活的新的要素)在导入和引起新的内容;另一方面,旧形式(作为生活的旧的要素)在尽量地限制着、改造着和压杀着新的内容"。③这种"内容"与"形式"的分裂,正如同许多年后周蕾在分析"鸳鸯蝴蝶派"小说时指出的:"这不仅是因为主题的作用,更重要的是因为所采取的叙述方式,含而不露地削弱了'内容'正要突出的东西。"④

---

① 《马克思恩格斯选集》第一卷,人民出版社,1995年,第585页。
② 见《抗战文艺》第七卷第一期。
③ 冯雪峰:《形式问题杂记》,《中国新文艺大系1937—1949·理论史料卷》,中国文联出版公司,1998年,第564页。
④ 周蕾:《妇女与中国现代性——东西方之间阅读记》,麦田出版有限公司,1995年,第109页。

周蕾曾经在另一篇分析崔健的摇滚乐的文章中谈到过这种常常出现在文艺作品中的"形式"与"内容"的分离。在周蕾看来,崔健的摇滚乐之所以一度被视为具有政治含义而受到禁止,是因为在诸如《新长征路上的摇滚》这样的作品中以嬉戏玩弄的形式来讲述应该受到尊敬的革命故事:"如果我们仔细阅读歌词本身,会发觉这些歌词——本应是庄严历史得以体面表达的媒介——其实也参与了对传统的嬉戏玩弄。崔健的歌词不但没有抑扬顿挫的历史深义,而且读起来简直是文法不通的语言一样,即使他的歌词虚拟出一些'历史'意象,它们也在用其跳跃和肤浅的特性同传统的文字与书面唱反调。……虽然音乐和歌词之间存在着符号性的差别,它们也同时在互相支持,共同去肢解并遗忘官方历史。歌词因为语义模糊,变为一种声音,因此参与到音乐之中在创造一种可以称之为'超越文字'的情绪。"①

周蕾的论述很容易让人联想起许多类似的文化现象。流行于90年代初的"重唱革命歌曲"就是一个现成的例子,几位以唱情歌出名的流行歌曲明星以流行唱法翻唱革命时代的领袖颂歌,这种"政治怀旧"造成的实际艺术效果却是对当年神圣的人民对领袖的政治情感的嬉戏玩弄。"红歌黄唱"显然在解构一种强迫性的文化记忆。

所有这些,都与我们在《林海雪原》中看到的情况惊人相似。我们在《林海雪原》中看到的正是传统的"英雄""儿女""鬼神"这些因素对严肃的革命的"嬉戏玩弄"。"在'当代',现代形态的'通俗小说'(侠义、言情、侦探等)失去存在和发展的空间。但'通俗小说'的文体因素和艺术成规,却在《林海雪原》《三家巷》等小说中,与'现实主义'小说的成规,发生怪异的'结合'。"②这种"怪异"的"革命通俗小说"显然不是现代形态的"社会主义现实主义"的理想类

---

① 周蕾:《写在家国之外》,牛津大学出版社,1995年,第73页。
② 洪子诚:《当代文学的"一体化"》,《中国现代文学研究丛刊》2000年第3期。

型。在周扬那里,"社会主义现实主义文学"是"五四"文学的发展。①因而,理想的文学不可能是"传统文学",而是一种继承了"五四"现代文学成就的全新意义上的现代文学。当这种文学类型出现时,"革命"与"传统"的短暂蜜月也就结束了。

---

① 见周扬文章:《坚决贯彻毛泽东文艺路线》,《光明日报》1951 年 5 月 17 日;《发扬"五四"文学革命的战斗传统》,《人民文学》1954 年 5 月号。

第二章 《红旗谱》

—— "成长小说"之一:"时间""空间"与中国小说的现代转型①

取代"革命通俗小说"的小说类型,是以《红旗谱》和《青春之歌》为代表的"成长小说"。

在众多针对《林海雪原》的批评意见中,有一条意见认为《林海雪原》的一个重要缺陷是没有描写英雄人物的成长过程:"虽然作者通过少剑波对于鞠县长的回忆,详尽地追叙了少剑波的童年生活和少剑波的成长过程,但对于少剑波怎样从一个剧团团员锻炼成为一个少年老成的军事指挥员,却并没有明确的交代,因而这个人物的成长过程仍然不够清晰。"②这一在当时并不引人注目的批评意见实际上触及了"革命通俗小说"的基本症结:在《林海雪原》这样的以情节为中心"革命通俗小说"中,人物性格是固定不变的,变化的只是事件和人物的遭遇。无论是少剑波这样的正面人物——其聪慧、其勇敢、其感

---

① 《红旗谱》,梁斌著,中国青年出版社1957年12月初版。以后由不同出版社出版的版本不计其数,许多新版都由作者进行了修改。比较重要的版本是人民文学出版社1959年9月出版的重版本以及中国青年出版社于1959年10月、1966年1月、1978年4月出版的第二、三、四版。其中改动最大的是1978年4月的第四版。本章分析采用的版本由中国青年出版社1958年1月出版,基本上保持了初版本的原貌。
② 何家槐:《略谈〈林海雪原〉》,《文学研究》1958年第二期。

伤，还是座山雕、蝴蝶迷这样的反面人物——其邪恶、其愚妄、其淫荡，甚至小分队战士这样的中间人物——其粗豪、其勇敢、其机智，皆为一贯始终的性格。这当然是传统文学的遗产，孙悟空的性格，几乎是他从石头里一蹦出来就成熟了。——"主人公性格静止不变，他们是抽象的理想人物，这就排除了任何的成长、发展；也就排除了把发生的、所见的、所感的一切作为能改变和形成主人公的人生经验来加以利用。"[①] 其实，这是中国传统小说人物类型的共同特点，几部著名的中国古代小说如《水浒传》《三国演义》《红楼梦》，情形莫不如此。

《红旗谱》与《青春之歌》变革了小说的写作模式，以主人公的"成长"作为小说的基本线索，以此反映出一种历史主体的本质的生长过程。"成长"的进入，并非仅仅意味着小说技巧上的变化，在巴赫金那里，"成长小说"的出现，因为涉及小说最基本的范畴——时空观念的改变，因而实际上可理解为现代小说与传统小说的分野。正是在这一意义上，描写"中国农民的成长史"的《红旗谱》与描写"中国知识分子的成长史"的《青春之歌》的出现，意味着一种真正意义上的现代小说的诞生，同时也意味着诞生了半个多世纪的"中国现代文学"进入到一个艺术形式更为完备的"当代文学"时期。也正是在这种文学形式的演变中，一个更为激进的现代性的文学——"文化革命"时代正在悄悄孕育和显形。

《红旗谱》是"十七年文学"的标志性作品。这部旨在揭示中国农民在中共领导下由自发走向自觉革命斗争历程的小说，对于20世纪的中国小说而言，其重要性是无论如何评价都不过分的。与"革命通俗小说"的境遇不同，《红旗谱》出版后，迅速为评论界认可，当时文艺界的主要领导人周扬甚至将之称为"全国第一部优秀作品"。按照巴赫金的"成长小说"理论，《红旗谱》已经是意义完备的"现代小说"。

---

① 《巴赫金全集》第五卷，钱中文主编，河北教育出版社，1998年，第218页。

一、"成长小说"视阈中的朱老忠形象

20世纪70—80年代被"重新发现"的苏联理论家巴赫金,已经成为当下人文学科最具全球影响力的思想家之一。巴赫金在哲学、语言学、美学、小说理论等诸多领域都给我们留下了让人惊叹不已的思想成果,关于"成长小说"的论述,就是其在小说理论上的重要创见之一。

在巴赫金看来,现代小说与传统小说的差异在于"时空型"的转变。"时空型"是巴赫金独创的俄文词,用来概括和描绘"文学所艺术地表现的时间与空间的内在联系性"。这个概念,不仅被用来分析小说叙事中的时间与空间的框架,同时也适用于更为广泛的文化范围,包括各种语言文化中所蕴涵的时空观念。因此,在巴赫金那里,小说史是一个提供了各种参照点的坐标,可以据此绘制出一部意识史。

即使在欧洲文学中,现代意义上的"小说"(novel)历史也不长,这是一个18世纪才开始出现的文类。对其起源的追溯可上溯到中世纪的"传奇"和16世纪的西班牙的"流浪汉小说"①。杨绛先生翻译的由16世纪的无名氏创作的《小癞子》就是"流浪汉小说"的代表作品。典型的"流浪汉小说"都以主人公的人生漫游故事为题材,主人公靠自己的机智度日,其性格在漫长的漫游生涯里几乎毫无改变,因此,他们的漫游是没有方向的。在这里,偶然性起着特殊的作用。组成小说结构的是事件、情节、单纯的惊险故事:

> 大部分小说(以及小说的各种变体)只掌握定型的主人公形象。长篇小说的整个运行,它所描述的全部事件及奇遇,全在于使主人公在空间中位移,在社会等级的阶梯上活

---

① "流浪汉小说"一词译自"picaresque narrative",译为"流浪汉叙事文"或许更为准确。通译为汉语"小说"后,容易让人忽略其与西方现代小说的区别。

动：他从乞丐变成富翁，从四处漂泊的流浪汉变成名门贵族；主人公距离自己的目标——未婚妻、胜利、财富等等，时而偏远、时而靠近。事件改变着他的命运，改变着他的生活状况和社会地位，但他本人在这种情况下则一成不变、依然故我。

在大多数长篇小说体裁的各种变体中，小说的情节、布局以及整个内部结构，都从属于一个先决条件，那就是主人公形象的稳定不变性、他的统一体的静态性。主人公在小说的公式里是一个常数；而所有其他因素，如空间环境、社会地位、命运，简言之，主人公生活和命运的全部因素，都可能是变数。（着重号为原作者所加，引者注）①

西方传统小说向现代小说的转变，是以18世纪末期"成长小说"的出现为标志的。"成长小说"的词源是两个德语词：Bildungsroman 和 Erziehungsroman，通常译为"主人公成长小说"或"教育小说"。"成长小说"肇始于歌德创作于18世纪末的《威廉·迈斯特的学习时代》，此后在西方现代文学中蔚然成林，如司各特的《威佛利》，狄更斯的《大卫·科波菲尔》，乔伊斯的《一个青年艺术家的画像》等，都以主人公思想和性格的发展为主题，叙述主人公从幼年开始所经历的各种遭遇。主人公通常要经历一场精神上的危机，然后长大成人并认识到自己在人世间的位置和作用。

巴赫金将"时间性"视为现代小说的基本特点。认为"成长小说"与"流浪汉小说"为代表的传统小说最大的不同，就在于使小说由"空间"的艺术转变为"时间"的艺术。

在巴赫金眼中，传统小说是一种空间艺术。因为作家纯粹从空间角度，从静态角度来看待五彩缤纷的世界，主人公是在空间里运动的

---

① 《巴赫金全集》第三卷，第229页。

一个点，它既缺乏本质特征的描述，本身又不在小说家艺术关注的中心。他在空间里的运动——漫游以及部分的惊险传奇（主要指考验型小说而言），使得艺术家能够展现并描绘世界上丰富多彩的空间和静态的社会（国家、城市、文化、民族不同的社会集体以及他们独特的生活环境。——"世界只是分解成个别的事物、现象和时间，它们只不过是毗邻和交替而已。长篇小说中的人物形象，仅仅勾勒出了轮廓，全然是静态的，就像他周围的世界是静止的一样。这种小说不知有人的成长和发展。即使人的地位发生了剧烈的变化（在骗子小说中人从乞丐变成富翁，从无名的流浪汉变成贵族），他本人在这种情况下依然故我。"①

而"成长小说"最大的不同，就在于"时间"的进入。与前述的"流浪汉小说"不同，"成长小说""塑造的是成长中的人物形象。这里主人公的形象，不是静态的统一体，而是动态的统一体。主人公本身、他的性格，在这一小说的公式中成了变数。主人公本身的变化具有了情节意义；与此相关，小说的情节也从根本上得到了再认识、再构建。时间进入人的内部，进入人物形象本身，极大地改变了人物命运及生活中一切因素所具有的意义。这一小说类型从最普遍意义上说，可称为人的成长小说。"（着重号为原作者所加，引者注）②

十分重要的是，巴赫金在这里谈到的"成长"，并非仅仅是生理学意义上的长大成人，而是指人对"历史时间"的认知与把握。因此，人的"成长"将表现出历史本质的生长过程：

> 在诸如《巨人传》《痴儿历险记》《威廉·麦斯特》这类小说中，人的成长带有另一种性质。这已不是他的私事。他与世界一同成长，他自身反映着世界本身的历史成长。他已

---

① 《巴赫金全集》第三卷，第217页。
② 同上书，第230页。

不在一个时代的内部，而处在两个时代的交叉处，处在一个时代向另一个时代的转折点上。这一转折寓于他身上，通过他完成的。他不得不成为前所未有的新型的人。这里所谈的正是新人的成长问题。所以，未来在这里所起的组织作用是十分巨大的，而且这个未来当然不是私人传记中的未来，而是历史的未来。发生变化的恰恰是世界的基石，于是人就不能不跟着一起变化。①

"人在历史中成长"是巴赫金对"成长小说"最为简明的命名，在他看来，这一存在于一切伟大的现实主义小说中的重要元素不仅导致了对小说情节要素的再思考，同时也为长篇小说开辟了看待世界的、富于现实主义的新视角，因而也就理所当然地成为现代小说与传统小说的分水岭。在某种意义上，《红旗谱》与"革命通俗小说"不同的地方，正是因为表现了这种"人"与"历史"的全新关系。《红旗谱》中的"人"是生活在冀中平原上的朱、严两家的三代农民，"历史"则是20世纪前半期的"中国现代史"。在半个多世纪的历史中，朱、严两家三代农民以不同的方式与地主展开了不屈不挠的斗争。第一代农民朱老巩为了捍卫锁井镇的四十八亩公田与地主冯老兰发生冲突，失败后吐血身亡，朱老巩的儿子朱老忠被迫远走他乡，若干年后回乡复仇，通过江涛、运涛等朱严两家的下一代结识了共产党，在共产党的教育下，与下一代农民一起成长为光荣的无产阶级战士，走上了阶级斗争的战场。

《红旗谱》中的三代农民代表着三个不同的时代。朱老巩代表的第一代农民赤膊上阵，走的是自发反抗的旧式农民的道路，因而必遭失败。朱老忠代表的第二代农民是一个成长中的农民群体，从个人反抗走向自觉革命、从家族反抗到阶级斗争，中国农民经历着艰难的现

---

① 《巴赫金全集》第三卷，第233页。

代性转换。第三代大贵、二贵、运涛、江涛生正逢时,是觉醒起来的农民形象,已经成长为革命的主力军。

在一篇题为《漫谈〈红旗谱〉的创作》的文章中,梁斌全面阐述了《红旗谱》的创作过程、主题思想、人物塑造与艺术风格:

> 从锁井镇农民的革命斗争方式,可以明显看出一代比一代进步,朱老巩是赤膊上阵,拿起铡刀拼命。朱老明他们采取所谓的对簿公堂,和地主打官司,这注定要失败的……到了朱老忠和江涛,他们接触了党,党教导他们要团结群众,走群众路线的道路,于是所发起的反割头税的斗争,就取得了很大的胜利。这说明中国农民只有在共产党的领导下,才能更好地团结起来,战胜阶级敌人,解放自己。①

就小说的主题而言,《红旗谱》并无独特之处,不过是重复了主流意识形态关于中国社会本质的有关叙述,然而,《红旗谱》不同凡响的地方,是将一个中国农民的现代性的本质的生长过程包裹在一个传统的子报父仇的通俗小说故事中,以"成长小说"这种现代艺术形式描述了这一抽象本质的生成过程。

"成长小说"中的"成长"主题总是通过小说的主人公得以实现的,在《红旗谱》中,这一承前启后的主人公就是第二代农民的代表朱老忠。

《红旗谱》显然借鉴了中国传统的家族纷争史的写法,表现为两个对立的阵容、三个家族(朱家、严家、冯家)之间的血泪冲突史,一正一邪,道魔斗法。朱老巩大闹柳树林这段极富民间风味,为人们积极称道的楔子,朱虎子亡命他乡、若干年后回乡复仇,冯老兰公报私仇、抓大贵当兵……这些情节模式正是从传统的家族纷争中吸取了

---

① 梁斌:《漫谈〈红旗谱〉的创作》,《人民文学》1959年第6期。

养分。小说一开始，被迫背井离乡30年的朱老忠因为始终无法忘怀杀父之仇，终于走上了回故乡之路：

> 他一个人，在关东的草原上走来走去：在长白山上挖参，在黑河里打鱼，在海兰泡淘金，当了淘金工人。受了多少年的苦，落下几个钱，娶下媳妇，生了孩子，才像一家子人家了。可是，他一想起家乡，心上就像辘轳一样，搅动不安。说："回去！回到家乡去！他拿铜铡铡我三截，也得回去报这份血仇！"（第16页）

这是非常经典的通俗小说的开场白。读者很容易等待一个传统的英雄故事的重演。然而，出人意料的是，返乡后的朱老忠的复仇之旅却令人惊异地戛然而止，即使是在得知姐姐的惨死以及朱老明、严志和因与冯老兰打官司而倾家荡产的不平之事之后，新仇旧恨集于一身的朱老忠仍然没有采取任何行动。在回到家乡的一年多时间内，朱老忠在严志和一家的帮助下开始了新的平静的生活，"他们下决心从劳动里求生活，用血汗建立家园，不管大人孩子，成日成夜地盖房"（第68页），然后是开荒、种地和收谷。朱老忠在祖祖辈辈生活的秩序中找到了自己的位置。他的复仇誓言与使命在无限的推迟与延宕中，变成为一个秩序化的梦想——当严志和因家境艰难而打算让江涛辍学时，朱老忠表示反对：

> 朱老忠说："不要紧，志和！有个灾荒岁月，大伯帮着。你院里巴结个念书的，我院里念不起书，将来我叫大贵去当兵，这就是一文一武。说知心话，兄弟！他们欺负了咱多少代，到了咱这一代，咱不能受一辈子窝囊。可是没有拿枪杆子的人，哪能行！你看大财主们的孩子，不是上学堂，就是入军队。"（第45页）

朱老忠的"一文一武"的理想体现的是典型的"旧农民"的思想，他在把复仇的重担交给下一代之后，便卸下了仇恨的重负，甚至在面对冯老兰的新的挑衅面前，朱老忠仍无法鼓起复仇的勇气。因为大贵拒绝将脯红鸟卖给冯老兰，恼羞成怒的冯老兰通过国民党军队抓了大贵的壮丁，噩耗传来，一直显得胸有成竹的朱老忠乱了分寸，不知所措的他竟然向乡村地痞冯大狗求情：

忠大伯上下打量了一下，看他不像个起眼的人物。可是大火烧着眉毛，只好死马当活马治，立刻请他喝酒吃饭。（第99页）

等到一切办法都无效果，面对沮丧的众人，朱老忠终于选择了阿Q式的"精神胜利法"：

（朱老忠）抽了一袋，又一袋，沉思默想了老半天，把拳头一伸，说："好！咱就是这个脾气，人在矮檐下，怎敢不低头。逆来，顺受。去吧，去当兵吧，在他们认为是'祸'的，在咱也许认为是'福'。我早想叫大贵去挎枪杆子，这正对付！"（第101页）

朱老忠的达观果然让一屋子的人都松了一口气，甚至为朱老忠的"深谋远虑"快乐起来，不过，当他单独面对自己的老伴时，无奈和痛苦才像潮水一样淹没了他：

贵他娘说："不，孩子要走了，我心里难受。"
朱老忠说："谁不难受哩，又有什么办法？"
贵他娘说："孩子离开娘，瓜儿离开秧，这样年头去当兵……"

朱老忠听着,像铁棍敲他心,半天不说话。(第 105 页)

　　这时候的朱老忠,显然已经不再是通俗小说读者所期待的人物,他不是李逵、鲁智深,甚至比不上他的血气方刚的父亲朱老巩,直到《红旗谱》的结尾,朱老忠始终未能与仇人冯老兰相见,因此也根本谈不上真正的复仇。然而,这恰好是《红旗谱》用心良苦之处。梁斌给朱老忠的定位,不是一位传统小说中常见的性格不变的英雄人物,而是一个处于动态的时间关系中的不断"成长"的新的形象。两类人物,体现出不同的时空原则,也体现出不同的知识谱系。按照无产阶级的阶级理论,阶级意识的建构意味着对个人意识的超越,阶级斗争终将取代个人复仇。在某种意义上,朱老忠的"成长"甚至取决于他在多大的程度上克服和升华这种个人仇恨。梁斌一直不让朱老忠复仇,是不想让朱老忠变成另一个朱老巩——梁斌根本无意写一部快意恩仇的侠义小说。始终在复仇意识中延宕的朱老忠,如同一个被复活的哈姆莱特,在等待着神启和拯救,等待着对自我的超越。当运涛遇到了共产党人贾湘农,感觉到了第一丝阳光并把这亮光带回锁井镇时,在自己的父亲严志和那里碰了壁,却马上在朱老忠那里找到了共鸣。朱老忠对运涛说:"去吧,孩子!去吧!扑摸扑摸,也许扑摸对了。……你要是扑到这个靠山,一辈子算是有前程了!"(第 113 页)朱老忠终于露出了他不同凡响的英雄面目。

　　在展示朱老忠性格的复杂性这一点上,《红旗谱》的确煞费苦心。在朱老忠漫长的"成长"之旅中,"个人复仇"一直被设置为他的"成长"动因。在很长的时间内,他都是从个人复仇的角度理解阶级斗争的意义。正如他告诉运涛的,共产党对于他实际上只具有"靠山"的意义,这与他的"一文一武"的复仇计划如出一辙,在他看来,只有傍上了一个有力靠山,他才可以报自己的杀父之仇、杀姐之仇与夺子之恨,不管这个"靠山"是共产党的军队还是国民党的军队——此前正是因为同样的打算,他支持大贵去反动军阀的军队服役,这个时候的朱老忠，显然还没有形成真正的阶级意识。朱老忠与严志和一家一起沉浸在世俗的欢乐与憧憬中：

> 贵他娘说："怎么活下去？叫运涛回来，接你们去当老太爷子。"
> 严志和说："那可不行，我一离开瓦刀，心上就空落落的。"
> 贵他娘说："那你去给他们盘锅台。"
> 忠大伯说："那可不行，哪有老太爷子盘锅台的？"
> 严志和说："说是说，笑是笑，咱庄稼人出身，他坐他的官，咱垒咱的房，种咱的地。"
> 江涛看老人乐得疯儿颠的，他说："爹！他坐的不是平常的官儿。"
> 严志和问："什么官儿？"
> 江涛说："革命的官儿。"
> 忠大伯走过来，拍着江涛说："你说说，革命的官儿，又有什么不同？"
> 江涛说："他们不是为的升官发财，是为了要打倒帝国主义，打倒军阀政客、土豪劣绅！"
> 严志和说："那些玩艺是什么？"
> 江涛一时情急，不容细说："就像冯老兰这样的人！"
> 忠大伯说："那好嘛，早就该打倒，这个比坐官挣钱还体人心！"（第137—138页）

就是这样，朱老忠在贾湘农和江涛等"引路人"的指引下，一步步体味"革命"和"阶级斗争"这些抽象范畴的意义，并进一步完成其民族国家意识、阶级意识的启蒙。朱老忠成长过程中的一个标志性的事件，是共产党领导的"反割头税斗争"。朱老忠直接参与了这场反抗国民党政府的政治斗争。读者重新看到了那个无畏的英雄朱老忠。"锁井镇上反割头税的人们,把杀猪锅安在朱大贵家门口"。朱大贵威风凛凛抗旨杀猪示众的镜头,几乎是朱老巩护钟一幕的重演。也正是在"反割头税斗争"之后,朱老忠加入了共产党,"他的自发的反抗已经提高到自觉的斗争;他的报仇的心愿已经升华到为整个阶级的解放而献身"。①

在巴赫金看来,"成长小说"中的主人公的"成长"并不是在一个封闭的空间中完成的,这样,所谓"人在历史中成长"指的就不仅是"人"的成长,同时还必然是"历史"的成长。在《红旗谱》中,这种通过人物的成长反映出的历史的成长表现为新旧两个时代的交替。一方面,三代农民的谱系是以"中国现代史"为背景展开的,另一方面,《红旗谱》是在通过这些普通农民的故事讲述"中国现代史"的成长历程。因此,三代农民在成长叙事中担负了不同的功能。旧式农民代表着"现代"发生之前的中国农民的形象,成为中国现代史的"前史",第一代农民朱老巩生活的时代,是马克思主义和中国共产党的太阳尚未升起前中国大陆苍茫的黑夜。时代注定了朱老巩必然失败的结局。这一代农民显然不可能成为小说的主角,然而,这一发生在历史诞生之前的故事直接影响和控制了历史的方向,它不但激起了农民最初的同仇敌忾,提供了原始的共同意识,更重要的是它形成了下一代农民对地主的仇恨记忆,为下一代农民的"成长"提供了历史的逻辑性。

与第一代农民相比,第三代农民形象则提供了中国农民"成长"的方向与归属。江涛与运涛是第三代农民——新农民的典型,他们生活的时代已经是共产党登上历史舞台之后的大革命时期,这些在阶级斗争的风口浪尖上锻炼成长的年轻人,毫不犹豫地成为坚强的无产阶级战士。这一类形象同样不可能成为这部"成长小说"的主人公。因为他们的阶级意识并非来源于生活本身,而是来源于书本:

---

① 张钟等编:《当代文学概观》,北京大学出版社,1980年,第371页。

> 他（指贾湘农，引者注）从书架上取下一本书，递给江涛说……再好好读一读这本书吧！你要明白"社会"，懂得"阶级"和"阶级"关系。（第148页）

在小说的另一处，贾湘农更明确地指出："文化水平低的人，很难在政治上很快提高。"

在这一完整的农民成长谱系中，真正的主角当然是以朱老忠为代表的第二代农民。朱老忠的形象肩负着将传统的农民转化为现代农民的艰难使命。处于两个时代的夹缝中，作为一个动态不居的"成长"中的人物，这一形象承担的一个不可替代的艺术功能，就是在两代农民——两个时代之间承前启后，展示历史本质的生长过程。对于朱老忠而言，成长"已不是他的私事。他与世界一同成长，他自身反映着世界本身的历史成长。他已不在一个时代的内部，而处在两个时代的交叉处，处在一个时代向另一个时代的转折点上。这一转折寓于他身上，通过他完成。他不得不成为前所未有的新型的人。"① 这一承前启后的位置很自然地使朱老忠成为这部"成长小说"的真正主角，也成为决定小说阶级斗争的主题是否完成的关键："这里的成长克服了任何的个人局限性而变为历史的成长。所以，就连完善的问题，在这里也变成了新人同新历史时代一起在新的历史世界中成长的问题，这个成长同时伴随着旧人和旧世界的灭亡。"②

如果不是从"成长小说"的角度理解朱老忠，我们将很难理解朱老忠这一形象的文学史意义。就反抗精神而言，朱老忠甚至比不上他的父亲朱老巩。然而，朱老忠作为一个成长小说的主人公的价值恰恰在于他与传统农民英雄的区别。活跃于50—70年代的重要批评家李希凡敏锐地看到了这一点：

---

① 《巴赫金全集》第三卷，第232—233页。
② 同上书，第440页。

不错，作者笔下的朱老忠并不是一个传奇性的英雄，他也没有像水浒英雄那样带着千军万马向封建地主阶级进行直接的进攻，甚至也没有像朱老巩那样，提着铡刀在千里堤上和冯兰池面对面地较量，他像普通农民一样，生活在锁井镇上，但是，读过《红旗谱》以后，他的形象、性格、一言一行，却又有着一种不是用几句话能说出来的深沉的威势，震撼着读者的心灵，使你自然地联想到水浒英雄，联想到历代的农民革命英雄，只不过在这个形象、性格里，孕育着一种更为深沉的力量，这种力量我们可以称之为地下的火焰，它炽热地翻腾着，只等待着有那么一种导火线能够引导它冲破这僵硬的地壳。①

"50—70年代"的红色批评家的水平并不如我们想象的低劣，只到今天，我们对朱老忠形象意义的阐发听起来仍然像是对他们的陈词滥调的复述。虽然他们还不会用"成长小说"来定义《红旗谱》，然而，他们显然已经注意到了朱老忠形象承前启后的意义：

> 对于旧中国革命农民来说，朱老忠是一个性格的"总结"；而对于20世纪30年代的革命的中国农民来说，它又展示了一个新的起点。它形象地论证了中国共产党所领导的以农民为主力同盟军的伟大的新民主主义革命的历史动力。②

李希凡将《红旗谱》与《林海雪原》进行了比较：

> 朱老忠的形象，是提供了一部旧中国革命农民的性格

---

① 李希凡：《革命英雄典型的巡礼》，《文学评论》1961年第1期。
② 同上。

发展史；杨子荣的形象，则是提供了一个革命战士斗争生活的横断面的英雄传奇。一个是"性格发展史"，一个是"生活的横断面的英雄传奇"……就小说的整个情节构成来看，杨子荣智取威虎山的英雄传奇，虽然是把杨子荣的机智、勇敢和战胜困难的坚忍不拔的精神，表现得非常深刻，但是，它们只能粘附于特有的惊险情节才能得到充分的描写，而不能像朱老忠那样，即使在日常生活里，也能展示出它的深沉的性格特色。譬如杨子荣的性格，我们只能在他对敌斗争的时候才有鲜明的感受，而离开那些惊险场面，在这个小分队的日常生活里，杨子荣的性格就由于缺乏鲜明、具体的描绘而不能深刻感人了。这确实是表现了作者在典型性格创造上的革命现实主义还不够充分。①

与少剑波相比，杨子荣是《林海雪原》中更为纯粹的英雄人物。然而，即使是以杨子荣为主角来讨论《林海雪原》，李希凡也发现了"革命英雄传奇"的缺陷——当然，这一缺陷是在《红旗谱》这种新的"成长小说"出现之后才被发现的。非常明显，就小说艺术而言，在《红旗谱》代表的"成长小说"出现之后，"革命英雄传奇"——"革命通俗小说"的好日子就已经不多了。

二、从"家族复仇"到"阶级斗争"

《红旗谱》同时讲述了两个故事，一个是"家族复仇"，另一个是"阶级斗争"。两种不同的知识话语的并置，凸显出传统社会与现代社会的对立，而"家族复仇"主题向"阶级斗争"的转换，则书写了中国

---

① 李希凡：《革命英雄典型的巡礼》。

农民经历的艰难的现代性转型。

"家族复仇"是传统社会的叙事母题。以"血缘宗法制"为基础的中国封建王朝就是一个以众多小家族为分子的大家族。作为中国文化精神的基本结构要素,血缘是"家"的抽象,是由家及国的起点、基石和范型,当然也是"人"的确立方式、价值取向与价值理想。在中国文化中,"人"的确立与构造首先是在血缘关系中完成的,"家"既是人的生活的归依,更是人格成长的母胎。人的社会化,首先的也是主要的就是家族化。可以说,血缘在中国文化中,不仅是一种基本的人伦关系,而且是一切社会关系的原型,是人际关系的组织结构形式,因此,在中国文化中,血缘关系不仅仅是伦理关系的基础,更是政治关系的基础。这意味着在宗法制家族文化中,为亲情复仇是氏族成员必备的素质,但它同时又以权力的形式表现出来,经过氏族成员的确认,复仇遂成为社会共同遵守的准则。恩格斯在《家庭、私有制和国家的起源》中指出:"同氏族人必须相互援助、保护,特别是在受到外族人伤害时,要帮助复仇。个人依靠氏族来保护自己的安全,而且也能做到这一点,凡伤害个人的,便是伤害了整个氏族。因而,从氏族的血族关系中便产生了那为易洛魁人所绝对承认的血族复仇义务。"[①] 孔子就公开主张为亲人复仇,《礼记·檀弓》篇记载:"子夏问于孔子曰:'居父母之仇,如之何?'夫子曰:'寝苫,枕干,不仕,弗与共天下也。遇诸市朝,不反兵而斗。'"意为:报父母大怨,志在必得,应当不做官或辞官,专心准备复仇之事,睡草席枕盾牌,在保持居丧礼节时不断砥砺斗志,一旦与仇人在街市相遇,随身携带兵器,立即同仇人搏斗。《大戴礼记·曾子制言》也称:"父母之仇,不与共生;兄弟之仇,不与聚国;朋友之仇,不与聚乡;族人之仇,不与聚邻。"宗法制的社会中,以血缘为亲疏的标准,宗族竞争是社会发展的重要动力。吴王夫差、越王勾践、伍子胥为父复仇的故事都是超

---

① 《马克思恩克斯选集》第四卷,人民文学出版社,1972年,第83页。

时空的文学母题。为父复仇，成为家族文化对朱老忠的内在要求。在乡土中国的家族文化中，父亲是家族的族长，既是家族血脉的来源，又是家族的象征。"杀父"既意味着本家族的没落和家族血缘的断裂，更意味着作为儿子的"我"的合法性的丧失。《红旗谱》中的朱老忠，就是因为这一家族伦理的召唤走上千里迢迢的复仇路的。如果只是在这个传统的框架中演绎故事，那么我们看到的只是一位传统的为家族复仇的英雄。

只是这种家族文化的捍卫者已经无法成为《红旗谱》时代的英雄了。对中国传统的封建宗法制度的批判，是中国现代性运动的基本主题。从 1840 年鸦片战争之后，中国爆发了多次革命战争，每次革命战争都对封建家族制度产生强烈冲击。1911 年爆发的辛亥革命，是由民族资产阶级和小资产阶级领导的资产阶级民主革命。辛亥革命的一个重要成果是推翻了清政府，另一重要成果是宣扬了天赋人权、自由、平等、博爱等资产阶级民主思想，从而对封建制度从思想上给以猛烈的深刻的冲击。以孙中山为首的民主主义者提出家庭革命、家族革命的口号，认为家族制度是"万恶之首"，它扼杀自由、剥夺人权，禁锢知识、提倡愚昧、故步自封，使国民成为"无脑、无血、无灵魂"之奴才，家族制度是夫权、父权、君权等强权的根源，是导致"自由死""国权死""国民死"的祸端，是中国进步发达的严重障碍，因此，要推翻清王朝的专制统治，揭开"社会革命"的序幕，必须从家族革命开始做起。祖先祭祀是家族制度的精神纽带，他们就主张"祖宗革命"铲除祖宗崇拜的种种凭借，号召拆毁祠堂、掘平祖坟、焚烧神主、废除祭祀。① 在继起的新文化运动中，家族伦理遭到了更为激烈的批判。表现家族血缘伦理的英雄传奇被一概视为"非人的文学"，赶出文学的殿堂。在新文学作家的笔下，封建家族成为罪恶的渊薮。巴金

---

① 参阅邹容《革命军》《三纲革命》《祖宗革命》，汉一《毁家论》，家庭立宪者《家庭革命说》等文，载《中国近代史资料丛刊·辛亥革命》、《辛亥革命前十年时论选集》第一、二卷。

的呼喊"我要向一个垂死的制度叫出我底 I'accuse（我控诉）"①，对象就是传统的中国大家庭；曹禺则以《原野》解构了传统的家族复仇故事。在《原野》中，仇虎的归来是为了向焦阎王报杀父之仇和夺妻之恨（后者也是家族文化的另一个重要母题），不料焦阎王已经去世，只剩下瞎了眼的焦母、性格懦弱的焦大星和尚在摇篮中的小黑子。仇虎依照"父仇子报""父债子还""断子绝孙"的传统进行了残酷的复仇，杀死了焦大星，并借焦母之手击杀了无辜的小黑子。然而，完成了家族复仇使命的仇虎并没有因此成为英雄，相反无法摆脱内心深处的有罪感，最终在不可摆脱的心灵恐惧中陷入崩溃。显然，当仇虎开始意识到焦大星和小黑子的无辜受害者的身份时，他已经不再是一个快意恩仇的水浒英雄，而是一个开始意识到人道精神和非家族观念的现代人。曹禺通过仇虎这一人物的刻画完成了对家族复仇这一传统伦理的现代性质疑。

如果说新文化运动以一个现代性范畴——抽象的"个人"取代了传统宗法制度及其与之适应的家族伦理，那么，在随之而起的共产主义运动中，"阶级"则成为了我们认识世界的全新角度。马克思主义把自己的关注点由伦理观念转移到一部社会史的基本存在状态之中，从而在这里奠立了自己理论的基点："到目前为止的一切社会的历史都是阶级斗争的历史。"恩格斯明确指出："根据唯物主义观点，历史中的决定性因素，归根结底是直接生活的生产和再生产。……以血族团体为基础的旧社会，由于新形成社会各阶级的冲突而被炸毁；代之而起的是组成为国家的新社会，而国家的基层单位已经不是血族团体，而是地区团体了。在这种社会中，家庭制度完全受所有制的支配，阶级对立和阶级斗争从此自由开展起来，这种阶级对立和阶级斗争构成

---

① 巴金：《家·附录二 关于〈家〉（十版代序）——给我的一个表哥》，人民文学出版社，1977年，第404页。

了直到今日的全部成文历史的内容。"①

与"五四"以后新文学中"人道主义"对封建家族伦理的超越十分近似,30年代的左翼文学以"阶级意识"替代家族伦理,从30年代的左翼文学开始,就一直是革命文学的基本主题。

在"家族复仇"与"阶级斗争"这两种不同的政治谱系中,《红旗谱》显然选择了后者。关于这一点,梁斌在创作谈中交代得非常清楚:"我写这本书,一开始就明确主题思想是写阶级斗争。"② 梁斌之所以成功,是因为他选择了"成长小说"这一现代小说形式,因为只有"成长小说"才能将"家族复仇"与"阶级斗争"统一起来,使"家族复仇"成为"阶级斗争"的起点,同时又使"阶级斗争"成为"家族复仇"的终点。在这种设置中,冯老兰既是"家族复仇"的对象,同时又是"阶级斗争"的对象。两种叙事模式之间的相互蕴涵,相互说明,使现代性——历史得以在传统中自然地生长起来,使超历史的抽象概念得以历史化。

《红旗谱》的楔子——朱老巩护钟失败身亡的故事就是大有深意的设置。朱老忠为报父仇千里还乡,读者看到的是一个典型的关于家族复仇的传统故事,然而,在这个耳熟能详的框架后面,隐含的其实是一个"阶级斗争"的现代性叙事——虽然大多数的读者由于阅读习惯,常常会忽略这个隐含的故事。矛盾的起因,是地主兼乡长冯兰池(即后来的冯老兰)要砸掉滹沱河边千里堤上的一口作为"官地"证据的大古钟,目的是为了吞并"河神庙前的四十八亩官地",朱老巩奋起反抗。这四十八亩地是明朝嘉靖年间滹沱河下游的四十八村村民为了修桥补堤而集资购买的土地。因此,朱老巩反抗冯老兰,并不是为了个人或家族的利益,而是为了维护四十八村的集体财产。因此,朱老

---

① 恩格斯:《家庭、私有制和国家的起源》序言,《马克思恩格斯选集》第四卷,人民出版社,1995年,第2页。

② 梁斌:《漫谈〈红旗谱〉的创作》。

巩其实是一位具有原始共产主义思想的古代英雄,虽然他进行的反抗还是"自发的反抗",但离"自为的反抗"并不遥远。这是朱老巩的临终遗言:

>(朱老巩)摩挲着小虎子的头顶说:"儿啊!土豪霸道们,靠着洋钱堆上长起来的,咱是脱掉毛的光屁股鸡,势不两立!咱穷人的气出不了,咳!我这一辈子又完了!要记住,你久后一日要有一口气,就要为我报仇,告诉人们说,我朱老巩不是为自己死去,是为四十八村人的利益死去的!"他说到这里,眼神发散了,再也说不下去。(第14页)

在小说中,朱老巩的这一形象的现代意义显然得到了农民兄弟的认同:

>(严老祥)蹲在朱老巩头前,凄切地说:"兄弟!……你在九泉下放心吧!你白死不了,人们知道你是为什么死的,我们受苦人将子子孙孙战斗在千里堤上!"(第15页)

非常明显,这里的"受苦人"是一个超越了血缘政治与地缘政治的现代政治学范畴。梁斌显然知道两种政治之间的界限。因此,连接朱严两家三代人的感情显然不能从建立在地缘政治之上的"亲情"与"义"的角度加以理解。冯老兰也是朱老忠的乡亲,当年朱老巩护钟的时候,冯老兰就曾经质问他"为什么胳膊肘往外扭"。(第9页)显然,梁斌想说明的是,要在一个共同居住的村庄里将冯老兰与朱严两家区分开来,唯一的标准是不同的经济地位——不同的政治身份。

与此相对应的,是反面人物的刻画。朱老忠为代表的农民要成为阶级斗争的战士,小说中的主要反面人物冯老兰显然不能只是一个普通地主。只有当朱老忠意识到他的"仇人"不再只是作为杀父仇人的地主冯老兰而是抽象的"地主阶级"时，他才能够真正完成从个人复仇到阶级斗争的成长之旅，也就是说，朱老忠要确立自己的主体性，必须首先确立一个"他者"，只有在这个"他者"具备了从具体发展到抽象的能力的前提下，朱老忠的主体性才能真正建立起来。

　　冯老兰不是传统意义上的地主。传统乡村社会一般情况下呈现的是一种自治的状态，绝大多数的乡村事务国家政权并不过问，国家政权一般只延伸到县一级，乡村基本上处于一种自治的状态。一般来讲，乡绅靠自己的文化威权实现着对乡村的控制。清朝以后，随着中国现代化进程的展开，国家政权才由县扩张到乡镇。国家政权的扩张的目的只有一个，那就是在广阔的农村社会建立一体化的民族国家认同，从农村汲取现代化所需要的资源。在清朝最后的岁月，像冯老兰这样的乡绅在地方的权力不仅大大地扩展了，而且开始趋向强横，他们从后台跳到了前台，由农民的经济命脉的控制者变成政治权力的拥有者。权钱不分的直接后果，当然是对权威性资源赤裸裸的占有。乡村政治的功利性大大增强，从而使传统的道德威权难以维持。乡村自治机关无事不管的结果，使得它们不得不与地方政府捆绑在一起，借助政府的暴力来推行政务，从而在无形之中，国家政权借精英之手将触角伸到了乡下，揭开了国家权力下移的序幕。政府所有的经济、政治、军事改革以及各级政府的日常开支大部分都压在了本来就已经凋敝不堪的农村经济的头上。

　　正是在这个意义上，我们在《红旗谱》中看到的农民与地主的冲突，就不仅仅是传统意义上的伦理冲突，而是现代意义上的政治权力的冲突。如果说冯老兰对公田的霸占是他的地主与乡长这双重政治身份的初步体现，那么，作为小说高潮的"反割头税运动"，虽然仍然在朱冯两家之间展开，却已经不是农民与地主之间的利益之争，而是共产党领导的农民与国民党政权之间的政治斗争。

　　"阶级斗争"理论不承认独立于阶级利益之外的血缘政治学与地缘政治学，"阶级"是一个超血缘——超伦理的概念，因此，朱老忠能否成为一个真正的"阶级战士",取决于他是否能够最终克服他的个人仇恨,将具体可感的个人仇恨与家族仇恨置换为高度抽象的"阶级仇恨"。这个充满悖论性的意识形态旋涡成为朱老忠性格发展的情境。尤其是在《红旗谱》这样的"成长小说"中,"阶级斗争"的主题不是"呈现"出来,而是作为一种"历史"的"规律"自然地、不可抗拒地生长出来。"成长小说"的这一结构特点使这一类小说处于一种典型的现代性吊诡之中:一方面,"中国农民的成长"必须以个体农民建立在血缘地缘等自然关系之上的传统伦理方式作为起点与依据,另一方面,农民的"成长"又意味着对这一伦理方式的克服与扬弃,这使农民的"成长"变成了这些农民英雄对"自我"的超越,让主要通过具体的生活经验获得知识的农民完成高度现代性的"自我超越",这种比单纯展示道德冲突的《林海雪原》式的"革命通俗小说"和展示高度符码化的阶级冲突的《红岩》式的"政治小说"要复杂得多的艺术使命,既是对梁斌笔下的农民英雄的考验,也是对梁斌本人的考验。

其实这并不仅仅是梁斌的问题,戴锦华曾经谈到这一问题的普遍性:

> "中国"作为一个现代民族国家的确认,并非联系着对传统中国家庭的认同;与此相反,它刚好伴随着对传统中国亲属结构的否定与颠覆。事实上,"五四"时代的写作尤其是巴金的《激流三部曲》的写作,已然将传统中国的大家庭定义为囚禁、无血的虐杀与"人肉筵席",而1949年以后的社会政治文化结构,进一步以阶级的、集体的认同摧毁了血缘家庭的结构模式。但是,这里同样存在着一个双向的文化建构过程:一边是"岳母刺字"式的尽忠、尽孝或杨家将式的"忠烈满门",已由"民族主义原型"成功地转化为现代"爱国主义传统",于是,家族与民族的表述便在这一重新建构的传统联系中获得了新的融合;另一边则是工农兵文艺成

功地将阶级仇、民族恨转换为叙述中的家族血仇。因此,家族/血缘在阶级/血缘的层面获得了再度认可。①

《红旗谱》体现的恰好是这种"传统""现代"之间双向运动的叙事策略,将一个抽象的关于"阶级斗争"的现代性命题寄生在一个传统的伦理叙事框架中,其成效是不容置疑的。这是一个经典的民间传奇——中国式的恩怨情仇的叙事格局,朱老巩这一经典的传奇英雄形象——路见不平、拔刀相助的刚烈血性的中华奇男儿的形象联系着久远的传统,立誓为父复仇的虎子被迫远走他乡,多年以后,作为一个一刻也不会忘记杀父之仇的归者,朱老忠以他血仇的记忆联结起叙事时间的断裂,同时以复仇者的身份复活了锁井镇一带四十八村有口皆碑的古远的传奇。复仇的传奇英雄之子的重归意味着英雄的再生与复现——"要是有人看见朱老忠的身形、长相、脾气和性格,就会想起他的老爹朱老巩"(第26页)。父子之间这种相貌、精神上的近似,将"家族复仇"与"阶级斗争"这两种不同意识形态的叙事有效地缝合在一起。可以说,这一叙事方式完整地再现了"阶级"这一现代性知识在中国的发生过程。作为一种现代政治范畴的"阶级",一方面是一种通过人的经济地位确立的自我意识,因此,从表面上看,这一自我意识具有神圣的、不可质询的客观性,另一方面,与所有的现代性范畴一样,"阶级"又同时是通过共同的价值、历史和象征性行为表达的自我意识,在这种意义上,"阶级"其实是一种特殊的集体身份。这种集体身份正如"族群""种族""社会集团"一样,要有集合性的符号和合法性来源,即什么因素可以有效地代表这种集体身份,什么因素可以使一定社会范围的社会成员认同这种集体身份。也就是说,"阶级"的存在是由于阶级成员的认同和某种共同的感情,无论这种认同是如何产生的。在这个意义上说,对"阶级"的认同同样需要想象甚

---

① 戴锦华:《隐形书写——九十年代中国文化研究》,江苏人民出版社,1999年,第215页。

至幻想,需要寻找和"创造"共同的历史。《红旗谱》中,掌握了革命理论的青年学生之所以在农村屡屡碰壁,就是因为没有弄清楚这个道理。江涛给村里最穷的老套子讲革命道理,结果大败而归。——"江涛根据人愈穷,受的压迫越大,革命性愈强的规律,今天越谈越摸不着门径。"(第244页)

这其实也是贾湘农这样的农民成长的领路人遇到的问题,贾湘农被朱老忠接受和理解的过程,是农民运动的领导者彭湃、毛泽东等人的共同经验:知识分子只有脱下长衫,收起学生腔,与农民打成一片才可能发动农民运动,但即使跟农民有了共同语言,穿戴与农民一样了,信服他们的农民依然不会把他们当作自己的一员,对于农民来说,这些让他们感到亲切的读书人还是些了不起的大人物,是可以拯救他们出苦难的能人和超人:

> 朱老忠对运涛说:"去吧,孩子!去吧!扑摸扑摸,也许扑摸对了。……你要是扑到这个靠山,一辈子算是有前程了!"(第113页)①

在农民中间很容易发展出对这些知识分子的崇拜。不同的只是,20世纪初期出现在中国农村的这些知识分子已经不再是原来的读书人,而是一群有着全新政治诉求,以当时世界最时髦的理论"阶级斗争"来启蒙和动员民众的共产党人。要将这种抽象的理论转化为农民内在的要求,必须将其转化为农民理解的语言。要完成这无法完成的使命,"传统"显然是不可替代的资源。《红旗谱》对这一有效资源的借用,不仅体现在将"阶级斗争"这一现代性的主题在一个"家族复仇"的传统故事构架中展开,而且体现在小说的叙事中不断以传统的

---

① 这句话梁斌在再版本中作过修改。四版把朱老忠的话改为:"你要是扑摸到这个靠山,咱受苦人一辈子算是有前程了!"初版的话流露出农民造反者择主而事和打江山坐江山的传统心理,修改后朱老忠的思想觉悟却提高了。

伦理范畴置换抽象的政治概念：

> 张嘉庆走了一段路，回头看了看他住过几年的城池。贾老师还独自一个人站在土岗上，呆呆望着。他要亲眼看着年轻的同志走远。张嘉庆看着他严峻的形象，暗暗地说："父亲……父亲……"（第331—332页）

作为《红旗谱》第三代农民中的一个重要人物，像我们在所有的革命叙事中看到的一样，出身于地主家庭的张嘉庆在贾湘农的引领下的成长，是通过对自己的血缘家庭的背叛得以实现的，然而，在张嘉庆眼中，革命导师贾湘农的形象却具有"父亲"的意义。在这里，阶级关系是以血缘关系加以说明的，正因为血缘／家族与阶级关系相互统一，因而才可以被不断置换，相互说明和相互印证。

作为"现代"—"传统"这一二元对立范畴的基本表现形式，传统血缘／家族与阶级斗争之间的冲突是50—70年代中国小说的基本主题，然而，并不是所有的小说都选择了"成长小说"这样的方式，即使在一些与《红旗谱》同期出版的小说中，对这一主题的表现就有着更加激烈的方式。1956年由作家出版社出版的长篇小说《小城春秋》就是一个例子。

高云览的《小城春秋》是一部描写二三十年代南国小城中青年知识分子在共产党领导下与国民党特务进行斗争的故事。刻画了何剑平、李悦、陈四敏、吴坚等革命者的形象。小说中的两个正面人物何剑平和李悦是两个世代仇恨的家族的后裔，在家族械斗中，李悦的父亲李木杀死了何剑平的父亲。为了逃避报复，李木带着儿子李悦逃到厦门，为父复仇的何剑平随叔父何大雷追踪至厦门，李木再次出逃，下落不明，复仇被迫延搁下来。后来传来了李木出洋死亡的消息，"小剑平觉得失望，因为失去了复仇的对象"。没想到许多年后参加了革命的何剑平，竟然见到了同样是革命战士的李悦：

"来来,剑平,我给你介绍,"吴坚站起来指着那青年说,"这位是李悦同志……"

剑平愣住了。

瞧着对方发白的脸,他自己的脸也白了。不错,是李悦!七年前他用树枝打过的那个伤疤还在额角!剑平一扭头,往外跑了。

"剑平!……"仿佛听见吴坚叫了一声。

他不回头,急忙忙地往前走,好像怕背后有人会追上来似的。

他心绪烦乱地随着人流在街上走,不知不觉间,已经走出喧闹的市区,到了靠海的郊野。

……

"是啊,道理谁都会说……"剑平拣一块岩石坐下,呆呆地想,"可是……可是……如果有一个同志,他就是杀死你父亲的仇人的儿子,你怎么样?向他伸出手来吗?……不,不可能的!……"

不过,经过激烈的思想斗争,剑平还是被"道理"说服了。第二天,李悦接到了剑平托吴坚转来的一封信:

……昨天,我一看见你就跑了。我向你承认,倘若在半年前,要把这些年的仇恨抹掉是不可能的;但是今天,在我接受无产阶级真理的时候,我好容易明白过来,离开阶级的恨或爱,是愚蠢而且没有意义的。

不爱不憎的人是永远不会有的。我从恨你到不恨你,又从不恨你到向你伸出友谊的手,这中间不知经过多少扰乱和矛盾。说起来道理也很简单。然而就是这么一个简单的道理,要打通它却不是一件简单的事。

正因为打通它不简单,我们家乡才有年年不息的械斗,农民也才流着受愚和受害的血。他们被迫互相残杀,却不知道杀那骑在他们头上的人。

谁假借善良的手去杀害善良的人?谁使我父亲枉死和使你父亲流亡异邦?我现在是把真正的"凶手"认出来了。

父的一辈已经过去,现在应该是子的一代起来的时候了。让我们手拉着手,把旧世界装到棺材里去吧。①

就这样,何剑平以"阶级意识"超越了家族伦理,他不仅接受了李悦这个战友,还特意去探望死里逃生回来的李木,而且在李木死后,为其执绋送终,因为这时的李木已经不再是剑平的杀父仇人,而是亲密战友李悦的父亲。与此同时,剑平的亲人,当年为剑平父亲报仇的叔父何大雷却成了汉奸,剑平果断与之断绝了关系,并在听到了他的死讯后毫无惋惜之情……

当《小城春秋》以如此形象的方式向我们展示了"家族伦理"和"阶级意识"的尖锐对立时,穷途末路的"家族伦理"显然已经无法逃避被"革命伦理"取代的必然命运。只是在对这一时代主题的表达上,《红旗谱》选择了比《小城春秋》温和得多——可以说是更为"小说化"的方式。通过在"传统"与"现代"两种不同叙事模式之间的转换,《红旗谱》完成了传统小说向现代小说的过渡。其中对"个人""家庭""家族"乃至"历史"关系的处理,完全可以视为对巴赫金相关"成长小说"理论的详尽注释:

与这些个人生活系列并列,在其之上而非在其之中,又形成了历史时间的系列,民族、国家、人类的生活流贯其间。不管总的采取怎样的意识形态立场、怎样的文学观念,

---

① 高云览:《小城春秋》,作家出版社,1956年,第20—23页。

不管理解接受这一时间及其中的事件采取何种具体的形式，这个历史时间终归不会同个人生活系列融合在一起，衡量它有另外的角度价值尺度，其间发生的是另外一类事件，它没有内在的方面，不存在从内部理解接受它的角度。无论怎样理解和描写它对个人生活的影响，它的事件起码有别于个人生活事件，它的情节也同样是另一类情节。……现代历史小说的基本任务，就是克服这一两重性：作家们努力要为私人生活找出历史的侧面，而表现历史则努力采用"家庭的方式"（普希金语）①

在一篇介绍《红旗谱》艺术成就的创作谈中，梁斌曾如此介绍自己的艺术经验：

> 在创作中，我曾考虑过，怎样摸索一种形式，它比西洋小说写法略粗一些，但比中国的一般小说要细一些；实践的结果，写成目前的形式。我未考虑用章回体写，但考虑过中国小说中句、段的排法，后来才考虑到毕竟不如新小说的排法醒目，就写成目前的形式，我想，如果仅仅是考虑用章回体写，不能用经过锤炼加工的民族语言，不能概括民族和人民的生活风习，精神面貌，结果还是成不了民族形式；反过来，只是概括了民族和人民的生活风习，精神面貌，即使不用章回体，也仍然会成为民族形式的东西。②

虽然梁斌在这里主要讨论的是小说形式的问题，但就文学形式与内容不可分割的关联而言，他实际上触及了传统小说向现代小说的

---

① 《巴赫金全集》第三卷，第416页。
② 梁斌：《漫谈〈红旗谱〉的创作》。

转换这一基本问题。与曲波式的"革命通俗小说"作家只是从传统小说——准确地说,只是在"传统"中寻找资源不同,梁斌将自己的目标定位于一种介于"西洋小说"和"中国的一般小说"之间的小说样式。正是在这一意义上,《红旗谱》的成功不仅仅是"成长小说"这一艺术形式的结果——如果我们将"小说"理解为想象和认同自我的基本方式,那么,以《红旗谱》为代表的"成长小说"的勃兴,就只能理解为时代精神的实现,因此,对"成长小说"的表现就不能视为梁斌的个人选择——因为同样的理由,"成长"这一现代性主题就不应该仅仅局限在"小说"中加以理解。

三、"田园诗"与"历史小说"

> 哥儿俩,耪呀!耪呀!四条小胳膊抡着小锄,把腰猫了个对头弯。小苗上的露珠沾在裤角上,溅在腿上,沾在脚上,他们觉得多么舒坦!耪呀!耪呀,葫芦苗,开着蓝色的小喇叭花,耪了去。水萍花,秀出了紫色的花穗,耪了去,把野草都耪了去。光剩下紫根绿苗的大秋谷,长得肥肥的,壮壮的。耪呀!一股劲儿耪。(第71页)

以上的这一段描写的是严家两兄弟运涛和江涛在农田耕种的场景,这种洋溢着劳动快乐的农村"生活叙事"大量出现在《红旗谱》中。对基本上是一个"农民作家"的梁斌而言,描写"民俗"显然要比那些信奉"民粹主义"的知识分子要简便得多。《红旗谱》的"民俗"是对特定的人与人、人与环境关系的展示,包括农村的风景,农民对土地的热爱,农民之间的友情,家庭成员之间的亲情,青年男女之间淳朴的爱情,农村孩子快乐的乡村生活,甚至农村妇女在夫权压迫下掺杂着甜蜜的哀怨,都被刻画得栩栩如生。农民们在冀中平原的雪夜和美丽的春天原野上，赶鸟，看瓜，打狗，赶年集、走庙会、过除夕；运涛和春兰一对小儿女并肩坐在瓜园的窝棚上谈恋爱；运涛、江涛、大贵、春兰们在棉花地里扑鸟……乡村的居民在美丽的乡村风景中的生活构成了一幅没有历史感的农村生活的画卷，散发出田园诗一般的魅力。梁斌以无限深情描写了他记忆中的乡村，以他自己的话来说："我认为对于中国农民英雄的典型的塑造，应该越完善越好，越理想越好"[①]，"在那个时代，在他们之间存在着伟大的爱情：父子之爱，夫妇之爱，母子之爱。在他们之间存在着伟大的友情，敦厚的友谊。当我发现了旧中国时代这些宝贵的东西，我不禁为之钦仰，深受感动，流下了眼泪"。[②]

这种魅力连党的领导者贾湘农都无法抗拒，当下乡检查和指导工作的贾湘农第一次来到运涛家时，这位党的领导人也被这种民间风情征服了：

> 他喝完了茶抽过烟，站起身来，在园子上眺望。一带长堤，堤上矗立着一棵棵白杨树，土地上小苗长得绿绿的。后面是一簇簇农民的房屋。他说："好地方！好地方！"一时高兴，脱下长衫，搭在小枣树上，说："运涛！来，咱俩浇浇园！"说着拧起辘轳来。
>
> 阳光照着，鸡群在谷场上草垛底下啄食。公鸡站在小碌碡上，伸直脖子打着长鸣，引起谁家小屋里的娃子叫……他笑眯眯地说："乡村风物啊！有多么美妙啊！"说着，他慢慢把斗子绞起，哗啦地把水倒进水池里。（第117页）

《红旗谱》中这种一直备受批评家称道的"生活化叙事"，反映出

[①] 梁斌：《漫谈〈红旗谱〉的创作》。
[②] 梁斌：《我怎样创作了〈红旗谱〉》，《文艺月报》1958年第5期。

梁斌潜意识中的属于农民个体具有的"地方性知识",这是一种作为自然村成员的身份和意识,"想要完成一部有民族气魄的小说,我首先想到的是要做到深入的反映一个地区的人民的生活。地方色彩浓厚,就会透露民族气魄。为了加强地方色彩,我曾特别注意一个地区的民俗。我认为民俗是最能透露广大人民的历史生活的"。① 以这一视角观察生活,农村是一首由淳朴的乡民和美丽的风景构成的古老的田园诗。然而,《红旗谱》要表现的主题,则是一种以"阶级斗争"为主体的不折不扣的现代性知识,作为这一主题的实现,出现在《红旗谱》中的农民必须是历史时间中的阶级整体。两种知识——"地方性知识"与"现代性知识"、两种时间——"田园诗"与"历史"之间的融合与冲突构成了《红旗谱》这种现代小说特有的话语实践。

两种知识中呈现的现实显然并不相同。田园诗里的冯老兰是一个崇尚"勤俭治家","不妄花一个钱","不糟蹋一粒粮食",冬天穿着一件"穿了有十五年,补丁摞补丁"的破棉袍的普通乡村地主,他在砸钟、夺鸟、争夺春兰和承包割头税几件事上与朱严两家发生的冲突,在田园诗中完全可以理解为传统意义的伦理冲突。

"砸钟"是全书的楔子,对全书的结构有举足轻重的意义,因而,冯老兰砸钟的动机就显得非常重要。冯老兰声称砸钟是为了卖铜顶替四十八村的赋税,朱老巩则认为冯老兰卖掉作为"官地"证据的大古钟的真实意图是为了独吞"河神庙前的四十八亩官地",所以才出头干预,大闹柳树林。阶级叙事显然认同了后一种解释,否则小说的主题根本无法建构。然而,根据事后冯老兰向儿子冯贵堂的交代,砸钟的真实原因其实是"根据阴阳先生的判断,有那座铜钟照着,咱冯家大院要家败人亡的"(第65页)。此说显然同样无法支撑阶级叙事。一个迷信的地主无法等同于穷凶极恶的阶级敌人。

接下来的"夺鸟"事件更加平常。爱鸟如命的冯老兰看上了江涛

---

① 梁斌:《漫谈〈红旗谱〉的创作》。

和大贵等一帮孩子捕到的一只漂亮的脯红鸟,在鸟市上的拍卖中,冯老兰出了三十吊大钱的最高价,但大贵因为讨厌冯老兰,所以坚决不卖给他,连江涛的劝说也不听。冯老兰没有办法,只能向儿子冯贵堂诉说委屈,冯贵堂打发账房先生李德才去找江涛商量,结果被朱老忠和朱大贵拒绝和奚落了一顿,李德才被气得"头也不回,下了坡绕到苇塘里跟跟跄跄地走了"(第92页),冯老兰的愿望于是落空。出现在这一"夺鸟事件"中的冯老兰是一个连农民小孩的鸟都夺不到手的可怜虫,好像与叙事人描写的那位"立在十字街上一跺脚,四条街乱颤"的恶霸地主冯老兰没有多少关系。

年过半百的冯老兰看上了村里的未婚姑娘春兰,梁斌显然试图借用把异常的性行为派给反面人物的俗套。春兰的迷信的父亲老驴头认为辈分不合,因此不同意,冯老兰伤透了脑筋:

> 冯老兰转着黄眼珠子,想:"是人没有不爱财的,如今为了得到这个好看的姑娘,不得不破一笔大财了!"沉默一刻,左思右想,身上急痒起来,冷不丁地说:"豁出去了,给他一顷地,一挂大车,连鞭子递给他。这就够他一辈子过了!"(第125页)

> 秉承冯老兰旨意的李德才找到老驴头,开出了冯老兰提出的条件,不料倔强的老驴头仍不同意,并且还气愤地"连着在李德才脸上打了几个耳光,打得山响。打得李德才闹了个侧不楞,差一点没跌在地上,趔趔趄趄地逃走了"。(第126页)

冯老兰只好又一次无可奈何地承认了自己的失败:

> 冯老兰扬起头,想了老半天,懒洋洋地说:"那妞子,

> 她硬僵筋！一顷地、一挂车，她还不干。不干也好，我还舍不得哩！我辛苦经营，怎么容易弄这一顷地、一挂大车！"

（第287页）

与此相关的冯老兰陷害运涛的事同样十分简单，因为冯老兰看上了春兰，所以十分留意春兰的行踪，一次他发现运涛和春兰在看瓜的小窝铺上聊天，于是"笑着"通知了春兰的大娘，春兰的大娘又好事地告诉了老驴头，一直对春兰和运涛私下来往不满和反对自由恋爱的顽固的老驴头火冒三丈，赶走了运涛，还不顾春兰宣称"没做那伤天害理的事"，当众把她打得半死，并当众宣布不允许春兰与运涛再交往，运涛自此觉得无脸见人，后来便离开家乡南下参军了。在运涛的这段故事中，赶走运涛的应该是老驴头头脑中的封建思想，冯老兰的作用并不十分重要，至多是策划了一个不太光彩的恶作剧而已。后来运涛在军队中因为参加革命活动被国民党逮捕，走投无路的严志和要到济南去探监看望运涛，居然去找冯老兰借钱，虽然可以用于说明农民阶级觉悟不高，但这种行为却也表现出乡土中国农村的人伦关系，说明地主与农民之间的经济关系，还带着浓重的小农经济色彩。

"反割头税斗争"是发生在冯老兰与农民之间的最重要的冲突，所谓"割头税"是国民党地方政府当年为增加收入开征的一项新税种，即农民每杀一头猪需向政府交纳一块七毛钱以及猪毛和猪尾巴大肠头，冯老兰在他那位受过现代教育的儿子冯贵堂的一再建议下，以四千元的价格主动承包了全县的割头税，按冯贵堂的计算，只要收到了一半税金，就可赢利八千到一万元，冯老兰同意承包。因此，不管国民党政府征税用途如何，冯老兰的承包并无政治目的，目标只是赢利。共产党发动农民拒交割头税，目的是打击国民党政府，朱老忠参加进来则是为了打击冯老兰，双方各取所需。得知农民抗交割头税，冯老兰派出分包商、保长刘二卯前去应战，有了冯老兰撑腰，刘二卯拿着杀猪刀，开始了骂战：

刘二卯大骂:"娘的,日你们东锁井的姥姥!"

他这么一骂,全街同的人们都赶上去,说:"打他个囚攮的!喊着,人们呜噜的挤上去,刘二卯在头里跑,人们在后头追。刘二卯跑过苇塘,立在西坡上,回头一看,把人们拉在后头,又大骂起来。贵他娘说:"赶他个野鸡不下蛋!"贵他娘迈开大步望西一追,全街同的人也跟着赶过去。正是年根上,男人们赶集的赶集,杀猪的杀猪,净是一些妇女、老婆儿、小孩子,一直赶到聚源号门口。刘二卯抱着脑袋钻进铺子里,不敢出来。

贵他娘说:"刘二卯!甭扯着老虎尾巴抖威风,你出来咱在大街上说说!"

春兰气不愤,也走上去说:"你们土豪霸道惯了,过年杀猪也要税。你们收了这样血汗钱去,老人花了掉牙,小子花了忘性强,念不了书,大闺女花了养活大胖小子!"①

刘二卯在柜房里听着大街上骂骂嚷嚷,实在骂得对不上牙儿,开门走出来,红着脖子脸,说:"娘的,朝廷爷还有王法哩!你们在老虎嘴上跳跶什么?"

贵他娘一见,就说:"上去,扯他!"

朱全富奶奶说:"小伙子们!去,撕掳他!"

庆儿他娘也说:"甭怕,来,打他狗日的!"

人们齐大伙儿挤上去,春兰拧住他一只耳朵,庆儿他娘扯住他袍子大襟,小顺撮住头发,庆儿抱住胳臂,二贵抱住腿。乱乱腾腾,挤挤攘攘,要把刘二卯抬起来,闹得不可开交。

刘二卯开初还装大人吃瓜,挺着个脖子不动。见姑娘

---

① 引者注:没有性别意识的春兰在这里使用的完全是"他者"的语言,她完全忘记了自己还是个"大闺女",不久前还差一点因为同样的原因被她父亲打死。

媳妇们真的打起他来，打得鼻子上流出血来。急的不行，实在走不脱，猫腰把裤子向下一退，脱了个大光屁股，说："姑娘们！谁希罕？给你们拿着玩儿吧！"

春兰一看，忙捂上眼睛。姑娘媳妇们捂上脸，合眉攒眼往家跑，一下子把人们轰散了。二贵猫腰在车沟里剜起一块牛粪，啪唧甩在刘二卯屁股沟上。刘二卯又从屁股上把那块牛粪挖下来，甩在地上说："看小孩子们，真是坏的出奇！"

冯贵堂在柜房里，听大街上人们吵吵嚷嚷，骂得不像话。不慌不忙，迈着方子步走出来。把手一摇，说："老乡亲们！就是为了这么一点钱吗？是呗？咱不要了，白送给老乡亲们过个年，看看好不好？"他说着还不住地笑。人们把眼一愣，说："他娘的！他这是干什么？"（第294—295页）

冯老兰一家就这样在这样充满了闹剧色彩的欢乐中承认了征税的失败。冯老兰收不到税，赔了本钱，找县政府求援又得不到支持，惜财如命的他试图抵赖包价，结果被国民党县政府扣押。割头税事件之后，冯老兰就退出了读者的视野……

在《红旗谱》中象征农民与地主之间严酷的阶级斗争的最高潮的"反割头税斗争"，竟然以这种戏谑的方式表现出来，这个时候的梁斌，显然是在写他的"田园诗"。在这一"充满着对一切神圣事物的亵渎和歪曲，充满了不敬和猥亵，充满了同一切人、一切事的随意不拘的交往"（巴赫金语）的狂欢节广场上，一幅生动的北方农村民俗风情画展现在读者面前。在这里，"整个世界、其中一切最神圣的东西，表现在这里都不带任何的距离，处于粗俗交往的领域中，一切都是伸手可及的"。[①] 狂欢节没有演员和观众之分。当然也不存在真正势不两立的仇恨。——"它甚至连萌芽状态的舞台也没有。舞台会破坏狂欢节

[①] 《巴赫金全集》第三卷，第529页。

(反之亦然，取消了舞台，便破坏了戏剧演出)。在狂欢节上，人们不是袖手旁观，而是生活在其中，而且是所有的人都生活在其中，因为从其观念上说，它是全民的。"①

田园诗是一种传统时空观念的体现，这个在梁斌的潜意识中存在的乡村，是一个巴赫金意义上的典型的无时间性的空间世界：

> 在田园诗里时间和空间保持一种特殊的关系：生活及其事件对地点的一种固有的附着性、黏合性，这地点即祖国的山山水水、家乡的岭、家乡的谷、家乡的田野河流树木、自家的房屋。田园诗的生活和生活事件，脱离不开祖辈居住过、儿孙也将居住的这一角具体的空间。这个不大的空间世界，受到局限而能自足，同其余地方、其余世界没有什么重要的联系。然而在这有限的空间世界里，世代相传的局限性的生活却会是无限的绵长。田园诗中不同世代的生活（即人们整个的生活）所以是统一的，在多数情况下一个重要的原因就是地点的统一，就是世世代代的生活都一向附着在一个地方，这生活中的一切事件都不能与这个地方分离。世代生活地点的统一，冲淡了不同个人生活之间以及个人生活的不同阶段之间一切的时间界线。地点的一致使摇篮和坟墓接近并结合起来（在同一角落、同一块土地上），使童年和老年接近并结合起来（同一处树丛、同一条小河、同一些椴树、同一幢房子），使几代人的生活接近并结合起来，因为他们的生活条件相同，所见景物相同。地点的统一导致了一切时间界线的淡化，这又大大有助于形成田园诗所特有的时间的回环节奏。

田园诗的另一特点，是它的内容仅仅严格局限于为数

---

① 《巴赫金全集》第六卷，第8页。

不多的基本生活事实。爱情、诞生、死亡、结婚、劳动、饮食、年岁——这就是田园诗生活的基本事实。它们在狭窄的田园诗世界里相互接近起来，之间不存在截然的对立，都具有同等价值（至少是努力要做到具有同等的价值）。严格地说，田园诗不知有什么日常的生活。对个人生平中和历史上重要而独特的事件来说是属于日常生活的东西，在这里却偏偏成了生活中最为重要的事件。

最后，与第一特点密切相关的田园诗第三特点，是人的生活与自然界生活的结合，是它们节奏的统一，是用于自然现象和人生事件的共同语言。①

与"田园诗"对立的世界是所谓的"历史时间"以及由"历史时间"这一概念派生出的诸如"现实主义"等等现代性范畴。"现实主义"对空间化的"田园诗"的升华，正是对保持着不可分割的联系的传统生活方式的暴力性分割。因为"文学中乡土性的最根本的原则就是世代生活过程与有限的局部地区保持世世代代不可分割的联系；这一原则要求复现纯粹田园诗式的统一。……这里不存在广阔而深刻的现实主义的升华，作品的意义在这里超越不了人物形象的社会历史的局限性。循环性在这里表现得异常突出，所以生长的肇始和生命的不断更新都被削弱了，脱离了历史的前进，甚至同历史的进步对立起来。如此一来，在这里生长就变成了生活毫无意义地在一处原地踏步，在历史的某一点上、在历史发展的某一水平上原地踏步。"②

"阶级斗争"当然不是这种"循环性"的田园诗。马克思认为是征服、奴役、怯弱和暴力统治占据了现实历史的编年史，然而，在恬静的政治经济学教科书中，我们看到的却始终是田园诗。马克思义愤

---

① 《巴赫金全集》第三卷，第425—426页。
② 同上书，第429—430页。

地指出：按照这些教科书的说法，劳动和权利从来就是唯一的致富手段。事实上，原始积累的方法绝不是田园诗式的东西。在马克思看来，一部阶级斗争的人类社会史，其基本的演变情形就是被统治阶级反抗统治阶级的延续史。阶级的产生源于生产力与生产关系的矛盾，统治阶级就是那些占有其他阶级劳动的集团，一旦统治阶级占有了别的集团即被统治阶级的劳动，他们就会通过两种方式来维护自己的统治：政治上的暴力统治与思想上的欺骗麻醉。他们绝对不会自愿退出历史舞台。因此，代表进步的被统治阶级起来革命就有了充分的历史与现实理由。从历史角度讲，革命总是新生产力的载体向旧的、落后的生产关系的载体的宣战，因此，"革命是历史的火车头"，"革命是历史发展的伟大动力"。由于统治阶级是以国家机器来维护自己的统治，因此，"革命的根本问题是国家政权问题"，革命就是用暴力打碎陈旧的政治上层建筑，暴力也就成为新社会的助产婆。

"成长小说"的出现改变了几千年凝固不变的"田园诗"的叙事方式，从"成长小说"中生长出来的"历史"，呈现出与传统乡村社会完全不同的景观：

> 与这个注定灭亡的小世界相对立的，是一个庞大却抽象的世界；这里的人们是离散的，利己的，自私而讲究实际的；这里的劳动有了分工得到了机械化；这里的物品脱离了本身的劳动。这个庞大的世界需要在新的基础上聚拢到一起，需要把这个世界变成人们自己的世界，需要使这个世界获得人道精神。需要找到一种新的态度来对待自然，这不是指故乡一角的小自然，而是指庞大世界里的大自然，是指太阳系的一切现象，是指地球上的宝贵矿藏，是指地理上如此多样的国家和大陆。为接替田园诗里规模有限的集体，必须

找到一个能够囊括全人类的新集体。①

对于50—70年代的中国文学，这一"囊括全人类的新集体"当然就是"阶级"：

> 这一教育（成长）过程，是同破坏一切田园诗中旧关系联系在一起的，是同人的脱离故土联系着的。人的自我改造的过程，在这里溶进了整个社会瓦解和改造的过程，亦即溶进了历史过程。②

在某种意义上，《红旗谱》改变了观察和理解生活的方式，也改变了文学中的时空关系——用巴赫金的话来说，就是"确立了文学形象所具有的时间性质。一切静止的空间的东西，不应作同样静止地描写，而应该纳入所写事件和描述本身的时间序列之中"。③"时间中的历史"与"空间中的历史"性质已经迥然不同。在卢卡奇看来，历史唯物主义"是按其真正的本质理解过去事件的一种科学方法"，"同资产阶级的历史法相反，它同时也使我们有能力从历史的角度（科学地）考察当代，不仅看到当代的表面现象，而且也看到实际推动事件的那些比较深层的历史动力"。④因此，无产阶级认为有义务将历史重新写过，卢卡奇指出："但是现在，我们有了进一步的任务：整个历史的确必须重写，必须从历史唯物主义的观点来整理、分类和评价过去的事件。"⑤

梁斌的《红旗谱》就是在这一意义上对历史——准确地说，是对

---

① 《巴赫金全集》第三卷，第434页。
② 同上。
③ 《巴赫金全集》第五卷，第453页。
④ 卢卡奇：《历史与阶级意识》，杜章智等译，商务印书馆，1995年，第306页。
⑤ 同上书，第305页。

梁斌的历史记忆的重新书写。对于梁斌的历史记忆而言，被改变的并不是事件，而是对事件的解释。根据梁斌的回忆，在酝酿、创作《红旗谱》的整个过程中，他曾经"反复学习了毛主席的《湖南农民运动考察报告》、《中国革命战争的战略问题》《新民主主义论》《论持久战》《论联合政府》等著作，认真学习了党的各个历史时期的政策和文件"，① 因为他相信"只有自己思想革命化才能有希望写出革命的英雄形象"。②

在这部按照阶级关系重构的乡村叙事中，冯老兰被定位在他所属的"剥削阶级"的位置上：

> 贾湘农说："关于冯老兰本人的材料，再请你供给一些。"江涛把冯老兰陷害运涛，又要夺去春兰的话一说，贾湘农就火了，咬着牙齿，瞪着眼睛，恨恨地说："这个材料，好深刻呀！一针见血，我们的死对头。"（第210页）

> 虽然小说设置的冲突不足以支撑冯老兰的阶级本质，但这并非梁斌的疏忽。因为冯老兰的阶级本质是在一种关于历史的宏观叙事中被确认的。——"在这里，个人生活系列犹如在共同生活的无所不包的强大基座上刻下的浅浮雕。个人应是整个社会的代表，他们的生活事件同整个社会生活的事件相吻合；并且这些事件无论对个人还是对社会，都具有相等的意义。内在的方面同外在的方面相融合，人完全是外向的。不存在私人小事，不存在日常生活；生活的一切细节，如饮食、日用品，都与生活中的重大事件同样有分量，一切都同等地重要。"③

---

① 梁斌：《谈创作准备》，《春潮集》，上海文艺出版社，1980年，第64页。
② 见梁斌访问记：《谈塑造人物形象》，《春潮集》，上海文艺出版社，1980年，第139页。
③ 《巴赫金全集》第三卷，第417页。

梁斌曾经交代他在反面人物刻画中使用的技巧：

> 对于冯老兰、冯贵堂、李德才、刘二卯等反面人物，我觉得恶言恶语地骂他，不一定真正能暴露他们的丑恶性格，人物的艺术形象也难树立。我在写冯老兰和冯贵堂的时候，尽量不用这个办法。地主阶级有地主阶级的丑恶生活，要尽量暴露他的生活的黑暗面。写父子两代思想方法的不同，剥削方式的不同，写父子两代不同经济基础上产生的不同的统治阶级的性格。冯老兰是从封建的生产基础上生长起来，是封建剥削的代表人物。冯贵堂则受了资产阶级教育及帝国主义奴化教育，开始也曾热衷于资产阶级革命，还打出改良主义的幌子，后来成为'买办'型的农村资产阶级的代表人物。①

梁斌选择的方法，虽然有主题先行之嫌，却因此避免了传统小说人物修辞方式中最常见的政治道德化的方法。作为小说的主要反面人物，冯老兰并不是一个类型化的人物。这样的反面人物，显然不是《林海雪原》这样的"革命通俗小说"可以想象的。

与此同时，作为"成长小说"高潮的"反割头税斗争"也被进行了浓墨重彩的象征处理。以朱老忠为代表的农民参加"反割头税斗争"的方式，已经不是传统的自发与个体的反抗，而是组织起来的新农民在党的领导下的"自觉"反抗，因此，在"反割头税斗争"中成长起来的不是个体的农民英雄，而是一个农民英雄的群体，朱老忠、严志和、朱老明、伍老拔以及朱老忠的儿子朱大贵就是在这场斗争结束后加入了中国共产党，完成了他们的"成长"：

---

① 梁斌：《漫谈〈红旗谱〉的创作》。

> 锁井镇上反割头税的人们,把杀猪锅安在朱大贵家门口。这好像在冯老兰眼里钉上了一颗钉子。钉子虽小,却动摇着冯家大院的根基。冯家大院在一百年来,这是第二次碰上——第一次是和朱老明打了三场官司。听李德才的话,反割头税的人们好比是一团烈火,这团烈火,趁着腊月里的风,蔓延地烧起来。(第290页)
> …………

"地方性知识"与"现代性知识"的并置使《红旗谱》成为一部在50年代中国小说中难得一见的蕴涵着巴赫金所谓的"内在杂语性"的"众声喧哗"之作。梁斌最终以阶级观念收束个人记忆,不断擦抹自己潜意识中的"杂语"现象。在非时间性的"民俗"描写之外,《红旗谱》的初版使用了大量的保定地区的方言土语,涉及词汇和语法结构等各方面,梁斌将其理解为对所谓的"民族气魄"的追求,不过,梁斌很快发现这些"地方性知识"是多么不合时宜:"在创作《红旗谱》语言方面,我注意了农民的语法结构,但也走过一些弯路,也许是记录的语言太多,到时候若想用上去,不自觉地产生堆砌语汇的毛病。"[①] 在《红旗谱》的重版本中,梁斌开始不断将初版中的方言土语改成普通话。语言的同质化是现代化的主要内容,在巴赫金看来,"统一的语言"这一范畴,是语言的组合和集中的历史过程在理论上的表现;是语言的向心力的表现。统一的语言不是现成得到的,实际上倒向来是预设而应得的;而且在语言生活的每一环节上,它都同实际中的杂语现象相矛盾。但与此同时,统一的语言又是克服杂语现象的力量,是限定其范围的力量,是保证起码的相互理解的力量;它结晶为一个实际存在的统一体(尽管是相对的统一),这便是居主导地位的口头语言(生活语言)和标准语即"纯正的语言"两者的统一。因此,巴赫

---

① 梁斌:《漫谈〈红旗谱〉的创作》。

金指出:"它(指'统一的语言'——引者注)克服杂语现象,把语言和观念的思维组合起来集中起来,在混杂的民族语当中创造一个坚固稳定的语言核心——即得到正式承认的规范语,或者维护已经形成的这样一个规范语,使其免受不断发展的杂语现象的冲击。"①梁斌将方言土语改为普通话,实际上过滤掉一些不那么规范的东西。体现出官方对民间记忆、历史时间对田园诗的压制与规范。由此可见,国家史学的要求,并不仅仅体现于文学作品的"内容"。90年代以来,一些诗人提出拯救方言的口号,攻击普通话,捍卫的恰恰是这种所谓的"地方性知识"。

《红旗谱》表现出的这种由"家族复仇"向"阶级斗争"、"田园诗"向"小说"、"空间"向"时间"的转换,体现的正是"传统小说"向"现代小说"的转变——同样也是"传统"向"现代"的转换,因为"空间"与"时间"不仅仅是"小说"的要素,而且是"文化"乃至"文明"的基本范畴。

按照巴赫金的描述,直到18世纪,主宰欧洲人的时间意识仍然是一种"循环时间"。人们在那一时期的文学作品中看到的只是现象间的单纯的空间毗邻。18世纪才是时间感获得巨大觉醒的时代,这首先是对自然界和人类生活中的时间感觉的觉醒。歌德具有从空间中看出时间的非凡能力。在歌德创作的"成长小说"中,他开始从时间的角度去观察世界,将时间贯穿于空间,将并列的空间纳入不同的时间阶段、不同的成长时代,揭示空间生成和发展的过程。歌德宣称:"我掌握了揭示发展的进化论方法,但这绝不是通过对比来认识的方法;对平行并列的现象,我不知道如何打交道,相反我倒能研究这些现象的发展。"②

巴赫金在这里讨论的是欧洲小说的历史进程,对于《红旗谱》这

---

① 《巴赫金全集》第三卷,第49页。
② 同上书,第241页。

样的中国小说而言,发生在小说中的这种时空关系的转变,在呈现出小说的这种"传统"与"现代"的演变关系的同时,无可避免地成为了近代以来中西文化关系的又一次演示。

简略言之,大约在19世纪末20世纪初,一种来自西方的"进化史观"——直线的或螺旋发展的时间—历史观念戏剧性地取代了传统的循环史观,并且自始即渗入"历史演义""历史小说"的叙述写作之中。

与西方一样,中国传统文化中也是一种缺乏时间意识的空间观念。时间或者是静止的,或者是循环的。每隔固定时间,那早已存在的又会重新出现。这种时间知觉的循环观,很久以后,在一种新的形式——或者说在一种新的社会体系中仍可发现,它在很大程度上与人类并未使自己摆脱自然,其意识仍然服从于季节性的周期变化的事实有关。社会生活的节奏受到季节变换和相应的生产周期的控制。一方面,季节的循环以及天体每日和每年的运动是"循环往复过程"的最为明显的例子,另一方面,相同的民间节日年复一年地回归,认可或强化了这种时间观。与这种神话概念保持一致,对自然界和社会的这种解释导致了对"永恒轮回"的信仰。中国历来的讲史小说中,因果报应、治乱循环的基本编码已成一种"神话性制约"。《三国演义》开宗明义:"天下大势,分久必合,合久必分。"《水浒传》的楔子刻意强调的也是由"乐极生悲"等等组成的表现时间的周转循环的警语……

"时间"的真正缔造者是《圣经》。《创世记》以单一的一笔摆脱了空间的缠绕——这种缠绕使东方思想体系"乱糟糟地充塞着复杂的神话以及神话仪式的衍生物"被希伯来人压缩为一个瞬间:创世。创世概念包含了所有空间问题,由此空间问题旋即得到了解决。起初,时间是受动的,但随之以后历史不可抑制地前进着。在基督教中,以耶稣基督的降临为标志,历史时间既在量上,更是在质上被清楚地分为两个重要的时代,即基督前(公元前)和基督后(公元后),由此它获得了一个确定的结构。在人与人和人与世界的关系中,基督都是空前绝后的。《旧约全书》的历史是一部迎接基督诞生的时代的历史,而随后的历史则是基督成肉身和献身的结果。这是一桩具有非凡意义的事件。由此,新的时间知觉基于三个具有决定意义的时刻上:人类的诞生、极盛以及衰亡,时间最终变成矢量的,线性的不可逆的。基督徒在解释整个先后承继的世界时期时,将基督作为出发点。从此,人类的时间变成了基督的时间,而基督则成了整个历史的中心。

> 线性时间,作为社会时间唯一的计时方法仅仅在欧洲文化区域中才是一种普遍的、可能的社会时间形式。但这种情况只是在经过漫长而复杂的进化过程后,才成为现实的。基督教在放弃异教的循环世界观后,从《旧约》中汲取了把时间体验为一种末世论过程的观念。即热烈地期待着伟大的事件(救世主的降临)在历史中实现。在共同使用《旧约全书》的末世论方法的同时,《新约全书》的教义改造了这种观念,从而完全更新了时间概念。①

如果说在这一时间意识诞生之后的漫长岁月中,这种"时间"与"空间"的冲突还只是西方内部的文化冲突,那么,在19世纪以后,随着西方世界化的进程,"时间"与"空间"的冲突就已演化成西方与非西方的文化冲突,并进而被转述为"现代"与"传统"、"文明"与"愚昧"的冲突。

千万不能过于简单地理解这一"时间"观念的重要性。准确地说,这种源自《圣经》的时间其实应当表述为一种"哲学"。这就是所谓的"历史哲学"。我们今天使用的"历史"观念与"时间"息息相关,它服从于时间,并遵循时间运行的内在流程。唯有当与时间不可逆的观念联结着的线性时间知觉在社会意识中居于支配地位时,人们才能在

---

① A.J.古列维奇:《时间:文化史的一个课题》,路易·加迪等著《文化与时间》,郑乐平、胡建平译,浙江人民出版社,1988年,第322页。

过去、现在和将来之间划出清楚的界限。历史意识不仅能将现在导向未来,而且它似乎能按照未来——作为上帝某种干预的结果,它会实现——赋予"现在"以切实的意义,这意味着上帝的奇迹不是元历史学的:它们发生在世界历史内部,并以某种秩序先后承继,它解释了世界史的命运及全部含义。

> 这个时代是历史性盛行的时代,是对社会的"进步运动"产生自觉意识——正是这种自觉意识形塑了所谓的"进步运动"——的时代,是"感受到"斯宾格勒所说的"世界历史"的时代。①

正是在这种意义上,中国现代性的成长过程,完全可以表述为臣服于历史意识的过程。严复曾说:"自递嬗之变迁,而得当境之适遇,其来无始,其去无终,蔓衍连延,层见迭代,此之谓世变,此之谓运会。运者以明其迁流,会者以指所遭值,此其理古人已发之矣。但古以谓天运循环,周而复始,今兹所见,于古为重规,后此复来;于今为叠矩,此则甚不然者也。自吾党观之,物变所趋,皆由简入繁,由微生著。运常然也,会乃大异。"②梁启超更为明确地断言:"历史者,叙述进化之现象也。"③

现代中国思想主体的"民族国家"认同与"阶级"认同都无一例外建立在这种"历史"意识之上。知识分子对于历史的现代性认知和感受,迟迟未能渗入民间,并且也一直无力将其转化成民众关于民族/国家的体验和情感。只是在"无产阶级"意识诞生之后,这种"渗入"和"转化"才最终变成了一种现实。共产党采取统一战线策略发动的无产阶级革命,才使全体民众的命运与民族和国家的前途水乳交融般

---

① 安东尼·吉登斯:《社会的构成》,李康等译,生活·读书·新知三联书店,1998年,第311页。
② 赫胥黎原著,严复译述:《天演论》,商务印书馆,1931年,第4—5页。
③ 《梁启超史学论著四种》,岳麓书社,1985年,第247页。

地结合了起来。平民百姓在他国（帝国主义）的扩张及逼压下，幡然领悟到自己的"阶级"与"民族国家"组成的双重现代身份，再也不能不把祖国的现实与未来同他们的切身利益和整个世界联系起来。历史由于关联着"阶级"与"民族国家"的共同命运，因而上升为一种重大的使命与责任。事实上，从卢卡奇和勃兰兑斯等人的言语中，我们可以看到，对于民族、国家与阶级的强烈意识，是获得历史感的必要条件；没有它们的支撑，历史感将无从谈起。

以"阶级"观念对历史的"重写"无疑是对这种现代——西方的时间观念的一种认同。"重写"是将时钟回拨至零，将往事一笔勾销，从而揭开新年代和新时期的序幕。使用"重"意味着回归到起点，回归到应该没有任何偏见的开端，因为人们相信，偏见只能由大量曾经被当作真理而未经重新思考的判断的传统所产生，因而在"前"（pre）和"重"（re，取其"回归"之意）之间展开的游戏就是要抹去这类陈旧判断中所包含的"前"。——这也就是我们何以必须对社会主义革命之前的任何社会都冠之以马克思所命名的"前历史"（prehistory）的原因，而社会主义革命正是马克思所期望并为之做出准备的。让我们再次引用巴赫金的时空理论来说明这一问题：

> 对于艺术家和思想家来说，时间和世界第一次变成了历史的时间和世界。因为这时间和世界开始还表现得不很清晰而模模糊糊，后来却展现为一个形成的过程，一个朝着实际的未来不断前进的运动，一个统一的无所不包而又永无完结的过程。①

孟悦曾经在一篇文章中指出："《红旗谱》形式感的源头可以追溯到'五四'以来的新文学中现实主义的创作方式，而后者又是借鉴了

---

① 《巴赫金全集》第三卷，第534页。

欧洲十九世纪文学的结果。"① 这一观点无疑是深有见地的。在某种意义上,《红旗谱》完整地展示了这种现代时间观念给中国小说带来的变化。"成长小说"与《林海雪原》这类传统形式的"革命通俗小说"最大的差异就在于这种对时间—历史的理解。传奇性是"革命通俗小说"的基本特征。在巴赫金看来,以"巧合"为标志的传奇性正是空间化的时间观念——"传奇时间"的体现:"传奇故事要能展开,就需要空间,而且需要很多的空间。各种现象的偶然共时性和偶然异时性,都不可分地同空间联系着。"②

在某种意义上,可以说"革命通俗小说"是一种表现生活中的"偶然性"的小说,而"成长小说"则是反映生活的"必然性"的小说。以现代的"必然性"排斥和压抑传统的"偶然性"是现代历史展开的一种基本方式。不过,对这种"必然性",我们或者可以使用周蕾在分析"鸳鸯蝴蝶派"时采取的立场进行置疑:

> 从一个较为流行的美学观点看来,鸳蝶派文学之所以"一文不值"似乎主要源于故事建构中缺乏了令人信服的"必然性"(inevitability)。但是,与其证实鸳蝶派文学可以不屑一顾,那种使人不可置信的感觉能否成为对这类文学的历史和政治含义,作为一种有建设性的理解的起点呢?③

《红旗谱》展示的正是这种使传奇时间变得"不可置信"的现代性的时间观念。我们几乎不可以想象能够在一部传统小说中看到这种寓言式的开头:

平地一声雷,震动了锁井镇一带四十八村:"狠心的恶

---

① 孟悦:《〈白毛女〉演变的启示》,唐小兵编《再解读》,牛津大学出版社,1993年,第73页。
② 《巴赫金全集》第三卷,第290页。
③ 周蕾:《妇女与中国现代性——东方西方之间阅读记》,麦田出版公司,1995年,第125页。

霸冯兰池,他要砸掉这古钟了!"

这样的开头,会让人情不自禁地想起胡风创作于50年代初期的著名诗句:"时间开始了!"——"国家开始宣布它的时间是唯一正确的时间,并把这种时间强加于所有居民。"① 在这里,"小说"的力量,不再来自"突然间"和"无巧不成书",而是来源于外在于我们每个个体的人的"历史"。《红旗谱》就是以这样极富紧张感和戏剧性的开头,拉开了现代的"时间"——中国现代史"前史"的序幕。② 在这张大幕后面,一个全新的历史英雄正在向我们走来,一个伟大的历史主体的寓言正在诞生。这种方式,很容易使人联想到保罗·德曼笔下的所谓"现在性",根据德曼的解释,"现在性存在于一种欲望之内,这种欲望要扫尽一切过去的、以期最终达致一个可以被称为真正的现代,和一个标志着崭新的起点",③ "现在性"仍然可以在巴赫金的"时间"框架中加以说明:"在任何一个有时间性的形象里(文学中的种种形象,都是有时间性的),时间必须有起码的完备程度。所以更不用说离开时间的进程,脱离与过去和未来的联系,没有完备的时间性,而居然能反映一个时代了。"④

与此相对应的是《红旗谱》的结尾,与我们在传统小说中看到的"仍然恢复起曾被机遇破坏了的原来的平衡。一切又回到开头,一切

---

① A. J. 古列维奇:《时间:文化史的一个课题》,路易·加迪等著《文化与时间》,第336页。
② 在《红旗谱》刚刚出版后的一次座谈会上,书中财政局长的原型曹承宗曾这样曾经描述过小说的这一开头具有的奇妙的艺术魅力:"刚刚拿到这本书的那天晚上,我睡在被窝里,把书打开,才看了第一句——'平地一声雷……',就把我的思想一下子吸引住了。不知道是一种什么样的心理学上的原因,我当时欢喜得看不下去,脑子里总在想着:这里面有些什么东西,这里面有些什么东西……"(《老战士话当年》,《文艺报》1957年第5期)这位读者或许不清楚,《红旗谱》开头的这种所谓的"心理学上的原因",不过是"时间"的现代性力量。
③ 保罗·德曼:《盲视与洞见》,明尼苏达大学出版社,1983年,第148页。
④ 《巴赫金全集》第三卷,第342页。

都返回原位"[①] 不同,《红旗谱》让我们的主人公在已经展开的"历史"中找到了自己的位置:

> 这时,朱老忠弯腰走上土岗,倒背着手儿,仰起头看着空中。辽阔的天上,涌起一大团一大团的浓云,风云变幻,心里在憧憬着一个伟大的理想,笑着说:"天爷!像是放虎归山呀!"
>
> 这句话预示:在冀中平原上,将要掀起波澜壮阔的风暴啊!(第467页)

[①]《巴赫金全集》第三卷,第298页。

第三章 《青春之歌》

——"成长小说"之二:"性"与"政治"的双重变奏①

清晨,一列从北平向东开行的平沈通车,正驰行在广阔、碧绿的原野上。茂密的庄稼,明亮的小河,黄色的泥屋,矗立的电杆……全闪电似的在凭临车窗的乘客眼前闪了过去。乘客们吸足了新鲜空气,看车外看得腻烦了,一个个都慢慢回过头来,有的打着哈欠,有的搜寻着车上的新奇事物。不久人们的视线都集中到一个小小的行李卷上,那上面插着用漂亮的白绸子包起来的南胡、笙、笛,旁边还放着整洁的琵琶、月琴、竹笙……这是贩卖乐器的吗,旅客们注意起这行李的主人来。不是商人,却是一个十七八岁的女学生,寂寞地守着这些幽雅的玩艺儿。这女学生穿着白洋布短旗袍、白线袜、白运动鞋,手里捏着一条素白的手绢——浑身上下全是白色。她没有同伴,只一个人坐在车厢一角的硬木位子上,动也不动地凝望着车厢外边。她的脸略显苍白,两只大眼睛又黑又亮。这个朴素、孤单的美丽少女,立

---

① 《青春之歌》,杨沫著,作家出版社 1958 年 7 月初版。人民文学出版社 1961 年 3 月再版,再版本有大量的修改和补充。本章分析采用的版本主要为作家出版社的初版。凡属此版的引文均只注明页码。

即引起了车上旅客们的注意,尤其男子们开始了交头接耳的议论。可是女学生却像什么人也没看见,什么也不觉得,她长久地沉入一种麻木状态的冥想中。(第3页)

《青春之歌》开篇第一段,美丽纯洁的女学生林道静就在这样一个寓言性的场景中开始了她的人生之旅,耀眼的"白色"——"白洋布短旗袍、白线袜、白运动鞋,手里捏着一条素白的手绢——浑身上下全是白色"说明我们的主人公此时处于一种纯洁的、混沌未开的、没有主体性的原始状态之中,而环绕于这位羔羊一般美丽纯洁的少女周围的各色男性眼光在凸显出女主人公的孤单无助的同时,更暗示出主人公成长道路中将遭遇的无尽的艰难与凶险,展现出一片在劫难逃的氛围。从此以后,这位女主人公几乎成为了成长道路上遭遇的每个男性的"欲望对象",女主人公在拒绝、逃避、犹疑与追求中艰难成长,经过三次刻骨铭心的恋爱,最终找到了自己的心上人,成为真正意义上的"女人"……

从形式上看,以一个女人和三个男人之间的情爱纠葛为主要线索的《青春之歌》是一部非常典型的言情小说。然而,作为"十七年文学"的代表作品之一,《青春之歌》的意义从来就不是在言情小说的范围内加以理解。小说的主题远远超出了男女情爱的范畴——或者准确地说,小说中的男女情爱是为了小说明确而严肃的政治主题服务的。它呈现了林道静从一个个人主义、民主主义、自由主义的知识分子改造成长而为一个共产主义战士的过程,并通过这一过程确认出特定的权威话语:资产阶级、小资产阶级知识分子只有在共产党的领导下,历经追求,痛苦、改造和考验,投身于党、献身于人民,才有真正的生存与出路,获得真正意义的解放。

主人公的"成长",在巴赫金看来,是只有在现代性的"成长小说"中才能出现的命题。在这里,"主人公不应作为定型不变的人来表现，而应该是成长中的变化中的人，是受到生活教育的人"。① 与此相应的是，这里的"主人公"，并不只具有"个体"的意义——"在这类小说中，人的成长与历史的形成不可分割地联系在一切。人的成长是在真实的历史时间中实现的，与历史时间的必然性、圆满性、它的未来、它的深刻的时空体性质紧紧结合在一起"。②

"性"与"政治"的并置构成了《青春之歌》这部"成长小说"特有的艺术风貌。小说中的林道静始终是一个被伤害、被拯救、被帮助、被争夺的客体，作为她的成长阶梯的男性是不同的"国家"话语中各种政治象征位置的体现者，包括土豪劣绅余敬唐、自由主义知识分子余永泽、国民党人胡梦安、共产党人卢嘉川和共产党人江华等等，在这里，每一种政治势力不仅仅暗示了林道静一生个人和婚姻的前途，更重要的是暗示了"知识分子"的命运与前途。因此，林道静对围绕在她身边的每一位男性的抗拒和选择，既是作为女性的个体对自己爱情归宿的选择，同时——甚至是更为重要的，是作为具有"知识分子"这一群体身份的林道静对自己的政治归宿的选择。

一、政治叙事中的"中国知识分子"

"知识分子"——准确地说，是"小资产阶级知识分子"的"成长"一直是马克思主义这一现代性叙事中的重要主题。按照经典马克思主义理论家的理论，知识分子的意义是由于其既不同于资产阶级也不同于无产阶级的经济—社会地位所决定的。由于知识分子大多数出身于有产阶级家庭，同时在出卖劳动力的形式和工作条件上与一般工人、农民有很大的不同，因此具有剥削者和被剥削者的双重性。因此，在

---

① 《巴赫金全集》第三卷，钱中文主编，河北教育出版社，1998年，第512页。
② 同上书，第232页。

无产阶级革命中，小资产阶级知识分子必须经历一个"再锻炼、再教育和再改造"的过程，通过不断地向无产阶级学习，逐步克服自己的阶级属性带来的弱点，才有可能成为无产阶级战士：

> 当工人政党发展得特别迅速的时候（如1905—1906年我国的情形），大批满脑子小资产阶级思想的分子进入工人政党是不可避免的。这并不是什么坏事。无产阶级的历史任务就是要使旧社会给无产阶级留下的所有小资产阶级出身的人得到再锻炼、再教育和再改造。①

毛泽东多次谈论过知识分子成长道路的问题，他始终不变的一个观点就是知识分子必须实践、必须与工农相结合。在1939年发表的《中国革命和中国共产党》一文中，毛泽东明确了中国知识分子的性质："知识分子和青年学生并不是一个阶级或阶层。但是从他们的家庭出身看，从他们的生活条件看，从他们的政治立场看，现代中国知识分子和青年学生的多数是可以归入小资产阶级范畴的。"毛泽东指出："这些小资产阶级是革命的动力之一，是无产阶级的可靠的同盟者。这些小资产阶级也只有在无产阶级领导下，才能得到解放。"②

《青春之歌》正是对现代中国知识分子成长史的成功演绎。小说的主人公林道静，就是一个从小资产阶级知识分子向无产阶级知识分子发展的"典型人物"。林道静的父亲林伯唐是住在"北平城里的大地主"，生母秀妮则是贫农的女儿。下乡收租的林伯唐看上了秀妮，强娶为姨太太。秀妮生下林道静后就被赶出了林家，投河自尽。林道静在屈辱中长大。林道静身上兼有的剥削阶级与劳动者的双重血缘，形象地说明了小资产阶级知识分子这一"半人半马的怪物"③的阶级特

---

① 《列宁全集》第19卷，人民出版社，1989年，第106—107页。
② 《毛泽东选集》第二卷，人民出版社，1991年，第640页。
③ 何其芳：《改造自己，改造艺术》，(延安)《解放日报》1943年4月3日。

性。在林道静成长的过程中,她通过反复强调自己的二重血统来确认自己的身份:

> 我是地主的女儿,也是佃农的女儿,所以我身上有白骨头也有黑骨头。(第243页)

> 我身上已经被那个地主阶级、那个剥削阶级打下了白色的印记,而且打的这样深——深入到我的灵魂里。(人民文学出版社,1961年,第308页)

双重身份既是林道静成长的依据,也是成长的起点。小说中林道静成长的第一步就是通过对旧家庭、旧道德的背叛得以实现的。正在读中学的林道静,因为接受了新式教育,产生了个性解放的要求,因此当她养母打算包办她的婚姻,将她嫁给土豪劣绅胡梦安时,她奋起反抗,与旧家庭决裂,孤身离家,走上了危机四伏的人生之旅。小说的第一章呈现的就是林道静逃离家庭,去北戴河寻亲的画面。因为寻亲未遇,林道静为了找到一份工作,羁留在北戴河,终日流连于海滩,目睹了海滩上洋人——帝国主义歧视、欺压中国人民的场景,加之意外得知自己再度成为男人的猎物,终于陷入绝望,在一个风雨茫茫的夜晚蹈海自杀,被一直留意她的余永泽救起。扮演英雄救美角色的余永泽是回乡度假的北大国文系学生,他以自己的关怀、爱和知识感化了林道静的绝望,他们相爱了。

与余永泽的相遇、相爱和相处是林道静成长的第一阶段。余永泽是典型的自由主义知识分子,他征服林道静的话语武器是西方19世纪的人道主义。在海边救起绝望的林道静后,这位北大国文系的学生向这位美丽、天真、无助的少女展开了攻势:

> 余永泽不慌不忙地谈起了文学艺术,谈起了托尔斯泰

的《战争与和平》，谈起雨果的《悲惨世界》，谈起小仲马的《茶花女》和海涅、拜伦的诗；中国的作家谈起曹雪芹、杜甫和鲁迅……他似乎知道得很多，记得也很熟。林道静睁大眼睛注意地听着从他嘴里慢慢流出的美丽动人的词句，和那些富有浪漫气息的人物和故事。渐渐，她被感动了，脸上不觉流露出欢欣的神色。说到最后，他把话题一转，又转到了林道静的身上："林，你一定读过易卜生的《娜拉》；冯沅君写过一本《隔绝》你读过没有？这些作品的主题全是反抗传统的道德，提倡女性的独立的。可是我觉得你比他们还更勇敢、更坚决。你才十八岁是不是？林，你真是有前途的、了不得的人……"他那薄薄的嘴唇，不慌不忙地滔滔说着，简直使得林道静像着迷似的听下来了。

上弦的月亮已经弯在天边，除了海浪拍打着岩石的声音，海边早已悄无人声，可是这两个年轻人还一同在海边的沙滩上徘徊着、谈说着。林道静的心里渐渐充满了一种青春的喜悦，一种绝处逢生的欣幸。对余永泽除了有着感恩、知己的激情，还加上了志同道合的钦佩。短短的一天时间，她简直把他看作理想中的英雄人物了。（第43页）

深深吸引林道静的，是"骑士兼诗人"余永泽身上特有的"知识"和罗曼蒂克的激情，还有个人主义、爱情至上、自我价值实现等人生观念，这是"五四"时代的启蒙主义文化精神的一部分。① 启蒙精神是

---

① 这种知识男性"创造"新女性的文学想象经常出现在"五四"新小说中。女人在这里，主要不是性爱对象，而是启蒙、教育、感化的对象。子君在热恋中睁大美丽的眼睛听涓生讲易卜生、泰戈尔和雪莱，涓生便觉得中国的女性是有希望的；茅盾笔下的君实为了培养和"创造"理想的女性伴侣，便给娴娴安排各种应读的西方学说课程；更多的故事写男教师与女学生的爱，如叶圣陶笔下的倪焕之等等。这种启蒙式的"爱"，象征出"五四"知识分子想象中他们与民众的现代性关系。

祛除传统文化的"魔法"的法宝，唤醒了林道静身上的成长意识。余永泽十分注重自己的事业和前途，注重小家庭的温馨，夫妻间的温情脉脉的情调，这些"小资"情调都使林道静心醉。当林道静决定与余永泽同居时，她是勇敢的，女友的担忧根本无法阻止勇敢的林道静：

> 道静抬起头，明亮的眸子带着一股倔强的稚气：
> "晓燕，你以为必须坐坐花汽车，来个三媒六证才可靠吗？我讨厌那种庸俗的礼仪。你读过'邓肯自传'没有？我真喜欢这本书。邓肯是西洋近代大舞蹈家，她从小就是孤身奋斗。遭遇了多少艰难困苦，但是她不气馁，不向恶势力屈服。她就讨厌那些传统的道德。有一次，她的两个孩子全掉在莱茵河里淹死了，她想孩子，希望再有个孩子，可是那时她没有丈夫，她就躺在海滩上等待着，后来，看见来了一个可爱的青年，她就向这个陌生的青年迎上去。……"
> （第78页）

这个时候的林道静，是标准的"五四"青年。追求个性解放，反叛旧式家庭，谋求恋爱自由和婚姻自主，正是"五四""新青年"的理想。"要独立生活，要到社会上去做一个自由的人。"（第81页）许多年后，当杨沫回忆起这段历史时，也承认"我受了十八世纪欧洲文艺的个性解放的影响；也受了五四运动的影响，我要婚姻自主……"[①]这段恋情成为"五四之梦"的指称。林道静接受了自己生命中的第一个男人，在成长的阶梯上迈出了重要的一步。

林道静和余永泽住在一起了。两间不大的中国式的公

---

① 杨沫：《我的生平》，《中国当代文学研究资料·杨沫专集》，沈阳师范学院中文系编，1979年，第7页。

寓房间，收拾得很整洁。书架上摆着一个古瓷花瓶，书桌上有一盆冬夏常青的天冬草。墙壁上一边挂着一张白胡子的托尔斯泰的照片，一边是林道静和余永泽两人合照的八寸半身照相。这照相被嵌在一个精致的镜框里，含着微笑望着人们。总之，这旧式的小屋经他们这么一布置，温暖、淡雅，仿佛有了春天的气息。（第79页）

林道静与余永泽的新生活很容易让人联想起另一对因爱而同居的"五四"恋人，那是鲁迅笔下的子君和涓生。娴静、温存而纤弱的姑娘子君勇敢反抗封建家庭，追求婚姻自由，公开宣称："我是我自己的，他们谁也没有干涉我的权利！"然而，在获得幸福和安宁的生活之后，子君沉湎在日常琐事之中，爱情的花朵很快就枯萎了。林道静显然不同于子君。生活在"后五四时代"的林道静，显然已经不再像她的前辈子君们那样，仅仅满足于建立在爱情之上的家庭生活了。

> 迷人的爱情幻成的绚丽的虹彩，随着时间渐渐褪去了它美丽的颜色。……道静生活在这么个狭窄的小天地里（因为是秘密同居，她不愿去见早先的朋友，甚至连王晓燕都渐渐疏远了），她的生活整天是涮锅、洗碗、买菜做饭、洗衣、缝补等琐细的家务，读书的时间少了；海阔天空遥想将来的梦想也渐渐衰退下去。她感到沉闷、窒息。（第94页）

在《伤逝》中，是涓生逐渐表达出对家庭生活的厌倦，开始觉得："大半年来，只为了爱——盲目的爱，而将别的人生要义全盘疏忽了。"而在《青春之歌》中，率先对爱情失望的却是林道静。我们的主人公在等待和渴望着更高意义的成长。而这一切，显然不是小资产阶级知识分子余永泽所能给予的。在林道静眼中，"余永泽并不像她原来所想的那么美好，他那骑士兼诗人的超人的风度在时间面前已渐渐

全部消失"。(第94页)

接下来新出场的引领者就是共产党人卢嘉川。虽然同是北大学生,卢嘉川与余永泽却是完全不同类型的人。——"余永泽常谈的只是些美丽的艺术和动人的缠绵的故事;可是这位大学生却熟悉国家的事情,侃侃谈出的都是一些道静从来没有听到过的话"。(第52页)认识了卢嘉川之后,林道静开始为自己在政治上的无知感到羞愧。卢嘉川热心地启发依旧美丽而单纯的女主人公,他借给林道静许多革命书籍,将林道静带入了一个全新而激动人心的未知世界:

> 晚上,道静伏在桌上静静地读着列宁的《国家与革命》,做着笔记,加着圈点,疲乏的时候,她就拿起高尔基的《母亲》。她时时被那里面澎湃着的、对于未来幸福世界的无限热情激荡着,震撼着,她感到了从未有过的快乐和满足。
>
> ……自从大年初一卢嘉川给道静送来她从来没读过的新书以后,她的思想认识就迅速地变化着;她的感受和情绪通过这些书籍也在迅速地变化着。多少年以后,她还清楚地记得卢嘉川给她阅读的第一本书名字叫《怎样研究新兴社会科学》。在大年初一的深夜里,她躺在被窝里,忍住寒冷——煤球炉子早熄灭了,透风的墙壁刮进了凛冽的寒风。但她兴奋地读着、读着,读了一整夜,直到把这本小册子一气读完。
>
> 卢嘉川给她的仅仅是用马克思列宁主义理论写成的一般社会科学的书籍,道静一个人藏在屋子里专心致志地读了五天。可是想不到这五天对于她的一生却起了巨大的作用——从这里,她看出了人类社会的发展前途;在这里,她看到了真理的光芒和她个人所应走的道路;从这里,她明白了"朱门酒肉臭,路有冻死骨"的原因,明白了她妈为什么而死去。……于是,她常常感受的那种绝望的看不见光明的悲观情绪突然消逝了;于是,在她心里开始升腾起一种渴望

前进的、澎湃的革命热情。(第115—116页)

在全新的革命话语面前,一度让林道静感动和献身的余永泽的话语世界刹那间黯然失色。她开始觉得那个置国家、民族危难而不顾,一头钻进故纸堆中去寻求个人前途的余永泽其实是个自私、平庸的人。他对生活的追求,不过是小资产阶级的"庸人哲学"的体现,他之所以追求林道静,是贪于她的美色,将她作花瓶看待,以满足自己的虚荣心;魏三大伯除夕告贷一场,更让林道静看清了这个"多情的骑士、有才学的青年"的真面目。林道静终于决定离开这个伪善的个人主义者。

余永泽终于一脸阿谀之色地投向了已经堕落为"反动政客"的"五四"英雄胡适的怀抱。他对卢嘉川的嫉妒和对林道静的占有欲,表现了他道德人格上的卑琐和自私;对魏三大伯的吝啬,不但体现了他的虚伪冷酷,而且隐喻了他与林道静的潜在的阶级分歧,契合中国读者的传统伦理—政治的期待视界。余永泽是一类不能"与时俱进"的"五四"知识分子的代表,从启蒙主义走向国粹主义,从精装书到线装书,余永泽命运的变化同时也是一个时代的文化精神变化的指标,它意味着五四文化精神中的某些部分正在贬值和消失。林道静的情感态度,代表了一部分左翼知识分子的精神倾向:对五四精神的反思和批判。发生在林道静身上的这一思想转化,不仅仅基于20世纪30年代的青年知识分子的精神转变,同时还是杨沫对50年代意识形态领域内的一场旨在肃清胡适思想对知识界的影响的思想政治斗争的回应。在小说中,作者反复强调余永泽的胡适主义的思想背景以及他对胡适的崇拜。所以,林道静与余永泽的决裂,同时意味着一位新中国的知识分子与胡适主义——五四精神中的非左翼的部分的决裂。

"五四"之梦就这样终结了。"那么,卢兄,你倒指给我一条参加革命的路呀!"(第176页)通过卢嘉川,林道静接触了马克思主义理论,产生了对共产主义的朦胧向往,产生了新的成长的冲动。然而,理论并不能救中国,马克思主义如果不能同中国的现实结合仍然是一纸空文。从理论上给林道静启蒙的卢嘉川注定不能带领林道静完成她的成长之旅,因此,作者安排卢嘉川被捕并被杀害于国民党监狱,对作者而言,完成了对林道静的精神启蒙后的卢嘉川已经没有价值了。他的未竟之业将由另一位共产党人江华来完成。

与卢嘉川扮演的理论启蒙者的角色不同,江华引导林道静关注中国革命的具体问题,并以定县中心县委书记的身份直接领导林道静经历农村阶级斗争生活的磨炼。

> 江华在屋子里转悠起来。他开门看看黑漆漆的院子,关上门,又对着墙上挂着的白胡子托尔斯泰的照片看了一会,然后,才回过身对道静笑道:
> "道静,我看你还是把革命想得太美妙啦,太高超啦。倒挺像一个浪漫派的诗人。……所以我很希望你以后能够多和劳动者接触,他们柴米油盐、带孩子、过日子的事知道得很多,实际得很。你也很需要这种实际精神呢!"(第 249 页)

林道静成长的第三个阶段,是在江华的指导下完成的。在经历了定县农村的生活和监狱斗争之后,林道静才终于完成了她成长为英雄的全部步骤。入党宣誓是她期盼已久的成人仪式,在引路人、入党介绍人江华面前,林道静宣誓要把自己的全部生命交给党的事业与共产主义理想。获得了主体性的英雄终于长大成人,《青春之歌》的最后一章描写的是 1935 年年底的学生运动"一二九大游行"。出现在这一章中的林道静已经不再是那个幼稚的少女,而是一个成熟坚定的共产党人。她成功地负责和组织了北大学生的游行示威活动,成为声势浩大的群众游行队伍的领袖,这位昔日的被引领者率领着北大学生和进步教授组成的队伍,迎着反动统治者的皮鞭、警棍和刺刀,完成着一次势不可挡的伟大的进军:

> 游行队伍中，开始几乎是清一色的知识分子——几万游行者当中，大中学生占了百分之九十几，其余是少数的教职员。但是，随着人群激昂的呼喊，随着雪片似的漫天飞舞的传单，随着刽子手们的大刀皮鞭的肆凶，这清一色的队伍渐渐变了。工人、小贩、公务员、洋车夫、新闻记者、年轻的家庭主妇，甚至退伍的士兵，不知在什么时候，也都陆续涌到游行的队伍里面来了。他们接过了学生递给他们的旗子，仿佛开赴前线的士兵，忘记了危险，忘掉了个人的一切，毅然和学生们挽起手来。（第530页）

《青春之歌》是一部以北大为背景的小说。林道静的三个爱人余永泽、卢嘉川和江华都是北大的学生，北大是她成长的起点，也是她成长的终点。《青春之歌》出版后，杨沫曾写过一篇题目为"北京沙滩的红楼——我在《青春之歌》中以北大为背景的原因"的文章，[①] 介绍自己二三十年代寓居北大的经历。正是在北大，杨沫亲眼目睹了中国知识分子的历史：

> 就在沙滩一带的小公寓里，前后不知住着多少革命青年，他们都是在饥寒交迫中，在敌人的屠杀、搜捕中，为了中华民族的解放，为了在祖国实现共产主义的伟大理想，夜以继日地工作着、斗争着。
>
> 可是红楼里也有另一种人的生活：他们埋头在图书馆里或实验室里，国家么，社会么，为人民大众么，这和他们的切身利益有多大联系呢？为了一个字，一个版本的真伪，他们可以掏尽心血看遍了所有的书籍、材料。可是当爱国的人群就在他们的窗下呼嚎、搏斗、流血时，他们却可以心安

[①] 见《光明日报》1958年5月3日。

理得地埋头不动……他们的心灵里,只想着个人成名成家,青云直上。至于政治斗争么,那是另一种人的事!何况古有名言:"君子不党"呢?

作为中国新文化运动的发祥地,北大是产生了第一批现代意义的知识分子的地方。因此,以北大为舞台表现中国知识分子的"成长",其象征性是不言而喻的。[①] 钱理群曾经指出蔡元培1917年任北大校长后对北大的改革具有的划时代的意义:

> 在此之前,无论是上世纪中叶以来的洋务运动、戊戌维新,还是本世纪的辛亥革命,甚至袁世凯复辟,知识分子中的精英(代表人物)几乎都是集聚在国家政权(清政府)周围,或想象中的与实际的政治强权人物(光绪皇帝,袁世凯),或革命政党及其领袖(孙中山领导的国民党)周围。在1917年前后,所发生的这个知识分子精英的活动空间的位移:从皇宫转向北京大学,也是活动领域的转移:由高层政治转向民间教育,更是实现中国现代化思路的转移:由依靠国家强权政治富国强兵的国家主义道路转向依靠知识(科学理性)的力量,唤起国人的自觉,自下而上地进行中国的社会变革的启蒙主义的道路。从根本上说,则是知识分子角色的转移:由依附强权,充当幕僚、"国师",因而终不免"为官的帮忙与帮闲",转向依靠自身,充当思想启蒙的主

[①] 1958年7月19日的杨沫日记有如下记载:"北大副校长(党委书记)陆平同志是老北大学生,我到北大访问他时,他热心帮助我,还请我吃了顿饭。他建议我写在抗日战争中的知识分子与工农结合,从而得到改造的小说。意见极好。明确了我这样写抗日战争的题材。他一个劲儿问我:'用两年时间怎样?两年怎样?一定写出来吧!这对知识分子的改造太需要了!你要不写,我叫学生写信催你写!……'"(《自白——我的日记》上,《杨沫文集》卷六,北京十月文艺出版社,1994年,第340页。)

体，实现思想、学术、教育、文化、文学的独立，彻底走出传统知识分子的老路，成为独立、自主、自由的知识分子，从而建立起现代知识分子的新的范式。①

这个以传统文化为"他者"确立的现代知识分子的集团认同并没有持续多长时间。"五四"以后，知识分子营垒迅速分化，形成了自由知识分子与左翼知识分子等等不同的知识—政治阵营。《青春之歌》力图演绎 20—30 年代中期北大知识分子分化的过程。小说中的三位男性余永泽、卢嘉川和江华都是北大学生，他们分别代表着中国知识分子不同的历史选择。做了胡适的信徒的余永泽始终没有走出五四知识分子个人主义的精神氛围，而卢嘉川和江华则选择了马克思主义，走上了为"民族国家"和"阶级"解放献身的道路。在写作《青春之歌》的 50 年代，后者当然是唯一正确的道路。这种在不同道路间进行的所谓"历史选择"，在巴赫金的"成长小说"理论中，被称为"道路时空体"：

> 小说中的相会，往往发生在"道路"上。"道路"主要是偶然邂逅的场所。在道路（"大道"）中的一个时间和空间点上，有许多各色人物的空间路途和时间进程交错相遇；这里有一切阶层、身份、信仰、民族、年龄的代表。在这里，通常被社会等级和遥远空间分隔的人，可能偶然相遇到一起；在这里，任何人物都能形成相反的对照，不同的命运会相遇一处相互交织。在这里，人们命运和生活的空间系列和时间系列，带着复杂而具体的社会性隔阂，不同一般地结合起来；社会性隔阂在这里得到了克服。这里是事件起始之点和事件结束之处。这里时间仿佛注入了空间，并在空间上流动

---

① 钱理群：《返观与重构——文学史的研究与写作》，上海教育出版社，2000 年，第 270 页。

(形成道路），由此道路也才出现如此丰富的比喻意义："生活道路"，"走上新路"，"历史道路"等等。道路的隐喻用法多样，运用的方面很广，但其基本的核心是时间的流动。①

《青春之歌》初版于1958年，1960年在作品重版时，杨沫根据各方的意见在林道静成长的第三阶段加写了林道静在农村生活的七章和"成人"后组织和领导北大学生运动的三章。80年代出版的文学史大都视这一改动为败笔，如北大版的《当代文学概观》认为"加写的农村生活的七章是游离于全书之外的，同全书没有多少有机联系，深泽县的生活，对女主人公的生活道路的性格发展，几乎没有任何影响"，②《中华文学通史》亦指出"这次增补，非但未能收到预期的效果，反而在艺术上造成了许多破绽"。③对这种批评，杨沫显然不能认同，因为《青春之歌》是通过林道静表现整体性的"中国知识分子"的成长史，因此就不能仅仅讲述林道静个人的故事，其艺术的完整性是由"成长小说"这一现代小说形式得以实现的。用杨沫自己的话来说："这些变动的基本意图是用围绕林道静这个主要人物，要使她的成长更加合情合理、脉络清楚，要使她从一个小资产阶级知识分子变成无产阶级战士的发展过程更加令人信服，更有坚定的基础。"④这也正是林道静作为一个"成长小说"主人公的特点：

> （在）这类小说中，人的成长带有另一种性质。这已不是他的私事。他与世界一同成长，他自身反映着世界本身的历史成长。他已不在一个时代的内部，而处在两个时代的交叉处，处在一个时代向另一个时代的转折点上。这一转折

---

① 《巴赫金全集》第三卷，第444—445页。
② 张钟等：《当代文学概观》，北京大学出版社，1980年，第352页。
③ 张炯等主编：《中华文学通史》（第九卷·当代文学编），华艺出版社，1997年，第100页。
④ 见人民文学出版社1960年3月出版的《青春之歌》修改本"再版后记"。

寓于他身上，通过他完成。他不得不成为前所未有的新型的人。这里所谈的正是新人的成长问题。所以，未来在这里所起的组织作用是十分巨大的，而且这个未来当然不是私人传记中的未来，而是历史的未来。发生变化的恰恰是世界的基石，于是人就不能不跟着一起变化。①

事实上，在知识分子的"成长"理论中，知识分子与工农大众的结合，作为知识分子"成长"的必由之路，从来就不是一个可有可无的过程。毛泽东在发表于 30 年代的专门讨论五四运动意义的《五四运动》中，就曾经明确指出："知识分子如果不和工农民众相结合，则将一事无成。革命的或不革命的或反革命的知识分子的最后的分界，看其是否愿意并且实行和工农民众相结合。"② 1957 年 3 月 12 日，毛泽东在中国共产党全国宣传工作会议上做了类似的陈述："我们现在的大多数的知识分子，是从旧社会过来的，是从非劳动人民家庭出身的。有些人即使出身于工人农民的家庭，但是在解放以前受的是资产阶级教育，世界观基本上是资产阶级的，他们还是属于资产阶级的知识分子。这些人，如果不把过去的一套去掉，换一个无产阶级的世界观，就和工人农民的观点不同，立场不同，感情不同，就会同工人农民格格不入……"③

正是在农村，林道静了解了中国农民的苦难并进而意识到自己出身于"剥削阶级"家庭的"原罪"，更重要的是，在农村，她懂得了用抽象的"阶级"观点看待普通的农村日常生活，从劳动者都具有"无产阶级性"和地主都具有共同的反动本质的体认中，她懂得了"阶级斗争"的普遍性，这些认识对林道静的"成长"绝不是可有可无的。如

---

① 《巴赫金全集》第三卷，第 232—233 页。
② 《毛泽东选集》第二卷，人民出版社，1991 年，第 559 页。
③ 毛泽东：《在中国共产党全国宣传工作会议上的讲话》，《毛泽东选集》第五卷，人民出版社，1977 年，第 409 页。

果说监狱生活的肉体磨炼使她在肉体上完成了对"自我"的超越,那么,农村生活则使林道静在精神上彻底完成了对"自我"的超越,因此,农村生活与监狱生活成为英雄成长的必要前提。正是在补充了这一至关重要的环节之后,《青春之歌》才成为了一部完整意义上的中国知识分子的"成长寓言"。

二、《青春之歌》的另一种阅读方式:情爱叙事

在以上的阅读中,《青春之歌》是作为一部政治寓言进行解读的。与此同时,还存在着另一种阅读方式,那就是将《青春之歌》解读成一部纯粹的言情小说。这个发生在一个美丽的少女与三个男人之间的情爱经历,就如同杨沫晚年写的回忆文章《我一生中的三个爱人》那样,完全可以视为杨沫的情爱忏悔录。

余永泽是林道静生命中的第一个男人,余永泽出场时,读者见到了两个余永泽,一个是大谈反抗传统的道德、热情地称颂与鼓励林道静成长的"五四"有为青年,而另一个更为真实的余永泽则居心不良地窥视着这位美丽的少女:

> 余永泽望着道静悒悒的愁闷的眼睛,望着秋风中她那微微拂动的浓密的短发,情不自禁地感到一阵心跳。自从在海边第一次看见这个美丽的少女,他就像着迷似的爱上了她。他是个小心谨慎、处世稳健的人,他知道过早地表露是一种危险,因此,他一直按捺着自己的感情,只是根据道静的情形适可而止地谈着各种使她中意的话语。现在,他已看出道静对他有了感情,而且很真挚。因此他就想向她谈出心中的秘密。可是,他犹疑着,怕说得不好反而坏了事。于是他忐忑不安,望着道静朴素的白衣,心里像燃烧似的呆想着:

"含羞草一样的美妙少女,得到她该是多么幸福呵!"……(第44页)

"好一匹难驯驭的小马!"余永泽心里暗暗说着,嘴里却不敢再多话。(人民文学出版社,1961年,第47页)

在作者这种充满了暗示性的描写中,余永泽的虚伪和阴险被深刻地揭示出来。读者能清晰地看到他使用的全部"宏大叙事"(Grand narrative)都只是"诱拐"林道静的一种手段,他的目的是占有这个美丽的少女。在这个阴险的猎人布下的天罗地网面前,走投无路的天真少女当然无法逃遁,最终不得不投入他的怀抱。

接下来,我们来阅读另外两个男性,卢嘉川与江华。

与卢嘉川认识时,林道静尚在北戴河教小学。刚认识林道静的卢嘉川便"严肃地"与林道静谈起了"国家大事",新的政治话语很快引起了正与余永泽热恋的林道静的注意:

仿佛这青年身上带着一股魅力,他可以毫不费力地把人吸在他身边。果然,道静立刻被他那爽朗的谈吐和潇洒不羁的风姿吸引得一改平日的矜持和沉默……(第51页)

卢嘉川第二次与林道静见面是在北平的东北老乡的公寓里,一个除夕夜,这时的林道静已与余永泽同居。卢嘉川时或"带着愤慨和富有煽动性的音调",时或用"低沉的声音""神色自若地"向包括林道静在内的东北青年介绍了时局和青年的出路,随后,他找到林道静,避开众人,与林道静单独交谈起来:

道静和卢嘉川两个人一直同坐在一个角落里谈着话。从短短的几个钟点的观察中,道静竟特别喜欢起她这个新朋友了。——他诚恳、机敏、活泼、热情。尤其他对于国家大事的卓见更是道静从来没有听见过的。他们坐在一块,他对她谈话一直都是自然而亲切。他问她的家庭情况,问她的出身经历,还问了一些她想不到的思想和见解。她呢,她忽然丢掉了过去的矜持和沉默,一下子,好像对待老朋友一样什么都倾心告诉了他。尤其使她感觉惊异的是:他的每一句问话或者每一句简单的解释,全给她的心灵开了一个窍门,全能使她对事情的真相了解得更清楚。于是她就不知疲倦地和他谈起来。(第105页)

卢嘉川还是随便地笑道:

"大概,这是你在象牙塔里住得太久的缘故。小林,在这个狂风暴雨的时代,你应当赶快从个人的小圈子走出来,看看这广大的世界——这世界是多么悲惨,可是又是多么美好……你赶快出来看看吧!"

多么热情地关心别人,多么活泼洒脱,多么富于打开人的心灵的机智的谈话呵……道静越往下回忆,心头就越发快活而开朗。

"小林,你很纯洁、很直爽。"后来他又那么诚恳地赞扬了她,"你想知道许多方面的事,那很好。我们今晚一下谈不清,我过一两天给你送些书来——你没有读过社会科学方面的书吧?可以读一读。还有苏联的文学著作也很好,你喜欢文艺,该读读《铁流》、《毁灭》,还有高尔基的《母亲》。"

第一次听到有人鼓励自己读书,道静感激地望着那张英俊的脸。(第109页)

卢嘉川对林道静异乎寻常的热情被他的同学兼战友罗大方注意到了,很少接近女人的卢嘉川对这个林道静这么热情——一谈几个钟头，让罗大方觉得奇怪。但他善意地提醒卢嘉川林道静是已经"名花有主"的女人时，卢嘉川严肃地驳斥了他的"瞎扯"，解释说自己对林道静的关怀是因为想帮助这位"有斗争性有正义感的女孩子"，"应当拉她一把，而不应该叫她沉沦下去"。

接下来的一段时间，林道静在家里大量地阅读了卢嘉川借给她的革命书籍，思想产生了飞跃。"赶快从个人的小圈子走出来"，卢嘉川的呼唤使她激动不已，革命话语在施加它自己的"魔法"，通过对个人价值、家庭观念的取消和对日常生活的贬低和拒绝，激发起女主人公内心的新的欲望和激情，也促使她产生了对男性新的想象和期待。在这个话语构筑的美丽新世界面前，曾经令她感动和委身的那个"骑士"和"诗人"的世界已经黯然失色。

不久后的一天，卢嘉川突然出现在她与余永泽租住的小屋中，与独自在家正在生火做饭的林道静热情地交谈起来。从外面回来的余永泽发现自己的妻子正在家里与一个陌生的男人热烈地交谈，加上最近一直觉得妻子有些不正常，余永泽有些不高兴，他"对道静皱着眉头说"："火炉早就荒了，你怎么还不做饭去？高谈阔论能当饭吃吗？"说完就生气地离开了。显然，他希望卢嘉川能够识趣地尽快离开。然而，像卢嘉川这样坚强的战士，当然不会轻易退出战场：

> 这位余兄我见过。既然他急着要吃饭，小林，你应该早点给他做饭才对。我们的谈话不要影响他。你把炉子搬进来，你一边做饭，我们一边谈好不好？（第114页）

卢嘉川果然"老练""沉着"，一方面抚慰了尴尬的林道静，显示了自己的高姿态和通情达理，一方面又不放弃与林道静继续谈话的机会，虽然这是在余永泽的家中，虽然他明明看到了余永泽的不快乐。一直到中午，忍无可忍的余永泽终于再度回到家中，并摆出了一副不再离开的姿态——"把礼帽向床上一扔，一屁股坐在床上，瞪着道静

不动了",卢嘉川才先向余永泽微笑地点点头,又向道静含着同样镇定的笑容说:

"我们今天的谈话很不错。……现在,你们吃饭吧,我该走了。"他又向余永泽点点头,便走向房门外。道静默默地跟在后面送他出来,直送到他走出大门,道静才咬着嘴唇什么话也没讲就回来了。(第117页)

余永泽在痛苦中听到了家庭碎裂的声音。他看着自己的心上人正在离去,却没有任何办法挽留。"他眼前闪过了卢嘉川那奕奕的神采、那潇洒不羁的风姿、同时闪过了道静望着卢嘉川时那闪烁着的快活的热情的大眼睛,他又忍不住被痛苦和怨恨攫住了。他激动地坐在椅子上想得很久,也想得很多。但是他毫无办法。"想来想去,他觉得只能给卢嘉川写一封信:

卢公足下:

余与足下俱系北大同学,而令戚又系余之同乡,彼此素无仇隙。乃不意足下竟借口宣传某种学说,而使余妻道静被蛊惑、被役使。彼张口革命,闭口斗争,余幸福家庭惨遭破坏。而足下幸矣,乐矣,悠悠然、飘飘然逞其所欲矣!……人,应当懂得做人的道德,人也应当不以危言耸听去破坏别人的幸福,否则殊有背人之良知德性也。余谨以此数言奉劝足下,是耶非耶,幸三思之。尚望明鉴。

余永泽 一九三三年三月

(第112页)

写完这封滑稽无比的信,连余永泽自己都觉得没有勇气寄出。秀才遇到兵,常常只能以道德做武器,显然打不倒他的敌人。如果这是一场爱情的角力，余永泽显然不是卢嘉川的对手。问题的关键是林道静。在林道静眼中，余永泽所拥有的"资本"已经开始全面贬值："这，这就是那个我曾经爱过的、倾心过的人吗？"（第118页）

其实，改变的并不是余永泽，而是林道静。她已经根本无法接受这个只能给她带来凡俗的爱情的男人——虽然这种爱情曾经使她激动。那个书架上摆着古瓷花瓶、书桌上摆着冬夏常青的冬青草、墙上挂着托尔斯泰像的整洁、温暖、淡雅的旧式小屋给她带来的幸福感已经荡然无存。余永泽身上的那些深深吸引过他的所有优点和男性魅力，无论是知识、体贴、优雅和温情，一夜之间全变了质，变成了令人厌恶的东西。对于余永泽而言，这是一场注定打不赢的战争。关于爱、关于美、关于文学、关于生活的情趣的叙事显然无法战胜关于革命、关于民族国家、关于阶级斗争的宏大叙事。

在某种意义上，余永泽非常接近于今天为大众传媒热中的时尚概念——"小资"。根据内行的解释，"小资"指称的是一种"在生活中留出空间去追寻美，去享受音乐、美食、旅行、华服、时尚、夜生活的情趣"，有人还更为明确地指出小资们其实是有一些财产地位又没有雄心抱负的人，他们内心软弱，不相信自己能够改变世界，只希望好好经营自己的生活，因此小资通常不是勇敢的人；还有的人则认为，只要你是一个认真的生活者，你的身上就必然带有某种"小资"的印记。余永泽正是这种"认真的生活者"。问题在于"小资"在今天是时尚，过上"小资"的生活，是今天年轻一代的梦想，而在余永泽生活的那个时代，代表一种腐朽的生活方式的"小资"，则是革命者唾弃的对象。关于这一点，张爱玲早就看得很清楚："在这兵荒马乱的时代，个人主义者是无处容身的。"（见张爱玲《倾城之恋》）在张爱玲眼中，这个世界顶多只能"有地方容得下一对平凡的夫妻"。"平凡的夫妻"通常是一对"小男女"。余永泽是典型的"小男人"，而林道静却不是：

> 晚上道静回来的时候，两个人都哭着——都为他们不

幸的结合哀伤着。(第184页)

王安忆曾有一篇小文章，谈到过自己心中的男性观念的变化：

> 以往，我是很崇拜高仓健这样的男性的，高大、坚毅、从来不笑，似乎承担着一切世界上的苦难与责任。可是渐渐地，我对男性的理想越来越平凡了，我希望他能够体谅女人，为女人负担哪怕是洗一只碗的渺小劳动。需男人到龙潭虎穴抢救女人的机会似乎很少，生活越来越被渺小的琐事充满。都市文明带来了紧张的生活节奏，人越来越密集地存在于有限的空间，只需挤汽车时背后有力的一推，便也可以解决一点辛苦，自然这太不伟大、太不壮丽了。可是，事实上，佩剑时代已经过去了。曾有个北方朋友对我大骂上海"小男人"，只是因为他们时常提着小菜篮子去市场买菜，居然还要还价。听了只有一笑，男人的责任如将只扮演成一个雄壮的男子汉，让负重的女人欣赏爱戴，那么，男人则是正式地堕落了。所以，我对男性影星的迷恋，渐渐地从高仓健身上转移到美国的达斯汀·霍夫曼身上。他在《午夜牛郎》中扮演一个流浪汉，在《毕业生》中扮演刚毕业的大学生，在《克雷默夫妇》里演克雷默，他矮小，瘦削，貌不惊人，身上似乎消退了原始的力感，可却有一种内在的、能够应付瞬息万变的世界的能力。他能在纽约乱糟糟的街头生存下来，能克服了青春的虚无与骚乱终于有了目标，能在妻子出走以后像母亲一样抚养儿子——看着他在为儿子煎法国面包，为儿子系鞋带，为儿子受伤而流泪，我几乎以为这就是男性的伟大了，比较起来，高仓健之类的男性便只成了诗歌和图画上的男子汉了。①

---

① 王安忆：《关于家务》，黄子平编《男男女女》，人民文学出版社，1990年，第233—234页。

遗憾的是，连王安忆这样聪慧的女性都要到中年以后才懂得真正的男人的意义，我们显然不能苛求林道静对生活的想象。少女总是无法理解和想象凡俗的一生。她们期待的是与"诗歌里和图画上"的白马王子"携手走天涯"的豪迈、刚烈、苍凉、潇洒、自由的壮美人生。尤其是生活在这样一个"青春飞扬"的大时代——一个革命带来无穷梦想的时代，笼罩在一种超越了日常生活的神秘光晕之中的卢嘉川，尤其是特殊年代里的带有传奇色彩的地下工作，深深地吸引了我们年轻美丽的女主人公。当卢嘉川牵着她的手在胡同里穿梭时，她感到的是一种幸福的使命感和战斗的激情。林道静太喜欢流动感、战斗和激情——"道静站在当地摆弄着衣服角。这种新奇的有点神秘的生活使得她在慌乱和忧虑中却掺杂着某种程度的喜悦"。（第177页）

不久后的一天傍晚，余永泽不在家，卢嘉川再度出现在林道静的家中，在与林道静讨论了一会儿革命的话题后，他向林道静提出了三个要求，一是让林道静为他保管一些重要的文件（一卷彩色传单），二是让林道静帮他去送封信，"第三件，我想在你这而多呆一会儿，如果可能，今夜最好允许我借住一下……因为这些天侦探盯得紧——刚才我才甩掉一条尾巴，跑到你这里"。（第176页）林道静高兴而又紧张地答应了。卢嘉川又让林道静去通知正在北大看书的余永泽晚一点回家。当林道静找到了余永泽并提出这一要求时，余永泽简直惊呆了：

> 余永泽像座泥胎愣在地上。啊！在这样清明芬芳的夏夜，她竟和别个男子亲密地约会着、来往着。为了他，竟不要自己的丈夫回自己的家……于是他斜过眼睛睨着道静，半天才小声地从牙齿缝里喊道：
>
> "原来你的男朋友在等你！可是，我的家我要回去！"
> 说完，他猛一转身冲进屋子里，屋门在他身后砰地关上了。

（第183页）

妒火中烧的余永泽终于控制不住自己的情绪，回到了自己的家——虽然他知道这对于他和林道静的爱情意味着什么。卢嘉川离去，后被特务逮捕投入监狱，从此与林道静永诀。

站在世俗的"丈夫"的立场上，余永泽当然有理由捍卫他珍视的爱情。因为他强烈地感受到了卢嘉川这个"时代男性"的介入给他的家庭带来的危险。然而，卢嘉川的介入却是"以革命的名义"进行的。在党的会议上，当区委书记戴愉指责他与林道静的交往，表示"怀疑冯森（卢嘉川的化名。引者注）同志的动机"，甚至明确表示"我不允许有人用共产主义的崇高名义，来达到个人的私欲"时，卢嘉川觉得戴愉的指责不值一驳，另一位党的负责人刘大姐则为他进行了有力的辩解：

> 戴愉，就说你反对冯森接近的那个女孩子吧，我知道她，了解一点她的情况，这是个在旧社会里挣扎过，渴望着党的援救的积极分子。我们应当帮助她、培养她。（第150页）

这正是卢嘉川接近林道静的理由，如果接近这个漂亮而痛苦的女青年已经成为党的工作的一部分，那么，我们还有什么理由怀疑卢嘉川的动机呢？

实际情况却比这种解释要复杂得多。以下是发生在卢嘉川与他的战友罗大方之间的一段对话，这一幕发生在卢嘉川最后一次去找林道静之前：

> 卢嘉川突然沉默了。
>
> 罗大方坐在写字台前的皮转椅上，从抽屉里拿出一只金壳怀表，他打开表慢慢地修理着，看见卢嘉川站在桌边总不说话，抬起头来问了一句：

"老卢,你想什么哪?"

卢嘉川好像没有听见一般,仍然望着窗外稀疏的竹林出着神。过了一会儿,忽然低声自语道:"已经好久不见啦。……"

"是不是为她——为林道静苦恼起来啦?罗大方是个粗中有细的人,他很善于观察人的思想、感情的变化。这时他用细细的小扦子拨弄一下发条,又抬起头望着卢嘉川说:我看你有些喜欢她——为什么不大胆地表示一下呢?"

卢嘉川转回身来躺在竹榻上,双手抱住后脑勺,半天才回答:

"别瞎扯!你不知道人家有丈夫吗?"

"那个余永泽吗?去他的吧!他们怎么能够长久地合在一块?老卢,这一盘棋,你算没走对。"

"不,我不愿意看见别人的眼泪,连想都不愿想。所以,我已经有意识地和她疏远了。"

罗大方放下表,走到竹榻旁,严肃地看着他朋友的脸,声音柔和而恳挚:

"你不要自己苦恼自己。我认为这并不关系到什么道德问题。就是你不爱她,她也不会同余永泽那样的人长久维持下去。"

"又瞎扯!你根本不了解情况。"卢嘉川闭上眼睛低声说,"他们俩的感情是很深的。而且……总之,我不愿意。"

"不破坏旧的,怎么能够建设新的?"罗大方抢着反驳他,"你忍心叫这女孩子被余永泽毁灭了吗?你应当做摧枯拉朽的迅雷闪电,而不要做——做'孔老二'的徒弟!"

卢嘉川睁开眼睛微微一笑:

"瞧你说的够多简单、容易……别说这些了,怪无聊的。"说完,他又闭上了眼睛,长久地默不出声。(第164—165页)

在这里，我们无疑看到了另一个卢嘉川。中国传统小说中，"儿女""英雄"常常不能分家，《儿女英雄传》中男主人公铁中玉在公庭初见女主人公水冰心，"虽在愤激之时，而私心几不能自持"，然而，这毕竟是言情小说的人物和套路。出现在50—70年代的革命文学中，却多少显得有些不合时宜。如果卢嘉川在内心深处隐藏的是对林道静的个人欲望，那么我们可能不得不怀疑他的理论的纯洁性——如果他接近林道静的目的与余永泽的一样，那么他向林道静谈论的马克思主义与余永泽谈论的人道主义又有什么真正的不同呢？当卢嘉川最后一次出现在林道静家中让林道静为他送信时，林道静"扑上来，拉住他的手"，说道："你一定等我，可别走——"的时候，卢嘉川的心里"交织着非常复杂的感情。这女孩子火热的向上的热情和若隐若现地流露出的对于他的爱慕，是这样激动着他，使他很想向她说出多日来秘藏在心底的话。但是，他不能这样做，他必须克制自己"。（第178页）

遗憾的是，他永远没有机会说出那些"秘藏在心底的话"了。卢嘉川入狱后，他的战友替代了他，并最终完成了他的未竟之业。如果因为卢嘉川的过早离去使我们不能完整地看到他与余永泽的类同，那么，"第三个男人"江华则完整而清晰地展现了这一过程。

江华出场时已经是共产党的县委书记，这时的林道静已经离开了余永泽在定县的一所小学教书。江华第一次见到林道静，就让沉醉在对卢嘉川的怀念中的林道静意识到了自己的不足：

"道静，咱们来谈点别的问题——你知道现在中国革命的基本问题是什么吗？"

道静睁着两只大眼睛，一下回答不上来。

"那么，再谈点别的。"等了一下江华又说。"察北抗日同盟军虽然失败了，但它对于全国抗日救亡运动都起了什么作用？你认为中国的革命将要沿着什么样的道路发展呢？"

>   道静抿着嘴来回摆弄着一条白手绢，半天还是回答不上来。
>
>   平日，道静自以为读的大部头并不少。辩证法三原则，资本主义的范畴和阶段，以及帝国主义必然灭亡、共产主义必然胜利的理论，她全读得不少。可是当江华突然问到这些中国革命的具体问题，问到一些最平常的斗争知识的时候，她却蒙住了。……沉了半天，她才真像个答不上老师提问的小学生，两只大眼睛滴溜滴溜在江华的脸上转一转，最后无可奈何地说：
>
>   "想半天也想不出来。你这一问可把我的老底子抖搂出来了……真糟糕！过去我怎么就不注意这些问题呢？"
>
>   看见道静那狼狈而又天真的样子，江华忍不住笑了……（第246—247页）

江华依旧是故技重施。不过，他的情敌，是比余永泽强大得多的卢嘉川。林道静发誓要永远等着卢嘉川。即使在得知卢嘉川去世的噩耗后，林道静仍然表示永不变心，并以此为理由拒绝了漂亮的同志许宁的追求：

>   沿着石子马路向园外走着的时候，道静对许宁边走边说：
>
>   "许宁，我愿意做你的妹妹，做你的好朋友，但是其他关系我们却无法谈到了。这不是你不配，而是，你知道——你也许根本不知道，我早就有了一个深深使我热爱的人。不管这个人生也好，死也好，他是永远活在我的心里，并超过我身边的任何人的。说到这点，我很抱歉，但是你可以相信我真诚的友情。"
>
>   许宁的脸苍白了。（第454页）

江华比许宁要幸运得多，也成熟得多。当林道静身上的"成长"热情被再度唤醒后，江华"继续向道静提出各样问题叫她解答，同时也和她一同分析各种问题"，道静再度被深深地吸引住了："这是个多么坚强、勇敢、诲人不倦的人啊！"

在以后与林道静的交往中，江华从未显示出任何个人情感，他一直在耐心地培养着林道静的共产主义意识，直至介绍林道静加入了她梦寐以求的中国共产党，使道静真正成为这群为理想献身的"同志"们中的一员，林道静对卢嘉川的痛苦思念逐渐被对江华的巨大的感激之情所取代：

> "老江，我真羡慕你。……我渐渐觉得你比老卢更……"说到这里，她不好意思说下去了。（人民文学出版社，1961年，第516页）

有充足的理由让我们相信江华能够坚持他的纯洁的共产主义立场，彻底摆脱从余永泽和卢嘉川身上体现出来的"男人性"，然而，江华仍然再度使我们失望：

> 江华望着道静那双湖水一样澄澈的眼睛，望着她苍白的俊美的脸，望着她那坦率而热情的举止和语言，他忽然噤住不说话了。他能说什么呢？他爱她——很久以来，他就爱着这个年轻热情的女同志。……今天，他看出来，她不但是一个坚强的同志，而同时她也是一个温柔的需要感情慰藉的女人。从她的眼睛中，他看出了里面的空虚和寂寞。而他自己呢，他自己不是也在痛苦中等待许久了吗？（第464—465页）

终于有一天，江华不再等待了：

他忍耐着，放过了多少幸福的时刻。可是现在他不应当再叫自己苦恼、再叫他心爱的人苦恼了。于是他抬起头来，轻轻地握住站在他身边的道静的手，竭力克制住身上的战栗，率直地低声说：

"道静，我想问问你——**你说咱俩的关系，可以比同志的关系更进一步吗？……**"（第485页，黑体为引者加）①

我们不知道这种因个人情爱产生的"战栗"是否比"政治"激情带来的"战栗"更加深刻，更重要的是，到此为止，无论是卢嘉川还是江华，对林道静进行的全部教育就是帮助其确立"阶级"的概念，在与无数坚强的共产党人、挣扎在死亡线上的贫苦农民的交往中，林道静逐渐理解作为阶级兄弟姐妹的"同志关系"是世界上最亲密、最纯粹、最深刻、最彻底的关系，这种崇高的精神关系超越了包括血缘关系和男女关系在内的所有的自然关系，是人成其为人的精神实现，是真正的自由之境。

这种崇高的同志意识是林道静逐渐形成并在国民党的监狱最终完成的自我意识。在狱中，与林道静关在同一间牢房的是共产党人林红和一个十五六岁的小女学生俞淑秀，被误抓入狱的俞淑秀还是一个天真的孩子，出于对监狱生活的恐惧，她常常在惊恐中不断地呼唤着妈妈，然而在接受了林红、林道静等革命者的影响之后，她开始认定"妈妈不是最亲的"。她说："……妈妈养育了我的身体，但是你们——是党给了我灵魂。"一句看似单纯的言语，道出的乃是阶级重于亲情的无产阶级伦理关系实质。

集体的力量是伟大的，是无穷的。当林道静感受到她

---

① 此句在人民文学出版社1961年版第566页改为："道静，今天找你来，不是谈工作的。我想来问问你——你说咱俩的关系，可以比同志的关系更进一步吗？……"

和小俞不是孤单的、孤立无援的个人行动的时候，她们的心同时被融化在一个看不见的，隔着多少层铁壁然而却紧紧结合在一起的伟大的整体中。（第351页）

正因为这一原因，当共产党员林红第一次将林道静称为"同志"时，还不是共产党员的林道静经历了她最初的"战栗"：

"我真高兴，亲爱的同志！"黑沉沉的深夜里，当郑瑾（林红的化名，引者注）的双手那样热烈地紧握住道静的双手时，道静的心被这种崇高而真挚的友谊激动了，以致不能自抑地流下了眼泪！（第340页）

在林道静的入党仪式上，我们再一次与我们的女主人公一道理解了"同志"的崇高的、不可超越的意义：

"从今天起，我将把我整个的生命无条件地交给党，交给世界上最伟大崇高的事业……"她的低低的刚刚可以听到的声音说到这儿再也不能继续下去，眼泪终于掉了下来……
……刘大姐却抢先握住她的手，小声说：
"我祝贺我党从今天起又多了一个好同志。一个倒下了，另一个站起来，我们党是永远不可摧毁的！"她的话刚完，一直沉默不语的江华也走上前来握着道静的手："我也祝贺林道静同志。我们的事业是艰巨的，道路是漫长的，我以介绍人的资格，希望林道静同志永远记着共产党员这个光荣称号。"（第373—374页）

显然，林道静是在农村产生了"原罪"意识并经历了监狱生活的严酷考验之后，才在庄严的入党仪式上获得"同志"这一神圣而庄严的资格的。而如今，入党仪式上"同志"的祝福历历在耳，而她的手被再一次握住的时候，她却被"战栗"着的入党介绍人告知还存在一种比同志关系更进一步、更真切的关系——与这种关系相比，同志的关系是肤浅的。也只有这位党的引路人才能看出，已经宣誓要把自己"整个的生命无条件地交给党，交给世界上最伟大崇高的事业"的林道静的眼中其实是藏着无尽的"空虚和寂寞"。

接下来的，自然是一个更形而下的世界，崇高的"政治"退隐，"不崇高"的"性"开始从后台进入前台，屋外的白色世界造成的弥漫全书的恐怖气氛突然消逝了，出现在读者眼前的一幅与严肃的"政治"无关的"言情小说"中最典型的景观：

> 江华对她望了一会儿，突然伸出坚实的双臂把她拥抱了。
> 夜深了，江华还没有走的意思，道静挨在他的身边说：
> "还不走呀？都一点了，明天再来。"
> 江华盯着她，幸福使他的脸孔发着烧。他突然又抱住她，用颤抖的低声在她耳边说：
> "为什么赶我走？我不走了……"
> 道静站起来走到屋外去。听到江华的要求，她霎地感到这样惶乱、这样不安，甚至有些痛苦。（第485—486页）

不知林道静为什么会感到痛苦，或许是她想到了卢嘉川，不知她是否还会想到余永泽，想起她生命中经历的所有男人，或者，她会想起她的"原罪"、她的誓言、"党"对她的教育……

不过，这一切都变得不重要了——她自己不是在痛苦中等待很久了吗？于是，经过一番激烈的思想斗争，"她又跑回屋里来——她不忍心扔下江华一个人长久地等待她"。

> 一到屋里，她站在他身边，激动地看着他，然后慢慢

地低声说:

"真的?你——你不走啦?……那、那就不用走啦!……"
她突然害羞地伏在他宽阔的肩膀上,并且用力抱住了他的颈脖。(第486页)

春宵苦短,接下来,小说中的场景转到了第二天。"天刚刚亮,幸福甜美的梦还在朦胧地继续着。突然一阵扣门声,把两人同时惊醒了",严肃的"政治"生活又回来了,不过,读者还回得去吗?

1977年1月10日《新观察家》发表了罗兰·巴特的访谈《知识分子何用》,在这篇文章中,他简要地提及了对中国的历时二周的访问:"我极其细心地和充满兴趣地看到了和听到了一切。然而,写作还需要一些别的东西,一些所见所闻中附加的开胃的东西,我在中国没有找到这些刺激性的开胃品。"

罗兰·巴特是当代西方著名的解构主义批评家。他的拿手好戏,是追求所谓"文本的快乐",他能够在许多意义崇高的文本中读出隐藏的色情意义,将总是通过"升华"得以建构的形而上学重新纳入肉体与欲望之中,以此颠覆西方形而上学建立在二元对立之上的历史。许多被公认的立意高远的严肃文学作品在巴特的笔下都产生了"色情"欲望,甚至一些宗教禁欲的作品也被分析成为快乐的仙境。然而,这位"黄色阅读"的高手在中国竟然没有找到适合的材料:

在中国,我绝对没有发现任何爱欲的、感官的、色情的旨趣和投资的可能性。这可能是因为特殊的原因,也可能是结构上的原因:我特指的是那儿的体制道德主义。[①]

这种"体制道德主义"的确是50—70年代的中国文学的重要特

---

① 见《罗兰·巴特谈中国之行》,汪民安译,《中华读书报》2000年3月29日。

征。当作者试图取消某一种政治前途的合法性时，总是通过取消其在道德上的合法性来完成。"一面固然是荒淫与无耻，然而又一面是严肃的工作！"这句由茅盾写于30年代的名言在《青春之歌》中被一再引用，"荒淫"与"严肃"这一对纯粹的道德范畴竟成为小说主题的基本结构形式。余永泽对老乡亲魏三大伯的吝啬、对卢嘉川的嫉妒以及对林道静的占有欲，都表现了他人格的卑琐、自私和虚伪，因此，林道静与他的分裂，不仅表现为政治观念的冲突，同时还表现为伦理道德的冲突。然而，这种二元对立之后的缝隙，这种强大的道德感召力量之后的欲望，又有谁注意到了呢？

显然，有些东西成功地逃过了罗兰·巴特的鹰鹫一样的眼睛。

三、"成长小说"：在"性"与"政治"之间

> 第三世界的文本，甚至那些好像是关于个人和利比多趋力的文本，总是以民族寓言的形式来投射一种政治：关于个人命运的故事包含着第三世界的大众文化和社会受到冲击的寓言。①

詹姆逊的这句名言，在90年代经常被中国的批评家引用，用于对《青春之歌》的解读，仍然显得贴切无比。不过，如果将这句话反过来说，是否同样合适呢？

> "第三世界的文本，甚至那些好像是关于民族和阶级寓言的文本，背后总是隐含着另一种政治：关于个人欲望、性和利比多趋力的寓言。"

---

① 弗雷德里克·詹姆逊：《处于跨国资本主义时代中的第三世界文学》，张京媛译，《新历史主义与文学批评》，北京大学出版社，1993年，第235页。

就政治话语而言，《青春之歌》中的众多男性主人公一直处于势不两立的对峙姿态，但是在以林道静作为自己的性对象这一点上，他们表现出完全相同的"男人性"。他们获得林道静的手法也惊人一致，那就是从"政治"到"性"，"政治"作为手段，"性"作为终极的目的。——用余永泽的话来说，都是所谓的"挂羊头卖狗肉"（第124页）。事实上，如果把个体的林道静视为整体性的"中国知识分子"的象征，我们不难发现在林道静成长的三个阶段中，余永泽代表的"资产阶级"人道主义与卢嘉川代表的"理论马克思主义"与江华代表的"中国化的马克思主义"无疑构成了引导林道静成人的主要话语类型，在中国现代史上，这三种话语之间的矛盾的确构成了中国知识分子的基本思想冲突，斗争的结果，就如同先是余永泽，既而是卢嘉川，最终是江华得到了林道静，中国知识分子最终选择了马克思主义。

如同"成人"已成为林道静的宿命，林道静对余永泽代表的世俗的"资产阶级人生观"的拒绝，象征着中国知识分子对现代性的重新选择，有效地指证了青年知识分子步入集体主义的必然性和艰难性。《青春之歌》为我们提供了阐释这一宿命的最佳文本。在这一意义上，《青春之歌》不是一部纯粹的"政治小说"，当然，也不是一部纯粹的"言情小说"。这本小说的独特性，恰恰是"政治"与"性"的神奇组合。

"性"与"政治"之间的纠葛曾经是现代中国文学的重要主题，尤其是在20世纪二三十年代的革命文学中，"五四"个性解放和恋爱自由的主题转变成为革命和政治的主题。1928—1930年普罗文学的主要特征是"革命的浪漫谛克"，而"革命的浪漫谛克"的精髓即是著名的"革命加恋爱"的公式。蒋光慈不仅是"革命加恋爱"这一模式的始作俑者，而且也是这一模式的典型代表。1929年9月，蒋光慈在日本就听到这样一种说法："你若出名，则必须描写恋爱加革命的线索。"[①] 可

[①] 蒋光慈:《异邦与故国》,《蒋光慈文集》第2卷,上海文艺出版社,1983年,第456页。

见"革命"的时尚性。在《冲破云围的月亮》这部以"革命加恋爱"为主题的"革命的浪漫谛克"的代表作中,蒋光慈通过时代女性王曼英与两位男性李尚志、柳遇秋的情爱经历,讲述了大革命失败后青年知识分子不同的政治选择。王曼英和李尚志、柳遇秋曾经是革命战友,李尚志后来成为了坚贞的革命者,柳遇秋则变成了可鄙的变节者。王曼英最终在二者之间选择了李尚志,当然也就选择了革命。在这里,女性社会身份的选择所面临的困境经常通过性对象的选择表现出来,蒋光慈以此开创了"革命加恋爱"的模式。同时期的作品还有丁玲的小说《韦护》《一九三〇年春上海》等,在这些以女性为视角的革命文艺作品中,革命变成了一种特殊的言情故事——革命的与不革命的或反革命的男性对女性的争夺,不同政治派别的政治较量在情场上的表现,也是这些政治势力的"精神生殖力"的较量。性别的魅力与政治的魅力呈现为一种互为转喻的关系。一方面是以性爱的方式对政治观念的演绎,另一方面则是通过政治话语对性爱的改写。

在发表于1935年的《"革命"与"恋爱"的公式》一文中,茅盾集中总结了这一类型的文学:

> 我们这"文坛"上,曾经风行过"革命与恋爱"的小说。这些小说里的主人公,干革命,同时又闹恋爱;作者借这主人公的"现身说法",指出了"恋爱"妨碍"革命",于是归结于"为了革命而牺牲恋爱"的公式。
>
> 有人称这样的作品为——"革命"+(加)"恋爱"的公式。
>
> 稍后,这"公式"被修改了一些了。小说里的主人公还是又干革命,又闹"恋爱",但作者所要注重说明的,却不是"革命与恋爱的冲突",而是"革命与恋爱"怎样"相因相成"了。这,通常是被表现为几个男性追逐一个女性,而结果,女性挑中了那最"革命"的男性。如果要给这样的"结构"起一个称呼,那么,套用一句惯用的术语,就是"革命

决定了恋爱"。这样的作品已经不及上一类那样多了。

但是"革命""决定了""恋爱"这样的"方式"依然还有"修改"之可能。于是就有第三类的"革命与恋爱"的小说。这是注重在描写：干同样的工作而且同样地努力的一对男女怎样自然而然成熟了恋爱。如果也给这样的"结构"起一个称呼：我们就不妨称为：革命产生了恋爱。……①

非常奇怪的是，这种风行一时的小说模式像潮水一样涌起，又像潮水一样退去了。1931年以后，随着蒋光慈的过早去世，"革命加恋爱"的小说很快就销声匿迹了。人们似乎不再愿意将沉重的时代与轻盈的爱情联系在一起。虽然在一些经典的革命作品中，我们仍然能若隐若现地看到这一模式的影子，如在《白毛女》《林海雪原》《红旗谱》等作品中都有近似的内容，但基本上"恋爱"已经被压缩在革命的边缘，不再能成为小说的主体。真正重新刷新这一小说模式的作品，首推《青春之歌》。在《青春之歌》中，"爱情"——"性"与"政治"是相互说明的。这正是"成长小说"的题中之意。——在"成长小说"中，"成长"并不是指主人公在生理意义上的长大，与主人公一起成长的还有历史本身。在这里，"个人"就是"历史"，而"历史"就是"个人"。与此相应的是，我们在《青春之歌》这样的成长小说中看到的"性"与"政治"，就不再仅仅只是相互说明或相互印证的关系，女性命运与知识分子道路，在意义层面上作为象征的不断置换，成为小说最为重要的文本策略之一。——换言之，在这里，我们根本无法将"性"与"政治"区分开来，正像我们根本无法将具体的女主人公"林道静"与抽象的"中国知识分子"区分开来。

在巴赫金那里，这种"性"与"政治"、"个人"与"历史"的融合

---

① 茅盾：《"革命"与"恋爱"的公式》，《茅盾全集》第20卷，人民文学出版社，1990年，第337—338页。

体现的正是现代小说的特点。我们无法在传统小说中看到这种历史时间与个人生活的融合过程，因为传统小说不存在"内在的方面"，"不存在从内部理解接受它的角度"。譬如在以战争作为中心题材的历史小说中，所有的历史事件，包括征服、政治罪行——觊觎者的企图、朝代的更迭、王朝崩陷、新朝建立、审判、绞杀等等都同历史人物以爱情为中心的个人生活情节"交错而不融和"。巴赫金认为，现代小说与传统小说最大的不同，就是对这种两重性的克服："现代历史小说的基本任务，就是克服这一两重性：作家们努力要为私人生活找出历史的侧面，而表现历史则努力采用'家庭的方式'。"①——"在这里，个人生活系列犹如在共同生活的无所不包的强大基座上刻下的浅浮雕。个人应是整个社会的代表，他们的生活事件同整个社会生活的事件相吻合；并且在这些事件无论对个人还是对社会，都具有相等的意义。内在的方面同外在的方面相融合，人完全是外向的。不存在私人小事，不存在日常生活；生活的一切细节，如饮食、日用品，都与生活中的重大事件同样有分量，一切都同等地重要。②

与"成长小说"的这一特征有关，对于《青春之歌》这样一部带有自传色彩的小说中涉及的"小说"与"历史"的关系，杨沫不但不加以辨析，而是有意混淆二者的联系。在《青春之歌》的《初版后记》中，杨沫甚至明确地说："我要真诚地告诉读者们……书中的许多人和事基本上都是真实的……"这当然不免让当事人难堪。尤其是杨沫的初恋情人、与她先同居后分手的张中行由此变成了"余永泽"，此后的日子当然不会好过。这位当年北大国文系的高才生，80年代复出文坛，写平和冲淡的散文，很受读者的欢迎。谈到杨沫与《青春之歌》，老先生显然不以为然：

---

① 《巴赫金全集》第三卷，第416页。
② 同上书，第417页。

> 抗战时期,我们天各一方,断了音问。解放以后,她回到北京,我们见过几面。50年代,她写了长篇小说《青春之歌》,主观,她怎么想的,我不知道,客观,看(书及电影)的人都以为其中丑化的余某是指我。我未在意,因为一,我一生总是认为自己缺点很多,受些咒骂正是应该;二,她当面向我解释,小说是小说,不该当作历史看。听到她的解释,我没说什么,只是心里想,如果我写小说,我不会这样做。

在同一篇文章中,老先生继续指出:

> 其后过了有两年吧,又有好心人送来她的新著,曰《青蓝园》。是回想录性质,其中写了她的先后三个爱人。我大致看了看,感到很意外,是怎么也想不到,写前两个(第三个不知为不知)仍然用小说笔法。为了浮名竟至于这样,使我不能不想到品德问题。有人劝我也写几句,我仍然不改沉默的旧家风,说既无精力又无兴趣。可是心里有些凄苦,是感到有所失,失了什么?是她不再是,或早已不再是昔日的她。①

张老先生对《青春之歌》的不满,归之于其使用的"小说笔法"。②

---

① 张中行:《流年碎影》,中国社会科学出版社,1997年,第754页。
② 在《流年碎影》一书中,张中行回忆了与《青春之歌》中英俊的男性主人公卢嘉川的原型贾恒江的交往,令人莞尔。文中称:"贾恒江,良乡县人,字汇川,长我两岁或三岁,也是同班。外貌与曾雨田相反,不只不翩翩,简直就是粗陋。矮个子,面黑而不光润。行动也笨拙,比如深色衣服破了,他自己缝补,用的常是白色线,因为他不看,或看而不想。但老天爷搞分配的时候是漫不经心的,他,单说外面儿,也随来可意的,是人人觉得他朴实,忠厚,可交。印象是知,依照王阳明的理论,必变为行,于是而有交朋友之事。未入桃园,也未成文兼公布,就有了五结义;以齿德为序,一是贾恒江,二是田鸿恩(字锡三,霸县人,同班),(转下页)

作为当事人,他的情绪肯定不无道理。只是"小说"与"历史"之间的差异,又有谁真正分得清呢?——尤其是对于杨沫——林道静这样"从小时候,我抱定过志愿——我要不虚此生"的时代女性,对于这个分不清理想和现实的时代——更重要的,是对于这样一部完整意义上的"成长小说"。在这一意义上,杨沫弄不清"小说"与"历史"的界限,与其说是"道德"问题,不如说是一个现代性的"知识"问题。杨沫在《谈谈林道静的形象》一文时说,她是"按照生活本身的发展逻辑"来写林道静的。① 这可能不是假话。"小说笔法"并不是杨沫的创造,王德威将20世纪的中国称为"小说中国",是因为他发现"小说之类的虚构模式,往往是我们想象、叙述'中国'的开端","谈到国魂的召唤、国体的凝聚、国格的塑造,乃至国史的编纂,我们不能不说叙述之必要,想象之必要,小说(虚构)之必要"。② 将"小说本身的质变"视为"中国现代化的表征之一",显然是回应了这种对"小说"的歧见。

《青春之歌》出版后受到热烈欢迎,多次再版,发行量逾500万册。小说还曾经被翻译成近20种语言介绍到国外,最早的日文译本1960年出版,到1965年就印刷了12次,数目达20万部之多。日本和印尼等国的共产党都将这部小说作为党员的教材,许多日本青年在读完这部激动人心的作品后,向日共提出了入党申请。在国内,《青

(接上页)三是我,四是赵连升,五是梁政平。贾恒江位居首,我们就通称为贾大哥。毕业之后,他也曾有升学的想法,考师范大学,是数学吧,题发下,看,有难有易,心想,可先攻坚,坚的攻破,其余可迎刃而解。可惜直到该交卷,坚的竟未攻破,以至曳白出场。只好收回意马心猿,不忘本,去教小学。曾在我回家必经之地的河西务任教,我回家过那里,还在同一个冰冷的宿舍里过夜。他到北京,当然也常到我家里来。是1934年或其后不久吧,他到我的原籍香河县去教书,推想是由于治学思想有了距离,我少信,在他眼里成为不前进,依照阶级观点的排中律,不正必反,于是很快,这昔日有桃园交谊的他对我就恶而远之,我们就这样虽都未就木而永别了。"(张中行:《流年碎影》,第104—105页。)

① 《人民文学》1959年第7期。
② 王德威:《想象中国的方法——历史·小说·叙事》序言"小说中国",生活·读书·新知三联书店,1998年,第1页。

春之歌》的出版更是赢得了自上而下的一片叫好，周恩来、彭真、周扬、茅盾等都在各种场合褒扬过这部作品，共青团中央也号召全国的团员青年学习这部作品。①1959年，《青春之歌》被改编成同名电影搬上银幕后，更成为家喻户晓的作品。将《青春之歌》称为"影响了一代人的作品"，恐怕并不过分。

"人在历史中成长这种成分几乎存在于一切伟大的现实主义小说中；因而，凡是出色地把握了真实的历史时间的地方，都存在着这种成分。"②黄子平曾经谈到杨沫的《青春之歌》从结构到语言与"五四"新文艺之间存在着一目了然的血缘关系。③然而，与《青春之歌》比较，无论是茅盾的《子夜》还是巴金的《家》，着眼点都只是环境对人的控制和影响，而在同类型的"社会主义现实主义"小说中，周立波的《暴风骤雨》和丁玲的《太阳照在桑干河上》关注的也主要是事件，缺乏完整的主题、情节，④可以说，在《青春之歌》出现之前，在中国现代文学的人物画廊中，还没有出现过林道静这样集"个人"与"历史"于一体的人物。——"这里的成长克服了任何的个人局限性而变为历史的成长。所以，就连完善的问题，在这里也变成了新人同新历史时代一起在新的历史世界中成长的问题，这个成长同时伴随着旧人和旧世界的灭亡。"⑤

就题材而言，《青春之歌》驾驭的是50—70年代中国文学中极为罕见的知识分子题材，自建国初肖也牧的《我们夫妇之间》遭到严厉的批判后，作家们对如何处理"知识分子"与政治的关系失去了信心，"知识分子"题材已成为公认的雷区，作家和批评家对"小资产阶级的

---

① 《自白——我的日记》，《杨沫文集》第六卷，第530页、第370页。
② 《巴赫金全集》第三卷，第232—233页。
③ 黄子平：《革命·历史·小说》，牛津大学出版社，1996年，第13页。
④ 杨沫写《青春之歌》前，曾读过周立波的《暴风骤雨》，她评价不高，认为《暴风骤雨》的结构上有问题。见《自白——我的日记》，《杨沫文集》第六卷，第146页。
⑤ 《巴赫金全集》第三卷，第440页。

创作倾向"和"知识分子的自我表现"异常敏感,以至于50—70年代的中国文学的经典作品中的主人公基本上都是工农兵,知识分子在革命历史的叙事中似乎成了边缘人。而杨沫的《青春之歌》不但进入了这个使作家望而却步的世界,而且竟然能够如鱼得水,全身而退。没有人能想到这位初出茅庐的小说家竟然神奇地把一部抽象的知识分子成长史演绎得如此生动,如此魅惑,在令人啧啧称奇之余也不由得让人艳羡不已。

对只有初中文化,"政治与艺术水平"都不高的作者杨沫而言,这一成功的确有些出人意料。许多年后,杨沫在日记中仍然不敢相信自己的成功:

> 《青春之歌》真像丑娘养了个俊女儿。我的水平——无论政治和艺术水平,使我从来没有想到,能够写出一本受热烈欢迎的书来——自己做梦也没有想到过这件事。也许应了古人的话:"有意栽花花不发,无心插柳柳成荫。"内心有美好的东西,这些东西自己从我胸膛里往外跑,往外喷射。结果一股仙气,把林道静、卢嘉川、林红这些人物塑造出来了。有时,我也翻翻这本书,可是常常出现一种惊讶、奇怪的念头:
> "怎么?这本书是我写的吗?我怎么可能写得出来呢?"①

《青春之歌》这样的作品,与《红旗谱》一样,的确不应该仅仅视为作家个人的创作。"不是我在说话,而是'话'在'说'我","不是我在使用符号,而是符号在使用我",对文学与时代的关系进行这种结构主义的解读可能仍然是有效的。50年代"成长小说"的勃兴显然源于这个"成长"的时代。事实上,我们在《青春之歌》中目睹的世俗的"性"与超验的"政治"、"个人"与"历史"之间的置换又岂止只是

---

① 《自白——我的日记》,《杨沫文集》第六卷,第503页。

出现在小说之中的叙事策略?

　　从70年代开始,杨沫开始续写林道静的故事,先后出版了《芳菲之歌》和《英华之歌》,不料却如泥牛入海,几乎没有任何反响。杨沫当然会免不了再度困惑。当年在"政治和艺术水平"都不高的时候写的作品能够赢得一片叫好,如今自认"比起《青春之歌》来,思想更成熟,思考也更深入"①的作品却备受冷遇。真是造化弄人。由此可见,文学的意义其实与作为个人的作者关系不大。成长中的"历史"总会通过"个人"表现出来。由杨沫写出《青春之歌》其实也不缺少理由。谁让她与林道静有如此近似的经历,谁让她与北大、与中国知识分子、与文学,更重要的是与时代有如此奇特的因缘呢? 意识到这一点,还有什么人会继续相信王德威关于"小说中国"的那些名言呢?——在这些名言中,王德威说:"比起历史政治论述中的中国,小说所反映的中国或许更真切实在些。"②

---

① 窦时超:《她完成了"青春三部曲"——访著名作家杨沫》,《文学报》1990年7月12日。
② 王德威:《想象中国的方法——历史·小说·叙事》序言"小说中国",第1页。

第四章 《创业史》

——"现代性""知识"与想象农民的方式①

在一部研究世纪末中国文学现象的著作中,曹文轩回溯了高晓声创作于 80 年代的几部描写农民生活的著名作品:

> 陈奂生这个形象早在《漏斗户主》中已经亮相,并且在"上城"之后,又在高晓声的一系列作品中多次作为主人公出现过。这个形象不管是在什么样的环境与场合出现,总能使人感叹:"真是个农民!"我们谁都能意会到,"农民"在这里被说到,不仅仅是指从事农业劳动的一个阶级。而主要是指"保守""厚道""勤恳""吃苦耐劳""吝啬""容易满足"等品质组合起来的某一类形象。②

这段评述让我最感兴趣的,是"真是个农民!"的感叹。在我看来,曹文轩在这里以一种极具反讽意义的方式提出了一个"知识谱

---

① 《创业史》(第一部),柳青著,中国青年出版社 1960 年 5 月北京第一版,以后在多次重版中对初版本进行了修改。1978 年 6 月和 1979 年 6 月中国青年出版社出版了《创业史》(第二部)的上卷与下卷。本章的研究对象是《创业史》(第一部),版本为中国青年出版社 1960 年 5 月北京第一版。
② 曹文轩:《20 世纪末中国文学现象研究》,北京大学出版社,2002 年,第 37 页。

系学"问题：为什么一见到"保守""厚道""勤恳""吃苦耐劳""吝啬""容易满足"，我们就会发出"真是个农民！"的感叹呢？换言之，关于农民的"保守""厚道""勤恳""吃苦耐劳""吝啬""容易满足"这一类品质是农民本身的特点，还是作为现代知识分子的现代作家的创造呢？我们是否可以说20世纪中国文学关于农民——准确地说是对"中国农民"的本质认同缘起于一种现代知识，或者说我们对农民的认识其实是文学教育的结果，甚至可以说连"农民"这个概念都是现代性的产物呢？

在著名的《东方学》中，萨义德曾如此描绘西方对"东方"的认识："东方学的意义更多地依赖于西方而不是东方，这一意义直接来源于西方的许多表述技巧，正是这些技巧使东方可见、可感，使东方在关于东方的话语中'存在'。而这些表述依赖的是公共机构、传统、习俗、为了达到某种理解效果而普遍认同的理解代码；而不是一个遥远的、面目不清的东方。"[1] 如果我们将这段文字中的"东方"换成"农民"，将"西方"换成"知识分子"，我们完全可以将"真是个农民！"这一表述视为一种"依赖公共机构、传统、习俗、为了达到某种理解效果而普遍认同的理解代码"，借用萨义德的理论，我们将发现，与"东方"这样的知识概念一样，"中国农民"也是一种大家普遍享有的"信息库"和"资料库"，将此资料联结在一起的是一组具有内在相似性的观念。这些观念对农民的行为做出解释。我们之所以认同这些明晰的概念并将其视为常识，不是因为它们等同于事实，而是因为这种对"事实"的解释逐渐地改造了我们，使我们逐渐地适应了它们，并最终将这种对"事实"的解释——关于事实的知识等同于事实本身。

关于中国农民的"保守""厚道""勤恳""吃苦耐劳""吝啬""容易满足"的知识的缔造无疑与新文学作家——尤其是鲁迅有关。鲁迅笔下乡村文化生态的落后、野蛮、封闭、沉闷和农民灵魂的

---

[1] 爱德华·萨义德：《东方学》，王宇根译，生活·读书·新知三联书店，1999年，第29页。

原始、愚昧、麻木、冷漠,与鲁迅那种先觉者与整体社会、与庸众的对立图式有关,在写小说的鲁迅的眼中,"群众,尤其是中国的,永远是戏剧的看客"。孟悦曾经剖析了五四一代知识分子想象乡村的心理动因:

> 新文化对于乡土社会的表现基本上就固定在一个阴暗悲惨的基调上,乡土成了一个令人窒息的、盲目僵死的社会象征。最有代表性的是鲁迅的短篇《祝福》和《故乡》,当然还有《阿Q正传》。30年代也有不少写农村生活的小说把乡土呈现为一个社会灾难的缩影,只有不多的几个作家(如沈从文)力图以写作复原乡土本身的美和价值,但多是罩以一种抒情怀旧的情调。新文学主流在表现乡土社会上落入这种套子,一个重要原因在于新文化先驱们的"现代观"。在现代民族国家间的霸权争夺的紧迫情境中,极要"现代化"的新文化倡导者们往往把前现代的乡土社会形态视为一种反价值。乡土的社会结构,乡土人的精神心态因为不现代而被表现为病态乃至罪大恶极。在这个意义上,"乡土"在新文学中是一个被"现代"话语所压抑的表现领域,乡土生活的合法性,其可能尚还"健康"的生命力被排斥在新文学的话语之外,成了表现领域里的一个空白。①

没有人能够否认这种产生于五四新文学中的关于中国农村的本质叙述对于20世纪中国文学的重要性,然而,这并不是唯一重要的知识。从三四十年代开始,在晋察冀和延安等共产党领导的根据地,借助政府的行政调动力,陕北和河北地方文艺形式连同其活泼、直白的

---

① 孟悦:《〈白毛女〉演变的启示》,唐小兵编《再解读——大众文艺与意识形态》,牛津大学出版社,1993年,第87页。

乡土情调进入了致力现代化工程的文人视野。在李季、周立波、丁玲以及"鲁艺"艺术家的笔下，鲁迅式的原始、愚昧、麻木、冷漠的农民形象为快乐、开放、进取的新农民形象所取代。"五四以来主导文坛的暗淡无光、惨不忍睹的乡土表象至此为之一变。"① 这种明朗、幸福的乡村景象在50—70年代的中国文学中得以进一步地展开。出现了赵树理的《三里湾》(1955)、周立波的《山乡巨变》(正篇1958、续篇1960)、柳青的《创业史》(第一部)(1960)、浩然的《艳阳天》(第一卷1964、第二卷、第三卷1966)、《金光大道》(第一部1972、第二部1974)等等影响深远的作品，以一种不同于五四时代的知识方式，塑造了"农民英雄"的群像，书写了全新的农民本质。

由此可见，在20世纪中国文学史中，"农民"形象曾经呈现出——现在仍然呈现出诸多不同的面目，鲁迅、茅盾、周立波、丁玲、柳青甚至浩然都以自己的方式参与了对"中国农民"的本质的建构与生产。正是在这一意义上，本章对《创业史》的重新阅读，其意就不在于否定前一种"农民"知识的合法性，而是探讨另一种在80年代的文学史写作中被压抑的有关"农民"的现代性知识的孕育、演变与生产的过程。

一、在两种革命之间

> 一阵辟辟叭叭的鞭炮声，在官渠岸的小巷里爆发了，惊动了梁三老汉。
>
> "噢噢，架梁啦！"老汉在麦地里坐起来，用手交眉搭起棚了望着，情不自禁的开口说，"架梁啦！架梁啦！蛤蟆滩又一座新瓦房……"

---

① 孟悦：《〈白毛女〉演变的启示》，唐小兵编《再解读——大众文艺与意识形态》，第87页。

他想:"我也到那里去看看……"(第49—50页)

《创业史》一开始就将一幅50年代初期的中国农村的风景画展现在读者面前。富裕中农郭世富新房上梁的鞭炮声,吸引了蛤蟆滩所有的庄稼人,人们在这里帮忙,在这里看人看热闹。富农姚士杰,在土改以后挺着胸脯,眨着狡猾的眼睛,他的神气好像说:"你们眼馋吗?看看算罗!甭看共产党叫你们翻身呢,你们盖得起房吗?"土改时的带头人郭振山也与他昔日的仇人姚世杰一起在郭世富家做客,而一辈子受苦的贫农梁三老汉,则对同村人的成功发家羡慕得两眼通红……

梁三老汉是"五四"新文学塑造的典型的农民形象。他勤劳、淳朴,从早到晚累弯了腰,一心一意要朝富裕中农的方向"发家"。"脑子里面转动着"的,"是下堡村那些富裕庄稼院给他的自足的印象"。解放前,他的发家梦三起三落,始终未能实现,解放后,他终于分得了梦寐以求的土地,重新唤醒了他早已失落的梦想,他最大的梦想是做三间瓦房的主人,过遍养家畜,喜穿新衣的生活——做"三合头瓦房院的长者"。房的基本含义是房屋。有儿子的人家在儿子长大成家以后,自然就要分居,分居就需要有房屋。盖了足够的房屋,才能与儿孙满堂的理想相适应。房就转变为子孙的代称。房屋既是居住的场所,是固定的财产,另外也显示多子多孙。因此,房屋的建设不仅仅是为了满足实用的目的,也具有象征意义。在汉语中,子嗣是"房",房屋也是"房",盖房是农民生活中的大事。"房的父子关系在另一方面则突出系谱上的连续性,每一个人在一生中必须经过儿子和父亲的阶段,而一代代延续下去,形成所谓宗祧或房嗣。由于中国人对房嗣连续性的重视,因此'绝子绝孙'成了最不人道的咒语。"[①] 台湾人类学

---

① 埃弗里特·M.罗吉斯、拉伯尔·J.伯德格著:《乡村社会变迁》,王晓毅译,浙江人民出版社,1988年,第331—332页。

家陈其南在论述中国人的"房"情结时曾指出:"从中国传统家族制度的研究中,我们似乎也可以得出一个较合适的答案:中国是以房为中心意识的社会。"① 在这个意义上,梁三老汉是典型的传统意义上的农民,《创业史》通过梁三老汉这一人物的塑造,象征性地表达了处于"土地改革"和"农村集体化运动"之间的中国农民的精神风貌。

要理解《创业史》的题旨,还应当从反映"土地改革"的《暴风骤雨》中的一个镜头谈起。在《暴风骤雨》的结尾,有这样一段描写工作队萧队长的文字:

> 屯子里的人都下地插橛子去了。桃花雪瓣静静地飘落在地面上、屋顶上和窗户上。农会院子里,没一点声音,萧队长一个人在家,轻松快乐,因为他觉得办完了一件大事。他坐在八仙桌子边,习惯地掏出金星笔和小本子,快乐地但是庄严地写道:
>
> 彻底消灭封建势力,就是彻底消除几千年来阻碍我国生产发展的地主经济。地主打垮了。农民家家分了可心地。土地问题初步解决了,扎下了我们经济发展的根子。翻身农民在共产党的领导之下,会向前迈进,不会再落后。记得斯大林同志说过:"落后者便要挨打。"一百年来我们的历史,是一部挨打的历史。一百年来,我们的先驱者流血牺牲渴望达到的目的,就是使我们不再挨打的目的,如今在以毛主席为首的中共中央的英明领导下,快要达到了。
>
> 写到这儿,萧队长的两眼潮湿了,眼角吊着两颗泪瓣。②

这一组通常被读者忽略的镜头,非常重要地提示了土改中的农

---

① 陈其南:《文化的轨迹》,春风文艺出版社,1987年,第131页。
② 周立波:《暴风骤雨》,花山文艺出版社,1995年,第449—450页。

民与共产党的不同视角。对于农民而言，土改意味着"解放"，而对于领导土改的共产党来说，土地改革将地主的土地所有制改变为农民土地所有制，只是"初步"解决了土地问题，即以快刀斩乱麻的方式，扫荡了长时间以来土地占有的不均衡状态，为中国现代化的发展，廓清了最难廓清的障碍。接下来的是以民族国家现代化为目标的继续革命。"一百年来我们的历史，是一部挨打的历史"，萧队长这句在这里显得有些突兀的台词其实真实无比。这里的"挨打"，绝不是指农民挨地主的打，而是在阐释"一百年来"的中国近代史，在展现中国作为一个现代民族国家的镜像。

在 20 世纪中国农村的现代化变革中，共产党领导的土地改革与农村合作化运动无疑是影响最为深远的事件，然而，这两次运动的对象和意义却有着巨大的不同。土地改革实施的剥夺地主土地，使"耕者有其田"的政策满足了大多数农民对土地的渴望，在某种意义上，既是对传统伦理的回归，也是对彻底的私有制的回归，因此获得了绝大多数农民的衷心拥戴和支持，幸福的翻身农民成为了经典土改小说《暴风骤雨》和《太阳照在桑干河上》中的主人公。合作化运动及其继起的人民公社却是一场与土地改革性质完全不同的"社会主义革命"，是一场以几千年的私有制为对象的现代性的"社会主义革命"，在这场革命中，农民由土地革命中的革命主体变为革命对象，是一场中国农民的自我革命，它既是共产党对农民的改造，更是农民的自我改造和自我超越。因此，文学对这一段的记录与描述呈现出与以往的农村文学完全不同的色彩。

用作者柳青的话来说，《创业史》是要通过1953年前后西北终南山麓一个名叫下堡乡的小村庄的农民在共产党的领导下进行社会主义改造的故事，回答"中国农村为什么会发生社会主义革命和这次革命是怎样进行的"。[①] 按柳青的计划，《创业史》全书共四部："第一部写

---

① 柳青：《提出几个问题来讨论》，《延河》1963年8月号。

互助组阶段;第二部写农业生产合作社的巩固和发展;第三部写合作化运动高潮;第四部写全民整风和'大跃进',至农村人民公社建立。"① 这部描述中国农村合作化运动的"史诗性著作"虽然最终并没有全部完成,却一举奠定了同类题材小说的基本写作方式,因而在相当长的时间内被认为"代表了'十七年文学'中农村题材长篇小说的最高成就"。②

二、"旧农民"序列

在广大的中国农村,土地改革后分得了土地的广大贫农以及佃中农,成为了自力更生的个体农民,他们靠着政府的耕畜贷款,添耕牛,置农具,建新居,准备在属于自己的土地上创业发家,生产生活水平在逐渐上升,中农化成为农村发展的大趋势。在这样的背景下开始的农村合作化运动必然与农民的利益发生冲突,因为在越来越激烈的合作化运动中,农民们将不得不交出他们在土改中获得的土地以及生产资料,永远埋葬其根深蒂固的发家致富思想。

"三大能人"是蛤蟆滩走资本主义发家致富道路的代表人物。在"三大能人"中,富农姚士杰与富裕中农郭世富依旧是土改小说中的人物,基本上是一些道德化的形象,因而没有太多的新意。作为合作化运动的头号敌人,姚士杰对合作化的仇恨与破坏完全出于本能,平日在路上"听见如果有人骂拥护新社会的任何人,他都感到兴趣。他不由自主要凑到跟前去听听,听了觉得心里很舒畅"(第227页),"他最喜愿听见共产党和人民政府号召的事情,发生什么问题。听见什么地方有了问题,他走路脚步也轻快了,回家能够吃一老碗饭,心里有

---

① 见《创业史》第一部"出版说明"。
② 张炯等主编:《中华文学通史》第九卷,华艺出版社,1997年,第65页。

说不出的畅快"(第683页)。因此,当高增福对姚士杰的破坏还多少有些不理解时,梁生宝则表现出高增福所不具备的成熟,他一针见血地指出了问题的关键:

> 也不能全怪姚士杰。姚士杰嘛,他是一个不服政策的富农嘛。他不做坏事,叫谁做坏事哩?他满意咱们,那才怪了!站在他的立场,他应该破坏咱们。(第578页)

政治道德化是50—70年代小说使用得最为普遍的修辞方式。《创业史》中的反面人物的道德败坏程度与他们财富的数量、政治成分的高低成正比。小说通过复述他们的发家史、土改中的表现,并进而找到了他们反对合作化运动的人性根源。姚士杰土改时为了能使自己的成分划为中农,以女色收买昔日的长工高增福,解放前他与白占魁的情妇李翠娥勾勾搭搭,合作化运动开始以后,姚士杰又奸污了来家里帮工的侄媳素芳,事后还"依旧和往日一样严肃,直来直去,威严地咳嗽着,发出一些令人敬畏的命令",甚至试图诱逼素芳去勾引梁生宝以达到破坏互助组的目的……姚士杰阴险、贪婪、好色,是典型的反面人物。

郭世富是富裕中农,靠兄弟三人忘命劳动发家,对合作化运动不抱好感。小说通过郭世富去黄堡镇卖麦子的故事,通过他凭着诚实的外表,"他的一辈子重劳动过的体型,他的多皱纹的脸孔,他的苍白头发和眯缝眼睛"和精明的手段骗人的故事,将富裕中农郭世富描写成狡猾、自私、精明、令人讨厌的农民,体现了主流意识形态对富裕中农这一阶层的认识。

"三大能人"真正值得注意的人物是新中农郭振山。这位蛤蟆滩的前雇农,因为在土改中的积极,成为村里最早的共产党员和最高领导人——代表主任,然而,在合作化运动中他站到了党的对立面。他热衷于个人发家,一切热情与精力都在为赶上富裕中农郭世富的生活水平而奋斗，只"给自己当家，不给贫下中农当家了"，一心扑在个人发家的"小五年计划"之中，不仅购买土地，而且还向私商的瓦窑投资。作者抓住郭振山"最势利眼"、老谋深算、骄横强悍的特点，通过他动员"活跃借贷"，装病躺在床上，教育徐改霞，参加支部大会，迎接杨副书记，向梁生宝挑战，以及灯塔社出事后的幸灾乐祸等描写，把一些土改干部的心理面貌刻画出来。虽然作者没有具体描写郭振山在土改中的革命活动，但作为土改运动的带头人，在与杨大剥皮、吕二细鬼为代表的地主阶级的斗争中，他一定是最激烈坚定的人物。在某种意义上，可以把郭振山看成蛤蟆滩的赵玉林、郭全海。从这种对比中可以看出，在赵玉林、郭全海到郭振山之间并没有本质的区别，赵玉林们也没有退步，而是革命—叙事前进了。《创业史》将一个在几年前的经典土改小说中的类似于赵玉林、郭全海式的土改英雄人物刻画成反面人物，显示了"讲述话语的时代"的深刻变化。

梁三老汉是小说主人公梁生宝的养父，作为五四知识谱系中中国农民的典型形象，柳青在这一人物身上赋予了中国农民在几千年的私有制中形成的生活与伦理观念，包括拥有自己的土地，通过辛勤劳动发家致富，过幸福安康、老幼同堂的生活。因此，在某种意义上，合作化运动的真正阻力并不是来自姚士杰、郭世富这些土改中残留下来的富农与富裕中农，而是来自以梁三老汉为代表的大多数中国农民的传统生活理想。梁三老汉与梁生宝坚决抛弃自发道路而致力于合作化的想法之间的矛盾是必然的。社会主义改造的目标并不是要消灭富农与中农，而是要彻底铲除私有制的土壤。按照这样的逻辑，梁三老汉与郭振山，乃至与郭世富、姚士杰等人并没有真正的区别。在这个意义上，《创业史》所反映的合作化运动就不是梁生宝与几个孤立、反动的富农与富裕中农的斗争，而是以大多数农民为对象的空前规模的现代性革命。"严重的问题是教育农民"，这一句在小说中被反复引用的"毛主席语录"一再确认和强化着小说的基本主题。由于基本矛盾的改变，《创业史》显然无法写成类似于《暴风骤雨》那样善恶分明的土改小说。小说的主要冲突与其说是发生在梁生宝与"三大能人"之间，不如说是发生在梁生宝与梁三老汉之间的"生活故事"。柳青以下这一段作为小说"题述"的总结，说明他对这场革命有着清醒的自觉意识：

> 于是梁三老汉草棚院里的矛盾和统一，与下堡乡第五村（即蛤蟆滩）的矛盾和统一，在社会主义革命的头几年里纠缠在一起，就构成了这部"生活故事"的内容。（第36页）

高增福是小说中另一个重要的农民形象。作为小说正面主人公梁生宝"走社会主义道路"的最坚定的支持者，在当时的评论中高增福一直被视为新农民的代表性人物。然而，如果我们区分两种不同形式的革命的意义，我们将发现高增福的"社会主义意识"是值得怀疑的。驱使高增福积极投身合作化运动的原因，与其说是社会主义的梦想，不如说仍是那个潜藏得很深的"土改情结"。因为这一点，高增福成为了一个值得关注的人物。

> 高增福难受极了：土地改革时期宣告结束了，土地改革法撤销了，土地所有权确定了，对土地买卖和粮食借贷的冻结，也解除了——到黄堡上集去的路上，你看吧，所有汤河两岸的富农和富裕中农，都抬起头，有说有笑了。贫雇农发愁：眼看着失掉了对富农和富裕中农的控制；要是没什么新的国法治他们，那还得了？几年工夫，贫雇农翻身户十有九家要倒回土改以前的穷光景去。（第262页）

高增福支持梁生宝是因为他仇恨梁生宝的对头富农姚士杰，而他这种仇恨来源于自己的"倒霉"与日子越过越红火的姚士杰的对比。用作者的话来说，"高增福倒霉透了"，他父亲给地主铡草受伤留下了残疾，好不容易把他拉扯大。高增福靠打长工一直熬到土地改革，在土改中，他分到了六亩稻地，随后又从人民政府那里领到耕畜贷款，买了头小牛，"开始了创立家业的奋斗"，谁料想刚刚一年，女人死于难产，为了还耕畜贷款和埋葬女人，他只好把耕田卖掉，"只好和另外三户贫农伙使一头牛，一户一条牛腿的对付着种地"，"带着女人丢下的四岁娃子，过着一半男人一半女人的生活"。

经历过土改的高增福已经不会像他的前辈那样将自己的遭遇理解为命运的不公，他将自己的贫困与邻居姚士杰的富裕联系起来。土改结束后，他仍旧日日夜夜警觉地监视着富农的一举一动，当他发现富农正在企图把粮食运到外村放高利贷时，他整整一天蹲在土场上编稻草帘子来观察富农的动静，虽然姚士杰搬运的是自己的粮食，没有违反当时共产党在农村的任何规定，姚士杰的行为仍在高增福的肚里"结起一颗很难受的疙瘩"：

> 整整一天，高增福哪里也不去。他蹲在他草棚屋前面的土场上编稻草帘子，一边机警地留意着他的富农邻居的动静。既不是责任感，也不是好奇心，而是一种强烈的阶级感情，使他对富农的粮食活动从心底里关切。对于高增福，一切穷庄稼人受剥削和他自己受剥削是一样的心疼。他对他邻居的仇视是刻骨的，不可调和的。（第115页）

一直等到夜里二更天。当姚士杰把粮食运走时，他立刻就把民兵队长冯有万叫起来，想给这个富农一个措手不及的打击，而自己则赶到代表主任那里去告发：

> 高增福想：报告给代表主任，够他姚士杰受！郭振山胸脯一挺，眼一瞪，轰炸机投弹一般吼叫一声，姚士杰就同老鼠一般，缩做一团了。高增福看见这个情景，心里多么畅快啊！（第118页）

遗憾的是，代表主任郭振山并没有满足高增福的复仇快感。郭振山告诉他：

"……增福，咱政府宣布了土改结束，解除了对地主和富农的财产的冻结。姚士杰是条恶狗，不好惹。咱没条款挡人家的粮食呀。"熟悉规章制度的郭振山，很理智地说服了高增福。

高增福肚子没有词句了。因一时的冲动，做下这冒失的事情。他心里开始有点不安。他没想到土改时期已经结束了，而这是很重要的一点。

停了停，他寻思到一条：

"那么，活跃借贷的指示，不是咱中央政府出的吗？"

"嘿嘿！"郭振山非常亲切地说："增福，那是指示，不是法令吗！咱不能强迫人家吗。"郭振山忽然感慨地说："兄弟，我也愿意老像土改时那样办事，可那好年头过去罗。"

说着，郭振山又一片好心地劝说高增福："人们都该打自个过光景的主意了。兄弟！共产党对穷庄稼人好是好，不能年年土改嘛！要从发展生产上，解决老根子问题嘛！"

代表主任说过了这句话，高增福从心里往外凉，直至浑身冰凉。

"我高增福倒凭什么发展生产呢？你郭振山能发展生产了！"高增福在心里不满地想，开始对他曾经是那么敬佩的人，有了反感。（第120—121页）

熟悉《暴风骤雨》和《太阳照在桑干河上》的读者肯定不会对高增福对姚士杰的仇恨感到陌生。在农民社会中，本来就存在着相互冲突的两种贫富观，一种是表现在梁三老汉身上的对富裕的崇尚和敬慕。在这里，富裕成为了人们生活的目标，富裕本身也是对人的能力和道德的证明。一个人的富裕或来源于他自己的辛勤工作，或来源于祖上阴德。财富足以引起人们敬重。与此同时，在农民社会中也还潜伏着另外一种贫富观，即富有即罪恶。农民们普遍相信"为富不仁"，因此仇恨富有者。

土改的成功，在某种意义上正是利用和唤醒了这种仇恨。高增福正是在这一意义上理解自己和共产党的关系：

> 高增福没有什么旁的事情可做。世上只给他留下一条路——跟共产党走！这事如同渭河向东流一样明确，如同秦岭在关中平原南边一样肯定。大地上的路有移改，这条精神上的路永没移改！（第558页）

高增福对姚士杰的仇恨，对代表主任的这种反感构成了他后来支持梁生宝的直接心理动因。虽然他后来因此变成了合作化运动中的中坚分子，但我们仍很难说他是农村社会主义改造的自觉参与者，更不能把他混同于梁生宝，视为"革命农民的代表人物"，他仍然只能是一个无产阶级的"同路人"，当我们展望农村叙事由初级社向高级社进而向人民公社发展时，对高增福这样的合作化运动的不自觉的参与者能否跟上"时代"的潮流，不能不表示怀疑。

就合作化运动的性质而言，因为这是一场完全不同于土地改革那样的建立在共产党的军事胜利之上的外在革命，而是一场农民自身的现代意义上的革命，因此，这场革命不可能再采取土改中由共产党派出武装工作队来强制执行的方式来进行，合作化运动必须由农民自觉地完成。——或者说，要将社会主义变成为农民自身的内在要求，必须创造全新的中国农民形象，使其成为新的农村变革中的真正主体。新的主体不可能在传统农民的谱系中寻找——当然这并不妨碍这个新的形象借用传统文化的资源。

三、新农民形象

与"旧农民"谱系中的人物不同,梁生宝在成为小说"前史"的"题叙"中的出场充满了现代小说独具的强烈的象征意味。小说开始,出现在读者面前的梁生宝是一个无父的孤儿,被梁三老汉收为养子。"生身父亲"在主人公成长道路上的缺席,能使"养父"对主人公的影响降低到最低的限度,因为梁三老汉不过是代行父职。梁生宝虽然在养父的影响下做过发家梦,然而,时间却不可思议的短暂,仅仅经历了一次失败即幡然醒悟,躲进终南山等待新的"父亲"的到来,这与梁三老汉一辈子深陷发家梦九死不悔形成了鲜明的对比。这样的设置使梁生宝能迅速摆脱与养父及其通过养父与传统建立的有限联系,以不可思议的方式扑向新的"父亲"——党的怀抱。1949年的一天,在终南山躲抓壮丁的梁生宝突然出现在养父面前:

> 梁生宝不知从什么地方跑回家来了。他眉飞眼笑,高兴地跳着,大声喊道:
> "解放啦!——"
> "啥?"
> "世事成了咱们的啦!——"
> "啊?"(第26页)

柳青根本没有写梁生宝由"旧农民"蜕变成"新农民"的过程,与我们在《红旗谱》《青春之歌》等"成长小说"中看到的人物不同,梁生宝几乎是天生地具有一种新农民的本质。"解放啦"!"解放"的意义对于绝大多数农民来说,只意味着自己的解放或者是建立在血缘和地缘基础上的"家族"的解放,"自己"可以从地主那里分到土地,还可以在诉苦会上诉说自己的故事,可以从自己的故事出发对地主算账……而梁生宝的理解却迥然不同，他高兴地跳着喊道："世事成了咱们的啦！"他似乎获得了神谕，一下子就抓住了"解放"的抽象意义，并从中找到了自己的真正本质。对"咱们"这一"想象的共同体"的认同意味着他不但从封建的地主政治压迫下解放出来，而且还能迈出更重要的一步——从统治中国农民几千年的封建思想中解放出来，他一下子就超越了赵玉林、郭全海们，他一下子就投身到共产党所领导的现代性事业中去了。从此以后，梁生宝成了党的儿子。虽然这时他还没有入党——还没有正式履行"认父"的仪式，但他的思想意识已经完全与党员无异，"只要一听到乡政府叫他，撂下手里正干的活儿，就跑过汤河去了"；"他觉得只有这样做，才活得带劲儿，才活得有味"，认为"按照党的指示给群众办事，受苦就是享乐"，对党的政策，他从未有过迷惑，对精神之父的依恋与臣服，实际上变成了梁生宝本能的实现，因此，对党的政策——常常是十分抽象的政策，没有任何文化基础的梁生宝竟常常能无师自通，使得县委杨书记发出了这样的感慨："……一个工厂里的工人，一个连队里的战士，一个村子里的干部，他们一心一意为我们的事业奋斗，他们在精神上和思想上，就和马克思、列宁相通了。他们心里想的，正是毛主席要说的和要写的话。"1953年春天，梁生宝比以前的劲头更大了，他将自己完全沉湎在互助组的事务里去了。梁生宝已经不屑于走他的父辈走了几千年的追求个人富裕的道路，当养父梁三老汉劝他退党时，他不屑地回答："你那是个没出息的说法。"

将梁三老汉设置为梁生宝的养父，这样的安排当然是大有深意的，它切断了我们的英雄人物与传统农民的血缘联系，使他能够彻底摆脱传统伦理关系的缠绕。建立在血缘关系之上的家族制度是中国最基本的社会单位。在传统的中国社会中，家族的外向功能使家族观念扩展、渗透于政治生活、经济生活、社会生活和意识形态的各个领域，将家族结构延伸为社会结构和政治结构。家族结构在政治结构上的延伸，是"国"的组织系统和权力结构都按家长制原则配置，"国"

在结构上与"家"一致,这就是人们说的"家国同构"。"家国同构"使中国从奴隶社会到封建社会的社会结构,始终未能独立于血亲—宗法关系而存在,中国历史上的奴隶制国家和封建制国家,始终是父系家长制延伸扩大的变体,中国奴隶社会是宗法奴隶制,封建社会是宗法封建制。而"无父"的梁生宝一开始就摆脱了血缘—家族这些传统关系的缠绕,从小就表现出完全不同于农家孩子的道德操守、远大的志向与宽阔的胸襟,他很快摆脱了包括他养父在内的大多数农民根本无法摆脱的发家梦想,一头扎进了党的怀抱。可以说,不管是否有意,梁生宝形象写作中这种由"无父""代父"到"寻父""认父"的写作方式,在"十七年文学"中显然是个创举,它深刻地影响了"文革文学"的写作方式。充斥于"文革文学"舞台上的正面人物,无一不是鳏夫、寡妇这些摆脱了自然血缘缠绕的政治符码。

除了对党的无限忠诚,梁生宝对私有制有着近乎本能的仇恨,他从郭振山不积极工作,联想到私有财产是罪恶之源;把进山砍竹子的行动,升华为"积蓄着力量,准备推翻私有财产制度"的革命;即使在分稻种忙得焦头烂额之时,他还能想到"党就是根据这一点,提出互助合作道路来的吧"!当他在区公所看到两个兄弟为了争夺死去的长兄的财产而发生争吵时,他想的是"私有财产——一切罪恶的源泉!……快!快!快!尽快革除这私有财产制度的命吧!共产党人是世界上最有人类自尊心的人"(第350页);梁生宝完全根除了小生产者的狭隘眼界,头脑被先进的理论武装着,胸怀宽广、老成持重、善于思考,孤身赴郭县买稻种,挫败了富农的进攻;带领16人组成的队伍进终南山割竹,战胜了春荒,显示了互助合作的力量,对整个蛤蟆滩两条道路斗争的力量对比,发生了重要的影响;而接受二流子白占魁入组,更显示出梁生宝不同凡响的胸襟与魄力,就这样,在梁生宝的正确领导下,蛤蟆滩的农民一步一步走上了社会主义的康庄大道。在柳青的笔下,梁生宝已经变成了一位纯粹的阶级性为主体的无产阶级英雄。

梁生宝的这种新农民性质并不是从旧社会个人的苦难中生长出来的,与梁生宝相比,高增福有着更为长久和更为痛苦的个人生活经历,然而我们见到的却是梁生宝而不是高增福变成了社会主义新人。由于具有了这种天生的本质,梁生宝能够超越感性具体的生活,对农村进行理性分析,因此一开始就表现出领导人的气度。在《暴风骤雨》中,工作队萧队长只能在日记中记下对农民革命的社会主义理解,因为没有农民能听懂他的话,而在《创业史》中,另一个萧队长——县委杨副书记只说出"靠枪炮的革命已经成功了;靠优越性,靠多打粮食的革命才开头哩!"这句话,梁生宝就不仅听懂了,而且心领神会。蛤蟆滩的社会主义革命不可能靠高增福等的"穷汉路线"获得胜利,而只能走多产粮食的道路。梁生宝对此看得很深,他指出:"庄稼人都愿意多打粮食,这咱互助组有办法,有希望,大概党就是根据这点,提出互助合作道路来的吧?"作者描述了新生的梁生宝互助组面临的重重困难:既要度过眼前的春荒,又要提高种植技术;既要准备种子肥料,又要教育全组人员齐心奋斗;既要刹住自发势力的歪风,又要团结郭振山,还要劝慰不觉悟的老子……这一切,都没有难倒梁生宝。梁生宝能够在多种困难、多种矛盾中抓住主要矛盾,他既不干涉郭世富盖新房,也不制止姚士杰偷运粮食的行为,也不去向农民群众空泛地宣传互助合作的好处,而是抓住增产粮食这个中心环节,他到郭县买稻种去了。一年两熟的高产稻带来的丰收在蛤蟆滩引起了强烈的震动,不仅使垂头丧气的困难户看到了希望,更重要的是使富裕中农感到了威胁。因为梁生宝知道,只有千方百计地显示出公有制和集体生产的优越性才能吸引农民自觉自愿地走上社会主义道路。这种能透过现象抓本质的能力毫无疑问是一种真正的现代性能力。梁生宝的成熟是罕见的。在活跃借贷会失败的那天晚上,他勇敢地承担了组织这伙穷困的庄稼人进山的责任。不靠乞求富裕中农多余的粮食过日子,使那些缺粮的庄稼人霎时间高兴地沸腾起来了,因为他们找到了组织起来自力更生的出路。这一行动的意义,富农姚士杰是很敏感的:"进山的人走后,他感到这是他新的劲敌! 现在梁生宝对他的威胁,比郭振山还大!"正如《当代文学概观》所指出的:"梁生宝带领的那十六个人的小小队伍,把一九五三年春天资本主义自发势力的挑战打得落花流水。这支队伍经过这一次锻炼,对整个蛤蟆滩两条道路斗争的力量对比将发生重大的影响。梁生宝互助组在经济上站稳了脚跟,就有了政治力量。"①

梁生宝不是传统意义上的农民英雄,这一形象的现代性意义体现在他不是在非时间的传统伦理价值中获得个人的实现,而是在对"党""国家"这些"想象的共同体"的认同中实现对日常生活与个人生活的超越。梁生宝的这种"非农民性"或"新农民性"几乎在所有问题上都在与一般农民的比较中显示出来。在投身合作化运动的行为上,他与高增福等人似无不同,但在对行动的自觉意识上却明显比一般农民高一等。梁生宝和高增福对郭振山走资本主义的道路都有反感,高增福从郭振山对困难户的冷淡心肠中感到:"郭主任专心发家啰,对工作,心淡啰。……唉,谁能给郭主任提醒提醒就好哩。可惜! 可惜! 郭主任是个有能耐的好庄稼人啊!"他只是对郭振山抱一种痛惜的心情,而梁生宝的反应却迥然不同,他担心郭振山沿着富裕中农路线发展下去,下堡乡的工作会受到严重损失,"这首先是党和人民的损失"! 可见"人民""党"这些抽象的概念已经成为了梁生宝的生存出发点。

一位赞颂梁生宝形象的评论者指出:"在他身上,既继承了老一辈农民的忠诚厚道、勤劳简朴、坚忍不拔的传统美德,又增添了目光远大、朝气蓬勃、聪明能干、克己奉公、富于牺牲精神,带领广大农民摆脱贫困,走社会主义道路的时代色彩。"② 在这两方面的优点中,"时代色彩"事实上是梁生宝的真正品质。因为忠诚厚道、勤劳简朴、

---

① 张钟等:《当代文学概观》,北京大学出版社,1981年,第385页。
② 汪名凡:《中国当代小说史》,广西人民出版社,1991年,第143页。

坚忍不拔可以出现在每一个传统农民身上,以这些特点说明不了新农民的真正品质。正因为"时代本质"的存在与照射,传统品质才能被赋予现代意义,才能使梁生宝的公道能干、处处从实际出发的质朴行为具有为理想而奋斗的青年革命者的气度。小说中梁生宝冒着春雨到郭县买稻种一段,就写得极富诗意:

> 他头上顶着一条麻袋,背上披着一条麻袋,抱着被窝卷儿,高兴得满脸笑容,走进一家小饭铺里。他要了五分钱的一碗汤面,喝了两碗面汤,吃了他妈给他烙的馍。他打着饱嗝,取开棉袄口袋上的锁针用嘴唇夹住,掏出一个红布小包来。他在饭桌上仔细地打开红布小包,又打开他妹子秀兰写过大字的一层纸,才取出那些七凑八凑起来的、用指头捅鸡屁股、锥鞋底子挣来的人民币来,拣出最破的一张五分票,付了汤面钱。这五分票再装下去,就要烂在他手里了。……
>
> 尽管饭铺的堂倌和管账先生一直嘲笑地盯他,他毫不局促地用不花钱的面汤,把风干的馍送进肚里去了。他更不因为人家笑他庄稼人带钱的方式,显得匆忙。相反,他在脑子里时刻警惕自己:出了门要拿稳,甭慌,免得差错和丢失东西。办不好事情,会失党的威信哩!(第128—129页)

收入中学语文课本的"梁生宝买稻种"是《创业史》中一个抒情性很强的章节,完全可以把它作为一首独立的散文诗来读。对梁生宝的这种白描,在小说中还出现过一次,那是通过技术员——知识分子韩培生的眼睛,展示了梁生宝在经过终南山的战斗之后下山归来的形象:

> 韩培生仔细看时,他完全惊呆了。站在他面前的这人,就是梁生宝吗?从山后解下的毛裹缠夹在腰带里,赤脚穿着

麻鞋，浑身上下，衣裳被山里的灌木刺扯得稀烂……红红的脸盘，消瘦而有精神，被灌木刺和树枝划下的血印，一道一道，横横竖竖散布在额头上、脸颊上、耳朵上……

韩培生从来没有像这样激动过。他的心在胸腔里翻腾，他的眼睛湿润了。共产党员为了人民的事业，就有这大的劲啊！（第671—672页）

对梁生宝这一新人形象，评论家自然好评如潮。冯牧认为，农村共产党员梁生宝这个光辉形象的塑造，"应当被看作是十年来我们文学创作在正面人物塑造方面的重要收获"，"在梁生宝身上，我们可以看到：一种崭新的性格，一种完全是建立在新的社会制度和生活土壤上面的共产主义性格正在生长和发展"。①

冯牧的观点是有代表性的。就如同现代国家叙事经历过几十年的艰难才在1956年宣告完成一样，"社会主义现实主义"的叙事发展到梁生宝这里才真正完结。与赵树理、周立波等人创作的农村叙事中的人物不同，梁生宝是真正具有社会主义品质的新人，而在这以前出现的所有形象，实际上都是这个新人的铺垫与准备，梁生宝的形象喻示着历尽艰辛的中国农民终于找到了自己的现代本质。从此以后，无论社会主义现实主义如何发展，都不可能真正超越梁生宝的这种现代本质，甚至是《艳阳天》中的萧长春、《金光大道》中的高大泉的形象出现都只是意味着这种现代本质的多元化表达形式。如果柳青能将《创业史》按计划写完的话，他的笔下一定可以让梁生宝发展成为萧长春与高大泉。这个未完成的工作实际上由浩然在《艳阳天》《金光大道》中完成了。事实上，在作者未完成的第二部中，梁生宝与郭振山之间逐渐激化起来的矛盾已使读者产生了一种强烈的"山雨欲来风满楼"的感受，这种类似于《艳阳天》中萧长春与马之悦的对立喻示着党内

---

① 冯牧：《初读〈创业史〉》，《文艺报》1960年第1期。

两条路线的两个阶段的斗争正在次第展开。正是这个原因，姚文元对《创业史》充满了期待："再一次读了《创业史》，心中浮起了这样的想法，第二部什么时候能同我们见面呢？多么渴望能早日看到它的续篇！从互助合作一直到人民公社化的中国农村伟大的社会主义革命历史，将为以后几部《创业史》提供比第一部更加丰富的内容，相信作者的艺术才能也会得到更大的发展。我不知道作者计划中的《创业史》什么时候能完成，但我心中热烈地期望，当四部《创业史》完成的时候，能成为中国农村伟大的社会主义革命史的一块艺术丰碑，使这一代和后代的人民知道我们这个伟大的时代彻底消灭几千年遗留下来的私有制所经历艰巨的革命过程，看到英雄的劳动人民在党的领导下如何艰巨地创造社会主义、共产主义的大业的历史道路。"①

《创业史》的结尾，是一个与小说开头的热闹场景相呼应的画面。蛤蟆滩响起的锣鼓声又一次吸引了村民们的目光。不过这一次已经不再是因为富裕中农建房，而是梁生宝领导的互助组向国家交售余粮。让村民们感动和钦佩的不再是个人发家致富的梦想，而是建设社会主义大厦的宏伟蓝图：

> 当下堡乡的大十字、王家桥、郭家河和马家堡四个行政村，刚刚开始第二阶段——按余粮摸底和个别说服工作的时候，忽听得第五行政村蛤蟆滩响动了锣鼓。庄稼人们跑出来隔河遥望，只见稻种滩里红旗飘飘，人声欢腾。人们争相问讯，哪一个小伙子又在什么地方为人民立了功勋呢？……
>
> 不！不！不是报喜！是蛤蟆滩的统购工作完成了。他们要锣鼓喧天地向黄堡镇粮食统购站送粮了。
>
> 这是为什么呢？两个月的工作，难道半个月就完成了吗？稻地野滩里的这伙从前的佃户和长工，嘿！真行啊！

---

① 姚文元：《中国农村的社会主义革命史——读〈创业史〉》，《文艺报》1960 年 17、18 合期。

> 梁生宝互助组的成功，使得总路线的意义在蛤蟆滩成了活着的事实了。生宝互助组密植的水稻，每亩平均产量六百二十五斤，接近单干户产量的一倍。组长梁生宝有一亩九分九厘试验田，亩产九百九十七斤半，差两斤半，就是整整一千斤了。这八户组员里头，有五户是年年要吃活跃借贷的穷鬼，现在他们全组自报向国家出售余粮五十石，合一万二千斤哩。这是活生生的事实——它不长嘴巴，自己会说话的。（第755页）

将社会主义解释为经济发展的唯一合理的方式，是中国社会主义最经典的叙事之一，然而，还有一种更为重要的叙事，是将社会主义理解为实现经济正义的手段。对于小说——尤其是像《创业史》这样反映中国农村社会主义改造的小说，后者的意义比前者要重要得多。在中国这样的工业化占主体的民族国家中，农村在相当长的时间内将难以摆脱被支配、被剥夺的地位。在这一基础上进行的农村叙事，显然无法始终依靠看得见的经济成果及其社会水平的提高，而需要依靠道德和理想的力量。

在梁生宝形象的刻画上，《创业史》完整地呈现了政治道德化的修辞方式。小说第29章曾经以倒叙的方式讲述了梁生宝童年时期的一段往事：

> 宝娃八岁的时候，脑门上还留着发锁，碰见蛤蟆滩的大人就开始问吃饭了没有。有些人惊奇：为什么这么点娃子，就学成人的礼仪？庄稼人们觉得他老气横秋，很不活泼。有些人猜想说：他是从渭北高原富平县讨饭到汤河边的娃子嘛，准定是怕本地人欺侮哩，所以他妈叫娃见人就讨好哩。其实哪里是这样，宝娃从那时已经开始学好了。
>
> 宝娃子十一岁那年夏天，他挣下三块钱，给下堡村郭

家河的富农看桃园。主家教给他说:

"有人摘桃吃,你就骂!楞骂!楞骂!祖宗三代地骂,他就不摘了。……"

但当宝娃在三角架稻草庵子里,发现远处有人摘桃的时候,他不骂。妈告诉过他:不要骂人,骂人不是好娃子嘛。他不按富农主家教给他的行事。他按曾经领他讨饭的妈教给他的:撒腿跑到路边上去,十分恭敬地仰头说:

"叔叔!你甭摘人家的桃嘛。我挣三块钱,给人家看桃园哩,主家知道要打我呀。……"

摘桃的行路人,脸红腾腾地走了。

有一天,一个摘桃的行路人,在看桃娃这样说过以后,还不走。那正是伏天,行路的又是一个病人,口渴得喉咙眼冒火哩。那人苦求苦求,要买几颗桃,解解渴。宝娃说:

"好叔叔哩,我给人家看桃嘛。主家不在,我不敢卖嘛……"

"唉咳咳!你、给我、卖上、几颗嘛。主家、来了、你把、钱、交给、他嘛……"

宝娃看见病人难受的样子,心中实实不忍。他两眼眨白眨白思量了一阵,按当时的行情,卖给有病的叔叔八个桃。一个桃五个麻钱,病人给了两个二十枚的大铜板,千恩万谢地走了。

可怜的宝娃,为了节省,夏天不穿衣裳,浑身上下赤条条的,没有一根线。他没地方放这两个大铜板哟。捏在手里,或者放在三脚架稻草庵里,他可怕丢了哩。怎么办呢?终于,他想出了办法,在稻草庵旁边挖个坑坑,把铜板埋了进去。当主家从郭家河来到桃园的时候,宝娃刨开坑坑,取出铜板,说明情由,把钱交给主家了。

当下富农主家被这个穷娃的光辉品格,惊得脸色发了

黄,惊讶地说:

"啊呀!这小子!你长大做啥呀?……"心下相当害怕这个小孩。

生宝长大以后,做什么来呢?大家知道:他熬长工、当佃户、钻终南山,学过做旧式的好人。学好——是梁生宝品质中永恒不变的一点。蛤蟆滩所有的庄稼人,都看出这一点。(第691—692页)

与我们在《红旗谱》《青春之歌》等作品中看到的不同,《创业史》的主人公梁生宝的新农民本质的获得并不是通过"成长"得以实现的,"无父"的梁生宝是一个天生的圣徒,选择社会主义只是他"学好"的结果。社会主义者通常是心地善良、思想单纯、诚信自律、克己奉公、内心慈悲、外表慈祥、富有同情心的"好人"。在这种经典的叙事中,社会主义被表述为一种顽强的似乎出自人性的思潮。自从人类进入以私有财产、家庭和国家为支柱的文明社会以后,反对"文明的不平等"及奴役压迫现象的社会主义思想就以诅咒现实社会的堕落和梦想人人幸福的天国乐园的形态出现了。穷人、弱者与社会不幸人群及完善论者成为社会主义思潮和实践的社会基础。于是,当社会主义被表述为穷人的梦想和宗教的同时,它必然从政治理想转变为道德理想。

情爱生活作为小说中的一个重要部分也成为凸现梁生宝道德境界的力量。梁生宝深爱着同村美丽的姑娘徐改霞,"改霞白嫩的脸盘,那双扑煽扑煽会说话的大眼睛,总会使生宝恋恋难忘"(第177页)。然而,他与改霞的爱情却波折重重,生宝是一个淳朴的小伙子,一见到改霞就"脸通红……表情很不自然",与改霞说话的时候,"他心里发慌,总觉得四周稻草棚棚外面,有人盯着他和改霞说话,很担心他在村里的威信受到损伤。他的威信不够,为了能够办好党交给的事业,必须尽力提高自己在群众中的威信,使群众跟着走的时候,心里

很踏实"(第291页)。当改霞主动找生宝表达心迹时,面对等待自己拥抱亲吻的改霞,生宝克制住了自己的感情:

> 共产党员的理智,在生宝身上克制了人类每每容易放纵感情的弱点,他一想:一搂抱,一亲吻,定使两个人的关系急趋直转,搞得火热。今生还没真正过过两性生活的生宝,准定一有空子,就渴望着和改霞在一块。要是在冬闲天,夜又很长,甜蜜的两性生活有什么关系?共产党员也是人嘛!但现在眨眼就是夏收和插秧的忙季。他必须拿崇高的精神来控制人类的初级本能和初级感情。……考虑到对事业的责任心和党在群众中的威信,他不能使私人生活影响事业。他没有权利任性!他是一个企图改造蛤蟆滩社会的人!(第744—745页)

只要与"成长小说"中的卢嘉川、江华进行一番比较,我们就会知道梁生宝是一个怎样的英雄。青年农民梁生宝觉得"他不能让搞对象的念头,老是分散社会事业的心思"(第178页)。当他与徐改霞产生了矛盾的时候,"咱打定主意走着互助合作的道路,她和咱不合心,她是天仙女,请她上她的天!"(第186页)不能完全忘我的徐改霞终于决定离开在她看来不近人情的梁生宝。失恋后的梁生宝虽然感觉到痛苦,但他很快克制了自己的情感:

> 当生宝进到后院区委会院子里的时候,对私有财产制度的憎恨,在他心情上控制了失恋情绪。对于正直的共产党人,不管是军人、工人、干部、庄稼人、学者……社会问题永久地抑制着个人问题!生宝不是那号没出息的家伙:成天泡在个人情绪里头,唉声叹气,怨天尤人;而对于社会问题、革命事业和党所面临的形势,倒没有强烈的反应!

> "王书记在家吗?"生宝站在区委会院子里,带着战斗者的情绪,精神振奋地喊叫。(第351页)

对梁生宝在爱情上的失败,柳青直接出场议论,表现了批评的态度:

> 被事业心迷了心窍的小伙子啊!我们承认:你处理父子关系,处理和王瞎子一家人的关系,处理和郭振山的关系,处理白占魁的问题,都是相当出色的!但你处理和改霞的关系,却实在不高明。老实说:你有点窝囊哩!你为什么要划定恋爱的期限呢?为什么一定要在秋后空闲的时候,摆开恋爱的架势,限期完成呢?看来,你在这个问题上相当拘谨,不够洒脱,没有一点成功的经验哩。(第771页)

柳青在这里显然是"正话反说",以批评的方式来赞扬梁生宝。还有什么读者不会对这样完全忘我、淳朴的主人公表示同情和由衷的敬意呢?在政治道德化的叙事中,男女情爱是道德—政治最集中的体现。同时爱上改霞的反面人物孙水嘴就是一个例子。柳青把孙水嘴对改霞的爱处理成一种纯粹的肮脏的情欲,在改霞面前,他的笑容是"骚情"的,眼光是"贪馋"的,而且"真使任何一个正经闺女骇怕",在改霞旁边走,他"脸也不红,不害羞地笑笑",说话的声气"酸溜溜"的。厚颜无耻的孙水嘴与在改霞面前手足无措的淳朴小伙梁生宝形成了鲜明的对比。孙水嘴的道德缺陷其实是他的政治立场的形象化,这位下堡村的民政委员,曾经是在黄堡镇上饭馆里做事的"街溜子",不仅出身不好,而且还是第一部中仅次于姚士杰、郭世富的第三号反面人物、并且是具有潜力发展成为第一号反面人物的郭振山的铁杆支持者。

而在梁生宝与姚士杰之间,道德的冲突更是剑拔弩张:

> 在拴拴的脚跳脓的那些痛苦的黑夜,在山外,正是姚士杰在蛤蟆滩四合院东厢房,和拴拴的媳妇素芳睡觉的时候。而生宝在荒野的苦菜滩的茅棚里,伺候着拴拴,给他按时吃青霉素片,烧开水喝,安慰他,给他讲生宝记得的社会发展史,一方面教育他,另一方面分散他的注意力,减轻他疼痛的感觉。(第556页)

冯牧在《创业史》第一部刚面世时即指出,从50年代初期以来,虽然出现了不少真实、生动地反映农业合作化运动的小说,但刻画得比较成功的人物,往往是一些落后分子,因而"如何创造农村中的社会主义新人和描绘新事物的萌芽成长,仍然是一个亟待解决的重要课题"。他认为《创业史》里的落后人物如梁三老汉、王二直杠、郭振山,反面人物姚士杰等塑造得都很出色,但更值得重视的,是作者成功地塑造了"梁生宝为首的几个体现了时代的光辉思想和品质的先进人物的形象"。他认为,正是通过这些生动的艺术形象,小说"真实地记录了我国广大农村在土地改革和消灭封建所有制以后发生的一场无比深刻、无比尖锐的社会主义革命运动"。①

四、梁生宝与梁三老汉

关于梁生宝的形象以及《创业史》的意义,并非只有一种声音。《创业史》出版后不久,邵荃麟就指出:"《创业史》中梁三老汉比梁生宝写得好,概括了中国几千年来个体农民的负担","我觉得梁生宝不是最成功的,作为典型人物,在很多作品中都可以找到。梁三老汉是

---

① 冯牧:《初读〈创业史〉》。

不是典型人物呢？我看是很高的典型人物。"①

正式将类似观点形成系统文章的是当时任教于北大中文系的青年教师严家炎。在60年代初期的《文学评论》等刊物发表的《关于梁生宝形象》等系列文章中，②严家炎明确指出《创业史》中最有价值的人物形象是梁三老汉而不是梁生宝："梁三老汉虽然不属于正面英雄形象之列，但却具有巨大的社会意义和特有的艺术价值。"严家炎认为：梁三老汉在互助组初期表现的那种精神状态，是有代表性的，《创业史》成功地写出了梁三老汉作为个体农民在互助组发展过程中有过的苦恼、怀疑、摇摆，有时甚至是自发的反对；另一方面，又发掘和表现了他那种由生活地位和历史条件所决定的终于要走新道路的必然性。梁三老汉及和他爹两辈子艰辛创业，幻想成为个"受人尊敬的三合头瓦房院的长者"，在一定时期内，他对新生活疑信参半，是正常现象。《创业史》不但写出了老汉的转变过程，也传神地描写了他那忠厚、天真、倔强的个性。严家炎因此认为"作为艺术形象，《创业史》里最成功的不是别个，而是梁三老汉"，梁三老汉是"全书中一个最有深度的、概括了相当深广的社会历史内容的人物"。严家炎还指出："作品里的思想最先进的人物，并不一定就是最成功的艺术形象。""艺术典型之所以为典型不仅在于深广的社会内容，同时在于丰富的性格特征，在于宏深的思想意义和丰满的艺术形象的统一，否则它就无法根本区别于概念化的人物。"③这里的所谓"概念化人物"，严家炎显然是暗指梁生宝形象。虽然在当时的政治环境的制约下，严家炎不能直接质疑梁生宝形象的真实性，但他仍然认为梁生宝形象在塑造上存在着"三多三不足"的缺陷，它们分别是：写理念活动多，性

---

① 《关于"写中间人物"的材料》，《文艺报》1964年第8、9期合刊。
② 文章包括：《〈创业史〉第一部的突出成就》（《北京大学学报》1961年第3期）、《谈〈创业史〉中梁三老汉的形象》（《文学评论》1961年第6期）、《关于梁生宝形象》（《文学评论》1963年第3期）、《梁生宝形象和新英雄人物创造问题》（《文学评论》1964年第4期）。
③ 严家炎：《关于梁生宝形象》，《文学评论》1963年第3期。

格刻画不足；外围烘托多，放在冲突中表现不足；抒情议论多，客观描绘不足。在后来的争论中，严家炎又进一步指出梁生宝形象的过于理想化的问题。

严家炎的文章引起了激烈的反响。连一贯以厚道、宽容著称的作者柳青也忍不住在《延河》上著文反驳，在《提出几个问题来讨论》①的回应文章中，柳青非常激动地表示，严家炎的这些评论提出了一系列"重大的原则问题"，对此，他不能再保持沉默。柳青指出："《创业史》这部小说要向读者回答的是：中国农村为什么会发生社会主义革命和这次革命是怎样进行的。回答要通过一个村庄的各阶级人物在合作化运动中的行动、思想和心理的变化过程表现出来。"②而只有通过梁生宝这个形象，才能表现这一主题。

柳青表现出如此激烈的立场，显然是他意识到关于《创业史》的第一号主人公的争论，事实上关涉《创业史》的基本价值和主题。梁生宝作为柳青政治和审美理想的体现者，一直是《创业史》全部故事结构的中心，同时也是蛤蟆滩诸种矛盾的中心。为了表现这一主要人物的重要性，柳青调动了所有的艺术手段。在小说的头四章中，全书的主次要人物，除了后来在情节发展过程中出现的人物如韩培生、县委杨副书记等外，绝大部分都已亮相、出场，唯独梁生宝迟迟没有出场。然而，未出场的梁生宝却无处不在。人们说话时谈及他，做事时盯着他，各种矛盾都围绕着他展开。无论是郭世富与互助组的竞赛与败北，郭振山的争胜与苦恼，姚士杰的阴谋与仇恨，也无论是梁三老汉的犹疑，任老四的悲欢，徐改霞的爱的波折，高增福、冯有万的思考和行动，无不与梁生宝的言行密切相关。在第二部中，虽然随着情节的推移，人物之间的关系有了变化，但梁生宝作为结构的中心的位置没有变。因此，抬高小说中附属人物梁三老汉的地位，实际上否定

---

① 《延河》1963 年第 8 期。

② 同上。

了梁生宝形象的艺术价值，也否定了柳青苦心孤诣的艺术探索。在此前出现的农村题材小说如《太阳照在桑干河上》和《暴风骤雨》等作品中，我们几乎看不到梁生宝这样众星托月的人物，赵树理笔下是小二黑、小芹、李有才这样的普普通通的民间英雄。梁生宝形象的塑造，也是《创业史》超越反映农村合作化运动的同类题材的作品如《山乡巨变》与《三里湾》的地方。在柳青的理解中，《创业史》的主题并不是通过梁三老汉的选择表现农民的成长的"现实主义"小说，而是通过梁生宝的形象创造出中国农民的新的本质，《创业史》不是一部以故事为主体，通过情节与叙事来描述本质形成过程的"成长小说"，而是一部通过主人公的性格来展示已经形成的阶级本质的带有强烈象征性的现代小说。在这一点上，可以说《创业史》作为一部经典的"六十年代"作品，它已经接近于"文革"时期的主流文学作品——或者说恰好是《创业史》及其类似的作品开了"文革文学"的先河。

虽然经济地位不尽相同，但梁三老汉与高增福、郭振山、郭世富、姚士杰并没有本质的不同，甚至与土改中被镇压的杨大剥皮、吕二细鬼都没有什么真正的区别。高增福是想发家因运气不好而发家不成，梁三老汉的梦想是做"三合头瓦房院的长者"，郭振山的"五年计划"是赶上富裕中农郭世富的生活水平；梁三老汉最后之所以认同儿子的道路，是因为终于"穿上一套崭新的棉衣，在黄堡街上暖和而又体面"，"一辈子生活的奴隶，现在终于带着生活主人的神气了"……正因为最终只能从物质的层面上理解社会主义，梁三老汉在思想意识上其实并没有脱离"封建农民"的范围，即使可能因为某种原因参加到合作化运动中来，但由于他们没有形成社会主义新农民的真正自觉，因此，随时都可能离开革命的阵营。这一点，梁生宝看得很清楚，他毫不留情地指出，不管梁三老汉愿意不愿意，走"自发"的道路就是想变成财东去剥削穷人。这正是梁生宝不同于旧农民的地方，在梁生宝这里，社会主义已经变成与生俱来的信仰。在中国现代文学的农民画廊中，这的确是一个全新的形象，是标准意义上的车尔尼雪夫斯基笔下的"新人"：

> 他们从幼小时候就熟悉真理，并不是抱着战栗的狂热，而是怀着欢乐的爱来观察真理；我们期盼着这样的人以及他的敢说敢想、同时又是平静果决的言论，从这种言论中听到的不是对生活表示胆怯的理论，而是证明理想能够支配生活，一个人可以使自己的生活同他的信念取得统一。①

梁生宝不是现实中的人物，这一点，柳青自己并没有否认。从柳青本人撰写的纪实性特写《皇甫村的三年》中，我们得知梁生宝是有生活原型的，这个名叫王家斌的青年农民，与梁生宝一样，随母亲讨饭，落户皇甫村，土改结束后入党，担任了互助组长，他的互助组是在皇甫村自发势力的影响下仅存的两个互助组之一，后来又成了农业生产合作社社主任。柳青在特写中描写了这个"具有社会主义觉悟的新人"。王家斌的这些人生经历，都与梁生宝完全相似，然而，生活中的王家斌曾经打算买地，对于中央的粮食统购统销政策也曾感到迷惑不解，这些行为显然不可能出现在英雄梁生宝身上。柳青没有对生活原型"完全照搬"，他创造的梁生宝，显然不是一个按照"自然主义"原则塑造的形象，而是按照"历史"的要求刻画的理想的新人。

事实上，梁生宝这一新人是否"真实"，并不是判断《创业史》是不是一部杰作的标志。文学史上许多伟大的作品之所以为人们称道，恰恰是因为这些作品对生活的超越和虚构。用巴赫金的话来说："强烈感觉到可能存在完全另一种生活和世界观，绝不同于现今实有的生活和世界观（并清晰而敏锐地意识到）——这是小说塑造现今生活形象的一个前提。"② 在某种意义上，关于小说的真实性与艺术价值的关

---

① 《车尔尼雪夫斯基论文学》（下卷第 1 册），上海译文出版社，1987 年，第 407 页。
② 巴赫金：《关于福楼拜》，《巴赫金全集》第四卷，钱中文主编，河北教育出版社，1998 年，第 98 页。

系，涉及"小说"的意义这样的元命题："说实话的是历史家，说假话的才是小说家。历史家用的是记忆力，小说家用的是想象力。"[①] 著名小说理论家福斯特则说得更加直接，他明确地断言："小说的真实恰恰是因为与生活不同。"[②]

许多年以后，当社会主义的理想已成为遥远的记忆，梁生宝这位打了一场注定要失败的战争的衣衫褴褛的悲剧英雄早已变成了历史，关于梁生宝和梁三老汉谁更真实的讨论当然早已水落石出。当年严家炎之所以认同梁三老汉的真实性，是因为"柳青成功地写出了梁三老汉作为个体农民在互助组发展过程中有过的苦恼、怀疑、摇摆，有时甚至是自发的反对；另一方面，又发掘和表现了他那种由生活地位和历史条件所决定的终于要走新道路的必然性"。显然，严家炎只是怀疑柳青表达这种"必然性"的方式，并不怀疑这种"必然性"本身。80年代以后的中国叙事对梁三老汉的认同显然已经摆脱了这一前提，作为"新时期文学"中影响最大的文学思潮，"伤痕——反思文学"中的一个重要的主题，就是表现梁三老汉们在革命时代的悲惨命运。譬如高晓声的《李顺大造屋》就可以视为对《创业史》的重新改写。李顺大以近三十年的时间历经三起三落才盖起了自己的住房的悲惨故事再现了梁三老汉的历史。80年代以后文学史在将梁生宝定义为公式化、概念化的虚假人物的同时，很自然地将梁三老汉视为唯一真实的中国农民形象："从这个形象的塑造中，我们才能真正体验到一个真正的中国农民性格的本质内容。"[③] 80年代末期，在上海学者发起的"重写文学史"的活动中，一篇重评"柳青现象"的著名文章如此评价《创业史》：

---

① 杨振声：《玉君·自序》，《玉君》，现代评论社，1925年。
② 爱·摩·福斯特：《小说面面观》，花城出版社，1984年，第55页。
③ 朱栋霖、丁帆、朱晓进主编：《中国现代文学史》下册(1917—1997)，高等教育出版社，2000年。此书系教育部主持的"面向21世纪课程教材"中的一种。

如果柳青能正视中国农民的落后性、狭隘性，挖掘出它的历史文化根源，和它在现实生活中的真实演变过程，倒或许能很好地实现他的史诗愿望。但柳青为了实现他的理想人物的典型塑造，轻易地从梁生宝身上剔除了这一性格内容，从而削弱了生活真实的深度和广度，忽视了历史进程的艰巨性、反复性。柳青把表现这种农民落后和狭隘心理的细节统统集中在梁三老汉身上，这就表达了他对历史发展的乐观情绪。在他看来，老一代农民身上的落后和狭隘才是富于典型性的，而新一代农民则已经摆脱历史的阴影了。但实际情况是，正因为梁三老汉这个人物比较全面准确地概括了中国农民贫困屈辱的历史，以及因为这种贫困屈辱而形成的落后狭隘、裹足不前的性格侧面，同时又表现了中国农民勤劳、朴实的性格侧面，他反而成为《创业史》中概括变革中农民心理的复杂变化过程最生动、最典型的形象。①

这篇文章还认为，柳青的《创业史》中存在着深刻的价值矛盾，即单一的政治视角对人物塑造的制约和感性的生活体验对作品人物的生动性的强化之间的矛盾。这使得在总体上，作品被夸大了的理论体系笼罩着，它钳制了生活的丰富多样性，从而妨害了作家对现实生活的本质特征的不断追寻和艺术表现。导致"柳青现象"的原因在于他对马克思主义的一种非科学的简单化的信仰，这种"建立在封闭狭隘的理智基础"上的信仰使作家丧失了独立的自主性，使他不是从自己的体验和领悟出发去补充、修正或者改变现存的理论框架，而相反用"先验"的理论框架去规范生活、筛选生活。这最终导致了"人物服务主题、事件演绎主题、主题证明政治理论的怪诞模式"。

回应这种站在"正确的政治立场"对"不正确的政治"进行的批

---

① 宋炳辉：《"柳青现象"的启示——重评长篇小说〈创业史〉》，《上海文论》1988年第4期。

评是非常困难的。或许我们唯一能做的,是将这两种对农民本质的想象理解为两种不同的现代性知识。只有将梁三老汉与梁生宝放置在20世纪中国文学的知识谱系中,我们才可能发现,所谓的"中国农民"并不是一个内涵一致、固定不变的统一体,而是一个存在着千差万别的概念。并不存在共同的"农民"经验。"农民"是历史的产物,而不是自然的产物。换言之,它不是先于历史而存在,而是在历史中形成的社会范畴。作为一种政治身份,作为意识形态的组成部分,它是一个典型的现代性范畴。因此,只有当我们将"农民"这一身份认同作为话语或意识形态中的一个问题,置于历史的背景中研究,或者说当我们不仅关注"农民"一词掩盖下的群体和个人的差异,同时也关注了该词本身含义的变化的时候,我们才能发现根本不存在足够的相同之处来形成一个本质性的"农民"概念。——也只有在这一基础上,我们或者可以承认,梁生宝与梁三老汉一样,提供了"20世纪中国农民"这一现代性范畴的历史镜像。

第五章 《红岩》

——"红色圣经"中的现代性革命[1]

世纪之交,许多学术、商业与政治机构以"世纪"为名对"20世纪"进行盘点,使得"世纪"这一现代性纪年方式所隐含的意识形态立场昭然若揭。譬如说在文学机构评选的"对20世纪中国人精神生活影响最大的十部作品"中,竟然找不到"红色经典"《红岩》的名字,这无论如何不能说是公平的。1961年出版的《红岩》,一年多的时间内就发行了500多万册,创下了当时长篇小说发行的最高纪录,在很长一段时间内,全国各地的新华书店都有人起早排长队等候购买《红岩》。这一现象并不仅仅局限在50—70年代。"文革"后《红岩》开始重印,到1984年又发行了300多万册;90年代以后仍有多家出版社再版重印,如果再加上《红岩》正式出版前中国青年出版社发行了300多万册的"革命回忆录"《烈火中永生》,《红岩》的发行量已经远远突破1000万册的大关。这一天文数字式的发行量,不仅在50—70年代的中国文学中绝无仅有,很可能还是整个20世纪中国文学中长篇小说的最高纪录。而就目前文学发展的态势而言,恐怕最乐观的批评家

---

[1] 《红岩》,罗广斌、杨益言著,1961年12月由中国青年出版社初版。以后多次重版和印刷。1977年9月中国青年出版社出版的再版本有较大修改。本章分析采用的版本为1961年12月北京第1版,1962年3月北京第3次印刷。

也不能不承认,未来的中国小说打破这一纪录的希望越来越渺茫,如果真是这样的话,《红岩》的这个纪录会永远保持下去。

一部影响如此深远的作品无疑提供了一种不可替代的生命体验。在某种意义上,可以说《红岩》参与了对现代中国人文化心理结构的塑造,因而成为现代中国的精神资源的重要组成部分。虽然发行量不应当成为判断一部文学作品价值的标准,尤其是在这样一个有着"政治取代文学"的不良名声的时代。然而,在这个问题上,我仍然赞同孟悦在《白毛女》研究中提出的一个看法,那就是对于这些当年红极一时的作品而言,发行量"根本不是一部'杰作'的衡量标志,但用来衡量一部'为大众'的作品是否成功,是否比同时期其他'为大众'的作品更成功,却多少还有合法性"。①

五六十年代出版的长篇小说,大都经历过读者和批评家的批评,无论是最早的"革命通俗小说"《林海雪原》,还是"成长小说"《红旗谱》与《青春之歌》,甚至是以刻画社会主义新农民为主题的、带有强烈理想主义色彩的《创业史》,其价值、成就乃至"真实性"都曾引起争论。《红岩》大约是唯一的例外。《红岩》出版后,获得了众口一词的称赞。大量的文章都将之冠名为"革命教科书"或"共产主义教科书"。②尤为奇特的是,在80年代开始的以"重写文学史"为名的"翻烧饼"的行动中,几乎所有重要的左翼文学作家和重要的文学作品都被纳入这种"打破或推翻以往中国现代文学史的模式和结论"的"重写实践",却一直没有人提到影响更大、在审美形式和精神气质上与"样板戏"更为接近的《红岩》。似乎批评家们觉得被他们用于批评其他作品的标准如"真实性""文学性"等对于《红岩》根本就不适用,甚至连"文学不是政治"这样的清规戒律也完全失去了效果——有什么人

---

① 孟悦:《〈白毛女〉演变的启示》,唐小兵编《再解读——大众文艺与意识形态》,牛津大学出版社,1993年,第74页。
② 罗荪:《最生动的共产主义教科书》,《文艺报》1962年第3期;黄沫:《革命的教科书——〈红岩〉读后》,《人民日报》1962年5月6日;等等。

敢说表达了如此壮美而荒诞的激情的《红岩》只是"政治"而不是"文学"呢？人们可以指责林道静的形象"不真实"，也可以说梁生宝"不真实"，为什么就不说江姐、许云峰、成岗"不真实"呢？这显然不是可以以"政治禁忌"加以解释的问题。——在80年代那个启蒙主义的光荣与梦想的时代，还有什么外在于启蒙观念的政治能够继续成为"禁忌"呢？《红岩》能够幸免于难，答案或许只有一个，那就是在人们的意识深处，说《红岩》是一部以历史叙事为目标的"小说"，反倒不如说《红岩》是一部关于人的信仰的启示录更为准确。就如同于《圣经》，在许多信徒看来，去考证圣经事迹的真实性是完全没有意义的。人们相信这些故事，不是因为这些故事是真的，而是因为人们相信。

在某种意义上，我将《红岩》视为一部现代性的教科书。这部浓缩了20世纪中国历史上最为强烈的现代性冲突的"红色圣经"在展示出"家庭""个人""身体"这些范畴在现代性知识谱系中的意义的同时，更表达了由"施虐"与"受虐"构成的现代性激情——一个世纪以来已成为我们这个民族的内在生活方式的极致的激情。这种作为我们苦难的内核的荒诞而壮美的现代性激情，不仅塑造出属于20世纪中国人独有的认知方式和情感方式，而且已经成为我们这个民族的深层无意识，展示出现代性无与伦比的感召力。

一、"革命不回家"

"泛阶级性"与"泛革命化"作为"文革文学"最重要的修辞特点一直为批评者所诟病。在"文革文学"的主要形式"样板戏"中，与无所不在的超验的"阶级关系"相比，由地缘、血缘、亲缘组成的现实的自然关系如家庭关系等始终处于"缺席"和"不在场"的状况。然而，这种阶级与家庭的二元对立关系并不是"文革文学"的创造，从五四时代的将"个人"与"家庭"的对立,到"十七年文学"的社会主义改造中"大集体"与"小家庭"的对立,建立在血缘和亲缘之上的"家庭"始终是现代性主体的"他者",虽然现代性主体这一"超验能指"被不断置入"个人""民族国家""阶级""同志"等不同的时代内涵。事实上,在《红岩》的时代,家庭就已经失去了它固有的血缘与亲缘的意义,让位于更加现代的"同志"意识。这是革命者成岗的家:

> 吃罢晚饭,成瑶挽着她二哥——成岗的手臂,从饭厅出来。成岗和他伶俐活泼的妹妹不同,宽肩,方脸,丰满开阔的前额下,长着一双正直的眼睛。他是中等身材,穿一件黄皮茄克,蓝哔叽灯笼裤套在黑亮的半统皮靴里。领口围着紫红色围巾,衬托出脸上经常流露的深思的神情。两兄妹亲昵地踱到楼口的阳台上,向远处望。这地方,面对着嘉陵江,风景好,地势高,差不多每次回家,成瑶都要习惯地把二哥拖到这里,向他讲学校里最近发生的事情。
>
> 夕阳斜照着流水,碧绿的江面上摇曳着耀眼的金光,成瑶无心去看这些,她兴奋的脸蛋在晚霞中映满了光彩。
>
> "二哥,别看嘉陵江了,你听我说嘛!"
>
> "你说吧。"成岗的目光正望着远处的一片红岩,不肯移开。那是中共办事处住过的地方,有名的红岩村。
>
> "二哥,我跟你说嘛!许多同学都要走了……"
>
> 成岗猛然回头,看着妹妹,妹妹端正的鼻梁上面,一双秀目,认真地看着他,等待回答。从那双认真的眼光中,成岗发现这个少女已经不再是咿咿呀呀的乳雏,她已成长为一只练羽的海燕,只待一声春雷,就要冲向暴风雨!成岗略带几分激动地凝望着妹妹。(第32页)

这种由妹妹挽着哥哥的手臂"亲昵地"走向眺望嘉陵江和红岩的阳台的场景，用来表述兄妹关系似乎过于热烈，也显得有些做作，不过，如果用"挽着手臂"一起向前这样经典的舞台动作表述亲密无间的同志关系，却显得贴切无比。事实上，使成岗激动万分的，不是自己的妹妹长大成人，而是自己身边又多了一个勇敢的战友。

成瑶在哥哥眼中是战友，在男朋友眼中也只是同志。华为和成瑶这一对年轻情侣在小说中的第一次登场：

> 她（指成瑶，引者注）把一卷钞票交给华为："给炮厂工作募的捐款，刚才收到的。"
>
> ……
>
> 成瑶笑着，回头伸出一只洁白的手，向着华为。"给我的东西呢？拿来！"
>
> 华为四面看看，附近没有人，便迅速拿出一叠粉红色的打字纸（即《挺进报》，引者注），递给了她……（第29页）

要在《红岩》的正面人物中找出凡俗的爱情和家庭的描写肯定是徒劳的。作为"十七年文学"向"文革文学"过渡时期的重要作品，《红岩》不仅再现了这种"去家庭化"的过程中家庭关系的弱化，更重要的是展示了家庭与革命之间势不两立的冲突。在这里，阶级与家庭之间的对立关系成为敌我之间现实政治关系的一种体现方式，阶级关系与家庭关系成为"革命"与"反革命"的分水岭。

在家庭关系中，男女关系应该是最基本的关系，因此，在建立《红岩》的基本叙事结构的过程中，男女关系成为叙事的焦点之一。在《红岩》璀璨的群英谱中，闪烁着四对英雄男女的身影，他们分别是江姐与彭松涛、双枪老太婆与华子良、刘思扬与孙明霞、华为与成瑶，这四对男女的经历迥然不同，但以"阶级关系"对"家庭关系"——男女关系的超越则是他们的共同选择。

江姐与丈夫彭松涛的故事已经家喻户晓。当江姐离开重庆去游击队根据地华蓥山工作，期待着与自己的丈夫、华蓥山游击队政委彭松涛相会时，却不料在途中意外地发现彭松涛被害，头颅挂在城楼上，江姐惊呆了：

老彭？那活生生的亲人！多少年来朝夕相处，患难与共的战友、同志、丈夫！（第71页）

江姐果真是女中豪杰，惊见丈夫暴死，身为女人的江姐竟能不乱方寸，"老彭"对于她，首先是"战友"，其次是"同志"，最后才是"丈夫"，失去战友的悲痛远远超出了失去丈夫的悲伤。正因为江姐具有这种超凡脱俗的意志，她才能迅速地从丧夫的痛苦中站立起来：

"不，不啊……"江姐忽然轻轻摇头。"哭，哭有什么用处？"
老太婆也默然了，更紧地把江姐搂在怀里。江姐微微抽泣着，时断时续，她却不肯顺从老太婆对她善意的纵容……她终于慢慢抬起头来，深情的目光，凝视着老太婆的泪眼，仿佛从她满是皱纹的脸上感受着无穷的爱和恨，感受着共通的感情。"你说过，剩下孤儿寡妇，一样闹革命！"江姐轻轻吐出心坎里的声音："我怎能流着眼泪革命？"（第78页）

老太婆与江姐之间"共通的感情"是因为她与江姐有着相似的感情创伤。老太婆的丈夫、前华蓥山根据地党委书记华子良十五年前即被捕失踪，当老太婆从党的领导人李敬原口中得知原以为早已牺牲了的华子良还活着时，不由得惊喜交加：

"关在白公馆？子良！你还活着？"老太婆完全被这意外的消息激动了，她自言自语地透出内心的惊喜。

>"特务经常押着他到外面来买菜。"
>
>"十五年了……真想和他见一次面。"老太婆心里跃跃欲试,迟疑了一下,终于缓缓说道:"见一次面未免太少了……"
>
>凝望着关怀她的战友,老太婆的声音里,充满坚决而刚强的感情——
>
>"把所有的同志救出来以后,再和他见面!"(第493页)

英雄与凡人之所以不同,不在于英雄没有凡人的情感,而在于英雄总是能够克服凡人的情感。虽然失散了十五年,虽然得知亲人近在咫尺,老太婆仍然决定最后才与自己的丈夫见面,因为与江姐一样,老太婆也是一位成熟的共产党人,她知道如何处理个人的情感。

与江姐和老太婆这些成熟的共产党人相比,在《红岩》出场时的刘思扬是一个成长中的知识分子,关入渣滓洞后,因为一直不知道与他一道被捕的未婚妻孙明霞的下落,尽管身边都是战友,他仍然处在不可抗拒的担忧和孤独之中,直到他发现孙明霞也关在渣滓洞,"这时他像放下了一副重压在肩上的担子,心情立刻开朗了。明霞就在这里!两个人共同战斗,同生共死使他感到一阵阵深深的安慰和幸福"。(第201页)此时的刘思扬显然还不懂得如何正确处理"革命"与"个人"的情感,不过,在艰苦的狱中生活与共产党人的感召下,刘思扬终于完成了他的成长。小说的最后,已成为坚定的共产党人的刘思扬勇敢地参加了白公馆的越狱暴动,不幸被看守击中,生命正在远去:

>刘思扬没有回答,他的手慢慢移近胸口,触到了一股热呼呼的液体,身体略微抖了一下,可是,他立刻想起了成岗,老许,江姐,想起了许许多多不知下落的战友,还有那共同战斗的孙明霞……(第593页)

在生命的弥留之际，人的思维只是在无意识的黑暗中徘徊，出现在这个黑暗王国的，仍是那个令人心悸的、一成不变的、神圣的等级制，在战友和同志之后，才会有未婚妻躲躲闪闪的出场，虽然未婚妻其实也是刘思扬的"战友"，对革命的忠诚不低于他的任何一位同志，但是，由于她与刘思扬之间还存在着非阶级性的男女关系，因此，她不得不远离我们的英雄人物。

华为与成瑶是进入我们视野的第四对恋人，作为老太婆与华子良的儿子，具有纯洁革命血统的华为在处理革命与爱情的关系时则显得更为简单与明快，他发誓要回家乡川北打游击，当江姐问他是否了解他的恋人、重庆大学中文系学生成瑶愿意与他一道来川北时，华为"毫不思索地回答"："不爱川北的人，我决不爱她！"（第69页）显然，在"五四文学"乃至"十七年文学"中困扰人们的政治与爱情的复杂而丰富的冲突对青年革命者而言已经根本不再成为问题。"生命诚可贵，爱情价更高，若为自由故，二者皆可抛。"这种将男女情爱置之度外的立场已经不仅仅是个人的选择。

从以上四对英雄人物的故事中，我们看到了政治生活中"爱情的位置"。爱情必须从属于政治，而游离于政治之外的爱情不但不具有合法性，更重要的是它指向反动的政治。在这里，超验的政治与凡俗的、个人性的"爱情"之间存在着不可调和的分裂与对抗。小说中的另一个主要英雄人物成岗在与江姐畅谈理想时就坦言自己拒绝恋爱与结婚是因为"看见一些人，恋爱、结婚，很快就掉进庸俗窄小的'家庭'中去了，一点可怜的'温暖'和'幸福'，轻易取代了革命和理想……"（第56页）显然，在成岗眼中，"庸俗""窄小"的"家庭"与伟大的"革命"是互不相容的，而这种逻辑的展开，则必然是"家庭"与"革命"的势不两立，这就使"家庭"具有了"反革命性"，小说中重要人物叛徒甫志高的形象刻画就是这一逻辑的必然展现。甫志高是20世纪革命文学中最出名的"叛徒"，他的叛变是全书的转折点，然而，在小说的叙事中，甫志高在政治上的变节绝非偶然，它根源于甫志高早已开始的在生活上的"变节"。小说一开始,当工人地下党员余新江去甫志高家接头时,马上就从甫志高的家庭生活中感受到自己"对知识分子的某种隔膜":

> 小小的客厅,经过细心布置,显得很整洁。小圆桌铺上了台布,添了瓶盛开的腊梅,吐着幽香;一些彩色贺年卡片和几碟糖果,点缀着新年气氛。壁上挂的单条,除原来的几幅外,又加了一轴徐悲鸿的骏马……主人叫甫志高,挂好了大衣,一边说话,一边殷勤地泡茶。"你喜欢龙井还是香片?"
>
> "都一样。"余新江不在意地回答着:"我喝惯了冷水。"
>
> (第4页)

甫志高的生活方式或许源于工作的需要,本来无可厚非,问题却在于甫志高喜欢上了这种富裕而优雅的生活。甫志高不像革命者的地方,是他太关注凡俗的生活。在这一点上,他与革命文学中的另一个著名的"小资"余永泽非常相像。甫志高关心体贴人,"很少说重话",好个人表现,讲求生活情趣,当他在书店看到勤奋而又贫穷的青年学生时,他会"望着那瘦骨伶仃的背影,无限同情地沉思起来"(第18页),结果上了特务的当,使党组织受到破坏;比这些更要命的是,甫志高有一个"幸福温暖的家"和一个他深爱的妻子。这个始终未出场的热爱诗歌的妻子一直是甫志高革命以外生活的重要支点,甫志高的工作不管多忙,每晚都要赶回家陪伴自己的妻子。甫志高被捕的那一夜,在受到党的领导人许云峰的严厉批评并警告处在危险中的他不得回家之后,甫志高开始了在"革命"与"家庭"之间艰难的现代性徘徊,一面是无法抗拒的党的命令,一面是同样无法抗拒的家庭的亲情,最终对那"正斜靠在床边,等待着他的归来"的妻子的思念艰难地战胜了"革命","尤其是,如果明天,许云峰突然作出决定,把他调离重庆——这是可能的事——那就连和她道别的机会都没有了。不向她打个招呼,不把她今后的生活作好安排就离开她,他不能这样狠心!"(第132页)他买了一大包妻子爱吃的麻辣牛肉"转身向回家方向走去",走上了他的不归路:

> 甫志高把大包牛肉夹在腋下,放下雨伞,不慌不忙地伸手去按叫门的电铃。就在这个时候,几个黑影突然出现在身后。甫志高猛醒过来,但是,一只冰冷的枪管,立刻抵住了他的脊背:
> "不准动!"
> 甫志高背心冰凉,害怕得连心跳都停顿了。他还想喊叫,还想使罹耗让未眠的妻知道,可是,一块蒙帕,突然捂住他刚刚张开的嘴巴,冰冷的手铐,"锒"的一声铐住了他的双手。雨伞和大包的牛肉,跌落到街沿下面泥泞里去了。接着,又一个可怕的声浪冲进了他的耳膜:
> "把他的老婆也带走!"
> 甫志高颤抖着,被特务拖曳着,茫然不知所措地从嘴角吐出了几个绝望的字:"她……不……是……"
> "什么?"
> 拿蒙帕的人松了松手,甫志高不敢再叫了,只好急忙低声申辩道:"她……不是……共产党……"
> 可是,散发着霉臭味的蒙帕突然捂得更紧。几条暗影一闪,径直向闪着亮光的门口奔去,按响了叫门的电铃!甫志高眼前一黑,像整个世界就要毁灭似的,感到一阵天昏地转……(第133页)

在堕入深渊的一刹那,甫志高仍在为他深爱的妻子逃脱磨难而徒劳挣扎,作为"情人"与"丈夫",甫志高无疑是合格的,然而,他已经失去了"共产党员"的资格。

小说中并没有描写甫志高的叛变过程，因为这已经多余了。甫志高的"变节"并非从他被捕才开始，而是从他陷入家庭而不能自拔的那一天开始的，正因为这个原因，在并未得知甫志高被捕和叛变的情况下，通过回顾他的所作所为，党的领导人许云峰认为"个人主义"已经使他失去了"自己人的味道"，因而决定坚决将他清理出革命队伍。

发生在国民党监狱渣滓洞的英雄故事中，被俘的新四军战士龙光华不屈反抗被摧残至死的故事感人至深。在为这位英雄战士举行的追悼会上，战友们送上一副挽联，上书十八个大字："是七尺男儿生能舍己，做千秋雄鬼死不还家。"多年以后，这首诗成为了"文革"中红卫兵小将激动人心的座右铭，《青春之歌》的作者杨沫的儿子老鬼就是在这首诗的激励下，带领红卫兵"大义灭亲"地砸了自己的家，继而开始了做"千秋雄鬼"的永无归期的精神长旅。①

由革命的羁绊到成为革命的对象，在现代性的演进中，离我们的生存越来越遥远的"家"变得越来越不可企及与不可思议。"家"是守候已久的特务布下的阴险的陷阱，它张开狰狞的血盆大口在等待着游子的归来，仅仅是还家的想象都足以使我们战栗恐惧，即使远在天边的回眸都能分明地感受到温馨的灯光与亲情的期待下掩藏的无边杀气，因此，离"家"出走已经不仅仅是因为党的命令，更是时代英雄无法摆脱的文化宿命，在"死不还家"的英雄故事中，"还家"意味着比死亡还要深刻得多的遭遇。《红岩》展示出的正是这种发生在"革命"与"家"之间的令人窒息的充满象征性的紧张关系。

---

① 老鬼：《血与铁》，中国社会科学出版社，1998年，第352—361页。

二、"个体"与"神性"

如果说"个人"对"家庭"的冲击是"五四"的现代性遗产，那么，"民族国家—阶级"对"个人"的冲击则是现代性的另一份遗产。而且后者是在前者基础上发生的更为激烈的现代性冲突。"民族国家—阶级"与"个人"之间的冲突根本不是"传统"与"现代"的冲突，而是现代性的内部冲突——准确地说，这种冲突是现代性的展开形式。旷新年在研究"现代文学观念的演化"时曾经谈到这个问题，他认为，正是由于晚清"国家"的发现，才造成了"五四"进一步的"个人的发现"，因为国家建设的需要产生了个人建设的需要。五四将"个人"从传统的家族结构中解放出来，目的是为了使人以具有普遍性的个体和作为同质性的个体去参与民族国家的构成，其结果，个人不再是作为一个家庭的基本成员，而是作为社会和国家的基本单位而存在。也就是说，"现代"在解放了"个人"的同时，实际上以迂回前进的方式极大地加强了对于个人的控制。国家把个人从家庭的控制之下解放出来，将之置于自己的直接控制之下，国家对家庭结构的破坏是为了建立更大的和更有力的国家结构。——"当国家以'解放'的名义使个人摆脱了家庭和家族制度的束缚的时候，正是为了将个人组织到现代的国家之中去。国家将个人从家族制度中解放出来，其最终的结果是为了完成对于个人的直接控制和有效管理，将个人直接置于国家的管理与控制之下"。①

作为民族国家意识的一种特殊表达方式，20世纪中国思想中的阶级意识及其建立在阶级关系之上的"同志"意识与个人意识的互动显然也只能在同样的现代性知识层面上加以理解。在同志关系中，现实个体有限而短暂的生命现象与一种神圣的、无限的、永恒的历史本

---

① 旷新年：《中国20世纪文艺学学术史》第二部下卷，上海文艺出版社，2001年，第19页。

质相联系，"同志"关系建立在对"自我"的放弃和超越之上。

《红岩》对同志之间的感情有着明确的界定。成岗刚参加革命的时候，曾经担任市委委员、工运书记许云峰的交通员，在休戚与共的斗争生涯中产生了深厚的感情。"半年以后，当成岗被调动党内工作时，心里老是平静不下来，他舍不得离开老许，而工作调动以后，就很难再经常和老许见面了。"

> "你说过'只要为党工作，我愿意！'现在怎么样？打算收回自己的话？"老许严肃地说："这种感情是多余的，不健康的！我们共产党人有更丰富、更高尚的感情，那就是毛主席讲的：'全心全意为人民服务！'如何对待党分配的工作，正是一种考验……"
>
> "我服从党的需要。"成岗认真地回答。
>
> "还有，"老许的声音很平静，怀着饱满的热情，"不能把对党的忠诚，变成对某个领导者的私人感情，这是危险的，会使自己迷失政治方向！你懂得我的话吗？"
>
> 成岗的脸红了；他抬起头来，肯定地说：
>
> "懂得，我一定改正。"（第47—48页）

同志之爱这种神性的历史本质必然排斥个人的情感，包括恐惧、男女之爱，乃至家庭的亲情。当年轻的成瑶从重庆地下党的市委副书记李敬原处得到成岗和其他同志被捕的消息时，成瑶几乎是本能地惊呆了：

> "许大哥？小余？"成瑶反复念着熟悉的名字，不禁脱口而出说道：
>
> "这……太可怕了。"
>
> "唔？你说什么？"

"不，不，我是说太，太可惜了。"成瑶心里阵阵紧缩，感到难忍的悸痛。"我并不怕，我只是难过，我心里痛苦……"（第146页）

现代性革命对于个体而言是一种解放的力量。革命对日常生活的超越，从另一个侧面反映了革命的神性色彩，在这个层面上，神性体现为对世俗性的超越。神性将个体从具体的规定性中抽象出来，使个体现实地疏离于现实，成为一种新现实。现代化的过程实际上内在地暗含着一个使人成为神的世俗过程。革命的神性力量，使个体突破日常伦理的行为获得了直接通向终极的价值确认，进而使"人成为神"。

在以阶级斗争名义进行的现代革命中，个体行为受到两种内在力量的影响：一方面是起超越作用的"神性"的提升力量，另一方面则是"惯性"的下拉力量，这方面所起的作用在某种程度也许意味着沉沦。于是，个体在革命中始终经历着超越与沉沦两种力量的争夺，这就是革命中的个体身上存在的"巨大的张力"，决定着"革命"与"反革命"之间的分野。

"个体"或"个人"是20世纪中国人的精神生活中一个被反复使用的概念，有区别的只是在50—70年代的文学中，它是一个贬义词，而在80年代以后，它又变成了褒义词。但无论在何种意义上使用，"个体"或"个人"都是"主体——他者"这种二元对立的现代性范畴中的一个概念——无论是"民族国家"与"个人"的对立、"阶级"与"个人"的对立、"党"与"个人"的对立或者"集体"与"个人"的对立，莫不如此。它们都是20世纪西方全球化的知识生产创造出来的成果，因而都只能将其作为现代性的知识范畴加以体认。在现代中国的经典叙事中，"个人主义"是一个不断出现的幽灵，作为整体性的主体的他者，它在能指和所指之间不断地滑动，在不同的时空中"道成肉身"。出现在"革命"与"家庭"的对立关系中的"个人主义"，显然是指与抽象而神圣的"阶级关系"相比，"家庭关系"是一种更为个人化的关系,在这里,"个人"意味着一种政治立场。因此,就甫志高而言,他的政治归属是由他的"个人主义"而不是他的政治选择决定的,当他顽固地拒绝放弃自我,当他始终无法割舍对妻子的凡俗爱恋时,他已经成为了"革命"的对象,与特务头子徐鹏飞站在了同样的阶级立场上。甫志高与徐鹏飞的这种内在的联系在他们的姓名中即已先在地蕴涵了,在这里,我们分明已经看到了以"高大泉"(高、大、全)为代表的"文革文学"的"姓名的意识形态",被命名为"志高"与"鹏飞"这对"个人主义"的难兄难弟必然命运相同。甫志高的革命动机是"天生我才必有用,要在革命斗争中露出头角,而不被时代的浪潮淹没,就应该在力所能及的条件下,恰当地发展自己"(第130页),因此,在甫志高被捕前,许云峰就完全认清了甫志高的本质:

> 许云峰注视着对方低下去的头,继续问道:"是什么东西使你看不见这些?是什么东西使你不按党的要求办事,硬要按照你自己的意图,背着党活动?最近以来,你屡次表示,希望担负更多的工作,看起来这是积极的表现,但你的出发点又是什么?"(第123页)

甫志高的出发点当然是那个万恶的"个人",因此,甫志高作为反面人物的命运从小说的一开始就注定了,小说中的叛变与出卖只是他内在宿命的必然展开而已。这种处理方式显然已经与"文革文学"十分近似,而与"十七年文学"经典作品中人物通过"成长"或"蜕变"来获得本质的叙事方式已经有了很大的不同。

三、"身体的意识形态"

熟悉"文革样板戏"的读者重读《红岩》的时候,很容易产生似曾相识的感觉。事实上,"样板戏"许多艺术手法,在《红岩》中都已经非常完整了。每当特务提审或枪决革命战士,天空必然狂风呼啸,电闪雷鸣,粗大的雨点,"仿佛要吞没整个宇宙"。书末齐晓轩矗立在巨大高耸的岩石上英勇牺牲时,"炮声隆隆,震撼大地","东方的地平线上,渐渐透出一派红光,闪烁在碧绿的嘉陵江上,湛蓝的天空,万里无云,绚丽的朝霞,放射出万道光芒"……这一类象征手法的大量运用,显然已经开了"文革"象征艺术的先河。

不过,《红岩》与"样板戏"最为接近的一个地方,是对"身体"——准确地说,是对"肉身"的排斥。这一艺术手法在将50年代的道德艺术化的修辞方式发展到极限的同时,也展示了现代性特有的二元对立逻辑的终极形式,即由"个人"与"家庭"的对立发展到"民族国家—阶级"与"家庭—个人"的对立,最终发展到更为抽象的人的"精神"与"肉身"的对立。小说一开始,在沙坪书店工作的共产党地下党员陈松林赴重庆大学给学生党员华为送进步书刊,一进学校,马上感受到了两军对垒的紧张气氛:

> 陈松林听华为说过:重庆大学和其他学校一样,也在酝酿支援惨遭火灾的工人的斗争。谁想到,这一次来,学校里已经闹得热火朝天了!陈松林分外兴奋地沿途观看,又看见一张醒目的通知:
>
> 重庆大学学生自治会特请长江兵工厂代表报告炮厂惨案之真相
> 地点:学生公社　　时间:星期一上午九时
>
> 旁边还有一张刚贴上的:
>
> 重庆大学三青团部敦请侯方教授主讲:论读书救国之真谛

地点：沙坪坝青年馆

时间：星期一上午八时半（会后放映好莱坞巨片：出水芙蓉）

"杂种，专门唱对台戏！"陈松林气冲冲地骂了一句。一看就明白，三青团想用肉感电影来争夺群众！对台戏，双包案，自来是他们惯会用来鱼目混珠的拿手好戏！（第11页）

在这个经常被阅读者忽略然而又是非常重要的场景中，敌人用来对付共产党活动的武器竟是被称为"肉感电影"的好莱坞名片《出水芙蓉》，在这里，肉身变成了武器，而精神对肉体的抗拒使我们面对的是一场精神与肉身的战争。叙事人在《红岩》中表现出的"肉身的意识形态"立场引人注目，在这里，敌我双方的政治对抗被简化为"精神"与"肉身"的对抗，作为纯粹精神存在的共产党员几乎没有任何肉身的踪迹，因此对共产党人的肉身摧残不但不能伤害共产党员的形象，相反成为对共产党人精神纯洁性的考验，而大大小小的国民党特务却无不生活在"食""色"这些最基本的身体欲望之中，在这种最卑贱的动物性中无力自拔，"阶级的本质"使他们始终无法了解和进入共产党人的精神世界。"哎，古人有言：'身体发肤，受之父母'……你看你们，何苦自己糟蹋自己！"（第244页）特务们的武器只能是肉身，他们试图通过唤醒英雄们的身体感觉来摧垮其精神世界。正因为了解这一点，许云峰愤怒地拒绝了特务头子徐鹏飞为他安排的丰盛晚宴，表示绝不像他的敌人那样，用这些山珍海味来"填灌肮脏的肠胃"，表现了对肉身的鄙夷与拒斥。小说中的特务大都无名，在共产党人与这些"狗熊""猫头鹰""猩猩"之间的斗争中，精神与肉身的对立象征关系被进一步转化为"人""兽"之争。

肉身不仅仅是肮脏的，同时还是邪恶的。因此，邪恶的肉体常常成为对精神的考验。英雄成长的道路上总是充满着这种邪恶的诱惑，最终进入英雄谱的成岗在刚进入工厂工作时就曾经面对这种邪恶诱惑的考验：

> ……面对着这些事情，年轻的成岗，感到说不出的恼怒和厌恶。办公室里，多半是些油头滑脑的家伙，每天的工作，不外乎看报，聊天，吹电影，谈女人……还有几个很少上班的女同事，都是凭裙带关系进厂的交际花一般的女人，除了领薪水，平时很难见到她们的影子。
>
> 第一次领过薪水后，没几天，庶务科里，一个花枝招展的女同事，突然变得每天准时上班了。她一来，就坐在成岗对面打毛线。不时地停下针，瞟着成岗。
>
> "喂，小伙子，你是刚来的？我头发上的夜巴黎香水不会使你讨厌吧！"
>
> "成岗，你喜欢女人的口红么？"
>
> 有一次，她竟然坐到成岗的写字台上，伸出尖尖的涂满蔻丹的指甲，娇声娇气地说："劳您驾，帮我剪剪指甲，唔……"
>
> 成岗鄙弃地直视着这个无聊的寄生虫，冷冷地说：
>
> "小姐，你这是干什么？请自爱点！"
>
> 两年的时间，就在这发霉的环境里过去了。可是成岗并不感到寂寞，因为他有一批朋友，一些过去的进步同学和厂里的工人读书会的成员，经常在一起阅读《新华日报》，讨论时事，参加各种进步活动。（第36—37页）

成长是从对由肉身出发的凡俗生活的抗拒开始的。不过成岗身上蕴涵的对身体的厌恶已经与成长无关，这种"本能"来自于《红岩》中共产党人所具有的先在本质，在这种现代性的目光中，如果说肉身是肮脏的，那么在"肮脏"之外，女性的身体更具有了一种比"肮脏"更为深刻的"邪恶"本质。《红岩》中的中央社记者玛丽就是这样一个反面的女性形象。这是玛丽的出场：

> 一个又矮又胖的秃头下了汽车，挺起圆圆的肚皮摇摇摆摆地走进餐厅的大门。他穿着一身白哔叽西装，后面跟着个妖艳的水蛇似的女人。那女人提着镁光灯大相机，摇动着一头染成金色的头发，见了人就来一阵媚笑。（第 180 页）

玛丽出场不多，但留在读者眼中的始终是一个邪恶的肉身，在叙事人笔下，肉身是这位缺乏政治合法性的角色的唯一言说形式：

> 金发女人妖娆地笑了声，高跟鞋在雪亮的油漆地板上清脆地跺了一下……（第 181 页）

> 朱介正待开口，金发女人眼波闪闪，香气四溢地挤在沈养斋和朱介中间："沈老，我也参加，欢迎不欢迎？"沈养斋捏着金发女人的纤手，笑道："哪敢不欢迎啊？"（第 181 页）

> 这句话，惊动了一位披着金色卷发的女记者，她一听有人提到中央社，立刻扭转身，飞出一个眼波，涂着蔻丹的纤手从镁光照相机上轻轻举起，便想隔席搭话。她正是中央社记者玛丽。（第 309 页）

> 玛丽扭了扭腰肢，率先鼓掌赞成。（第 317 页）

玛丽无疑充当了一个并不体面的与敌人同谋和帮凶的角色，非常有趣的是，玛丽是以肉身参与到历史的进程中。女性以身体参加了这场意识形态的肉搏，在这里，肉身本身具有的政治意义昭然若揭。在肉身的等级制中，女性的肉身无疑处在最底层，通过玛丽，叙事人将对肉身的仇恨发展到了极端，然而，叙事人的目光在这个肉感的"尤物"上过于持久甚至近于把玩的流连，又恰好透露出生活在一个极端禁欲主义时代的男性特有的对充满女性性征的娇艳女性的病态想象。这是50—70年代中国的文化奇观。与此相似的，是那个时代专门在银幕上扮演"女特务"的著名演员王晓棠成为男性心中——准确地说，是潜意识中的梦中情人。这个放荡、风骚、妖娆，唯一保存了女性性征的女人的魅力弥漫在冬天的气息中，唤醒着男性沉睡的欲望。出现在社会主义现实主义经典作品中的这种"坏女人"——"女特务"，总让人想起雨果名著《巴黎圣母院》中道貌岸然的副主教克劳德眼中天真而性感的吉卜赛姑娘艾丝美拉达——用女权主义者的话来说，则是"体现出男性对妖女的拒绝和渴望"。在男性目光的注视下，这种风情万种的坏女人除了是"帮凶"外，还必然是"玩物"——别的男人，尤其是坏男人的玩物，于是，在这些男性性别叙事中，"破鞋"总是比"破鞋"的玩弄者更加可憎，这种深刻的鄙视与仇恨之后隐藏的是同样深刻的欲望、不平和关切，因此，在小说结尾部分急管繁弦、戎马倥偬的叙事高潮中，叙事人仍然无法忘怀这个"小女人"的命运，"玛丽与特别顾问（美国人）跑了"，肉身终于彻底退场，因为它在即将来临的精神的世纪将无处栖身，无家可归。——即将登场的，将是一场真正意义上的"没有身体的戏剧"。[①]

四、"虐恋"与"向死而生"

在"革命"与"家"、"精神"与"肉身"的二元等级制中，当前者对后者的压抑与仇视发展到极端，"虐恋"便发生了。

---

① 王墨林:《没有身体的戏剧——漫谈样板戏》,《二十一世纪》（香港）1992年2月号。

"虐恋"（sadomasochism）是一个在西方医学、生理学、心理学乃至社会学中大量使用的概念，主要用于研究一部分人通过对身体的施虐或受虐获得快乐的行为。国内文献对"虐恋"的介绍，主要见于社会学家李银河近年出版的《虐恋亚文化》一书，该书首次较为集中地介绍了西方理论中的虐恋现象，但主要集中在以社会学为主的社会科学领域，将其作为"一种非正常的性活动"进行讨论，较少探讨虐恋在包括政治学、哲学、文学、宗教学等人文科学层面的意义。事实上，许多西方学者是在后一种意义上理解虐恋，在他们看来虐恋并不是简单的肉体快感，而是重要的心理文化现象。连金赛性学研究所的保罗·格伯哈德（Paul Gebhard）都认为，虐恋不是一种病理现象，而是一种以文化为根源的现象。[1] 我们在麦当娜著名的《性》写真集中能看到这样的话："我甚至认为虐恋与性无关，我想它与权力有关，是为权力而展开的斗争。虐恋可以包括性的内容，但不是必须包括性。它是精神之旅。"[2] 更有的学者明确指出虐恋行为与西方宗教信仰之间的密切关系：用荣格的话来说，虐恋源于"宗教本能"："有学者因此认为，西方文化中渗透了虐恋行为，而所有的西方人作为这一文化的载体，恐怕在内心深处都有虐恋的倾向。"[3] 现代科学和心理学出现以来，受虐倾向被认为在道德上是错误的，在医学上是变态的，在社会上是有害的。然而，在科学将受虐倾向视作一种疾病之前，宗教却将其视为一种治疗。正如一位虐恋者所说，虐恋活动"是一个治疗过程……它清洗和治愈了旧伤痕，我自己设计和实施了对旧有的非理性罪恶的惩罚……一次好的活动不是以达到快感作为结束，而是以精神宣泄为其结果的"。[4]

---

[1] 李银河：《虐恋亚文化》，今日中国出版社，1998年，第157页。
[2] 同上书，第137页。
[3] 同上书，第267页。
[4] 同上书，第167页。

在某种意义上,《红岩》使我们目睹了书评家在评价塞勒丝的著作《正确的虐恋者》时见识到的由虐恋带来的"粗暴和诗意之美"。[①] 在这部以信仰为主题的文本中,我们可以清楚地看到虐恋如何成为现代中国的一种极为重要的精神文化现象,而"文革"更是将施虐、受虐乃至自虐发展成为具有普遍意义的革命形式。

在《红岩》中,以徐鹏飞为代表的国民党特务作为施虐者与许云峰、江姐、成岗代表的共产党人作为受虐者之间错综复杂的关系,生动地显示了"虐恋"特有的精神维度。

在施虐与受虐的二重关系中,由于施虐常常被理解为兽性的一种表现形式,因而易于被理解。施虐者徐鹏飞是这样出场的:

> 他这间办公室里,铺着彩色的地毯,沙发,茶几,玻晶烟具和墙角的盆景,装饰十分豪华。高大的黑漆办公桌,摆在房间正中,墙上挂满了军用地图。
>
> 他正在处理一叠叠的公文,思考着,批示着。这些公文,顷刻之间,都将变成命令、电波、行动,变成淋漓的鲜血!
>
> 一阵凄惨的嚎叫,透过门缝,像往常一样传了进来。
>
> ——你说不说?说!
>
> ——问你是谁领导?问你……
>
> 鞭子在空中呼啸,落在肉体上发出低钝的响声……
>
> 从转椅上欠起身来,点燃一支香烟,慢慢吐出一口烟圈,他倾听着这阵惨叫,像倾听一曲美妙的音乐。他的脸上,浮现出一丝儿几乎看不见的冰凉的冷笑。
>
> 若干年来,他习惯于这样的生活。如果任何时候,听不见拷打的嚎叫,他会感到空虚和恐怖,只有不断的刑讯,才能使他感觉自己的存在和力量。世界上有这种人,不,有

[①] 李银河:《虐恋亚文化》,第80页。

> 这样一种嗜血的生物,它们把人血当作滋养,把杀人当作终身职业。(第95页)

在这里,驱使徐鹏飞对共产党进行无情折磨的原因,并不真正由于政治观念的对立,而是源于施虐带给他的一种不可替代的生理快感。然而,徐鹏飞身上的这种看似纯粹的生理快感并非没有深刻的心理原因。许多研究者在对施虐活动的细致观察中发现,施虐者之所以能够在施虐中获得快乐,是因为他不仅看到了受虐者的痛苦,更重要的是因为他自己是痛苦的施予者。因此,施虐者如果虐待一只动物,就不会有同样深刻的快乐,因为动物意识不到发生在自己身上的事情是一个责任人有意施加的行为。因为同样的道理,施虐不可能发生在动物之间,它必然是人与人之间的关系,体现出人的意志、权力与征服。而且,施虐的目的不是惩罚,施虐者总是希望通过肉体的疼痛来征服受虐者,因此他的基本方法就是将对象肉身化,通过受虐者的身体来征服受虐者的意志,迫使受虐者为了身体而放弃精神。在施虐者眼中所看到的仍是精神与身体的斗争。"在受刑者放弃的瞬间,施刑者的目的就达到了:身体全部肉身化了,是一具喘息的淫秽的肉体;它的位置是施刑者赋予的,而不是它自己决定的。"① 这具扭曲喘息的身体正是屈从与陷入奴隶状态的精神的形象,也是施虐者真正快乐的来源。

与施虐相对的是受虐。受虐之所以难以被人接受,一个很重要的原因是它明显违背了"趋利避害"的原则。为什么人会有意识或下意识地追求肉体和心理上的痛苦,自愿地屈从于剥夺,有意地接受折磨、羞辱与牺牲呢?显然,动物即已具有的"趋利避害"原则已不足以说明人的精神与身体之间发生的错综复杂的现代性关系。在精神与身体的等级制与对立关系中,对身体的折磨常常是精神成长的必要条

---

① 李银河:《虐恋亚文化》,第202页。

件。"属人"的本质常常意味着是"非肉身"的,肉身作为精神的他者与障碍,是精神成长必须战胜和克服的对象,而受刑、对肉身的摧残便成为摆脱人的肉身变成神的必要手段,因此,受虐者被暴力摧残又被暴力滋养,受虐带来的不是痛苦而是快乐与幸福。这意味着受虐不但不是对生命的剥夺,而是对生命的赐予,在虐恋活动中,受虐者在施虐者的帮助下抵达了人类忍耐力的极限,体味到最大的自由感和酣畅淋漓感,获得自我实现的权利和感觉,正是在这个意义上,虐恋成为一个人生命中最为强烈的精神体验。"施虐者所演出的角色是为了帮助受虐者实现他的幻想"。① 这一关系在《红岩》中得到了充分的展示。在《红岩》中,受刑越重的人反而显得越不可战胜,对暴力的接纳与承受成为他们通向神性的资本,《红岩》中的两大主人公许云峰与江姐成为众神之王并不是因为他们的党内职务,而是因为他们经历过最为残酷的身体摧残。当渣滓洞的政治犯们从看守的呵斥里意外得知许云峰竟然就在他们身边时,一个只有在少年追星族发现自己的偶像时才能见到的骚动场景出现了:

> 猫头鹰脸色铁青,突然冲着楼八室狂喊:
> "不许你唱!住口!许云峰!"
> "许云峰?"突然有人惊问。
> "老许!"对面女牢里,飞出一片尖锐的叫唤。
> "老许!老许!"余新江猛然把头从风门口伸出去,凝望着楼八室。老许——他就关在自己隔壁!余新江满怀激动,张大了嘴巴,迎着老许坚强无畏的歌声纵情高唱……
> (第221页)

江姐出现在渣滓洞时已经历过多次折磨,"获得了多少同志的

---

① 李银河:《虐恋亚文化》,第18页。

尊敬",但她真正走上神坛,则是在渣滓洞经历了最严酷的一次刑罚之后。"通宵受刑后的江姐,昏迷地一步一步拖着软弱无力的脚步,向前移动;鲜血从她血淋淋的两只手的指尖上,一滴一滴地往下滴……"(第273页)奄奄一息的江姐,受到了英雄凯旋式的欢迎。各个牢室都给她送去了赞颂的诗歌与信件:"你,暴风雨中的海燕,迎接着黎明前的黑暗,飞翔吧!战斗吧!永远朝着东方,永远朝着党!""一个多月来的严刑拷问,更显出你对革命的坚贞。我们深深知道,一切毒刑,只有对那些懦夫而软弱动摇的人,才会有效;对于一个真正的共产党员,它是不会起任何作用的。"(第280页)……而最使江姐不能平静的是通过楼八室转达来的精神领袖许云峰的简单问候,以至难友们不得不对她说:"江姐,你太兴奋了,休息一会儿吧。"(第281页)受虐带来的巨大的快乐,是因为受虐者将受虐隐喻化了,恰如李银河指出的:

> 由于受虐倾向是一种自愿忍受折磨的态度,它就同人的宗教感联系在一起了。从现代的有受虐倾向的人背后,我们可以看到通过接受折磨而经历狂喜的自鞭派传统。性受虐倾向和宗教受虐倾向都是一种隐喻,通过这种隐喻,人的心理表达出它的痛苦和热情。受虐倾向是深层心理活动的一种方式。它的根源是想象,它的表达是隐喻,是灵魂的爱与痛苦的表达方式。①

受虐既是如此重要,虐恋才可能发生。"在虐恋活动的现代形式中,如果施虐与受虐双方有一方是不自愿的,关系的性质就改变了:它将不再是虐恋关系,而是施暴者与受害者的关系,因此应当不再

---

① 李银河:《虐恋亚文化》,第268页。

属于虐恋关系的范畴"。① 而在渣滓洞和白公馆中,受虐变成了一种资格,没有受虐经历的人会深怀自卑,刘思扬就是这样,"多时以来,他始终感到歉疚,因为自己不像其他战友那样,受过毒刑的考验。他觉得经不起刑讯,就不配成为不屈的战士。"(第244页)直到有一天,他终于如愿以偿地被戴上了重镣,他才终于感到一丝"自豪"。弗洛伊德在他的心理分析中就曾把这种控制受虐者的"道德受虐倾向"理解为"某种无意识的负罪感"。受虐倾向来自内心深处的自卑感,为了克服这种带有自恋倾向的脆弱感与受伤害感,他们渴求受虐,在受虐获得的狂喜中战胜孤独与恐惧,体味到一种迷失了自我、与伙伴融合在一起、与整个宇宙和历史融合在一切的高峰体验。

> 刘思扬走到窗前,想用点什么来表露自己的心情,写几句诗,或者唱一首歌? 素常在情感激荡的瞬间自然流露的诗句,没有像泉水样源源流出,他的心,在谨慎有力的集体中沉醉了。阳光温暖地照着他的脸,照耀着他紧紧抓住窗口铁栏的双手,也深深地照在他的心上。(第386页)

弗洛伊德认为受虐倾向"源于某种无意识的负罪感"。② 他说:"在受虐幻想中,可以发现一种明确的内容,即负罪感。当事人假想他犯了某种罪过(犯罪性质是不确定的),必须用忍受痛苦和折磨的过程来赎罪。"③ 刘思扬比其他英雄有着更为强烈的负罪感,因为他是一个出生于剥削阶级家庭的资本家少爷。中国知识分子的原罪意识是典型的现代性遗产。有了"原罪",才会相信苦难所具有的"救赎"意义——"不得不以自己的受虐行为消除内心深处的负罪感或自我厌

---

① 李银河:《虐恋亚文化》,第17页。
② 同上书,第255页。
③ 同上书,第188页。

恶感"，①并且在理性层面上把苦难看作历史发展的一个过程，一条从"此岸"到达"彼岸"的必由之路，从而将苦难理想化圣洁化，把痛苦和磨难幻化成期待再生的"炼狱"。而苦难之所以是"炼狱"，是过程意义上的苦难，在于经由痛苦与忍从，能够达到对感性生活的"超越"，进而实现英雄主义的理想。意识到这一点对于理解长达半个多世纪的知识分子的"自我改造"是非常有益的。用霍妮的话来说，受虐的冲动来自对爱的需求，受虐倾向来自内心深处对自身的软弱及自己缺少重要性这种感觉的恐惧，这种恐惧导致对感情的强烈需求和对别人不赞赏自己的强烈恐惧。这是一种带有自恋倾向的脆弱感、受伤害感。由于不能控制这种感觉，有受虐倾向的人从被动转向主动，使自己沉浸在"一场折磨的狂欢宴会"中，寻求痛苦的狂喜经验。受折磨是痛苦的，但是让自己沉浸在极度的折磨之中，反而可以冲淡痛苦。②

如果将虐恋理解为精神与肉身之间的一种战争形式，那么，精神的最终胜利必然意味着身体的退场——死亡。因此，与虐恋相伴的常常是死亡。在人类诸多的生命体验中，惟有死亡是不可言说的，因为只要我们在——"生"在，"死"就不在；只要"死"在，我们就不在。因而"死"对于活着的人永远是陌生的。只有在虐恋这样纯粹的精神活动中，超验的死亡才被赋予了一种现实的言说方式。在这里，死亡——肉身的消亡作为虐恋的最高形式与必然终结，成为最为终极的荣耀。谁可以死，谁就会沉浸在被选中的幸福之中。当江姐得知最后的时刻已经来临的刹那，"全身心充满了希望和幸福的感受"，她微笑着梳理好头发，穿上蓝色的旗袍，与同伴道别。在这里，死显得比生更加可爱，生的意义只是为了领受死的感召。因为："人民革命的胜利，是要千百万人的牺牲去换取的！为了胜利而承担这种牺牲，是我

---

① 李银河：《虐恋亚文化》，第189—190页。
② 同上书，第194页。

们共产党人最大的骄傲和愉快。"(第 161 页)

对死亡的意识与体验必然改变人们对监狱生活的记忆。监狱从来是展示人与生命的有限性的场所,因此,出现在人们想象与记忆中的集中营、监狱生活总是笼罩着昏暗而沉重的色彩,萦绕其中的常常是生命异常惨烈的挣扎,是对"生"不舍的追求与眷恋,然而,《红岩》向我们展示的却是不同凡响的监狱生活。步入新年的渣滓洞是一个欢乐的世界,每间牢房门口都贴上了犯人们写的春联,"所有的对联,都洋溢着革命的乐观精神",楼七室的联语是"两个天窗——出气;一扇风门——伸头",横额为"乐在其中";楼一室的对联更是受到了一致好评,这副对联的联语是"歌乐山下悟道,渣滓洞中参禅",横额为"极乐世界"。在死亡的边界,这座血腥的死亡之狱竟成为了"悟道""参禅"的"极乐世界",随之而来的,是诸神的狂欢,在变成了"欢乐的海洋"的地坝上,"几个戴着脚镣的同志,在往常放风的地坝中间扭起秧歌。沉重的铁镣,撞击的叮当作响,成了节奏强烈的伴奏"。(第 294 页)

> 楼下四室的"报幕员"正在用北京话宣布:"我们的节目是歌舞表演。表演开始!"只见铁门哗啦一开,一连串的人影,打着空心筋斗,翻了出来,博得同志们齐声喝彩。接着,几个人聚集拢来,站成一个圆圈,又有几个人爬上去站在他们肩上,又有人再爬上去……一层、两层、三层……他们在叠罗汉。(第 296 页)

女牢的犯人演出的节目更加精彩,披着用大红大绿的绣花被面做成的漂亮的舞蹈服装的女犯人纵情狂舞——真正的死亡之舞。这正是福柯所说的"在非同寻常的情形中制造快感"。[①] 虐恋在这里展示出它

---

① 李银河:《虐恋亚文化》,第 29 页。

荒诞而壮美的终极形式。

　　正是由于对虐恋活动这种复杂的精神关系缺乏了解，人们总是容易将施虐与受虐关系中的受虐者视为受害人与被动的弱者，然而，对虐恋的研究得出的结论却恰恰相反：在虐恋活动中，受虐者常常是真正的控制者，是受虐者在控制着施虐者的手。在《红岩》中，从表面上看是徐鹏飞为首的特务在用残酷的刑法摧残被捕的共产党人，然而，在刑讯中，恰好是作为受虐者的共产党人控制了局面与方向。在虐恋研究中，人们把古希腊神话中那位通过不断讽刺和挖苦希腊的英雄以换来更加猛烈的鞭笞的荷马称为"挑逗式的受虐者"。而在《红岩》中，这样的场面层出不穷。受虐者不断刺激施虐者，使绝望的施虐者除了更加猛烈地施虐以外无计可施，而更激烈的纵欲带来的是更加强烈的失败感。在徐鹏飞对许云峰的刑讯中，与作为受虐者一方的许云峰的从容与快乐相比，作为施虐者一方的徐鹏飞始终处于被动与"怯惧"中，"他望望空旷无人的房间，心里突然感到一阵无可名状的空虚与疑虑"（第155页），"从他那貌似骄横却又目光不定的神情里，从他面似从容却又紧握两拳的动作里，许云峰看出对方内心的空虚与渺茫"（第156页），"徐鹏飞额角上的青筋抽缩着，脸上出现了勉强的冷笑"（第157页），"徐鹏飞脸色急遽地变化着，额角的青筋剧烈地抽搐"（第167页），最终的结局是"徐鹏飞带着绝望和幻灭的心情，听着窗外的枪声，觉得是这样无力和空洞"（第170页）……在这样复杂的关系中，施虐与受虐的关系完全被颠倒过来，面对施虐者在痛苦中的绝望挣扎，受虐者在快乐中幸福地欢笑。

　　施虐与受虐关系的这一错位凸显出这对二元对立范畴更为真切的关系。在虐恋活动中，施虐与受虐外部呈现的对立关系掩盖的是更为内在的共谋与互动，它们不但不构成真正的对立，相反相辅相成、互为因果与相互依从。没有受虐者，施虐者将没有实现自我的对象，而没有施虐者，我们的主人公将像早年的刘思扬一样，永远无法迈进历史的门槛。因此，施虐与受虐不但相互依从而且相互转化，在《红岩》

中我们便常常可以见到这种受虐者施虐的场面。混入监狱中刺探地下党情况的"红旗特务"郑克昌不慎暴露身份后落入了政治犯们的控制中，他的厄运便开始了：

> "谈谈你的任务。"余新江不慌不忙地追问。
>
> 小宁一把扯住郑克昌的头发，又伸手去抓他的瘦脸。"说不说？我把你的眼珠子挖出来！"
>
> 郑克昌动也不能动，学生说了的话，真会干出来的。
>
> "我，我说……"郑克昌抖索着。"派我找狱中党……地下党……找你们的联系……"
>
> "哪个派你来的？"丁长发问。
>
> "招出你们的全部计划！"余新江补充了一句。立刻有人卡紧特务的脖子。
>
> "我，我说……特别顾问……"郑克昌绝望地从喉管里挤出他实在无法隐瞒的真情……（第435页）

这一幕与发生在国民党刑讯室的场景惊人相似，只是施虐者与受虐者互相换了一个位置。发生在国民党特务与共产党员之间的这种互动，显示现代性的基本结构——主体与"他者"的内在关系。在这里，双方赤裸裸的敌意掩盖的并不是真正的对立，而是一种深刻的权力游戏，也就是说，受虐者变成施虐者反映的只是权力关系的改变。因此，我们不难发现具有强烈受虐倾向的人总是同时具有同样强烈的施虐倾向。

美国华裔学者余英时在一篇纪念钱锺书的文章中谈到过这样一段往事："文革"结束后的1979年，中国社科院组织了一个官方代表团访问美国，这批劫后余生的知识分子代表受到了热烈的欢迎。在造访耶鲁大学的一次聚会上，客人们照例又一如既往地谈起了不堪回首的往事，当人们谈到吴晗一家的悲惨遭遇时，沉默不语的钱锺书突然看着费孝通说:"你记得吗? 吴晗在一九五七年'反右'时期整起别人来不也一样无情得很吗?"据余英时回忆,此话一出,"刹那间,大家都不开口了,没有人愿意再继续追问下去"。①

有智者之称的钱锺书在这里实际上触及了一个极为敏感而又极为真切的命题。因为类似的经历绝非仅仅出现在吴晗身上。对受虐经历的展示与对施虐者的控诉成为"文革"后兴起的"新时期文学"最持久的主题,受虐经历成为进入新时期的通行证,而所有的控诉者对自己的施虐经历却无不讳莫如深。人们缺乏的似乎并不是说真话的道德勇气,而是传统的善恶对立原则根本无法理解和解释真正的虐恋关系。然而,同样无法否认的是,虐恋已经成为20世纪中国人精神生活的重要组成部分。这种与中国传统的"乐感文化"格格不入的原罪意识显然与西方宗教文化息息相关。由于基督在十字架上为拯救人类受苦,许多基督徒希望像基督一样经受苦难,相信这样做可以使自己早日得救,或者相信只有经受苦难才能得救。他们试图通过自我施加的精神和肉体痛苦,逃避世俗的焦虑、痛苦和折磨,以保持精神的纯洁。在这里,耻辱和虐待都会变成荣誉和光荣,上帝挑选犹太人做选民是因为他们受了两千年的苦难。这种关于疼痛和受苦的历史观念对现代文化的影响是极为深远的,事实上,只有在这种现代性的背景下,我们才能真正理解由施虐与受虐共同构成的复杂的虐恋关系,理解施虐与受虐之间的相互依从与转化。

罗广斌本人就是一个例子,作为《红岩》的主要作者——更重要的是作为一位"虐恋者",罗广斌文本内外的经历构成了一个由施虐者变为受虐者的完整故事。尽管在《红岩》的多次修改过程中,罗广斌一再对自己对暴力、死亡与牺牲的迷恋进行自我批评,但最终定稿的《红岩》仍是一部"满纸血腥"而"少儿不宜"的作品。在对骇人听

---

① 余英时:《我所认识的钱锺书先生》,《文汇读书周报》1999年1月2日。

闻的刑罚的细致摹写中，作家尽情体味着施虐的快感，然而，五年以后，随着革命的发展导致的权力关系的变化，这位"语词的施虐者"再度变成了身体的受虐者。1967年2月，罗广斌因不堪虐待而跳楼自杀身亡。

在结束本章的分析的时候，非常偶然地翻到了《文艺争鸣》杂志新发表的一篇文章，突然觉得这篇文章与我对《红岩》的分析产生了一种几乎让人难以置信的"互文性"。在这篇题为"二十世纪中国文化缺什么"的文章中，论者几乎认为20世纪中国发生的所有灾难都源于"原罪"意识的匮乏。作者这样分析所谓的"罪责意识"：

> 罪责意识的匮乏与超越理性的缺失有直接的关系：超越理性的缺失是因，罪责意识的匮乏是果。超越理性与实用理性（工具理性）的不同之处在于：它不是指向直接的功利性目标，而是指向某种超越性的存在——诸神，上帝，天，道，存在，等等。超越性的存在对信仰它的人来说意味着终极理想和与此理想相应的价值体系。个体正是相对它而言才可能是有罪责的。①

作者认为"20世纪中国文化的贫乏证明你也是失职的，有罪的。但迄今为止，我尚未发现有人表示自己有罪。在此，我呼吁所有中国知识分子在内心法庭中对自己进行审判"，"中国知识分子必须补上自我审判和自我惩罚这一课"，作者宣称："带着原罪上路"是"我们在21世纪的命运和抉择"。

这种观点其实毫不新颖。夏志清当年就指责中国现代作家太过于关怀中国的民族存亡而缺少宗教的原罪感和忏悔意识，而在80年代，

---

① 王晓华：《二十世纪中国文化缺什么？》，《文艺争鸣》2000年第6期。

将 20 世纪中国文学—文化的基本问题归因于宗教信仰的匮乏，几乎成为了一种常识。在某种意义上，从 80 年代延续到 90 年代甚至直至今天仍然绵延不绝的对知识分子忏悔的呼吁与颂扬至多只能算作这一逻辑的展开。——也正是在这一意义上，本章对《红岩》的再解读，不知是否可以视为对这一《河殇》式的阅读历史的方式的一种应答?

第六章 《红灯记》

——"镜像"中的"自我"与"他者"建构①

一、"样板戏":在"文艺"与"政治"、"意识形态"与"乌托邦"之间

1986年,几名演员在中央电视台举办的春节联欢晚会演唱了销声匿迹近十年的"革命现代京剧"《红灯记》片段,结果在社会上引发了轩然大波,也由此开始了一场持续至今的讨论,涉及"样板戏"的艺术价值、学术价值、文学史价值以及相关的政治与文艺的关系、艺术作品的形式与内容的关系等等文艺的基本问题。主要的观点,大抵可分为如下三种:

---

① 《红灯记》因多次改编,版本非常复杂。主要有电影剧本、沪剧和京剧三种系统。电影和戏剧都是综合艺术,其艺术效果肯定不仅仅体现在文字文本之中。但《红灯记》与我们将要讨论的《白毛女》一样,不但可以被观看,也可以被阅读。本章的解读涉及的《红灯记》文字文本包括刊发于1962年9月出版的长春电影制片厂《电影文学》月刊(总第48期)的由沈默君、罗静创作的电影剧本《自有后来人》(又名《红灯志》),1965年由上海文化出版社出版沪剧《红灯记》改编本,另有三个影响最大的京剧《红灯记》版本,分别刊发于1964年第11期《剧本》月刊、1965年第2期《红旗》杂志与1970年人民文学出版社出版的《革命样板戏剧本汇编》。京剧剧本的引文除特别注明的以外,均引自1964年第11期《剧本》月刊刊登的中国京剧院参加"1964年京剧现代戏观摩演出"的演出本《红灯记》,翁偶虹、阿甲改编。

第一种观点认为重新公演类似于《红灯记》这样的打上江青印记的"文革样板戏"是不能接受的，用作家冯英子的话来说，判断"样板戏"的价值有一个客观标准——"这个客观标准，便是那个'彻底否定文化大革命'的决定。'文化大革命'否定了，'文化大革命'中的天之骄子——样板戏，难道还应找这样那样的理由去肯定吗？"[1]

这一类观点非常激烈。在这次"样板戏"重演之后，巴金在一篇后来收入著名的《随想录》的文章中也表达了类似的看法：

> 好些年不听"样板戏"，我好像也忘了它们。可是春节期间意外地听见人清唱"样板戏"，不止是一段两段，我有一种毛骨悚然的感觉。我接连做了几天的噩梦，这种梦在某一时期我非常熟习，它同"样板戏"似乎有密切的关系。对我来说这两者是连在一切的。我怕噩梦，因此我也怕"样板戏"。[2]

第二种观点与第一种观点近似，只是打着"纯文学"（纯文艺）和"纯学术"的旗号，认为"样板戏"是"政治"而不是"文学"和"艺术"，至多只能视为政治与文学杂交的怪胎，因此没有任何学术价值可言。这种观点基本上左右了"文革"后主流文学史与艺术史的写作。在80年代以来出版的数十部中国当代文学史中，"文革文学"经常是一片空白，偶尔提到"样板戏"，都是作为"反面教材"，贴上几张"公式化""概念化"的标签了事。这种状况至今没有太大的改变。

第三种观点质疑以上两种观点的有效性，认为江青并不是样板戏的真正作者，因为在江青正式介入《红灯记》这类作品并将其册封为"样板戏"之前，这些"革命现代京剧"就已经基本完成了，它们是"广大戏剧工作者团结奋斗、辛勤劳动的丰硕成果"，江青出于政治

---

[1] 冯英子：《是邓非刘话"样板"》，《团结报》1986年4月26日。
[2] 巴金：《样板戏》，《随想录·无题集》，人民文学出版社，1997年，第112页。

野心将其占为己有，因此将这些京剧现代戏算在江青与"文革文艺"的账上是非常错误的。① 这种观点认为"革命现代京剧"的艺术价值是不容否定的，"真的艺术精品是不会随时光流逝和时代变迁而消亡的"。②

以上三种观点中，类似于冯英子式的观点最不值一驳。依据一个政治决议来否定一个时代的文学，几乎是对"文革"时期的"文艺黑线专政论"的"完全照搬"。"文革"文艺的纲领性文件《林彪同志委托江青同志召开的部队文艺工作座谈会纪要》就是以同样的方式——以一个政治决议的形式宣告了"十七年文学"乃至"30年代文艺"的死刑。否定"文革"的思想常常使用"文革"的逻辑，可以说是"文革"后中国思想界犯得最多的错误。

巴金对"样板戏"的恐惧无疑是真切的，然而，恐惧不应成为我们拒绝"样板戏"的理由。避免悲剧重演、噩梦重现的唯一途径，不是遗忘历史，甚至也不是记住历史，而应当是思考历史。

如果说以上的第一种观点是从政治上否定"样板戏"，第二种观点则是从"艺术"上否定"样板戏"。这当然是比第一种观点正当得多的理由。"政治""文艺"的二元论是80年代知识界的"常识"。然而，人类社会的政治生活无异于一个各种情感，如幻想、义愤、狂热、敬佩、仇恨、爱、阿谀诌媚等汇聚演义的大舞台，在"民族国家"与"阶级"这些现代政治观念的建构过程中无不充满了政治激情的力量。如果我们将"政治"理解为"意识形态"，即所谓"统治阶级的思想"，将"文学"理解为一种隐喻、象征或"个人"情感，我们会发现，要将"政治"和"文学"区分开来显然比我们以往想象的要困难得多。一

---

① 1994年，《戏剧艺术》上发表了黎舟的一篇题为《飘风骤雨不终日——关于京剧现代戏的很有价值的历史记录》一文，就集中阐明了这一观点。原中国戏剧家协会主席张庚在看了这个记录稿后深有感触地说："这个记录是很有意义的，证明江青把它们据为己有之前，许多艺术家已经把他们搞得基本上成功了。发表它，说出了事实的真相。"

② 戴嘉枋：《样板戏的风风雨雨——江青·样板戏及内幕》，知识出版社，1995年，第343页。

方面，任何一种哲学、文学乃至宗教的理念都可以转化为政治激情，在许多情景中个体的爱与恨同样可以转化成集体的共同奋斗，另一方面，任何一种"想象的共同体"的集体奋斗又常常能够引导个体超越其生存本能。我在对《红岩》的解读中已经充分展示了这一点。当然，将意识形态转化为现实的力量需要一些条件，譬如说一个有魅力的领袖，一个乌托邦的承诺、一个封闭的通道自我交换而营造出真理在握的群体气氛等等，但无论何种意识形态，都只能通过一种想象性——文学性的关系得以实现，这一关系就是个体对其生存环境的所谓"认同"（identification）。弗洛伊德曾用"认同"这一概念来解释人的群体依归，儿童一出生就有同父母认同的需求，成人在潜意识层面可以向政治领袖认同而满足这一心理需求，作为某一群体中的一员，社会个体由于向这一群体的认同而获得生存意义。值得指出的是，人的这种情感认同需求向政治激情的转变常常是通过一定的仪式完成的。这种形式常常是宗教性的，在这种集体仪式中，参与者获得极大的精神满足。这是一个爱与恨、白与黑、善与恶之间界限分明的世界，在这里，没有怀疑、没有失望——更重要的是，参与者不会感到孤独。在某种意义上，"样板戏"提供的正是这种集"政治"与"文艺"于一身的集体仪式。

与"政治"—"文艺"二元论同构的是"意识形态"与"乌托邦"的二元论。"样板戏"的意识形态性当然无法否定，然而，如果我们在阿尔都塞、詹姆逊等人的意义上理解"意识形态"，我们就会发现"意识形态"并不天然地与"文艺"水火不容。

就概念本身的意义而言，由于"意识形态"（ideology）一直被定义为"统治阶级的思想"，因而作为一个贬义词存在，一直遭到马克思主义和自由主义从左右两个角度的批判。具有批判精神的马克思主义和后起的斯大林式的教条主义式的马克思主义从马克思和恩格斯在《德意志意识形态》以及后来的著作中所表述的立场来理解"意识形态"，将其理解为"虚假的""颠倒的"、与科学相对立的党派或阶级观点。恩格斯在致弗·梅林的一封信中明确指出:"意识形态是由所谓的思想家有意识地,但是以虚假的意识完成的过程。推动他的真正动力始终是他所不知道的,否则这就不是意识形态的过程了。因此,他想象出虚假的或表面的动力。"① 与此同时,具有战斗精神的自由主义意识形态的捍卫者,则热衷于对教条主义化了的马克思主义与希特勒式的极权主义进行批判。身为社会学家的曼海姆在更为抽象的意义上解释"意识形态",将"意识形态"与"乌托邦"对立起来,认为意识形态指的是"指导维持现行秩序的活动的那些思想体系",而"乌托邦"则是指"产生改变现行秩序活动的那些思想体系":"一种思想状况如果与它所处的现实状况不一致,则这种思想状况就是乌托邦。"② "我们把所有超越环境的思想(不仅仅是愿望的投入)都看作乌托邦,这些思想无论如何具有改变现存历史—社会秩序的作用。"③ 不过,曼海姆认为,"意识形态"与"乌托邦"总是相互交织在一起,这一阐释显然启发了后起的西方马克思主义学者。

阿尔都塞、威廉斯、詹姆逊都以各自的方式发展了马克思创立的意识形态理论。对他们来说,"意识形态"不再是一个贬义词,而是一个中性词,因为"意识形态"无处不在,到处蔓延。在威廉斯那里,作为社会物质生产过程的组成部分,意识形态成了文化的一个主要成分,阿尔都塞则明确反对用本质论的观点去研究意识形态。他认为研究意识形态不是为了区分"正确的"意识形态或是"错误的"意识形态,而是去描述何种意识形态的国家机器以何种方式把某个主体建构到某个意识形态之中。在阿尔都塞这里,意识形态变成了一种不可逃避的牢房,他将意识形态理解为"存在主体与他/她们真正生存条件关系的想象再现","意识形态是具有独特逻辑和规律的表象(形

---

① 《马克思恩格斯选集》第 4 卷,人民出版社,1995 年,第 726 页。
② 卡尔·曼海姆:《意识形态与乌托邦》,黎鸣、李书崇译,商务印书馆,2000 年,第 196 页。
③ 同上书,第 210 页。

象、神话、观念或概念)体系",①"是人类依附于人类世界的关系,就是说,是人类对人类真实生存条件的真实关系和想象关系的多元决定的统一"。②

弗雷德里克·詹姆逊对意识形态理论的发展体现在他发现了意识形态的"压制"功能,他将意识形态的压制作用理解为一种深层的无意识的压制,称为"政治无意识",在这一意义上,詹姆逊认为,文本是更大的阶级话语中的一种言语,是一种在阶级之间的战略思想对抗中的象征活动。显然,在詹姆逊这里,"意识形态"与"乌托邦"的对立已经不存在了,"有效的意识形态同时也必然是乌托邦的",詹姆逊明确指出"意识形态"的乌托邦实质:"就是说意识形态即乌托邦,乌托邦即意识形态。"③

詹姆逊等人的意识形态理论对"文艺理论"的启示是显而易见的,如果"意识形态"与"乌托邦"的壁垒根本就不存在,那么,"文学"与"政治"乃至文学作品的"内容"与"形式"之间的二元对立也就相应地失去了存在的基础。"一切事物都是社会的和历史的,事实上,一切事物'说到底'都是政治的",④另一方面,政治从来就是一种艺术——就艺术的本质是乌托邦而言,按照詹姆逊的观点,根本不存在不依赖乌托邦存在和表达的"政治"。如果我们承认这一点,即"同时承认艺术文本内的意识形态和乌托邦功能",⑤我们或许会承认詹姆逊的"政治无意识"概念给我们带来的启示:"政治无意识""具有在层面之间往返并中止预想的主体、欲望和文本形式等概念的优越性",用詹姆逊自己的话说,其优越性在于"从社会上阐述欲望,从美学阐

---

① 徐崇温:《西方马克思主义》,天津人民出版社,1982年,第542页。
② 同上书,第553—554页。
③ 弗雷德里克·詹姆逊:《政治无意识》,王逢振、陈永国译,中国社会科学出版社,1999年,第273页。
④ 同上书,第11页。
⑤ 同上书,第286页。

述政治"。①

"政治"与"文学"如水火,意识形态与审美根本无法统一,其实是理性与感性、历史与文学之类的二元对立方式的延伸。"政治"与"文艺"的对立还常常被简化为"传统"与"现代"的对立。在这一知识框架中,"样板戏"被理解为传统的载道文艺,被解释为阴魂不散的"传统"的借尸还魂。其实,在近代以前的中国历史中,戏剧从来不曾扮演诸如"文化革命"与"政治革命"一类的重要角色。非常明显,"戏剧革命"乃至"文学革命"其实都是"传统"无法解释的命题。从20世纪初梁启超提出的"小说革命"到"文革"时期的"戏剧革命",之间是一脉相传的现代性关系。当梁启超在著名的《论小说与群治的关系》中最早提出"欲新一国之民,不可不新一国之小说"的观点的时候,②当"五四"文学的领袖人物陈独秀认为"今欲革新政治,势不得不革新盘踞于运用此政治者精神界之文学"的时候,③或者当胡适宣称"我们所提倡的文学革命,是要替中国创造一个国语的文学。有了国语的文学,才可以有文学的国语。有了文学的国语,我们的国语才可算得真正国语"的时候,④在这些启蒙大师的眼中,"文学"和"文艺"显然是被理解成了一种"政治"的形式——反过来,如果"政治"的目标只是建构像"民族国家""阶级"这样的"想象的共同体",那么,我们为什么就不能反过来想象"政治"的"文学"呢?

在前述的三种观点中,与前两种分别以"政治"与"文学"为名拒绝"样板戏"的观点不同,第三种观点极力撇清"样板戏"与江青的关系,力图将"革命现代京剧"从"文革"政治中剥离出来,好像"革

---

① 王逢振:《政治无意识和文化阐释》,此文系作者为弗雷德里克·詹姆逊所著《政治无意识》中译本所作的前言,中国社会科学出版社,1999年,第11页。
② 梁启超:《论小说与群治的关系》,陈平原编《二十世纪中国小说理论资料》,北京大学出版社1989年,第33页。
③ 陈独秀:《文学革命论》,《新青年》二卷六期。
④ 胡适:《建设的文学革命论》,《新青年》四卷四期。

命现代京剧"只要摆脱了与江青的关系,就变成了一个纯粹的艺术品,对"样板戏"的研究也就变成了一个纯粹的学术话题,这一观点表面上与前两种观点不同,思维方式却仍在政治与文艺、政治与学术的二元对立框架中兜圈子。在这种观点指导下的研究,通常只关注京剧革命的形式意义,对"样板戏"的主题及其明确的意识形态诉求却常常避而不谈,显然无法对"样板戏"作出有说服力的阐释。

其实,就学术对象而言,"样板戏"是"政治"还是"学术"又有什么关系?"学术"与"政治"的界限、"文艺"与"政治"的界限又有谁说得清?江青在多大的意义上参与了"样板戏"的创作——或者准确地说是"制造"或"生产",与"样板戏"作为我们的研究对象又有什么关系?对于这个问题,福柯曾经站在"知识考古学"的立场上作出过很好的解答。在"作者是什么"这篇著名的文章中,福柯批驳了文学研究者将主要注意力都集中在作者身上的倾向,认为作者远不是作品的全部意义所在,对作者的研究只有导入对话语的历史分析才具有真正的意义,因为对话语的历史分析所研究的"不仅是话语的表述价值和形式转变,而且还有其存在的方式:一切文化当中的,传播、增值、归属和占用等方式的修改和变化",在比较了两种批评方法的差异后,福柯指出:

> 我们可以很容易地想象出一种文化,其中话语的流传根本不需要作者。不论话语具有什么地位、形式或价值,也不论我们如何处理它们,话语总会在大量无作者的情况下展开。这里不再令人厌倦地重复下面的问题:
> "谁是真正的作者?"
> "对他的真实性和创造性我们有证据么?"
> "在他的语言里,他对自己最深刻的自我揭示了什么?"
> 人们会听到新的问题:
> "这种话语存在的方式是什么?"

"它来自何处;它如何流传;它由谁支配?"

"由于可能的主体会做出什么安排?"

"主体这些各不相同的作用谁能完成?"

在所有这些问题背后,我们几乎只听到漠不关心的低语:"谁在说话有什么关系?"①

二、《红灯记》的版本沿革:从电影、沪剧到京剧

《红灯记》是"样板"中的"样板"。这部在"文革"中长期以"中央文件"的形式正式列为"样板戏"的第一把交椅、被视为"十年磨一剑"的典范的作品,其独特的"形式的意识形态"与"镜像"功能都为我们打开"样板戏"这一"政治—艺术"之谜提供了路径。

以福柯的问题向《红灯记》提问,问题似乎应当包括如下几种:在话语中作者主体在何种条件下以何种形式出现,它占据什么地位?表现出什么功能?在每一种不同类型的话语中,它又遵循一些什么规则?等等。这些问题虽然并没有真正绕开"作者",然而,它们已经在一个更为广阔的背景中展开——或者说,这个问题已经被作为一个更复杂的问题的一个环节加以重新认识。对"样板戏"这样一种包括创作、修改、传播、命名等诸多因素在内的复杂的精神文化现象,对其包括创作过程在内的话语运行过程的谱系学清理是十分重要的。我们将关注的问题是什么人、什么力量、以何种方式参与了这一过程,而这一精神产品又因为怎样的意识形态与审美功能的集结才得以表现了一个时代、一个"想象的共同体"的集体意识——包括这一群体的"集体无意识"。

---

① 米歇尔·福柯:《作者是什么?》,逢真译,《后现代主义的突破——外国后现代主义理论》,敦煌文艺出版社,1996年,第270—292页。

"样板戏"大都由已经完成的艺术作品改编而成。如《海港》改编自淮剧《海港的早晨》,《智取威虎山》改编自小说《林海雪原》,《白毛女》由同名歌剧改编而成等。《红灯记》的生产过程也不例外。《红灯记》故事最早以电影剧本的形式与读者见面。1962年9月,长春电影制片厂编辑出版的《电影文学》月刊上(总第48期)刊出了由沈默君、罗静创作的电影剧本《自有后来人》(又名《红灯志》),剧本讲述抗日战争时期东北铁路工人、地下共产党员李玉和一家三代为执行传递密电码的任务与日本宪兵队长鸠山浴血斗争、英勇牺牲的故事。剧本刊出后,很快由长春电影制片厂拍成了同名故事片。但无论是剧本还是电影,都没有产生什么影响。最早的《红灯记》故事显然受到了文学环境与文学资源的制约,其艺术经验,无论在内容还是在形式上都不足以形成新的艺术突破。

电影《红灯记》的命运当然与时代的过渡性有关。无论对于政治还是对于文艺,1962年都是一个让人感觉尴尬的年头。尴尬表现在旧的已经过去,新的却还没有产生。一切都在调整和孕育之中。就文学创作而言,由50年代初期的以传奇为特征的"革命通俗小说"经由《青春之歌》《红旗谱》为代表的"成长小说",再发展到《创业史》《艳阳天》和《红岩》这一类"革命象征小说",以"社会主义现实主义"为指针的红色经典已经基本完成了对"民族国家""阶级"这一类现代主体性的塑造和建构。电影《自有后来人》浓缩了以上三种话语形式,既包含离奇的情节,又体现出"成长"经验,同时还蕴涵着对共产党员的本质书写。过于含混的主题,使作品显得面目不清,其不被看好,自然在情理之中。

转机出现在沪剧《红灯记》阶段。当时文艺界正热中于以传统戏曲改编和演出现代戏,《自有后来人》被改编成不同的剧种进行演出,其中影响最大的当属上海爱华沪剧团改编的《红灯记》。沪剧改编者之所以能出类拔萃,是因为他们发现了《自有后来人》的症结所在——如果处理《自有后来人》中蕴涵的三种不同话语类型的关系:"一种写革命接班人李铁梅的成长;一种写三代人前仆后继的斗争;还有一种是塑造无产阶级革命战士李玉和的英雄形象。"①沪剧改编者将在三种艺术形式中做出选择:将《红灯记》改编成一部以李铁梅为主体的"成长剧",还是以三代人送密电码的故事为主体的"情节剧",或者将其改编成主要刻画李玉和的阶级性格的"象征剧":

> 当时剧团里很多同志对演出革命现代戏认识不足,改编者选择《自有后来人》这个剧本,着眼点只是这个戏有情节,有人物,故事的发展曲折、紧张,人物的关系复杂,遭遇奇特,观众看了准保能落泪。因此,改编时偏重于剧情,追求故事的曲折离奇,千方百计抓住戏的波澜跌宕,以便吸引观众。戏一开始,就把地下党北满交通员不怕艰难跳火车的情节展现出来,让观众为交通员的安危担心。接着,又把密电码的来影去踪,敌我之间搜索和保护密电码的斗争,写得环环入扣,"引人入胜"。根据这样的安排,团里不少人主张把剧名定为《密电码》,在广告海报上标出"革命惊险剧"字样,认为凭"密电码""惊险剧"这几个字,就能多卖三成座。②

除了将《自有后来人》改写成惊险剧《密电码》之外,还有一种可采用的方式就是保持《自有后来人》的原名,将其改编成一个以"革命接班人"李铁梅为主要人物的成长故事。

然而,1964年这一"讲述话语的时代"显然已经不再是"革命英雄传奇"或"成长小说"的时代。人们已经认识到:"传奇色彩和惊险情节能使人觉得津津有味,但不一定能激起人们革命的感情,不一定

---

① 上海爱华沪剧团:《坚持兴无灭资的斗争 努力实现戏曲革命化——改编演出沪剧〈红灯记〉的初步总结》,《文汇报》1965年4月1日。
② 同上。

能给人们以革命的思想教育。"① 爱华沪剧团最终放弃了"传奇剧"和"成长剧"的写作方式,将《红灯记》改写成一部以"红灯"为中心,更接近时代精神的"革命象征剧"。象征剧排斥掉了"惊险剧"对情节的倚重和"成长剧"对个人生活、伦理生活的关注,转而集中描写象征党的"红灯"与以李玉和为代表的共产党人的群像塑造。与话语含混的电影剧本相比,沪剧《红灯记》已经脱胎换骨,具有了鲜明的象征构架:"沪剧《红灯记》通过生动的戏剧情节,尖锐的矛盾冲突,富有革命意义的'三姓成一家'的人物关系,塑造了三代革命英雄、特别是李玉和的光辉形象,表现了无产阶级革命者前仆后继闹革命的精神。"②

显然,在向"样板戏"《红灯记》发展的过程中,沪剧《红灯记》走出了非常关键的一步,使一个50年代的革命故事变成了60年代的文学寓言。值得注意的是,这关键的一步是由上海爱华沪剧团这样一个集体经营、没有任何官方背景的小型剧团完成的。爱华沪剧团与其他成为国家宣传机器的国营剧团不同,一直靠票房为生,50年代末期,他们还在演传统的"西装旗袍戏",在改编演出《红灯记》之前,他们还在演出《少奶奶的扇子》这样有较高票房的"资产阶级生活情调戏"。然而,就是由这样一个完全处于体制之外的"民间"剧团中的两位业余作者凌大可、夏剑青执笔改编完成的沪剧《红灯记》却创造了一种全新的艺术理念,这不能不说是一个发人深省的现象。至少,"文革"后将《红灯记》乃至后来的"样板戏"一概解释为"官方文艺"或者"阴谋文艺",可能忽略了一些非常复杂而又非常重要的因素。倒是詹姆逊的概念"意识形态素"显得更有说服力:

意识形态叙事——甚至我们所说的想象的、白日梦的

---

① 艾明:《前赴后继革命人——京剧现代戏〈红灯记〉漫话》,《北京文艺》1964年8月号。
② 上海爱华沪剧团:《"红灯"照耀我们前进》,《戏剧报》1965年第4期。

或愿望达成的文本——在其素材和形式上都同样必然是集体的。……每一特定时期的文化或"客观精神"都是一种环境，那里栖居的不仅是承袭的词语和幸存的概念，还有那些社会象征类型的叙事整体，我们称之为意识形态素。①

1963年年初，在上海治病的江青观看了正在公演的沪剧《红灯记》。后来据她自己说："对这个剧本（爱华沪剧团的演出本），我是既喜欢，又不喜欢。喜欢它，是因为它写好了几个革命的英雄人物，不喜欢它，是因为它还不是从生活出发的，没有写清楚当时的典型环境。可是，我看了很多同一题材的不同剧本之后，感到还是爱华沪剧团的本子好。其他有的剧本，对人物简直有很大的歪曲，使我看了一半就想丢开。所以，决心把这个戏介绍给中国京剧院。"②

而当时的中国京剧院一团副团长袁世海在江青这一谈话的第二年发表的回忆文章却有不同的解释：

> 在改编《红灯记》之前，我们先后看过同一剧情的歌剧、话剧、京剧、河北梆子等剧种的演出和影片《革命自有后来人》。观摩学习以后，经过仔细的分析研究，决定用沪剧作为改编的蓝本。③

不管是来自江青的推荐还是出于中国京剧院自己的选择，国内艺术水准首屈一指的中国京剧院开始了非常严肃的工作。京剧《红灯记》由著名编剧翁偶虹与导演阿甲共同负责完成。与沪剧《红灯记》相比，京剧《红灯记》将原来较为松散的沪剧结构中的"痛说革命家史""赴

---

① 弗雷德里克·詹姆逊：《政治无意识》，第171页。
② 江青：《对〈红灯记〉、〈革命自有后来人〉演出人员的讲话》，《江青文选》，吉林省通辽师范学院中文系编，1969年，第133—134页。
③ 袁世海：《树立雄心壮志，演好革命现代戏》，《解放日报》1965年3月10日。

宴斗鸠山""刑场斗争"三幕上升为主要场次，使戏剧冲突更为集中，通过对情节的压缩，使人物阶级性格的刻画成为全剧的基点，在红灯成为贯穿全剧的"戏眼"的同时，革命的后来人李铁梅由电影中的头号主人公降而成为第二号人物，取而代之的是她的父亲，成熟的革命者的象征——李玉和，因此也彻底规避了电影剧本中因为铁梅的形象过分突出而使《红灯记》走上"成长剧"歧路的危险。对此，最初饰演李铁梅的著名演员杜近芳在一篇文章中写道："她（指江青）一再强调在整个剧中首先应当树立李玉和这个共产党员对敌英勇斗争的高大形象。没有革命先烈，没有革命的政党，哪有革命的后来人？"① 这段话表明，在江青心目中，重要的不是告诉人们一个人是如何成长为无产阶级革命英雄的，而是展示无产阶级革命英雄的内在本质。因此，李玉和在三个正面主人公中的核心地位得到了进一步的加强，成为了"三突出"的典型人物。

上海爱华沪剧团在观看了中国京剧院的《红灯记》后，对京剧的改编表示心悦诚服：

> 一切为了树立正面英雄人物形象，把整个戏集中在突出三代人、特别是李玉和的英雄形象上，来为无产阶级革命英雄立传。中国京剧院的这种创作思想，也给我们很大启发。京剧《红灯记》处处紧扣李玉和这个人物，事事以他为中心，把他推向矛盾的中心，特别是用阶级分析的观点将原剧的民族矛盾升华为阶级矛盾，贯串了阶级斗争的红线，更似明珠除尘，显示出这个人物的夺目光彩。②

1964年6月，中国京剧院携改编完成的《红灯记》参加在北京

---

① 杜近芳：《光焰无际的毛主席的革命文艺路线胜利万岁》，《红旗》1967年第9期，第44页。
② 上海爱华沪剧团：《"红灯"照耀我们前进》，《戏剧报》1965年第4期。

召开的京剧现代戏观摩演出大会。正式演出前,他们多次彩排《红灯记》,在文艺界内部征求意见,结果赢得了一致称赞。江青是在1964年5月23日才第一次观看了中国京剧院演出的《红灯记》全剧。据当事人记载:"演出打动了江青。观看演出时她相当激动,自始至终两眼凝视着舞台,很少说话。看到第五场李玉和被抓走,李奶奶痛说家史时,她还摘下眼镜,轻轻擦去眼角的泪珠。看完演出后,江青笑容可掬地走上台去同演员一一握手表示祝贺,与演李奶奶的高玉倩还亲热地拥抱了一下。"[1]

一周后,中国京剧院的这台《红灯记》参加了规模空前的全国京剧现代戏观摩演出大会,获得了巨大的成功。1964年11月6日晚上,在人民大会堂小剧场,毛泽东、刘少奇、邓小平等观看了这台演出。毛泽东显然被吸引住了。在演到"痛说革命家史"和"刑场斗争"两场戏时,毛泽东的眼角渗出了泪水。幕间休息时,大家请他去休息室,依然沉浸在剧情中的毛泽东,只轻轻摇了摇头说:"你们去吧……"演出结束后,毛泽东等领导人上台与演职员亲切握手,合影留念。[2]不久,《红灯记》在北京、广州、上海等地巡演,受到了热烈欢迎。在广州,每场演出都使无数观众热泪盈眶,闭幕后观众还久久不散,争相涌到台前与演员握手,《南方日报》《羊城晚报》等媒体纷纷发表报道和评论;《红灯记》在上海的演出同样盛况空前,在有三四千座位的大舞台剧场,《红灯记》连演40天,场场爆满,《解放日报》《文汇报》等报刊,也连篇累牍地刊载剧评和报道……

虽然《红灯记》引发的热情与官方的推动不无关联,然而,京剧《红灯记》对时代精神的表达引发的共鸣同样不应被忽视。《红灯记》在深圳的演出就说明了这一点。深圳当时是一座隶属广东省的边境小镇。在深圳演出时,许多香港居民都跑过罗湖桥来看戏,演出过程中

---

[1] 戴嘉枋:《样板戏的风风雨雨——江青·样板戏及内幕》,知识出版社,1995年,第46页。
[2] 同上书,第49页。

掌声不断，每当李玉和唱到"新中国似朝阳光照人间……"时，观众就激动地眼含热泪喊口号、鼓掌，挚爱之情不下于内地。在演出结束的座谈会上，一些香港人感叹道："说实话，对《红灯记》，我们是抱着看笑话的态度来的，这一看之下我们服了……"①

《红灯记》在得到社会的热烈欢迎的同时，也受到了文艺界同行的广泛好评。仅 1964 年，各媒体发表的《红灯记》评论文章就多达二百篇，1965 年的相关文章更多，中国戏剧家协会从中选出 41 篇由郭小川、黄佐临、红线女、袁雪芬等著名作家和艺术家撰写的评论文章，结集为一本二十多万字的《京剧〈红灯记〉评论集》，于 1965 年 6 月由中国戏剧出版社出版。这些文章论及剧本改编、音乐、导演、表演、舞蹈诸方面。其中收录的郭小川发表于 1965 年第 6 期《戏剧报》的文章以《〈红灯记〉与文化革命》为题，高屋建瓴地将《红灯记》的成就上升到"文化革命"的高度进行讨论，宣称："看了京剧《红灯记》，更深切地体会到文化革命的伟大意义；想想文化革命，也更深切地明白了《红灯记》的重要性"；另一篇发表于 1965 年 3 月 16 日《解放日报》的题为《认真地向京剧〈红灯记〉学习》的评论员文章中，则转述观众的评价，称《红灯记》为"京剧革命化的一个出色样板"；上海著名越剧艺术家袁雪芬发表在 1965 年 3 月 23 日《光明日报》的文章则以《精益求精的样板》为题，这些文章都说明这个时候的《红灯记》已经成为戏剧改革、文艺改革乃至文化革命的"样板"。

从 1964 年的首次演出至"文革"中被正式册封为"样板戏"，中国京剧院的京剧《红灯记》都曾按照江青、周恩来、康生等领导人的要求进行过多次修改，然而，比较京剧《红灯记》影响最大的三个版本，即分别发表于 1964 年第 11 期《剧本》月刊、1965 年第 2 期《红旗》杂志与 1970 年人民文学出版社出版的《革命样板戏剧本汇编》，我们不难发现后来进行的这些修改基本上都仅仅限于一些细节的修

---

① 戴嘉枋：《样板戏的风风雨雨——江青·样板戏及内幕》，第 50 页。

饰，原剧在对"通俗"与"成长"的双重元素的摈弃之上建构的象征模式、"三突出"的人物塑造方式、以"阶级斗争"为主体的戏剧冲突类型乃至戏剧的基本结构都基本上没有改变。

关于江青与"样板戏"的关系，是一段很难真正厘清的公案。"文革"中由于江青被封为"样板戏"的缔造者，江青在"样板戏"的改编过程中的作用显然被过分夸大了。1967年的《红旗》杂志第6期将江青在1964年京剧现代戏观摩演出上的讲话，冠以《谈京剧革命》的题目发表，并同期刊出《欢呼京剧革命的伟大胜利》的社论，称江青的这次讲话，"是运用马克思列宁主义、毛泽东思想解决京剧革命问题的一个重要文件"；1967年5月在纪念《讲话》25周年的活动中，当时"中央文革小组"的成员陈伯达、姚文元正式将江青与"样板戏"捆绑在一起，称赞江青"一贯坚持和保卫毛主席的文艺革命路线"，称其"领导和发动的京剧革命、其它表演艺术的革命，攻克了资产阶级、封建阶级反动文艺的最顽固的堡垒，创造了一批崭新的革命京剧、革命芭蕾舞剧、革命交响音乐，为文艺革命树立了光辉的样板"，[①] 从此以后，在"文革"叙事中江青成为发现剧本、指导改编、顽强攻坚，与反革命文艺针锋相对的人物，"第一个编剧，第一个导演，第一个作曲就是江青同志"，[②] 比如我们上面谈到的《红灯记》的一些重要的修改，尤其是京剧这一阶段，都被算成江青的功劳。"文革"结束后，这一叙事被全面推翻。一些戏剧工作者为了强调京剧现代戏的意义，极力撇清与江青的关系，认为江青将京剧现代戏据为己有，是贪天功为己有。认为江青对《红灯记》演出本提出的一系列修改意见中除了要求恢复被京剧删掉的"粥棚"一场戏外，其余都是一些关于"李玉和

[①] 陈伯达：《纪念毛主席〈在延安文艺座谈会上的讲话〉二十五周年》，《人民日报》1967年5月24日；姚文元：《〈在延安文艺座谈会上的讲话〉是进行无产阶级文化大革命的革命纲领》，《人民日报》1967年5月25日。

[②] 《〈智取威虎山〉在两条路线激烈搏斗中诞生成长》，合肥师范学院大联委文艺革命组《革命京剧样板戏》，1967年，第24页。

的化妆该如何，衣服的补丁应补在哪里，铁梅的红头绳要到哪儿去买等鸡零狗碎的意见"，因此，京剧团虽然不得不按照江青的意见做出了相应的修改，但这些修改对已经完成的《红灯记》基本上没有产生太大的影响。①这一种观点显然也不太可信。

与此类似的一个问题，是"样板戏"与"文革文艺"的关系。1967年由《人民日报》社论《革命文艺的优秀样板》正式册封的"八个样板戏"中的五大京剧《智取威虎山》《奇袭白虎团》《沙家浜》《红灯记》和《海港》都是在三年前的1964年的京剧现代戏观摩汇演中演出的作品，直到1967年，"文革"中的政治喉舌"两报一刊"才将三年前进行的这场京剧现代戏的汇演称为"京剧革命"，并赋予它以"无产阶级文化大革命的伟大开端"的意义。因此有的学者据此认为《红灯记》这一类京剧现代戏根本不是"文革"时期的作品，而是"十七年"时期的作品，不应该在"文革文艺"的范畴内加以讨论，这一观点显然过于偏颇。如果文学史的研究不仅仅局限于作品的创作过程，而是同时还包括了作品的传播、解读、阐释及其对社会的影响，那么，我们当然可以将《红灯记》视为"文革文艺"作品。

"三突出"理论是"文革"主流美学理论，指的是："在所有人物中突出正面人物，在正面人物中突出英雄人物，在英雄人物中突出主要英雄人物。"这一理论最早由于会泳在1968年5月23日《文汇报》的一篇题为《让文艺舞台永远成为宣传毛泽东思想的阵地》一文中提出。1969年姚文元提出"三突出是无产阶级文艺创作必须遵循的一条原则"，1972年他又说"三突出是无产阶级文艺创作的根本原则"。然而，对京剧《红灯记》的分析，却使我们了解到"三突出"的人物并不是这一理论的产物。事实上，我们不妨说，"三突出"理论只是对相关创作现象的一次总结。

---

① 黎舟：《飘风骤雨不终日——关于京剧现代戏的很有价值的历史记录》，《戏剧艺术》1994年第2期。

总而言之,《红灯记》这样的作品到底与江青有多深的关系以及"样板戏"是不是真正的"文革"文艺,都不是重要的问题。因为即使江青完全没有介入,"样板戏"都是最为集中地表达"文革"时期主流意识形态的作品,都无法改变"样板戏"的公式化、概念化乃至"三突出"的性质。①

著名导演黄佐临在看完《红灯记》后,曾对这一"政治与艺术完美结合"的艺术表示了由衷的赞叹:

> 我这大半生看了不少的戏,做了四五十年的观众,在世界上也到过不少所谓"戏剧首都",但在我的记忆中,还没有一次像看《红灯记》这样,使我如此激动,把我带到如此高超的艺术境界。②

几十年后,在完全不同的时代语境中,年轻的小说家格非如此谈到他听《东方红》的感受:"我曾经听过千遍的《东方红》旋律。但当它作为《黄河》钢琴协奏曲的华彩乐句出现在第四乐章的尾声,我还

---

① 可以举一个例子来说明这个问题。在样板戏的修改过程中,一般群众是积极参与的。1965年第三期《红旗》杂志上刊登了一篇名为《〈红灯记〉的两处修改》的启事,称根据一些读者的意见和建议,对《红灯记》作了两处修改。其中之一是将原来"李玉和救孤儿东奔西藏"改成了"李玉和为革命东奔西忙"。这一修改的"高明之处"在于:它不仅使李玉和行为的目的由"救孤儿"的稍嫌狭隘飞跃至"为革命"的崇高境界,而且使他的形象由"东奔西藏"的近乎狼狈一变而成为"东奔西忙"的高大英勇。这则发表于剧本刊登之后两个月的启事,使我们不难注意到无产阶级的意识形态是何等深入人心,它已使普通人能够敏锐地发现艺术作品中的不妥之处,并对无产阶级英雄形象作出最大程度上的维护。然而,《〈红灯记〉创作过程的两条路线斗争》一文则称这句台词的修改者是江青。称原京剧剧本中有"李玉和为孤儿东躲西藏"的唱词,是江青指示必须改成"李玉和为革命东奔西忙";在原剧本中为李玉和设计了一个偷酒喝被李奶奶抓住的情节,以表现家庭和睦,江青指示一定要去掉,认为这是"低级趣味,往英雄脸上抹黑"……(合肥师范学院大联委文艺革命组:《革命京剧样板戏》,1967年,第180页。)

② 黄佐临:《政治与艺术的完美结合》,《解放日报》1965年3月16日。

是被它深深打动了。这个旋律是不是江青授意加进去的，对我来说毫无关系。在我期待它出现的时候它出现了，这就足够了。"①

我们不得不承认这种感受可能是十分真切的，在原型批评家看来，在这里，《东方红》的旋律触动了听众的"原型"。原型作为一种象征，一种"集体无意识"，存在于一个群体每一个成员的心中，却不为个人的意识所察，它如同一股力量巨大的潜流，深深地制约着这一社群的生活与想象，制约着作家、艺术家的创作。

政治当然在生产出艺术，反过来，艺术是否也在生产着政治呢？《红灯记》如果不仅仅感动了普通的观众，甚至感动了"文革"的政治家——包括江青和毛泽东都会在观看《红灯记》时被感动得情不自禁地流泪，那么他们都为什么所感动呢？

或许这才是我们今天的研究应该回答的问题。《红灯记》作为六七十年代出现的一种重要的精神文化现象，究竟表现了怎样的"集体无意识"或"政治无意识"？如果我们一再——或曾经为之感动，那么，我们在"样板戏"中看到了——或者说，得到了什么？用詹姆逊的话来说："在目前这个语境里，真正有意义的不是谴责中心主体及其意识形态，而是研究它的历史形成、它的确立或作为一种幻景的实际构成，而这种幻景显然也是某种方式的客观现实。"②

三、"镜像"中的"自我"

在某种意义上，"样板戏"呈现出的正是詹姆逊描述的这种"幻景"。如果说戏剧从来是人们认识自我——观照自身的重要形式，那么，六七十年代的中国人通过"样板戏"这一虚拟的现实空间来确认

---

① 《天涯》1991 年第 1 期，第 125 页。
② 弗雷德里克·詹姆逊：《政治无意识》，第 139 页。

自我，则是一种通过叙事建构起来的全新的现代性本质。

与"十七年文学"相比，"样板戏"极大地改变了文艺的功能。"十七年文学"的目标是组织、建构本质，而"样板戏"为主体的"文革文学"则是展示已经通过叙事完成的本质。因此，与"十七年"作品重情节或重性格描写等不同，"样板戏"由形象开始并最终以形象作为终结。在某种意义上，这个形象隐含的是一个执政阶级对自我的设计和认同，是"想象中的自我描绘"。

"想象中的自我描绘"，是一个可以用拉康的"镜像期"（The mirror stage）加以阐释的行为。拉康认为"镜像期"这一概念"揭示出我们在精神分析中所感觉到的（标志主体身份的）'我'的形成过程"。① 拉康以儿童在镜子中形成镜像中的自我（itself reflected，被反映的自我）来说明这一过程。在拉康那里，一个孩子从镜子里认出自己的影像的那一时刻，对于形成自我是至关重要的，因为以后的一切自我认同都由此产生。镜像阶段发生的时期正是孩子要确认自己的阶段，他认出自己所感到的愉快，是出于他想象的镜像要比他所体验到的自己的身体更安全，更完善。在这一意义上，拉康将"镜像期"解释为一种"认同"（identification），现代精神分析的自我意识理论建立在这一自我认同（identity）的基础上，主要用于主体的、自我的确认。人对于自我的认识是通过自己在外界的映像反作用于人的心理，在水中或是其他反射物比如镜子中得到自己的印象，凭借这种映像，人可以确立自我的形象，把自己与别人区分开来，这是第一步，然后才可能产生自恋或自弃等其他对于自我的态度，对于自我的态度可能并不相同，但都是产生于自我认证之后，是自我认证的下一步发展。所以起决定作用的是人从映射物中获取自我镜像。拉康在分析人类认识活动时，指出人对自我和"他者"的认识都是在象征界完成的，当人类开始自己的认识活动，他就已经开始进入了象征界。在这个意义

---

① 拉康：《镜像期》，高峰枫译，《北京大学研究生学刊》1991年3、4期合刊，第94页。

上，可以说，人的所有认识活动都具有象征性，象征不仅仅是一种艺术手法，而是人类的基本认识活动。

在《红灯记》中确立的这种"自我"就是所谓的"阶级意识"。像我们在《红旗谱》和《青春之歌》等"成长小说"中看到的一样，"阶级意识"这一现代主体意识的建构，是以传统意义上的"家庭"或"家族"作为"他者"得以完成的。

《红灯记》中的主体镜像是由李玉和、李奶奶、李铁梅三位英雄构成的群像，编剧将三位主人公设置为一家三口，为这部作品提供了一个传统的叙事空间，在前几幕中，李玉和与李铁梅之间的父女之情，李奶奶和李玉和之间的母子之情都将观众放置在一个非常亲切熟悉的情境中，观众在潜意识中似乎在等待一个古老的关于一个完整的家庭在暴力摧残下瓦解和破碎的故事。然而，这显然不是京剧《红灯记》这个时代的故事。"痛说革命家史"使我们的主人公回到了真正的主体状态，构成这一"家庭"的基本关系其实根本不是现实的血缘与亲缘关系，而是抽象的"阶级关系"，三位主人公并非世俗的母子和父女，而是革命的"战友"。

铁　梅：奶奶，我爹还能回来吗？

老奶奶：（强忍着泪，明知很难回来但不好答复。拿起李玉和的围巾摩挲着）孩子，眼泪救不了你爹！（打量李铁梅）铁梅，咱们家的事，可以跟你说了！

铁　梅：奶奶和我说什么？

老奶奶：我问你，你爹好不好？

铁　梅：爹好！天底下再没有比爹更好的爹啦！

老奶奶：可是——爹不是你的亲爹！

铁　梅：（惊）啊！您说什么？奶奶……

老奶奶：奶奶也不是你的亲奶奶！

铁　梅：（更惊）什么？奶奶！你今天怎么啦！气糊涂啦！

老奶奶：没有。孩子。咱们本不是一家人哪！你姓陈，我姓李，你爹他姓张！①

这是《红灯记》中最著名的"异姓一家"的故事：在1923年"二七"大罢工的革命风潮中，一个漆黑寒冷的夜晚，在与反动派的斗争中，李奶奶的丈夫和铁梅的父母都"惨死在魔掌"，李玉和也"浑身是伤"。在那个腥风血雨的晚上，李玉和左手提着号志灯，右手抱着襁褓中的小铁梅来到了师娘李奶奶的家里。共同的革命理想和深厚的无产阶级情义，把这三个家庭的幸存者连接成一个新的革命家庭，重新组合成一个战斗的集体，在继续革命的征途上，风雨同舟，并肩战斗。李玉和和李奶奶不仅"誓死继先烈红灯再亮"，而且带领铁梅走上无产阶级革命斗争的道路，让她做"红灯的继承人"。

"李奶奶痛说革命家史，从'军阀混战，天下大乱'直到'毛主席共产党领导着中国人民闹革命'，她说的何止是李玉和一家的血泪史，而是无产阶级可歌可泣英勇悲壮的斗争史。"② 铁梅作为《红灯记》中唯一的"成长型"人物，正是在这种超历史的革命教育中剥离了亲情的缠绕才真正长大成人，告别"痛苦和悲伤"，成为像李玉和和李奶奶那样的没有任何"人之常情"的、"像一个铁打的金刚"一样的阶级斗士。

"剧中这三代人是在革命斗争的战场上用鲜血凝成的一家人，他们之间首先是阶级之情，革命之情，而不是抽象的没有阶级内容的骨肉之情。"③ 非常有趣的是，在这个革命的时代，建立在血缘、亲缘之上的"骨肉情"成为"抽象"的概念，而"阶级情"变成了"具体"的

---

① 中国京剧院集体改编：《革命现代京剧样板戏——〈红灯记〉》，人民文学出版社，1967年，第36页。
② 吉林师大中文系革命样板戏教学组编：《革命现代京剧·样板戏讲义》，1972年，第96页。
③ 上海爱华沪剧团：《坚持兴无灭资的斗争　努力实现戏曲革命化——改编演出沪剧〈红灯记〉的初步总结》，《文汇报》1965年4月1日。

感受，这不能不说是对传统意识形态的彻底颠覆。由此可见，"骨肉情"与"阶级情"都不是能够自我说明的概念，其意义取决于使用这些概念的语境。《红灯记》对"骨肉情"与"阶级情"的"篡改"，表现了现代意识的演化。如果说40年代的革命作品如歌剧《白毛女》和诗歌《王贵与李香香》等作品中，"阶级""革命"的意义通过对伦理、亲情、爱情的回归得以实现；在50年代前期最有影响力的文学体裁长篇小说如《林海雪原》《青春之歌》等作品中，亲情、爱情与阶级情则是并行不悖的统一体，它们相辅相成，互为说明；那么，在60年代中期开始出现的京剧《红灯记》这样的作品中，"阶级"本质已经被建构起来，它不再需要借助于亲情与爱情的力量，相反，亲情与爱情都成为"阶级情"的他者，成为革命的对象。由此可见革命的迅猛发展导致的自我革命的力量。

> 在中外文艺史上，那些在私有制基础上产生的对家庭的颂歌和哀歌，在李玉和革命一家面前显得何等卑微渺小啊！李玉和一家，是无产阶级一家的光辉典型，是"全世界无产者，联合起来"的缩影。他们是亲人，是战友。共产主义战士的伟大情操，惊天地而昭日月。①

也是在"痛说革命家史"这一场中，铁梅在奶奶支持下将家里所剩无几的口粮玉米面送给揭不开锅的邻居桂兰一家，面对桂兰的感激，奶奶说："有堵墙咱们是两家子，拆了墙咱们就是一家子。"铁梅马上补充道："不拆墙咱们也是一家子。"桂兰婆媳在李玉和一家的影响和带动下，不顾自己的安危，毅然挺身而出，两次掩护铁梅脱离虎口，保证了党的任务胜利完成。由此可见，"阶级感情"不仅仅体现在三位主人公组成的革命家庭中，而且已经成为理解这个世界的

---

① 吉林师大中文系革命样板戏教学组编：《革命现代京剧·样板戏讲义》，1972年，第86—87页。

基本法则。

"身份认同"是理解现代性理论的一个关键词。因而也一直是阿尔都塞、弗洛伊德、索绪尔与福柯等当代西方思想家关注的焦点。阿尔都塞发展了马克思主义的历史决定论,提出了意识形态对个人的"询唤"作用,这种"询唤"正是通过指认和认同的过程实现的。强调把"具体的个人"同"具体的主体"区别开来,因为意识形态通过诱使个人与它认同而从个人中"招募"主体,把个人变成主体。阿尔都塞的理论对"身份政治"的重要性在于它揭示了这样一个事实——身份并不是与生俱来的,而是通过意识形态的潜移默化作用渗透到个人的思想中去的。弗洛伊德和拉康的心理分析理论则试图重新诠释"主体性"的概念。如果说弗洛伊德的"无意识"理论对传统的"主体性"的稳定性和一致性提出质疑,那么,拉康否定了"主体性"具有先在性的说法,指出"主体性"要靠后天"习得"。索绪尔的语言学理论也是"身份政治"的重要理论基础之一;他提出语言不是反映了而是构建了社会现实生活。语言并不是表达个人思想感情的媒介,而是形成个人"内在自我"的一种手段。

在现代中国的知识谱系中,"阶级"认同是通过对血缘家庭的超越来实现的。比较不同时期的《红灯记》版本,我们能清晰地发现这一主体性后天"习得"的过程。最早的电影剧本中讲述的其实是一个在政治道德化的语境中的一个非常普通的传奇革命故事,因此,曾经有过李奶奶做针线活,三个人穿针引线、终被年轻的铁梅穿上,李玉和偷酒喝被李奶奶发现制止,在狱中李奶奶为李玉和缝补衣服等场景。在沪剧《红灯记》中,这些渲染亲情的细节都被删除了,然而,"亲情"的踪迹仍然在"刑场"一幕中保留下来,沪剧刻画了一家三口的生离死别的场景——"抓住'悲'字大做文章,大抒特抒母子、父女、祖孙之情,把三代人写得一见亲人面就痛苦悲伤,还认为这是人之常情，革命者也在所难免。"① 由此可见，在沪剧中，主人公的亲情与阶级感情仍然是统一的，这一叙事模式在京剧中被彻底地改变了。京剧的改编者不再尝试将剧中人物的亲情统一于阶级关系，在这里，作为"阶级关系"的"他性"，亲情恰恰是"阶级关系"克服的对象，改编者意识到："如果不从阶级关系而从家庭关系来刻画人物，就会走到邪路上去，就会让亲子之情、家庭生活的描写冲淡以至抵消了尖锐的政治斗争。"因为在批评家的眼中，"是宣扬无产阶级的阶级感情、革命感情呢，还是宣扬资产阶级的所谓超阶级的'人情味'，这并不是什么艺术处理手法上的不同，而是反映了两种根本不同的艺术观。"② 在这里，"骨肉情"与"阶级情"代表着截然对立的政治立场，前者成为鸠山的武器，他试图通过唤醒李奶奶、李铁梅对李玉和的"骨肉之情"来打开革命的缺口，而李玉和则针锋相对，在刑场上对铁梅谆谆教诲："人说道世间只有骨肉的情义重，依我看，阶级的情义重于泰山。"李玉和的这一唱段被视为无产阶级的人生观受到了赞扬：

> "人说道世间只有骨肉的情义重"，但是一切剥削阶级的"骨肉情义"，与无产阶级的阶级情义相比较，是多么卑下，多么虚伪！只有无产阶级以阶级利益、阶级团结为基础的阶级情义，才最崇高，最坚强，"重于泰山"。③

在《红灯记》这一时代主体的镜像中，除了"阶级认同"与"血缘认同"的对立，还凸现着另一重更高意义的现代性对立，那就是"阶

---

① 上海爱华沪剧团：《坚持兴无灭资的斗争　努力实现戏曲革命化——改编演出沪剧〈红灯记〉的初步总结》。
② 卫明：《在艺术实践中有破有立——京剧〈红灯记〉的改编试谈艺术观革命的一些问题》，《文汇报》1965年3月18日。
③ 何达、红燕：《伟大阶级的伟大英雄——赞〈红灯记〉中工人阶级英雄典型李玉和的塑造》，《河北日报》1970年2月7日。

级认同"对"民族国家认同"的超越。这一现代性程度更高的主体性对立，是在不同年代的版本中逐渐完成的。

《红灯记》的电影剧本《自有后来人》是一部带有"十七年文学"特点的经典革命历史剧，反映的是抗日战争时期共产党代表的中国人民与民族敌人之间的斗争。沪剧改编本虽然对原作做出了一些重要的修改，却基本保留了原作中"民族解放斗争"这一基本主题。真正的改变出现在京剧修改本中，在京剧修改本中，"阶级意识"不仅超越了血缘认同，而且开始有意识地超越了作为电影剧本和沪剧剧本基本主题的"民族国家意识"。

"赴宴斗鸠山"是《红灯记》中反映敌我双方正面斗争的最主要的场次。京剧《红灯记》在李玉和的台词中增加了重要的一句，那就是："你是日本的阔大夫，我是中国的穷工人。"这句台词受到了广泛好评，被认为体现出了京剧《红灯记》的政治高度。这句对白蕴涵着双重寓意，一重是"民族仇恨"，即作为民族国家的"日本"与"中国"的对立，另一重则是"阶级仇恨"，即作为"阔大夫"的鸠山同"穷工人"李玉和之间的阶级对立。正如许多评论文章指出的："在这里，有高度无产阶级觉悟的李玉和，不但把鸠山看作民族敌人，而且看作阶级敌人。"

《学术月刊》发表的一篇署名左民的文章谈到了确立阶级斗争主题的意义：

> 京剧《红灯记》表现的是李玉和一家三代人在抗日战争时期，为了传递和保卫党的一份重要的密电码，与日本帝国主义者展开的一场十分尖锐和严酷的斗争。这是30年代中国人民和日本侵略者之间的矛盾，是民族矛盾。但是假如仅仅局限在民族矛盾上，充其量也只能把李玉和描写成为一个民族英雄。这就发生了一个首当其冲的问题，亦即是：如何将过去的民族解放斗争中的革命历史题材，编写成既符合当

时的历史真实,又具有强烈的现实意义的戏,以教育今天的观众?《红灯记》按照毛主席教导我们的"民族斗争,说到底,是一个阶级斗争问题"的思想,仅仅抓住阶级斗争这个纲,不单是从主题思想和人物塑造上解决了这个根本性的问题,而且还一系列地解决了艺术处理上的许多问题,大大提高了这个戏的思想性和艺术性。①

李玉和临刑之前曾"满怀豪情"地畅想未来的主体生活:

> 但等那风雨过百花吐艳,
> 新中国似朝阳光照人间。
> 那时候全中国红旗插遍,
> 想到此笑颜开热泪涟涟。②

这是京剧改编本中一个备受称赞的《红灯记》唱段。因为它说明:"李玉和不仅是一个坚强的民族志士,更是一个具有远大理想的共产党员。"③对李玉和而言,革命的目标并不只是将民族敌人赶出中国,而是缔造一个以阶级关系建构的全新的民族国家。因此,将李玉和与鸠山之间的矛盾由民族矛盾上升为阶级矛盾,就不仅仅是简单的、无意义的置换,如果仅仅将李玉和塑造成民族斗争的英雄,李玉和的意义就只能局限在抗日战争这个特定的具体的历史语境中,这只是一个具有历史意义的人物,而将李玉和升华成没有语境限制的"阶级斗争"的英雄,这一改造,不仅"把李玉和的思想境界写得更高,人物形象

---

① 左民:《坚决为无产阶级革命英雄立传——浅谈京剧〈红灯记〉》,《学术月刊》1965年4月号。
② 此句后改为"想到此信心增斗志更坚",取英雄不流泪之意也。
③ 卫明:《在艺术实践中有破有立——从京剧〈红灯记〉的改编试谈艺术观革命的一些问题》,《文汇报》1965年3月18日。

也就更见高大",①更重要的是,这一改动使《红灯记》具有了强烈的现实意义,并能够直接服务于现实斗争,因为"至今一切社会的历史都是阶级斗争的历史",②这一主题的升华使《红灯记》成为融历史、现在与未来于一体、没有任何语境限制的象征剧,完整地体现出"讲述话语的时代"特定的意识形态功能。

"民族国家"与"阶级"都是典型的现代性范畴。在现代性的萌发和拓展的过程中,首先是"民族国家"这一"想象的共同体"的兴起。"由一人之竞争而为一家,由一家而为一乡族,由一乡族而为一国,一国者,团体之最大圈,而竞争之最高潮也。"③正是在"民族国家"出现之后,人类的这种一体化过程才遽然加速,以炫目的速度,仅仅用两三个"世纪"的时间走过了人类数万年的历程,并进一步衍生出"阶级"这一更为宏大、更为抽象的现代性范畴,进一步加速了人类的现代化——"一体化"与"同质化"的新生活。

事实上,如果说在人类的童年时期通过血缘关系建立的认同是一种不需要"想象"的、具体可感的关系,那么从此以后所有的认同,包括建立在地域上的认同,建立在宗教上的认同,建立在语言上的认同,建立在文化上的认同,乃至"民族"认同以及民族国家——"主权"认同、"阶级"认同,都是需要"想象"的抽象认同。只是这种认同政治的演变是循着一个不变的方向进行的,那就是认同的对象越来越抽象、越来越庞大、越来越需要想象力——越来越"现代"!

"样板戏"正是对这一越来越抽象和越来越现代的自我本质的想象。这一没有历史的抽象的"自我",只能以康德在《判断力批判》中

---

① 卫明:《在艺术实践中有破有立——从京剧〈红灯记〉的改编试谈艺术观革命的一些问题》,《文汇报》1965年3月18日。
② 马克思、恩格斯:《共产党宣言》,《马克思恩格斯选集》第一卷,人民出版社,1995年,第272页。
③ 梁启超:《新民说·论国家思想》,《饮冰室合集(第六册)·专集之四》,中华书局,1989年,第18页。

定义的"崇高"来加以解释:"崇高是:仅仅由于能够思维它,证实了一个超越任何感官尺度的心意能力。"① 在康德那里,"因为真正的崇高不能含在任何感性的形式里,而只涉及理性的观念"。② 借助通过"写意"手段表现"和谐"美学的中国传统戏曲来表现西方美学范畴"崇高",听起来有些不切实际,事实上却产生了意想不到的艺术效果。譬如以传统京剧的艺术手法"亮相"来实现"样板戏"的镜像功能,就是京剧"革命化"与"现代化"的重要尝试。"亮相"是京剧舞蹈的一种"造型"。它通过高度典型化的姿态与构图,在短暂的相对静止中强烈而集中地展现剧中人物的性格等特点。在传统京剧的舞台上,不管生、旦、净、丑,在第一次出场的时候,都要在"上场口"亮相。由于京剧人物造型有着不同的道德含义,因此,京剧的亮相实际上是观众进行意义确认的首要环节。在传统京剧中,人物的亮相一般在一出戏中只有一次,与在几千年封建文化中生成的道德本质相比,"样板戏"所展示的是刚刚完成建构的"阶级"本质,因此,它必须被不断的确认,才能真正使其根深蒂固,最终被自然化,非历史化——最终成为我们的"常识",成为我们确认自身的唯一方式。因此,在"样板戏"中,"亮相"被频频使用,以至成为观众最熟悉的戏剧动作。以《红灯记》为例,不仅仅李玉和、铁梅、鸠山、王连举等角色的出场都带有"亮相"的意味,而且在剧情发展中,主要人物为突出特定心情和特定条件下的精神面貌,常常在音乐节奏的配合下在动中求静的一瞬间"亮相":

"接应交通员"一场,幕启处,李玉和"手提号志灯,朝气蓬勃,从容镇定,健步走上",他屹立于舞台中央,撩衣"亮相"。

"赴宴斗鸠山"一场,鸠山凶相毕露地狂叫:"我五刑具备叫你受用"之后,李玉和斗志昂扬,敞怀"亮相"。

---

① 康德:《判断力批判》上卷,宗白华译,商务印书馆,1964年,第90页。
② 同上书,第84页。

"痛说革命家史"一场,铁梅在李奶奶讲完家史后,手持红灯,用碎步和急步在屋子里走一个圆场,然后同李奶奶一同举灯"亮相"。

"靠群众帮助"一场,铁梅从狱中回家,愤怒地捶桌子、甩辫子、顿足、跷足俯身"亮相"、高举红灯走圆场……

"亮相"是富有雕塑感的艺术造型。它把体现英雄人物精神世界的本质予以突出和强调,通过这种高度夸张的造型,在短暂的相对静止中强烈而集中地展现英雄人物"光辉的精神世界"。通过不断的"亮相",李玉和、李铁梅、李奶奶几乎没有性别、性格与性情的区别,三人的身体形象在频频的握拳——挺身——瞪眼的武生动作之中,被塑造成为永恒的"共产党员"——"无产阶级战士"的雕像。三位主人公英俊高大的人物形象,色彩鲜亮,干净整洁而场景开阔的舞台布景以及有力度感的音乐和单纯有力的动作,凸现出全新的自我"镜像",满足了这一时代的中国人"对镜自观"、①确认自身共同本质的内在要求。以一个充满了主体的自豪与自恋的集体群像来表达这一"民族国家—阶级"共同体的自我认同,在这一认同中,自我被想象成一个由劳动人民构成的共同体,一个"无产阶级的民族国家"。

四、"镜像"中的"革命"

《红旗杂志》在 1967 年第 6 期发表著名社论《欢呼京剧革命的伟大胜利》,称:"京剧革命,吹响了我国无产阶级文化大革命的进军号,这是我国无产阶级文化大革命的伟大开端。"这是"文革"时期的官方对"样板戏"的政治定位。将"京剧革命"——实际上指的就是《红灯记》这几部"样板戏"的出现视为影响深远的政治革命——"文

---

① 黄旛绰语,见《梨园原·宝山集八则》,《中国古典戏曲论著集成》(九),中国戏剧出版社,1959 年,第 23 页。

化大革命"的开端,放在 80 年代以后的"文艺"—"政治"二元分立的知识语境中,自然会让人觉得不可理喻,但如果将这一在今天看来荒诞不经的命题放回到它产生的历史语境中,我们的理解可能会有很大的不同。正是在这一叙事逻辑中,蕴涵了"样板戏"与"无产阶级文化大革命"这一场现代性革命的内在联系。

以下是《红灯记》的第六场"赴宴斗鸠山"中的一幕。鸠山以前曾与李玉和共事,为了逼李玉和投降,鸠山希望以旧情打动李玉和,因此在自己家里设宴款待李玉和。于是,两军对垒的战场在此摆开:

> 第二天晚上。鸠山私人官邸。
>
> 桌上摆着丰富的酒宴,格子窗后,灯火辉煌。在靡靡音乐中开幕。在窗格内看到舞女在跳舞。
>
> [侯宪补引李玉和上。]
>
> **侯宪补**:请稍等一等。(下场,向鸠山报告李玉和的态度去了)
>
> **李玉和**:请便。(他站住,四周扫了一眼,此时紧抽了一口烟,又把全场的安排瞧了一下,感到恶心)
>
> **侯宪补**:(内)鸠山队长到。
>
> **鸠　山**:(急促地上)哦唷唷,老朋友呀,幸会!幸会!您好哇!
>
> **李玉和**:队长先生好!
>
> **鸠　山**:请坐,请坐。
>
> **李玉和**:请!
>
> **鸠　山**:好不容易见面啦,你还记得吧,当年咱们在哈尔滨老毛子铁路上混饭吃的时候……算来不少年啦,咱们是老朋友啰……
>
> **李玉和**:(脸是笑的,话是凉的)噢?那时候,你是日本阔大夫,我是中国穷工人,咱们是"两股道上跑的车",走的不是一条路啊!哼……
>
> **鸠　山**:(打迂回战)唉,老兄,我当大夫,你当工人,那

是职业不同嘛！交情嘛，总是有一点的。不管怎么说，总不是初交吧！吓？

李玉和：是啊，那就请你多关照啰！哈哈……

鸠　山：所以么，请你叙谈叙谈。请坐，请坐。（同时坐下）老朋友，今天是我的生日，是喜庆日子。私人宴会，咱们只叙交情，不谈政治好吧！

李玉和：我是扳道夫，不懂政治不政治，您爱说什么就说什么吧！

鸠　山：好！真痛快！那么，来来来，（斟酒）一杯薄酒，不成敬意。老朋友，来，干一杯。（举杯。）

李玉和：鸠山先生，你太客气啦，实在对不起，我戒酒啦，嘿……（将桌子上的酒杯推开。）

鸠　山：老朋友，（举杯在手）既然不肯赏脸，那就不敢强人所难啰。（独饮一杯，然后进攻）唉！何苦啊！中国有句古话，说是：人生如梦，转眼就是百年。"对酒当歌，人生几何？"

李玉和：是啊！听听歌曲，看看跳舞，这真是神仙过的日子。鸠山先生（讽刺地），但愿你长命百岁！荣华富贵！

鸠　山：（第一回合，便吃了败仗，只好抹稀泥）好！托福，托福。

李玉和：（感到对方的尴尬可笑）客气，客气！哼哼哼……

鸠　山：哈哈……（施加压力）老朋友，我是个信佛教的人，佛经上有两句话，叫做"苦海无边，回头是岸"！

李玉和：（幽默地）嘿嘿！我不信佛，可也听说有这样的两句话，叫做："放下屠刀，立地成佛。"

鸠　山：好！（只好转缓）说得好啊，回头是岸也罢，立地成佛也罢,都是一种信仰。其实,最高的信仰,只用两个字就可以包括。

李玉和:两个字,两个什么字?

鸠　山:"为我"。

李玉和:哦,"为你"?

鸠　山:不,"为自己"。

李玉和:"为自己"。哈……

鸠　山:(有激情地真诚劝告)老朋友!"人不为己,天诛地灭"呀!

李玉和:怎么?人不为己,还要天诛地灭?

鸠　山:这是做人的诀窍。

李玉和:哦!做人还有诀窍?您这个诀窍,对我来说,真是擀面杖吹火一窍不通。哈……

鸠　山:真是顽固不化!(唱"拨子散板")

这个人心思好难猜,

几个钉子把我碰回来!

此人不识利和害!

不受捧来不受抬!

(第14—15页)

这是正面主人公与反面主人公的第一次正面交锋,因此,剧本如何建构两种力量的二元对立就变得异常重要。这时的李玉和尚不知道因为王连举的叛变,自己的身份其实已经暴露,因此,他与鸠山的这场斗争还没有到刺刀见红的程度,两人的对话充满了隐喻与象征,然而,在这种智力的较量中,两种尖锐对立的世界已经建立起来。郭小川曾反复提醒读者注意以上这一段对白在《红灯记》中起的"画龙点睛"的作用:

鸠山以古诗、佛经、信仰各个方面来打动李玉和，都遭到了李玉和的回击和驳斥。这些对话是从世界观、人生观的角度来揭示人的心灵深处的。世界观、人生观是人们的一切思想行为的总根子。而鸠山的"人不为己，天诛地灭"，正是一切反动的腐朽的阶级的世界观、人生观。李玉和对这种"诀窍""擀面杖吹火。一窍不通"正是无产阶级世界观、人生观的表现。把这一个地方点破，李玉和一家人在监狱内外、在刑场上的全部英雄行为就格外亮堂起来；鸠山的丑恶、凶暴、卑鄙又怯懦的灵魂就昭然若揭了。①

郭小川的感想具有特殊的意义。有道是"如鱼饮水，冷暖自知"，作为"十七年文学"中非主流艺术类型的代表人物，因为自己的艺术观念而受过多次严厉批评的诗人自然比其他人更能体味到《红灯记》的意义。通过一部作品中的一个反面人物来表现"一切反动的腐朽的阶级的世界观、人生观"，与此同时，以另一个与之对立的人物来体现"一切进步阶级"——"无产阶级"的世界观，这种解读方式已经变成了典型的"文革模式"。

"样板戏"镜像中的这一场"文化革命"，展示出现代性逻辑的新维度。现代意义上的"中国"主体——无论是"民族国家"还是"阶级"都是通过"他者"的建构来确认的，40年代以后中国土地改革与城市乡村进行的"社会主义改造"根据生产资料的占有形式而建构起"地主""资本家"这一"他者"形象，从而完成了对"无产阶级"主体的确认。然而，这种主体的幸福生活并没能持续太长的时间，50年代中期以后，全国范围的社会主义改造逐步完成，随着现实中的"地主""资本家"退出了历史的舞台，失去了"他者"支撑的"民族国家/阶级"主体性也出现了认同危机。在这种新的认同焦虑中，重新建构

---

① 郭小川：《〈红灯记〉与文化革命》，《戏剧报》1965年第6期。

"他者"并以此再度确认"主体"就成为关系"民族国家—阶级"共同体生死攸关的大事,也成为"无产阶级专政下继续革命"的终极目标。这一次革命显然不同于以往的经济革命或政治革命,而是一场"文化革命",因为这场革命对"他者"的重塑与"自我"的重新确认,都是着眼于精神领域。"样板戏"在舞台上提供了这一场"灵魂深处的革命"的镜像。当鸠山满口中国"古语",慨叹"人生如梦,转眼就是百年","对酒当歌,人生几何",宣扬"人不为己,天诛地灭"的"人生最高信仰"时,已经不会有人记起鸠山的日本军人和侵略者的身份,他已经变成了一个超历史的个人主义的符码。其实,这并不仅仅是《红灯记》的特点,"样板戏"中所有的反面人物,如《白毛女》中的黄世仁、《海港》中的钱守维等等,都无一不是与鸠山类似的超历史的人物。构成他们共同本质的就是这种作为万恶之源的"个人主义"。在这一全新的二元对立中,"无产阶级"得以确认自我的是一种纯粹的道德主体性,与此相适应的是,作为无产阶级主体的"他者"——地主、资本家这样的阶级敌人和日本侵略者这样的民族敌人也转变成为超历史的抽象的"他性"。

酒井直树曾指出,所谓"现代性"其实是一个以民族国家为框架的"同质化"世界的建构过程:"一个民族国家可以采用异质性来反抗西方,但是在该国民中,同质性必须占优势地位。如果不建立黑格尔所称的'普遍同质领域'(universal homogenous sphere),就成不了国民。所以,无论我们喜欢还是不喜欢,现代国民的现代化过程应该排除该国民内部的异质性。"[①] 民族国家成为现代性宿命的一个重要原因,是因为传统社会显然无法适应以效率为基本目标的现代化大生产的要求。因此,作为跨文化、跨地域的政治共同体,无论在东西方,民族国家的确立和维系都意味着对各种地方的、民间的、私人的生活形式

---

① 酒井直树:《现代性与其批判——普遍主义和特殊主义的问题》,张京媛主编《后殖民主义与文化批评》,北京大学出版社,1999年,第408—409页。

的压制或强迫性改造。民族国家通过一系列社会运动、政治变革、观念更新、文化创造,乃至不惜千万人的流血牺牲而倡导和推行一个功利理性的规划——摆脱传统社会种种限制劳动力、资本、信息流动的等级界限和地区间的相互隔绝状态,拓展和保护统一的国内市场,培养适应新的社会生产方式和交流方式的标准化的"国民"大众。如果说民族国家内部的政治革命与经济革命是这种"同质化"的展开形式,那么,所谓的"文化革命"只能理解为这一现代性革命的深化:它寻求的是在民族国家的国民中实现思想的同质性。建构对"中国"这一以阶级关系建构的民族国家——一个"工人阶级领导的以工农联盟为基础的无产阶级专政的社会主义国家"的全新的精神认同。区分"革命"的不同性质对理解文化革命绝对是重要的。在针对《红灯记》的改编提出的诸多意见中,江青曾经特意强调了这一点:"唱词、道白中还有含义不清的地方。比如常常提到'革命'。是无产阶级革命还是资产阶级革命?"[①] 所谓的"无产阶级文化大革命"指的是"无产阶级专政下的继续革命",与表达经济和政治诉求的革命不同,"文化革命"是"触及人们灵魂的大革命,要解决人民群众的世界观问题",其中心是要"斗私""批修",其方式是发动群众"自己教育自己"和"自己解放自己"。

"现代京剧,不仅仅是一场艺术革命,同时是一场社会革命、政治革命。"[②] 将"艺术革命"等同于"社会革命"与"政治革命",并不仅仅意味着是对"艺术革命"的重要性的提升或"政治"对"文艺"的粗暴干预,相反,它同时标明了这一场"社会革命"与"政治革命"的"艺术"本质。——也就是说,这已经主要不是一场发生在农村与工厂的革命,而是发生在学校与剧场的精神革命,换言之,这是一场虚拟

---

① 江青:《对〈红灯记〉、〈革命自有后来人〉演出人员的讲话》,吉林省通辽师范学院中文系编《江青文选》,1969 年,第 137 页。
② 《红旗》杂志 1964 年第 12 期社论《文化战线上的一个大革命》。

的革命——是一场在舞台上进行的革命。如果将其翻译成马尔库塞的语言，则是对人的"本能"的革命。

"本能革命"是法兰克福学派的主要代表人物马尔库塞的现代人本主义理论中的关键词。马尔库塞是一位寻找"基础之下的基础"的思想家。他通过弗洛伊德的启示，寻找到马克思的"经济基础"之下的"基础"——"本能结构"。在马尔库塞看来，真正的社会主义并不是建立在社会主义的经济成就或者无产阶级的政治意识上，而是建立在一种新的伦理和美学价值上，要实现这种伦理和美学价值，就必须彻底改变人的本能结构。马尔库塞的"生物学基础"，是想把革命的活力，由政治层面往深处带向心理的层面，因此，他认为真正的社会主义革命，不是一场政治革命，而是一场"本能革命"，或者说，本能革命是任何社会革命的前提和基础。以"生物学"代替"阶级意识"，意味着马尔库塞所期望的历史主体，不再是马克思当初所说的无产阶级，而是"人"，是海德格尔所说的一个个具体存在着的人。马尔库塞的"否定"，不是马克思本来意义上的社会革命，而是一种对现实进行"大拒绝"的"文化革命"。

"文化革命"是一种主观革命、意识革命和心理革命——用马尔库塞的话来说，是一场"群众整个主观生活形式的变革"。这场革命的目的，是要使人将自己的生存建立在意识——"物质的最高存在方式"之上，进行这种精神领域的社会组织工作，由此出发去重新调整他与自然的关系。按照这一"文化革命"的逻辑，以往的社会变革都是不触及人的主体性本身的革命，只是用一种新的压迫形式代替旧的压迫形式而已。俄国十月革命就是这种不彻底的经济变革和政治变革，由于没有诉诸人的主观创造性，因此，革命只是不改变人的心理结构的生产关系的更替而已。在马尔库塞那里，真正意义上的人类解放是以彻底消灭异化结构为前提的革命，它以人的主观意识和生物本能的改变作为基础，是从异化的源头——日常生活中展开的革命——正如我们在"样板戏"中看到的，是一场在我们每个人内心展开的"自我革命"。

作为西方马克思主义的主观辩证法的自然延伸,"文化革命"是西方马克思主义的文化批判的目标所在。这场"文化革命"表明,仅把消除资本主义私有制作为人类的解放,是狭隘的,甚至是失误的。因为人类解放的最终目标不是消灭私有制,而是实现主观和客观、自由和必然、个人和社会和人与自然的统一。技术的进步和文明的发展并不必然导致这种统一的实现,相反,它们总是在阻碍这种统一,在压抑着人的主体性。以实现这种统一为目标的文化革命旨在唤起人们的自我意识,恢复人的主体能动性,从而达到异化的废除和人类的真正解放。

正是在这个意义上,文学—美学的政治化不仅成为了"文化革命"的题中之义——"艺术确实可以成为阶级斗争的一个武器,其途径是它促成统治性的意识的改变",① 更重要的是,艺术还成为这场新政治革命的主要形式。马尔库塞把社会主义由一种制度形式定义为一种伦理和美学价值,将美学视为一种政治学。他反复表达这么一种思想:不是说美学表达了政治,而是美学本身就是政治。在1977年的《审美之维》中,马尔库塞指出:"艺术不能改变世界,不过,它能改变男人和女人的意识和冲动,而这些男人和女人能够改变世界。"②

政治的审美化甚至也不是马尔库塞这样的西方马克思主义思想家的独创。在二百多年前席勒的名著《审美教育书简》中,席勒就认为:"人们在经验中要解决的政治问题必须假道美学问题,因为正是通过美人们才可以走向自由。"③ 换句话说,"因为道德状况只能从审美状态中发展而来,而不能从物质状态中发展而来"④。在席勒看来,感性的人不可能直接发展成为理性的人,必须首先变成审美的人。

从1795年发表的《审美教育书简》到1977年发表的《审美之

---

① 马尔库塞:《工业社会和新左派》,任立编译,商务印书馆,1982年,第182页。
② 马尔库塞:《审美之维》,李小兵译,广西师范大学出版社,2001年,第212页。
③ 席勒:《审美教育书简》,冯至、范大灿译,北京大学出版社,1985年,第14页。
④ 同上书,第118页。

维》,中间隔了近两百年的时间。但无论是席勒,还是马尔库塞,都把美学或者艺术问题的解决置于政治问题解决的核心,可以说,他们不是怀着一个纯粹美学家的心灵走向美学或者艺术的,他们的美学或者艺术最终服从于他们的政治。马尔库塞把弗洛伊德的"本能"转化为席勒的"审美",不仅可以避免"本能"中过于偏重性的成分,而且,由于席勒把"审美"视为必然王国通向自由王国的中介,本身具有激进主义的倾向,这正好暗合马尔库塞自己的激进主义。与其说马尔库塞是一个弗洛伊德主义的马克思主义者,还不如说是一个席勒主义的马克思主义者。这样,所谓具有不同本能结构的"新人",实际上成了一个审美的人。

在某种意义上,"样板戏"建构的就是西方马克思主义者梦想的这种美学化的政治乌托邦。这场镜像中的革命,将革命从经济、政治领域推进到每个人的"灵魂深处"。以一种虚拟的方式,再造"主体"和"他者",重新建构二元对立的阶级关系。正是在这一意义上,"样板戏"被理解为"我国无产阶级文化大革命的伟大开端",因为"样板戏""为更大规模的社会变革提供了语言、形象和意义"。[①]

通过再造"他者"进而再造"革命",成为"样板戏"最为重要的功能。它不仅以《红灯记》这样的方式对革命历史进行重新书写,还通过《海港》这样的现实题材作品,直接创造出新的"他者"。从1963年李晓明创作的淮剧《海港的早晨》到1967年上海京剧团创作的《海港》再到1972年全国普及的完成本《海港》,原来的成长型主人公韩小强由一个内涵模糊的中间人物变成一个受阶级敌人利用的受害者,像"臭苦力""见人矮三分""八小时外是我的自由"等个人化言词,由淮剧中韩小强的自发话语变成了京剧中阶级敌人钱守维教唆的话:"只有钱守维那种人才说得出这种话。"《海港》的修改本将原作中自私

[①] 唐小兵:《我们怎样想象历史》,《再解读——大众文艺与意识形态》,牛津大学出版社,1993年,第16页。

落后的钱守维升格为阶级敌人,将人民内部矛盾改变为敌我矛盾,创造了一个无产阶级专政下——或称社会主义制度中的阶级敌人。

古人云:"破山中贼易,破心中贼难。"与看得见的政治革命与经济革命相比,以"心魔"为"他者"的文化革命要抽象得多。"革命"如果停留在理论的层面,党的权威和位置及整个"阶级斗争"的政治秩序,都将无可附着。"样板戏"承担着使文化革命"道成肉身"的功能。在"赴宴斗鸠山"一场,李玉和并不将斗争矛头指向"日本军阀",而是以无产阶级世界观来批判资产阶级的世界观。这显然使《红灯记》的思想革命的意义得以加强。在同一场中,李玉和激愤地痛斥叛徒王连举为"贪生怕死"的可怜虫,并宣布:"到头来人民定要审判你!"这一判决的意义显然不在于最后处决叛徒,而在于在人们的意识中将叛徒意识清除出队伍之外,从而使革命这一概念更加神圣。当鸠山、钱守维的形象出现在"样板戏"的舞台上时,一个没有形体的、不在场的"剥削阶级"终于有血有肉地显形:

> 根据这种分析,阶级意识的较重要契机正是被压迫阶级的契机(其结构的同一性——无论是农民、奴隶、农奴或真正的无产阶级——都显然衍生于生产方式)。按照这种观点,那些必须工作而为别人生产剩余价值的人将必然要在主导或统治阶级找到任何特殊的团结动机之前掌握他们自己的团结——首先采取由共同的敌人激起的愤怒、无助、受害和被压迫的形式。的确,正是由于瞥见了这种愠怒的反抗,并感觉到劳动民众的这种潜在统一的新生的政治危险,统治集团(或生产资料的占有者)才在内部生成阶级团结的镜像。①

---

① 弗雷德里克·詹姆逊:《政治无意识》,第 276 页。

五、"京剧"与"革命"

50年代中国文学最有影响力的文学体裁是长篇小说,从60年代中期开始,在"样板戏"出现以后,戏剧开始取代小说成为书写意识形态最有效的工具。以传统戏曲演出现代戏并非始自"文革",1958年文化部召开了全国性的现代剧座谈会,提出了戏曲革新的号召,上海京剧院率先排演了根据曲波的《林海雪原》改编的京剧《智取威虎山》,继而又上演了《赵一曼》《白毛女》等,60年代初出现的沪剧《芦荡火种》《红灯记》,淮剧《海港的早晨》等等,都受到了观众的热烈欢迎。在"狠抓阶级斗争"与"大写十三年"的口号提出之后,直接为阶级斗争服务的现代剧已经在60年代前期的戏剧舞台上蔚然成风,据1965年的不完全统计,全国各省、市经常上演的京剧现代戏就有七十多个剧目。"文革文学"更是戏剧的一统天下,"样板戏"——同时也是"样板文艺"成为唯一的艺术形式,"十七年"时期蔚为壮观的长篇小说风流云散,仅存的"文革小说"也变成了戏剧化的小说。为什么是戏剧——尤其是中国传统的京剧成为了"文革文艺"的样板形式呢?

对坚持"内容决定形式"的传统文艺理论而言,这当然不是一个问题。然而,依照詹姆逊"形式的意识形态"的观点,艺术形式的兴衰绝不是偶然的事,它反映出意识形态的深刻变化——"因为每一种'形式',每一种文类——叙事模式,就其存在使个体文本继续发生作用而言,都负荷着自己的意识形态内容"。① 詹姆逊将"形式"视为"内容",并将这种转变理解为"辩证的逆转":

> 现在所必须强调的是,在这个层面上,"形式"被解作内容。对形式的意识形态的研究无疑是以狭义的技巧和形式主义分析为基础的,即便与大多数传统的形式分析不同,它

---

① 弗雷德里克·詹姆逊:《政治无意识》,第5页。

寻求揭示文本内部一些断续的和异质的形式程序的能动存在。但在这里所论的分析层面上，辨证的逆转已经发生，在这种逆转中，把这些形式程序理解成自身独立的积淀内容、带有它们自己的意识形态信息，并区别于作品的表面或明显内容，则是可能的。①

《红灯记》这类作品在"文革"中被册封为"样板戏"以及"样板戏"被视为"文革"的标志，既与"文化革命"的性质有关，与"戏剧"的性质有关，当然，还与"京剧"的性质有关。

署名为"左民"的文章认为《红灯记》最大的成就在于"紧紧抓住阶级斗争这个纲"，从而"不单是从主题思想和人物塑造上解决了这个根本性的问题，而且还一系列地解决了艺术处理上的许多问题，大大提高了这个戏的思想性和艺术性"，②在传统文艺理论内容与形式二分的范畴内，这一叙述不容易被理解，因为"阶级斗争"是作品的主题，与作品的形式关联不大。不过，以詹姆逊的"形式的意识形态"理论加以理解，这一貌似荒诞的推论其实并非完全没有道理。

中国京剧院对沪剧《红灯记》的改编，不仅表现了自己的意识形态选择，同时也体现了京剧艺术特殊的审美要求。在中国古典戏曲的范畴中，京剧既是它的最高表现形态，又是它的最终表现形式。中国古典戏曲经过千年的发展，就其体制的完备和美学特征的确立而言，京剧无疑是最高体现，也最具典范性。京剧历来被视为中国戏曲发展的最高峰，一个很重要的原因即是因为京剧是戏曲程式化程度最高的剧种。在某种意义上，"程式化"是对生活的简化。京剧的创作主体在对客观事物感觉、认知、判断、选择的过程中，不断地排除那些芜杂的、不稳定、无规则的东西，使之成为一种简单、平衡和规则的组织状态。因此，可以说，京剧表演形式的形成过程，就是一个制服混乱

---

① 弗雷德里克·詹姆逊：《政治无意识》，第86页。
② 左民：《坚决为无产阶级革命英雄立传——浅谈京剧〈红灯记〉》，《学术月刊》1965年4月号。

的过程，它的创作活动，就是一个程序化的活动，它不仅取得了作为艺术作品合法性所具有的秩序化，而且形成了作为综合艺术所需要的高度的秩序化。京剧艺术的这一特点，使它成为表现抽象的、简化的"阶级斗争"主题最合适的文体。

"文学组织生活"是梁启超那一代知识分子的理想，贯穿在梁启超对于"政治小说"的倡导以及他著名的《论小说与群治之关系》之中，也体现在1928年革命文学的倡导者的口号里。许多年后，我们终于目睹"样板戏"使这一理想变成了现实。

1970年，《人民日报》在其发表的社论《做好普及革命样板戏的工作》[①]中提出"为工农兵的革命样板戏，应当让广大工农兵都能看到"。或许只有在了解到"样板戏"这种不可替代的镜像功能之后，我们才能理解"样板戏"在六七十年代的独特的传播和普及方式。到1970年，主要样板戏的修改工作才基本完成，并很快拍成了同名电影。然而，戏剧是一种时间艺术，个人表演一次性完成，因此是无法复制的文种，这正是戏剧与电影不同的地方，戏剧因此具有电影不能替代的功能。不断地演出样板戏，让所有的人自己来演"样板戏"，让人们在戏剧中将自己虚拟为英雄主体，达到与主体的想象性同一，才能尽可能地实现"样板戏"的意识形态功能。与西方戏剧相比，京剧历来被称为程式化的艺术。所谓"程式化"，是指京剧并不是对现实对象的模仿，而是根据一定的成规去表现对象。程式既是形式，又含有内容的因素，是非常典型的"形式的意识形态"。京剧最初的功能当然是王国维所说的"以歌舞演故事"，[②]正统的意识形态观念通过对"正史"的演绎，将一个个忠臣义士、义夫节妇、孝子贤孙的故事渗入老百姓的心田，然而，叙事只是京剧的初级功能。京剧的成熟，是以程式化特点的确立为标志的。京剧的程式化使其叙事功能衰退，抒

---

① 1970年7月15日第一版。
② 王国维：《戏曲考源》，《王国维戏曲论文集》，中国戏曲出版社，1984年。

情与象征上升为主要的艺术功能。京剧的动作系统是象征性的,由于京剧动作的符码化过程基本上不是通过模仿来实现,因此,京剧的表意形态与日常动作的表意形式、规则和过程并不对应,它是一种很独立的规范性语码。在程式化的京剧中,歌舞已大于故事,变成真正意义上的"形式的意识形态"。就京剧表演的程式而言,京剧表演中的角色分行是根据类型化的原则对人物性别、年龄、身份、性格的规范化,由于这些类型化原则来源于已经形成并且恒久不变的原则,因此,在京剧表演时,不论是什么剧本的题材内容,也不论是什么朝代的历史人物,都可以按照这些既定的行当类别对号入座。以服装为例,不管是哪个朝代、哪个地区,京剧的服装都能适应和通用。演员不论饰演的哪个朝代的皇帝,穿的服装都区别不大,以皇帝戏为例,观众在京剧舞台上看到的皇帝,不论来自什么时代,扮相都差不多。因为京剧角色代表的道德本质都是不变的。这一程式化的特点使京剧开始远离叙事,带有越来越强烈的仪式性,并最终成为非写实的、象征性的艺术,用于表现象征性的时代主题。由于京剧舞台上的动作远离我们的日常生活,它是一个与我们的日常生活无关的独立封闭的系统,因此,京剧观众的快感更多的是对其程式化的舞台动作、唱腔、节奏的审美体验。譬如,一个戏迷,尽管他对某出戏的故事情节已烂熟于胸,但他总是喜欢反复看这出戏,甚至直接参与到演出之中。"样板戏"的普及,充分展示了京剧的这一程式化功能,对"样板戏"的演员和观众而言,每一次的观看与演出,都是一次朝圣、一次仪式,个体在这种神圣的仪式中受洗礼被净化。这当然是"文革"时代的奇观,只有在这里,生活和戏剧才变得密不可分。有谁还分得清自己到底是观众还是演员呢?理解了这一点,我们才可以理解在《人民日报》的这篇关于"样板戏"的普及工作的社论中提出的一个在今天荒诞无比,在当时却真切无比的观点,那就是:"要演革命戏,必须做革命人。"

将"演戏"等同于"做人","艺术"等同于"政治",决定了"样板戏"的象征功能。"样板戏"对传统京剧形式的改造都是围绕这一功能展开的。譬如备受称道的《红灯记》中"双关语"的运用，就是一个例子。在"痛说革命家史"一场中，由于叛徒出卖，李玉和突然被捕。临行前，他接过李奶奶捧过来的壮行酒一饮而尽，满怀豪情地用双关语对母亲说道："妈，有您这碗酒垫底，什么样的酒我全能对付！"这句双关语，被认为有力地表现了李玉和必胜的信念和对敌人的极度蔑视，因而被评论家奉为经典：

> 这句话的两个"酒"字，寄予着两种截然相反的含义：前一个酒字，包含着同志的信任，阶级的深情，集体的力量，这"酒"是出征前的助威酒，是决战决胜的誓师酒；后一个"酒"字，则是指贼鸠山的千条诡计，百般花样，钢枪糖弹，软硬两手，这"酒"是企图使李玉和屈服的蒙汗酒，是妄想置李玉和于死地的剧毒酒。有了前一种酒"垫底"，就是说，有了整个阶级作他的坚实基础和强大后盾，后一种"酒"纵然有"千杯万盏"，自然也就"能对付""会应酬"了。多么准确的语言，多么鲜明的对比！①

在同一场中，李玉和还有一段激越高亢、寓意深远的唱词：

> ……时令不好风雪来得骤，
> 妈要把"冷暖"时刻记心头。
> 小铁梅出门卖货看气候，
> 来往帐目要记熟。
> 困倦时留神门户防野狗，
> 烦闷时等候喜鹊唱枝头。

---

① 宇文平:《〈红灯记〉中的双关语》,《人民日报》1970年5月21日。

家中的事儿你奔走，

要与奶奶分忧愁。

(第 11 页)

　　这一段唱词，用的全都是双关语。"表面上是在说家常，实际上讲的是阶级斗争。"① 显然，这根本不是话语讲述的时代的故事，而是"讲述话语的时代"的经典语言。在"文革时代"，"家常"和"阶级斗争"之间的区别，又有谁能说得清呢？

　　"象征"这种特有的沟通"无限"与"有限"、"想象"与"现实"之间的功能显然是以"虚拟""写意"为主的传统京剧艺术所不完全具备的。这必然导致"革命"与"现代"对"京剧"的改造。"这里反对两种倾向：一个是照搬生活中自然形态的原始动作，一个是照搬旧有程式。前者是自然主义，后者是形式主义。这两者都是资产阶级思想，其后果必然破坏了艺术内容，也破坏了艺术形式。因而在艺术创作过程中，革命文艺战士以江青同志提出的'要程式，不要程式化'为武器，开展上述两条路线的斗争。"② 用以写意为主要功能的京剧来表现现实的革命斗争，"革命现代京剧"必须增加京剧的写实性。这一点无疑是"京剧革命化"的重要内容。"文革"时期正式出版的"样板戏"剧本的演出本大都附有明确的道具说明，这些道具不仅都是实物而且对尺寸和规格都有严格的规定，其细致程度令人吃惊。关于江青对真实性的追求的最有名的例子是江青对《红灯记》中李奶奶服装上补丁的位置的反复指示。1964 年 5 月 23 日，江青在人民剧场看完京剧《红灯记》的第一次彩排后就郑重指出："奶奶的服装补得不是地方"；6 月 20 日江青在后勤礼堂看第三次彩排时再一次明确指示："老奶奶的服装、补丁要补在肘上，肚子上的一块不要。"③ 可见，江青对真实

---

① 宇文平：《〈红灯记〉中的双关语》。
② 吉林师大中文系革命样板戏教学组编：《革命现代京剧·样板戏讲义》，1972 年，第 59 页。
③ 江青：《对京剧〈红灯记〉排演的指示》，吉林省通辽师范学院中文系编《江青文选》，1969 年，第 121、127 页。

性的要求是细致到补丁的。这种对具体到细枝末节的真实感的强调可以说是"革命现代京剧"对传统京剧的最大革命。传统京剧具有超脱的时空观和虚拟的表现手法以及角色行当的完备表演程式，其时空都是演员以虚拟动作表现，由观众参与想象而完成的，比如在黑暗中的打斗，比如走马推窗等，舞台上基本不出现门、暗光、马匹和窗户等实物道具，即使以一实物形态出现，也并不发掘该实物在生活中的现实功能，而是体现出原形功能的引申、变形或者与实物的现实功能完全无关的喻符。而在"样板戏"舞台上，实物的存在则达到了最大限度。"样板戏"以景分场来规定时间与空间，除了不多的舞蹈动作对生活动作的模仿外，都是以具体而明确的形象呈现于舞台，达到完全的直观效果。比如《红灯记》中对李玉和家的设计，就是这种"突破旧程式，突破旧的舞台调度"的例子。李玉和家的房屋结构、陈设以及整个色调，都表现了日伪统治下一个贫穷的铁路工人家庭的特点，而且显示了东北的地域特征。设计者根据戏的要求，采取了前实后虚的手法：把前景安排得较为具体，背景只远远点缀一些房影，用来说明周围的环境，显得现代气息非常强烈，这样的场景在习惯于看旧京剧的观众眼中，当然会产生耳目一新的感觉。尤其是李玉和家的"门"采用实物来表现，更是一个非常大胆的创新。门作为京剧中通常出现的非实物性道具，在传统京剧舞台上从来是看不见摸不着的，它的存在永远只能通过开门、关门等动作来承担，在一虚一实之间，象征符码与象征对象形成一个互动的张力，没有动作，"门"的存在就不能确定，没有"门"，这个动作也就失去了运动的意义。这种依靠想象完成的互指关系在传统京剧舞台上十分普遍。因此，一般的京剧行家都不会接受在戏曲布景上用门，因为用门不仅破坏了京剧虚拟化的规矩，而且会妨碍表演。但中国京剧院在改编中仍然大胆地采用了实物，结果起到了虚拟的门无法达到的艺术效果。破烂简陋的门表明了李玉和一家的无产阶级生活，另一方面，以门分隔出"革命"与"反革命"、"温暖"与"寒冷"两个世界，具有非常强烈的象征性。门内，是一个温暖的、团结的战斗集体,门外,是一个遍布暗探、特务的凶险的魑魅世界。每当门一开,室外就传来怒号的风声,正面人物出门以后整领、围上围巾的亮相动作,更加强化了两个世界的对比。

"样板戏"对真实感的强调,显然是对传统京剧的突破,江青提出的"要程式,不要程式化"以及著名的三个"打破"——打破行当,打破流派,打破格式,一方面体现出曾经是京剧演员和电影演员的江青的双重修养,另一方面——更重要的一方面,则体现出"文化革命"这一特定的现代性革命的要求。"程式化"反映的是象征符号与对象之间约定俗成的关系,是一种文化特征的积淀,因此,对程式的改变必然会冲犯"人人所知、习成定势"的民族传统审美心理结构,由此来体现"文化革命"的意义。与此同时,通过"革命现代京剧"的演出制造一种幻觉,让观众感觉英雄好像就生活在现实生活之中,好像和观众自己一样生活,从而强化了榜样的意义,使舞台不再只是作为纯粹艺术的领地。当旧京剧中人们欣赏一个跑马的虚拟动作时,他自觉地把舞台看成非真实的艺术,只欣赏其表演的技巧性,而坐在剧场看"样板戏"的人民则会产生幻觉,分不清是舞台还是生活,以为可以直接照搬舞台上的思想或行动来规范或改变现实,从而达到文本与现实的互动效果。理解这一点,我们就不难理解读者提出的类似于"向李玉和学习"或"向李铁梅学习"的口号了。"在京剧革命的伟大斗争中诞生的革命样板戏,已成为进行思想和政治教育的活的教材,鼓舞着我国亿万革命人民沿着毛主席无产阶级革命路线奋勇前进。"① 增添了写实功能的"革命现代京剧"使观众误以为舞台就是生活的复制,产生认同与模仿的心理,这便是意识形态询唤的作用。

在一些京剧行家看来,通过如此类似的改造之后,"样板戏"已经变得不是京剧了。"传统的自报家门没有了,传统的对话风格基本上也没有了;表演上的虚拟动作没有了,舞台调度大大改变了,许多

---

① 吉林师大中文系革命样板戏教学组编:《革命现代京剧·样板戏讲义》,1972年,第66页。

程式化动作也都变化了;音乐上的韵白没有了,唱腔的选择、设计也抛弃了很多旧的东西;舞台美术上的改变更是一看便知",① 这难免引起京剧艺术家的不满。吴小如先生就对"样板戏"采用西洋乐、民族乐及话剧手法颇有微词,以为"去京剧远矣",②"成为一种……不是京戏的戏是也"。③ 这种批评当然不无道理。不过,对"革命现代京剧"的缔造者而言,重要的显然是"革命""现代"而不是"京剧"。"在真正的革新者面前,一切清规戒律、古风旧习都是无能为力的。什么'最凝固、最完美的形式'呀,什么'千百年公认的艺术准则'呀,什么洋框框、土框框呀……凡是不合乎社会主义需要的,无不给以冲击、改造以至淘汰;同样,在真正的革新者面前,一切古代的、近代的、现代的传统,都是批判地吸收的对象。不管是来自西洋,还是来自东方;不管你来自民间,还是来自文人;也不管你是在资产阶级时代发迹的芭蕾舞;还是在封建王朝里形成的戏曲……凡是能够表现革命思想内容、能够为群众喜闻乐见的,无不继承之从而革新之。我们的无产阶级的文艺革新家们,历来有这种改造一切的伟大气魄和高超本领。《红灯记》所表现出来的,恰恰就是这样的气魄和本领。"④ 据中国京剧院回忆:"在最初,领导上首先提出了大胆搞,搞出来不像京剧也不要紧,首先要思想解放。"⑤ 由此可见,政治与艺术合二为一的现代性诉求已经根本不可能在传统京剧这一传统的"形式的意识形态"的框架中加以表达,对于"样板戏"的缔造者——生产者来说,"样板戏"还是不是京剧,又有什么关系呢?

---

① 刘厚生:《略评京剧〈红灯记〉》,《人民日报》1964 年 10 月 24 日。
② 吴小如:《京剧演出今昔不同》,《吴小如戏曲文录》,北京大学出版社,1995 年,第 650 页。
③ 吴小如:《台下人语・一》,《吴小如戏曲文录》,北京大学出版社,1995 年,第 132 页。
④ 郭小川:《〈红灯记〉与文化革命》,《戏剧报》1965 年第 6 期。
⑤ 傅振雄:《在前进的道路上——访中国京剧院》,《羊城晚报》1965 年 2 月 26 日。

第七章 《白毛女》

——在"政治革命"与"文化革命"之间①

与其他"样板戏"一样,芭蕾舞剧《白毛女》也是一个被重新讲述的故事。只是这个老故事的历史最长,影响也最大。孟悦在解释自己重新解读《白毛女》的理由时曾指出:"实际上,说起20世纪以来在大陆上下的城市乡村,各行各业,男女老少中流传最久,知名最广的那些经典革命故事,第一个就要算《白毛女》。"②此言并不夸张。在半个多世纪的历史中,"白毛女"这一文学母题在不同的知识场域中被不断重读和重写。尤其是影响最大的两个版本——延安时期的歌剧《白毛女》和"样板戏"时期的芭蕾舞剧《白毛女》,更为集中地凸现出意识形态诉求、审美风格、文化焦虑乃至话语实践等诸多要素的变革。

挖掘"样板戏"中未被完全擦抹掉的"非政治化"的艺术元素如伦理观、道德原则和娱乐性,寻找所谓的文本的"缝隙",或者是将"样

---

① 由延安鲁迅艺术文学院集体创作的歌剧《白毛女》1945年4月在延安公演后,剧本由延安新华书店出版。在以后的演出中,多次进行修改。1950年6月在北京进行了最大的一次修改后,由人民文学出版社于1952年4月正式出版。以后多次重印。本章分析歌剧《白毛女》的引文引自人民文学出版社1952年4月版。由上海舞蹈学校创作的芭蕾舞剧《白毛女》1965年在第六届"上海之春"上公演。本章分析芭蕾舞剧《白毛女》的引文引自"革命现代芭蕾舞剧"《白毛女》,上海市舞蹈学校集体创作,北京出版社1967年8月版。
② 孟悦:《〈白毛女〉演变的启示》,唐小兵编《再解读——大众文艺与意识形态》,牛津大学出版社,1993年,第71页。

板戏"的"政治"与"艺术"、"内容"与"形式"对立起来,单独研究后者的价值,这是在近年"样板戏"研究中采用得最多的方法。本章继续尝试的以"形式的意识形态"为对象的批评关注的是问题的另一面,即探究不同的历史中不同的意识形态意义所决定的审美方式,揭示其能指和所指之间的意指关系所暗含的社会无意识或政治无意识。

一、文本生产过程

探讨歌剧《白毛女》的生产过程,必须从《白毛女》的作者——鲁迅艺术学院和《白毛女》创作的组织者、鲁艺的领导人周扬谈起。在1952年4月由人民文学出版社出版的歌剧《白毛女》中,附有歌剧剧本和音乐的主创人员介绍创作过程的文章,其中由贺敬之执笔的《"白毛女"的创作和演出》一文成为后来研究者了解《白毛女》创作过程的主要材料。因为是当事人,而且叙述的又是发生不久的事,因此可信度还是较高的。不过,或许由于叙述角度的关系,贺敬之的这篇文章忽略了一些对于我们今天的研究来说可能是非常重要的信息,比如鲁艺和周扬在《白毛女》生产过程中的作用等。比较而言,近年出版的研究鲁艺的著作如《抗战时期的延安鲁艺》[①]《鲁艺人——红色艺术家们》[②]等,都使我们对这一过程有了更为详尽的了解。

鲁迅艺术学院是中国共产党1938年在延安创办的文艺学院,包括文学、戏剧、音乐、美术等各种文艺专业,1940年后更名为鲁迅艺术文学院。在由中共中央宣传部拟定、经中共中央书记处批准的鲁艺的"教育方针"中,鲁艺被赋予了如下的职责:

[①] 王培元:《抗战时期的延安鲁艺》,广西师范大学出版社,1999年。
[②] 黄仁柯:《鲁艺人——红色艺术家们》,中共中央党校出版社,2001年。

> 以马列主义的理论和立场，在中国新文艺运动的历史基础上，建设中华民族新时代的文艺理论与实际，训练适合今天抗战需要的大批艺术干部，团结与培养新时代的艺术人材，使鲁艺成为实现中共文艺政策的堡垒与核心。①

周扬是"左联"时期著名的红色理论家和领导人，以对马克思主义文艺理论及苏联文艺理论的深厚造诣著称。1933年发表的《关于"社会主义的现实主义和革命的浪漫主义"》一文率先向中国文坛介绍了苏联文学界提出的"社会主义现实主义"创作方法，对中国现代文学创作和理论批评产生了巨大而深远的影响。1936年，由于在解散"左联"与"国防文学"和"民族革命战争的大众文学"两个口号的论争等重大事件中工作的失误，以及对鲁迅缺乏应有的尊重，周扬被免去了党内职务，于1937年进入延安。在延安，周扬通过较为系统地翻译、介绍马列主义经典作家关于文艺问题的论述，试图建立中国的马克思主义的文艺理论，很快成为延安文艺界的重要人物。1938年7月鲁艺组建了文学系之后，周扬担任了文学系主任，1940年2月担任鲁艺副院长，1943年，鲁艺并入延安大学，周扬任延大副校长并兼任鲁艺院长，1944年4月任延大校长。

歌剧《白毛女》的诞生，经历了一个从民间传说向知识分子改造的革命文艺演变的过程。1944年5月，正尝试在小型秧歌剧基础上发展大型歌剧的西北战地服务团发现了一篇登载于《晋察冀日报》上的报告文学《白毛仙姑》，产生了将这一故事改编为歌剧的念头，他们将这篇报告文学转交给周扬，与此同时，周扬也看到了在《晋察冀日报》工作的林漫（李满天）根据流传在晋察冀西部山区的这一民间传说创作的短篇小说《白毛女人》。② 周扬认可了改编这个故事的想法，决定

---

① 罗迈（李维汉）:《鲁艺的教育方针与怎样实施教育方针》（1939年4月10日），湖南文艺出版社"延安文艺丛书"《文艺史料卷》，1987年，第786页。
② 参见李满天:《我是怎样写出〈白毛女人〉的》,《歌剧艺术研究》1995年第3期，第32—33页。

在《兄妹开荒》《周子山》等秧歌剧、歌剧的基础上，由鲁艺排演一个新的大型歌剧，向即将在延安召开的中共第七次全国代表大会献礼。

报告文学与小说中的"白毛女"的故事大同小异，主要情节如下：

> 八路军解放了某山村后，工作难以开展，主要原因是该村村民和村干部都很迷信，而且确信有浑身雪白的"白毛仙姑"于夜间在村里出没。她寄居在村头的奶奶庙，命令村民每月的初一、十五两天给她上供，还说"不敬奉仙姑，小心有大灾大难"。
>
> 一天，区干部到村里召开村民大会，但村民都未到会，区干部了解到，这一天是十五，村民们都给"白毛仙姑"上供去了。当晚，区干部和村里的民兵带着武器，隐藏在奶奶庙里。三更时分，果然看见传说中的"白毛仙姑"到庙里来拿桌上的供品。区干部和民兵冲出来大叫："你是人还是鬼？""白毛仙姑"吼叫着向他们冲过来，区干部开了一枪，"白毛仙姑"被射中倒地，接着带伤爬起来逃走。区干部和民兵紧追不舍，后来跟着进了一个山洞，看到"白毛仙姑"怀抱着一个小白孩。区干部和民兵举枪对她说："你到底是人是鬼，快说！""白毛仙姑"突然跪倒在他们面前，哭诉了一切：
>
> 九年前，她才十七八岁，被村里的恶霸地主看中，地主以讨租为名，逼死她爹，把她抢走。她到地主家后，被地主奸污，怀了孕。后来地主定了亲，在筹办婚事时密谋害死她。一女佣得知后，在深夜里把她放走。她逃出地主家，无处安身，只好逃进深山，住在山洞里，并生下了一个孩子。她晒不到阳光，吃不着盐，几年过去后，便全身变白了。她以野果野菜充饥，还吃奶奶庙里的供品，顽强地活了下来。
>
> 区干部和民兵告诉她，共产党领导的八路军来了，世

道改变了。他们把"白毛仙姑"救出了山洞,重新回到了村里,过上了幸福的生活……

周扬主持了一个由编创人员参加的会议,进行动员。并亲自为这个新歌剧确立了主题:"旧社会把人逼成'鬼',新社会把'鬼'变成人。"周扬主张,写这个戏,应该突出这个主题,应该抓住农民与地主的阶级斗争这个重点,把两个时代、两种社会制度进行鲜明的对比。①

贺敬之在为1952年人民文学版的《白毛女》写的后记《〈白毛女〉的创作与演出》中曾经这样回忆当时的情景:

> 当我们听到这个故事以后,我们被它深深感动,这是一个优秀的民间新传奇,它借一个佃农的悲惨身世,一方面集中地表现了封建黑暗的旧中国和它统治下的农民的痛苦生活。另一方面又表现了在共产党领导下的新民主主义的新中国(解放区)的光明,在这里的农民得到了翻身。即所谓"旧社会把人变成'鬼',新社会把'鬼'变成人"。②

或许是为了强调作品是集体创作的成果,贺敬之的叙述显然没有强调周扬的作用。好像鲁艺的创作者很自然地找到了《白毛女》的主题。其实,如果要确定《白毛女》的责任人的话,周扬应当是第一责任人。他不仅仅担任了改编的组织领导工作,而且为作品确定了主题和艺术形式。鲁艺集中了戏剧系和音乐系所有的精兵强将,数易其稿,周扬仍不满意,认为无论从立意还是从艺术形式还是从表演风格,都没有走出旧剧的窠臼,他强调洋教条不能要,老教条也不能

---

① 参见任颖:《回忆王大化》,孙铮:《参加演出实践漫议》,《延安鲁艺回忆录》,光明日报出版社,1992年,第187、215—216页。
② 延安鲁迅艺术文学院集体创作:《白毛女》,人民文学出版社,1952年,第218页。

要,不要再搞成旧戏曲的形式,而应搞出一部民族新歌剧。①为此周扬调整了创作班子,调入文学系的贺敬之、丁毅执笔,反复修改。由于思想、艺术观念并不统一,《白毛女》的改编过程并不顺利。面对来自四面八方的否定意见,周扬明确表示:"我与《白毛女》共存亡。"②

1945年4月28日,费尽周折终于定稿的歌剧《白毛女》在延安党校礼堂正式演出。党的"七大"代表和毛泽东、周恩来、朱德等中央领导观看了首次演出,观众反应极为强烈,演出获得了巨大成功。当喜儿被救出山洞,后台唱出"旧社会把人逼成鬼,新社会把鬼变成人"的歌声时,毛泽东和其他中央领导一同起立鼓掌。演出的第二天,中央办公厅派人来到鲁艺,传达了中央书记处的三点意见:第一,这个戏是非常适合时宜的;第二,黄世仁应当枪毙;第三,艺术上是成功的。③

歌剧《白毛女》果然很快流行起来。从1945年四五月间在延安公演开始,《白毛女》一连演出了三十多场,"演出时间之久,场次之多,在延安是罕见的"。④从这出戏开始公演的那一天起,剧组便不断地收到观众的来信与书面意见。提出这些意见的人,大部分从事非文艺专业的工作。在演出过程中,剧组人员根据观众的意见和建议,几乎每天都在修改。1945年10月到张家口以后,他们又对剧本进行了一次较大的修改。这次修改主要是突出了农民的反抗性,增加了王大春和大锁反抗地主狗腿子逼租的情节,还添写了赵大叔讲红军故事一段,意在反映埋藏于农民心底的希望。

1950年,歌剧《白毛女》由东北电影制片厂摄制成同名故事片,在全国放映,使《白毛女》成为家喻户晓的红色经典。关于电影对歌

---

① 何火任:《〈白毛女〉与贺敬之》,《文艺理论与批评》,1998年第2期,第85页。
② 惠延虹:《作曲家陈紫访谈录》,《歌剧艺术研究》,1995年第3期,第9页。
③ 张庚:《回忆〈讲话〉前后'鲁艺'的戏剧活动》,《文艺启示录》,中国戏剧出版社,1992年,第152—153页。
④ 见1945年7月17日《解放日报》有关《白毛女》的报道。

剧的改编过程，孟悦的文章《〈白毛女〉演变的启示》曾有过非常详尽的叙述与独到的分析。①

从50年代末期开始，由于中国的社会主义改造已经完成，文艺的功能发生改变，在整个50年代影响最大的叙事文体长篇小说开始退潮，戏剧——准确地说是不包括以写实为主的话剧在内的重在写意的戏剧文体如传统戏曲、西方芭蕾舞剧、交响乐等开始迅速发展。1964年京剧现代戏的成功更给这一新兴的戏剧浪潮注入了一剂强心针。"戏剧革命"不只局限于京剧领域，而且开始波及其他以"写意"为主体的戏剧门类。1964年，在北京舞蹈学校将《红色娘子军》改编为革命芭蕾舞剧的同时，上海舞蹈学校也将歌剧《白毛女》搬上芭蕾舞台。

芭蕾舞剧《白毛女》的改编是在不断试演和反复修改中完成的，在改编的初期，当编创人员向当时上海市委书记、市长柯庆施征求意见时，柯庆施提出了自己的看法："芭蕾要改革。我们要搞民族舞剧，载歌载舞，使群众喜闻乐见。"如戴嘉枋所言，柯庆施肯定不懂芭蕾舞，他"似乎并没有弄清芭蕾舞和中国民族舞在艺术形式上的不同"，②但他显然比一般人更了解戏剧革命的政治含义和基本方式。从此，"载歌载舞"成为芭蕾舞剧《白毛女》整体艺术构思的一个基本立足点。

与我们在歌剧《白毛女》的创作中看到的一样，观众在芭蕾舞剧《白毛女》的改编过程中扮演了非常重要的角色。最初完成的改编本基本上重复了歌剧本的主题和情节：除夕之夜，躲债回家的杨白劳与喜儿欢聚，却在黄世仁逼债下被迫自杀身亡，最终喜儿抵债被黄世仁抢走。这一基本情节受到了批评。在一次听取码头工人意见的座谈会上，一位中年码头工人愤愤地说：

---

① 孟悦：《〈白毛女〉演变的启示》，唐小兵编《再解读——大众文艺与意识形态》，第68页。
② 戴嘉枋：《样板戏的风风雨雨——江青·样板戏及其内幕》，知识出版社，1995年，第103页。

> 要我说杨白劳喝盐卤自杀太窝囊了！当年我妈受了地主的侮辱，我就是打死了那个狗杂种才逃到上海来的。杨白劳得拼一拼，不能这样白死！

这位码头工人的观念，显然是多年的政治—文学教育的结果。杨白劳无力还债，被逼自杀身亡，这一在歌剧《白毛女》中从来没有受到质疑的基本情节，如今变成了问题，说明时代精神的变化。改编人员以及负责人深受震动和启发，他们决定不受歌剧剧情的局限，强化阶级斗争的主题思想，进一步突出农民的反抗性，为此他们设计了杨白劳拿起扁担三次奋起反抗，最后被黄世仁打死的情节。这一情节的修改，既适宜于舞蹈的表现，又突出了杨白劳内在的斗争性格，且加强了矛盾冲突，也为喜儿后来的报仇和反抗做了有力的铺垫。当时为了加强创作力量，应邀前去担任艺术顾问的著名戏剧家黄佐临，提议黄世仁可用手杖杀死杨白劳，认为这样一方面使这一情节更加合理，另一方面也有助于对这个恶霸地主阴险凶残形象的刻画。①

在1965年第六届"上海之春"上，大型芭蕾舞剧《白毛女》首次公演，轰动一时。周恩来先后16次看过此剧的演出。1967年，上海舞蹈学校在北京纪念毛泽东《在延安文艺座谈会上的讲话》发表25周年的纪念活动中演出了芭蕾舞剧《白毛女》，4月24日，毛泽东亲自观看了这个剧目，并接见了全体演员和剧团工作人员。同年，新《白毛女》与芭蕾舞剧《红色娘子军》、交响音乐《沙家浜》以及京剧《红灯记》《智取威虎山》《沙家浜》《海港》《奇袭白虎团》一起被命名为"八个样板戏"，成为"文革文艺"的典范作品。

根据记载，江青也是在4月24日这一天才第一次观看这出戏。虽然这并不妨碍她将"八个样板戏"一道收入囊中。从现在保留下来的各种资料来看，在"八个样板戏"中，芭蕾舞剧《白毛女》应该说是

---

① 戴嘉枋：《样板戏的风风雨雨——江青·样板戏及其内幕》，第104页。

与江青关联最少的作品。

芭蕾舞剧《白毛女》大获成功后,上海舞蹈学校曾经这样总结经验:

> 我们革命派在创造这块样板的过程中,发扬了不断革命的精神,努力把剧中一切不符合毛泽东思想的东西去掉,使芭蕾舞剧的改革沿着毛主席的文艺路线不断前进,让这颗新生的艺术明珠发出更夺目的光辉。①

"不断革命"是"文革"的经典口号。在上海舞蹈学校开始改编歌剧《白毛女》时,歌剧《白毛女》的第一责任者周扬已经因为不能"与时俱进"而变成了"阎王殿"里的"活阎王"。曾经引导鲁艺艺术家们创造出"划时代"的革命主题的周扬如今已经远远落在了革命的后头。在芭蕾舞剧《白毛女》的主创人员中,凡是主张保持歌剧基本情节的人都被视为"反革命修正主义分子"周扬的"代理人"。芭蕾舞剧初版中逃上荒山的喜儿的唱词:"……我等待时机,不争朝夕……",被指为"蓄意贩卖刘氏(指刘少奇)《修养》中的黑货,宣传听天由命、取消阶级斗争的反动观念,恶毒地与毛主席'只争朝夕'的革命精神唱反调",而有的编创人员试图保留大春和喜儿的爱情关系的努力,更被指控为"企图把《白毛女》复辟成'十七、十八世纪资产阶级的反动剧目'《天鹅湖》","令人十分恶心"……"无数事实证明:环绕《白毛女》怎样改革的问题上激烈地进行着两条路线你死我活的搏斗,就是将革命进行到底,还是走改良主义道路从而使资本主义复辟的问题"。②

在某种意义上,发生在歌剧《白毛女》与芭蕾舞剧《白毛女》之间的这种所谓的"两个阶级""两条路线"的冲突,其实是两种现代性知识之间的冲突。

---

① 江青:《毛泽东思想的雨露培育了革命现代芭蕾舞剧〈白毛女〉》,吉林省通辽师范学院中文系编《江青文选》,1969 年,第 438 页。

② 同上书,第 439 页。

二、歌剧《白毛女》中的"政治革命"

歌剧《白毛女》的主题是"旧社会把人逼成'鬼',新社会把'鬼'变成人"。周扬确立的这一主题,显示了这位从30年代开始就名重一时的"红色理论家"绝不是浪得虚名。对于延安文学而言,这是一个全新的主题。

"白毛仙姑"的故事最早是一个流传于晋察冀边区的民间传说。传说的原本面貌我们今天已经不可能看到了,但我们却可以看到这样一个素材被讲成什么样的故事。在鲁艺接触到"白毛女"这一素材之前,这一民间传说曾经被改编为报告文学、小说、歌谣等等。对于包括周扬在内的鲁艺的改编者来,如何处理这一题材,或者说如何重新讲述这个故事,显然并不像我们在贺敬之的回忆中看到的是那样顺理成章的事。其实,即使在延安文化圈中,《白毛女》也应当有不同的写作方式。

我们不妨设想由赵树理来创作《白毛女》,习惯于为党的具体政策服务的赵树理几乎肯定会让我们看到一个"破除迷信"的故事。

或者赵树理会注意到故事中隐含的爱情线索,那么,他很可能会给我们留下另一部《小二黑结婚》。描写一对青年恋人费尽周折,破镜重圆。

稍有文艺细胞的人都不会忽略"白毛女"故事中蕴涵的爱情元素。将其处理成革命与爱情的故事,在延安文学中,就有现成的例子。李季的长诗《王贵与李香香》描述的就是共产党的政权建立后给青年男女带来了生活和情感的解放与自由。李香香的遭遇尤其能显示新旧力量的较量对个人命运影响的程度。在旧社会李香香虽深深恋着王贵,但由于地主崔二爷的迫害而难成眷属,崔二爷借口王贵参加革命活动而逮捕了他,并欲置之死地,香香给游击队报信,救出了王贵,共产党来了以后香香和王贵终成眷属,但在游击队转移中,香香又重新落入崔二爷的手掌,正当崔二爷大摆酒席娶香香为妾时,王贵随游击队打进了村,香香"死里逃生",与王贵欢聚。李香香命运转变的每一个危急关头都是由于"革命"和"革命队伍"的到来而转危为安、转悲为喜、转苦为乐。在这个故事中,革命和爱情是统一的。革命是爱情实现的手段,革命在爱情伦理中获得合法性。

"文革"中上海舞蹈学校在总结芭蕾舞剧《白毛女》的成功经验时,揭露了"周扬的代理人"曾经企图将《白毛女》变成《天鹅湖》的"罪恶企图",这实际上提示了《白毛女》另一种可能的写作方式,即将《白毛女》完全写成一个发生在大春和喜儿之间的纯粹的爱情故事。

如果在没有改造好的"五四作家"的笔下,"白毛女"还可能被处理成一个发生在喜儿和黄世仁之间的情爱纠葛。有钱人家的少爷强奸或诱奸丫鬟之类发生在社会地位不同的男女之间的情爱纠葛,是西方文学中常见的文学母题,发展出的故事模式诸如"王子与灰姑娘模式""痴心女子负心汉模式""诱奸模式",当然还有曹禺《雷雨》式的"命运模式"等等,曾经大量出现在"五四"一代作家的视野中。尤其是19世纪下半叶开始大量出现的通过女性的悲惨命运来揭露社会黑暗、表达人道主义思想的作品深受读者欢迎。这类作品讲述的大都是同一个故事:年轻单纯、贫穷善良、温柔美貌的女子受到富贵的老爷恶少的引诱或威逼而失身,从被玩弄到遭抛弃,身心俱遭摧残,女主人公痛不欲生,不是步入歧途,就是亡命丧生,总之是走向不幸,从而构成悲剧。这些作品的锋芒直指贫富悬殊的等级社会和养尊处优的有产阶级。其中不乏名著,像恩格斯论述过的《城市姑娘》、为后代重新挖掘和肯定的盖斯凯尔夫人的《露丝》、世界文学经典作品中的哈代的《德伯家的苔丝》、托尔斯泰的《复活》、德莱赛的《珍尼姑娘》以及乌克兰文学中的《浪荡女人》等等。这些受害的女性不是贫寒的农家姑娘(苔丝),就是无依无靠的缝纫女工(露丝),或是寄人篱下的养女兼丫鬟(玛丝洛娃),低下的社会地位造成了她们为诱奸者轻易擒获、玩弄、抛弃的先天的决定性命运,不过,她们常常对诱奸者抱有希望，如玛丝洛娃、露丝、四凤在最初都曾将命运寄托在诱惑者身上，寄希望"他"能娶自己，寄希望结婚后自己的生活能灿烂辉煌，而珍妮的大半生都是靠企望雷斯脱与自己正式结婚这一精神支撑来度过的。

西方文学中的这一类作品通常将悲剧的责任归于诱惑者和特定的生存环境，认为被诱惑者的悲惨命运完全是因为生活所迫、贫穷以及诱惑者的道德败坏所致，将女主人公受难的全部原因推卸给社会、历史和他人。因此，这些作品从一个侧面表现了"批判现实主义文学"的力量，当然也会成为"五四"一代中国现代作家的重要的精神资源。曹禺的代表作《雷雨》中侍萍和四凤的故事显然就是这种文学影响的结果。

鲁艺的改编者基本上都是来自大城市的知识分子，因此，以上这一现代人生—艺术观念不可能不在歌剧《白毛女》的改编过程中体现出来。最初完成和试演的歌剧《白毛女》剧本，我们已经无法看到，然而在当事人的回忆中我们仍能看到这种"五四"思想的踪迹。李希凡在1967年5月19日发表于《光明日报》的著名文章《在两条路线尖锐斗争中诞生的艺术明珠》中转引了歌剧舞剧院的大字报的材料，揭露歌剧《白毛女》在延安排演时，周扬主张"喜儿对黄世仁应当有幻想嘛！""幻想和黄世仁结婚嘛"，于是歌剧就出现了喜儿受辱后幻想嫁给杀父仇人黄世仁"低头过日月"的"极恶劣的情节"；在最初的演出中，怀孕七个月的喜儿误以为黄世仁要娶她，披起张二婶给新人做的红袄，在舞台上载歌载舞，表示内心的喜悦；后来喜儿在山洞里还生下了一个小孩。初稿本还描绘了喜儿生的"小白毛"在大春面前的哭叫，以显示喜儿"抚养小白毛"的"母性本质"。李希凡认为这样描写喜儿，是"肆意玩弄喜儿被侮辱的痛苦，其用心何其毒也！""歪曲、污蔑、诽谤"了"贫苦农民的喜儿"。这些细节显然在后来的修改中被不断地擦抹，在50年代初的定稿本中，我们已经完全找不到相关的情节了。

应该说，如果《白毛女》最终写成了一个与西方同类作品类似的批判现实主义作品，也未尝没有进步意义，因为它可以通过黄世仁的道德败坏来揭露旧社会的罪恶，通过喜儿的遭遇来描写善良的人民在旧时代的悲惨命运。然而，这一在"五四时期"可以成为名著的主题在"文革"时期已经没有任何进步性可言了。

其实即使在延安时期的周扬那里，"批判现实主义"都已经变成了一个过时的文学主题。这位中国最早的"社会主义现实主义"的阐释者，显然无意跟在五四一代作家后面爬行。在一位延安时期的当事人写的回忆文章中，我们看到的是另一个周扬。

> 《白毛女》原来还有这样的情节：喜儿被黄世仁奸污后怀了孕，黄世仁准备与一财主的女儿结婚，并密谋卖掉喜儿，却故意欺骗喜儿说要娶她。喜儿信以为真，感到生活有了指望，高兴地披上红棉袄，载歌载舞起来。在延安公演后，观众对这个情节很有意见，认为这样写喜儿是不合适的，喜儿怎么会忘掉杀父之仇而对黄世仁产生了幻想呢？周扬也对剧组人员说："你们为贪恋这场戏的戏剧性，却把它所建立起来的形象扼杀了。"① 可是编导人员认为，像喜儿这样一个孤零零的女孩子，在那种险恶的环境里，产生那样的想法也属人之常情，所以对此未作改动。1949年进入北平后，《白毛女》再次公演时，这样的情节才被去掉。②

就如同我们无法判断江青是不是真正干预了"样板戏"的创作一样，我们同样无法判断以上两种关于周扬的叙事中哪一种更为真实。所幸的是，这些关于历史的叙事并不是我们判断历史的唯一方法，比

---

① 《简介〈白毛女〉的创作情况》，《电影文学》1959年第1期，第82页。
② 王培元：《抗战时期的延安鲁艺》，广西师范大学出版社，1999年，第297页。

历史叙事真实得多的是文本。从 50 年代初出版的歌剧《白毛女》的定稿本中,我们不难发现这样一个显而易见的事实,那就是周扬最终既没有选择赵树理的方式,也没有选择李季的方式,更没有选择"批判现实主义"的方法,他赋予歌剧《白毛女》一个全新的主题。那就是:"旧社会把人变成鬼,新社会把鬼变成人。"

之所以说这一主题是一个"全新"的主题,是因为这一主题阐发的不仅仅是"旧社会"的黑暗,而且还呈现了光明的新社会的现实场景。周扬在当时发表的一篇题为《新的人民文艺》一文中,明确指出《白毛女》一方面是通过喜儿、杨白劳来写中国农村的"惨烈场面"——"旧社会",另一方面,则是"揭露解放后农村男女新生活的愉快光景"——"新社会"。

> 看《白毛女》前四幕,几乎让剧情压得透不过气来,等到第五章八路军出现,才像是拨乌云而见青天,才像是万道光芒平地起,一扫灰暗沉闷的空气,深深地缓了一口气。农民和八路军共产党一结合,在共产党坚强的领导之下,很快就翻了身,鬼变成了人,人成了主人,过着从未有的自由平等幸福的生活。①

周而复的这段评论,写出了歌剧《白毛女》的主题特色,即"旧社会"与"新社会"的不同是通过农民与"八路军共产党"的结合体现的,也就是说新旧社会的对比是通过政权的对比来实现的。——或者准确地说:"新社会"是以暴力革命的形式——八路军的武力强制实现的。

歌剧第一幕第二场描写杨白劳在地主黄世仁家与黄世仁发生的冲突。黄世仁打喜儿的歪主意,要杨白劳卖女抵债,杨白劳不同意:

---

① 周而复:《谈〈白毛女〉的剧本及演出》,《新的起点》,群众出版社,1949 年。

杨白劳："我……我……我找个说理的地方去！"（欲冲出门去）

穆仁智：（大怒）："哪里说理去！县长和咱们少东家是朋友，这就是衙门口，你到哪里说理去！"

结果，黄世仁、穆仁智强迫杨白劳在文书上按了手印。第三场杨白劳唱道："县长，财主，狼虫虎豹！……哪里走？哪里逃？哪里有我的路一条？"随后喝卤水身亡。

与歌剧中"旧社会"主要是以一种政权形式来标志的一样，"新社会"也是以民主新政权的确立为标志的。"新社会"出现是人民军队——八路军带来的。以下是第五幕开头的一节：

虎子：春天里打雷第一声，
　　　阴沟里点灯头回明！
　　　自从来了共产党，
　　　穷人们从今要翻身！
　　　坚持抗战不怕难，
　　　建立民主新政权。
　　　政府下令把租减，
　　　大家伙起来齐心干！

（兴奋地）哈！可到了咱们穷人翻身的时候啦，大春头年从队伍上调下来，就当咱们区助理员。正月里改造了村政权：大春当了村长，大锁当了农会主任。上边的公事也下来了，说要减租，闹斗争，给黄世仁算老帐……

赵大叔、大锁（唱第七十二曲）
　　　只要大伙能齐心，
　　　斗争一定能成功。

有咱政府来做主,
区上今天就来人。
哎咳咳,区上今天就来人。

(第95—96页)

第五幕的第二场,乡亲们从山洞中救出了喜儿,悲喜交集,区长出场了,他说:"乡亲们!别难过了,今天咱们把喜儿救出来就好了,明天咱们开大会斗争黄世仁,给喜儿报仇,出这口气。"

在第三场斗争黄世仁的大会上,又是区长出台做总结:

区长:(登到大桌上高呼)父老乡亲们!我代表咱政府同意大家对黄世仁的控诉!我们一定要给喜儿报仇!现在我们先把黄世仁、穆仁智逮捕起来,准备公审法办!
(群情激昂,欢呼。)
(自卫队把黄世仁、穆仁智绑起。)

(第119页)

歌剧《白毛女》共五幕十六场,全剧讲述了农民喜儿一家在旧社会被地主残酷压迫凌辱下家破人亡与在共产党领导下获得新生的故事。歌剧改编者保留了喜儿父女受难的故事情节以外,增加了最后斗争地主黄世仁的结尾,还增加了赵大叔讲红军打地主,为穷苦农民放粮分地以及王大春盼望及投奔红军的故事情节。

与《王贵与李香香》和《小二黑结婚》这样的通过青年农民爱情的实现来体现"政治正确"的"延安文艺"作品不同,歌剧《白毛女》直接表现了中国农民的政治解放。根据当事人回忆,歌剧原来最后一场写的是喜儿和大春婚后的幸福生活,对此,周扬指出,这样写,就把这个斗争性很强的故事庸俗化了。后来,剧组人员把这场戏改成了开斗争黄世仁的大会。① 周扬显然感到了以爱情表现政治解放的局限。爱情——自主的爱情对于知识分子作家而言,当然是生死攸关的命题,而在农村生活中却显然不是最重要——甚至不是重要的话题。被周扬选中来表达新旧两个世界差异的观念不是原作中的爱情元素,而是更具有普遍意义的乡村伦理的破坏与修复。

孟悦曾经在一篇解读《白毛女》的文章中注意到了歌剧《白毛女》中"一些非政治的、具有民间文艺形态的叙事惯例"——这就是《白毛女》隐含了"以一个民间日常伦理秩序的道德逻辑作为情节的结构原则":

> 比如第一幕。这一幕通过对时间和景物的选择把剧情的始点造成了这样一个有道德内容的戏剧冲突:一个本分人家的日常生活常规及基本做人标准遭受外来恶势力的威胁和践踏。这一场的时间设计在对农人来说有仪俗意味的年关,场景是杨家。从舞台布置到对话和情节安排都很合目的性地呈现着一个民间日常生活的和谐的伦理秩序,以及其被破坏的过程。大幕拉开,正是雪花纷扬的除夕之夜。杨家室陋屋寒,几近一无所有,却也要过个平安团圆年,桌上摆着保平安的灶神像,喜儿独自和着面,等着相依为命出外躲债的爹爹回家团圆包饺子。杨白劳冒雪而归,带回了门神、白面和给喜儿买的礼物红头绳。邻居王大婶前来殷勤相请,话里话外透出两家关系的亲密无间,并提起喜儿大春来年的婚事。这样的一些细节体现着一个以亲子和邻里关系为基本单位的日常普通社会的理想和秩序:家人的团圆,平安与和谐,由过年的仪俗和男婚女嫁体现的生活的稳定和延续感。在接下来的场景里,赵大叔、王大婶和大春都来到杨家包饺

---

① 王培元:《抗战时期的延安鲁艺》,第295页。

子过年，民间生活秩序的和谐理想通过全体反复的齐唱得到了强化。①

正是在这个意义上，黄世仁的出场就代表着一种反民间伦理秩序的恶的势力，一系列的闯入和逼迫行为不仅冒犯了杨白劳一家，更冒犯了一切体现平安吉祥的乡土理想的文化意义系统。因而《白毛女》结尾大春的归来是民间逻辑所预定的，平恶申冤是这个逻辑自我强化的一个功能。

孟悦的分析无疑是敏锐的。黄世仁从作恶到最终受到惩罚的故事的确让我们想起以"恶有恶报，善有善报"为不变主题的传统小说。因果报应是中国古代俗文学的重要标志，这个观念以三教合一的民间信仰为基础，深深楔入民众的意识深处，从而成为俗文学创作的思维模式。娱乐功能也决定了俗文学必须满足人们在现实中得不到满足的愿望。现实生活中好人未必有好报，恶人则多有飞黄腾达者，一般人面对这不平不公的现实郁积着的满腔怨愤，需要在文学作品的阅读中得到发泄。俗文学于是给读者得到这种满足的机会：坏人得到恶报，好人得到善报，大团圆，大快人心！《白毛女》对这一传统叙事策略的再现，显然成为实现其社会功能的前提条件。

孟悦因此得出了如下的结论："（在《白毛女》中）政治力量最初不过是民间伦理逻辑的一个功能。民间伦理逻辑乃是政治主题合法化的基础、批准者和权威。只有这个民间秩序所宣判的恶才是政治上的恶，只有这个秩序的破坏者才可能同时是政治上的敌人，只有维护这个秩序的力量才有政治上及叙事上的合法性。在某种程度上，倒像是民间秩序塑造了政治话语的性质。"因此，在孟悦看来，歌剧《白毛女》最后的结局不过是"一个按照非政治的逻辑发展开来的故事最后

---

① 孟悦：《〈白毛女〉演变的启示》，唐小兵编《再解读——大众文艺与意识形态》，第78—79页。

被加上一个政治化的结局"。①

　　孟悦的分析为我们揭示了歌剧《白毛女》成功的重要原因：以一个如此民间化的寓言方式来全面展示两种政治的差异，其艺术反响当然不是同时期的延安文学可以比肩的。然而，这一分析也存在一个问题，那就是重复了国内一些学者经常犯的一个错误，将"民间"与"政治"对立起来。尽管这是一个孟悦自己也意识到了的问题："如果我的分析看上去像是夸大了非政治及民间文艺传统在《白毛女》文本中的地位，而对政治话语的强制机制做了轻描淡写，那么这并非我的本意。"②然而，只要孟悦仍然使用"民间"—"政治"二元分立的概念来探讨歌剧《白毛女》的主题建构，她就无法解释歌剧《白毛女》中"民间"与"政治"之间真正复杂的现代性关系。一个被这种方法忽略的事实是：在周扬那里，这种对"普通社会长期以来形成的伦理原则和审美原则"的修复或想象恰恰是最大的"政治"。正如同我们在本书的分析中一再指出的，现代中国的社会主义革命一直是从对传统的修复——甚至是以"传统"为名开始的。这也是社会主义革命在形式上不同于五四启蒙革命的地方。土改小说记录的正是这种对几千年中国农民理想的回归，意味着农民千年土地梦的实现。然而，回归传统并不是现代政治的目标。在某种意义上，回归传统只是为了建构现代性生长的起点。因而，呈现在歌剧《白毛女》中的民间传统其实只是对"民间"和"传统"的借用，不是在"一个按照非政治的逻辑发展开来的故事最后被加上一个政治化的结局"，而是政治的道德化，或者说这是现代政治创造的"民间"——是打着"民间"或"传统"旗号的现代政治。

　　事实上，对"民间"或"传统"的借用，正是现代性知识传播的典型方式。现代政治是通过共同的价值、历史和象征性行为表达的集体

---

① 孟悦：《〈白毛女〉演变的启示》，唐小兵编《再解读——大众文艺与意识形态》，第 80 页。
② 同上书，第 89 页。

认同，因而无一例外具有自己的特殊的大众神话与文化传统。在"民族国家"或"阶级"这些"想象的共同体"的制造过程中，传统的认同方式如种族、宗教、伦理、语言等都是重要的资源。当这个"想象的共同体"被解释为有着久远历史和神圣的、不可质询的起源的共同体时，它的合法性才不可动摇。也正是通过这样的方式，现代政治才被内化为人们的心理结构、心性结构和情感结构。

这显然是《白毛女》成功的地方。《白毛女》演遍了整个解放区，极大地推动了土改运动的开展，不少地区的土地改革，首先用演《白毛女》来发动群众，"为喜儿报仇"成为解放战争中战士们的普遍口号。许多战士还把口号刻在自己的枪托上，表示时刻不忘对"黄世仁们"的仇恨。在中国现代文学史上，还很少见到有哪一部戏剧像《白毛女》这样，起到了如此直接的宣传教育作用。在某种意义上，《白毛女》是一个奇迹，这部将"民间"与"官方"、"艺术"与"政治"合二为一的作品，将艺术作品所蕴藏和表现的政治鼓动力量发挥到了极致。1951年，《白毛女》获得斯大林文学奖二等奖，应当说是当之无愧的。这部集中了鲁艺全院文学、戏剧、音乐、美术各个方面的人才和鲁艺六年办学经验的最后一部作品，完全可视为鲁艺这个"实现中共文艺政策的堡垒与核心"的标志性作品，当然也可以视为延安文艺的代表作品。

只不过"成也萧何，败也萧何"。歌剧《白毛女》回归民间伦理的目的是为了最终摆脱民间伦理。现代性的这一构造方式决定了歌剧《白毛女》的成功，也决定了这一现代性主题最终将被现代性本身的发展所颠覆。这是现代性不变的逻辑。

三、芭蕾舞剧《白毛女》中的"文化革命"

所谓的歌剧《白毛女》的"时代局限",是一个在"文化革命"的逻辑中才存在的问题。

其实这也是所有"延安文学"的问题。譬如说:我们可以先向《王贵与李香香》提出如下的疑问:

> 如果"革命"只是指政治革命,那么作为王贵和李香香这一对人物又具有什么样的主体性呢?以李香香为例,我们能从作品中获知的也只仅仅是她的贫苦、美丽和忠贞,她没有或很少具有出击性的行动,如果"革命"不来,尤其是后来"革命队伍"不及时赶到,李香香似乎除了等待和悲泣而外别无他法。

类似的问题也可以向《白毛女》提出来:

> 喜儿的解放是因为八路军——共产党的到来,共产党的军队如果离去,喜儿怎么办呢?

这恰恰是"文化革命"试图解决的问题。按照"文化革命"的理论解释,"文化革命"是一场比政治革命与经济革命彻底得多的革命。它是一场自我的革命。在这场革命中对立的双方,不是政权,而是我们内在的本质。按照文化革命的逻辑,表现"周扬写实主义美学思想"的歌剧《白毛女》显然已经过时,不仅无法表现新的意识形态诉求,更重要的是,歌剧《白毛女》对民间伦理的借用已经成为新意识形态生长的障碍。政治已经无需借助道德伦理的力量,它将自我证实,自我呈现。

芭蕾舞剧《白毛女》与歌剧《白毛女》的最大不同，就在于以"文化革命"的主题取代了后者的"旧社会把人变成鬼，新社会把鬼变成人"的政治革命的主题。因此，在芭蕾舞剧中，人物、情节都被本质化和抽象化了。每一个人物的意义都由它所属的抽象阶级本质所决定。

与歌剧一开幕喜儿登场盼爹爹回家过节的场面不同，芭蕾舞剧一开场，即向观众展开了一个强烈的象征画面，将一幅典型的"半封建半殖民地"中国农村的缩影推到观众面前：

> 序幕
> 黄世仁家大门口。
> 在解放以前，我国农民遭受地主、官僚资产阶级和帝国主义的残酷压迫和剥削，经历了多少苦难。但是，他们并没有屈服，面对敌人的屠刀，挺起胸膛，进行英勇顽强的反抗和斗争。听，他们的歌声：
> 看人间，往事几千载，
> 穷苦的人儿受剥削，挨鞭笞。
> 多少长工被奴役，
> 多少喜儿遭迫害。
> 流不完的眼泪啊，
> 化作倾盆大雨降下来！
> 诉不尽的仇恨啊，
> 汇成波浪滔天的江和海！
>
> （第20页）

在歌剧中，黄世仁作为一个普通的中国地主，对日本鬼子是充满惧怕的。歌剧第四幕"奶奶庙喜儿怒打黄世仁"那一场即发生在黄世仁去城里打探消息的途中：

黄世仁：老穆！不好啦！

（唱第六十三曲）

前天我起身去县城，

才到了镇上就听见坏风声。

日本鬼他把县城占，

今天我急急忙忙

急急忙忙回家中。

穆仁智：（惊住）是真的呵。

大　升：真的呵。

黄世仁：唉，别提啦，日本鬼子又杀人，又放火。我丈人家一家人都落到日本鬼子手里去啦！

穆仁智：（更惊慌）哎呀！少东家，那咱们又怎么办呀？

（第 84 页）

到了芭蕾舞剧中，黄世仁不仅仅是恶霸地主，而且还是汉奸。他不仅拉人、抢人、逼债，还勾结日寇成立维持会。显然，黄世仁已经不是 30 年代中国农村中某个具体地主的形象，而是"剥削阶级"这一现代性本质的化身。将反面人物升华为超历史的人物，这是文化革命的性质决定的。类似的形象，还有《红灯记》中的鸠山和《海港》中的钱守维等等。在淮剧《海港的早晨》中本没有坏人钱守维这个角色，1967 年京剧《海港》中制造出来，但还只是个有浓厚自私自利思想的仓库保管员："过去我这个栈房先生，仓库里有什么，我家里就有什么。这一解放呵，我连一滴水也沾不上。"他因贪小便宜，拿走一个工人掉下的簸箕，无意中把里面的玻璃纤维嗑了一地，从而造成事故。到了 1972 年的京剧《海港》中，他却成了充满仇恨——蓄意破坏的隐藏的阶级敌人，这个过去的栈房先生，不仅有"美国大班的奖状""日本老板的聘书"，还有"国民党的委任状"，因而变成了集万恶于一身的人物。

早在歌剧《白毛女》出版之时，就有思想超前的批评家指出了剧中反面人物不够典型化的"缺点"，周而复就认为："作为地主阶级的代表人物，黄世仁，他给观众的印象还不够阴险、毒辣、刻薄、贪婪、吝啬……这些一般地主所具有的特性，写得还很不够。"① 显然，在这里，地主不再是有个性的人，而只是个抽象的"地主性"的符号，这种"典型化"的过程，在芭蕾舞剧中变成了现实。

与这种抽象的"恶"相对立的也就不可能是具体的农民形象，而只能是同样被抽象化的"中国农民"本质。芭蕾舞剧正是在这个基础上"塑造中国农民的典型，为中国革命农民立传"。歌剧《白毛女》通过杨白劳年关出外躲账带回的三样东西，生动地表现了一个勤劳善良的贫苦农民的十分朴素的生活愿望。二斤白面和一根红头绳，表明他希望能有一个起码的人的生活。门神虽是迷信的东西，却反映了他向往着摆脱地主压迫，过上平平安安日子的朴素要求。但即使是如此卑微的生活要求都不能得到满足。杨白劳对地主的欺压，不敢反抗，甚至连出外逃荒也因"热土难离"而不能下定决心。他被逼在喜儿的卖身契上按了手印后，瞒过了赵老汉、王大婶等人，没有与乡亲们共商应急的办法。这是因为他认为除了承受地主的压迫，不可能有别的希望和出路，自然也就谈不上起来抗争了。他的性格中确有懦弱的一面。他已经从几十年的生活经历中，看到了"县长、财主、狼虫、虎豹"的一体性，却不敢产生改变现实的念头。他忍辱负重地生活，到了无法忍受、无处逃生时，就只有一死了之。杨白劳是在地主阶级长期压榨之下，尚未觉醒的老一辈农民的典型形象。他的悲惨结局是对万恶的地主阶级的有力揭露和血泪控诉。因而这个形象始终受到广大观众的深切同情。

舞剧完全改变了杨白劳形象的塑造方式，抛弃了歌剧和按歌剧改编的电影中的逼债、画押、自杀等"歪曲人物"的情节，突出了杨

---

① 周而复：《谈〈白毛女〉的剧本及演出》，《新的起点》，群众出版社，1949年，第112页。

白劳被逼不屈坚决反抗的精神面貌,由歌剧中的服毒自尽变成了奋起抗争而被地主活活打死:"杨白劳抡起扁担向黄世仁的有力一击,大长了革命农民的志气,这是他在临死前向旧制度进行的坚决的挑战。"①

喜儿是《白毛女》的主人公。在歌剧《白毛女》中,喜儿已经具有杨白劳代表的老一代农民不具有的斗争精神。这个天真淳朴的少女,在生活中遭受了一系列毁灭性的打击,当她受到黄世仁的污辱后,也曾喊着"爹呀!我要跟你去啦!"企图自尽,但在遇救后逐渐抛弃了"不能见人"的思想,决心为复仇而活下去。她表示"我就是再没有能耐,也不能再像我爹似的了"。她决然地告别了父辈的屈辱的道路。她在逃入深山时唱道:

> 想要逼死我,瞎了你眼窝!
> 舀不干的水,扑不灭的火!
> 我不死,我要活!
> 我要报仇,我要活!
>
> (第 76 页)

喜儿带着这种强烈的复仇愿望坚持深山生活,在山洞中熬一天就在石头上划一个道道,她唱道:

> 划不尽我的千重冤、万重恨,
> 万恨千仇,千仇万恨,
> 划到我的骨头——记在我的心!
>
> (第 106—107 页)

---

① 李希凡:《在两条路线尖锐斗争中诞生的艺术明珠》,《光明日报》1967 年 5 月 19 日。

凭借着这种强烈的反抗性、顽强的求生意志和坚强的复仇愿望，她在数年深山的非人生活中活了下来。歌剧还特意设计了一场她与黄世仁在奶奶庙狭路相逢的场面，让喜儿的满腔仇恨得到了一个喷发的机会。歌剧描写她见到仇人时，"怒火突起，直扑黄世仁等，并把手里所拿的供献香果向黄世仁等掷去，如长嗥般地"呼喊："我要撕你们！我要掐你们！我要咬你们哪！"

在歌剧《白毛女》的改编过程中，喜儿的这种反抗精神被不断强化，最终成为一个与懦弱的父亲完全不同的"复仇女神"。然而，直到 50 年代初期改定的歌剧本，喜儿的复仇仍然只能以"个人复仇"加以解释。喜儿仍然是一个成长中的人物。这是喜儿在黄家被奸受孕后的形象：

> 喜（唱）自那以后七个月啊，
> 　　　压折的树枝石头底下活啊——
> 　　　忍辱怕羞眼含泪，
> 　　　身子难受不能说。
> 　　　事到如今无路走呵，
> 　　　哎，没法，只有指望他……低头过日月呵……
> 　　（第五十一曲）
>
> 　　　　　　　　　　　　　　　　　　　　（第 64 页）

芭蕾舞剧《白毛女》彻底改变了歌剧《白毛女》中的喜儿形象。如果说在歌剧中，喜儿对黄世仁的仇恨是逐渐生长起来的，那么，在芭蕾舞剧《白毛女》中，喜儿的仇恨则是与生俱来的，更为重要的是，这种仇恨不仅仅是对黄世仁的个人仇恨，而是对整个"地主阶级"的阶级仇恨。为了表现这一主题，芭蕾舞剧将歌剧中喜儿在奶奶庙怒砸黄世仁的场景提前搬到了黄家。李希凡在文章中这样描述舞剧中喜儿形象的突破：

被抢进黄家强迫为奴的喜儿,并没有忍辱屈从,它燃烧着强烈的阶级仇恨,反抗地主婆对她的虐待,反击黄世仁侮辱她的企图。在佛像前那高举香炉的一掷,和影片中黄世仁在"大慈大悲"横匾下奸污喜儿的情节形成了尖锐的对照。这一掷,岂止是掷向黄世仁,而是掷向吃人的旧制度。一个英勇不屈的贫民女儿的高大形象,就在这一掷间矗立在观众面前。这才是我们贫苦农民的喜儿,肩负着几千年来阶级的深仇大恨的喜儿,肩负着杀父之仇的喜儿,难道不正应当这样也必然这样反击黄世仁吗?在这里,舞剧完全以突出阶级斗争为红线,删除了原歌剧迫使喜儿受辱的情节,以高昂的基调,革命的旋律塑造了喜儿的反抗形象。那眼神、那表情,那旋风般反抗的舞蹈,那愤怒'控诉'的歌声——"鞭抽我,锥刺我,不怕你们毒打我,我要冲出你们黄家的门,仇上加仇仇更深。"无不燃烧着仇恨的火焰,无不倾诉着阶级的反抗。没有在黄家的反抗,就不可能有在荒山野林顽强斗争中生存下来的喜儿,"想要逼死我,瞎了你眼窝,舀不干的水。扑不灭的火。我不死!我要活!我要报仇,我要活!"在张二婶的帮助下逃出黄家的喜儿,"我要报仇,我要活"的信念不是突然产生的,而是她的勇于斗争性格的必然发展。《奶奶庙》一场,喜儿的燃烧着复仇烈火的形象,得到了更突出的表现。深山野林,饥寒交迫,并没有压碎喜儿的反抗性格。"狼嗥虎啸何所惧,只恨黄家恶霸毒如蝎","报仇雪恨心更切"。在暴风雨之夜,向闪电、向响雷倾诉着誓报阶级仇恨决心的喜儿,来到了奶奶庙寻找食物,正遇上潜逃的黄世仁、穆仁智躲进庙里避雨,喜儿一看到这两个坏蛋,满腔的阶级仇恨一下子像火山一样爆发出来。"见仇人烈火烧,我恨,我恨,恨不得踏平奶奶庙,我要,我要,把你撕成千万条"……喜儿再一次抓起香炉向黄世仁砸去,猛地扑向黄世仁,直到把这两条恶狗追打得狼狈逃窜。这一刹那间,喜儿的顽强性格,以其高扬着烈火般复仇意志的飒爽英姿,迸发出更加耀眼的光芒。①

除了杨白劳和喜儿外,为了展现"革命农民"的共同本质,像赵大叔、王大春这种歌剧中的配角人物也得到加强。歌剧中的赵大叔——"赵老汉"在杨白劳死后,只能将希望寄托于善恶相报的传统伦理:"今天是人家的世道,有什么法子?……黄家害死了多少人呀……咱们记住吧。他黄家总有气数尽的一天!总有一天会改朝换代的!……"而在芭蕾舞剧中,赵大叔变成了地下党员,不只在喜儿危难时期,率领群众奋起营救,反抗黄世仁的迫害,而且为青年农民指出方向,组织他们参加了八路军,掀起了反抗日本侵略者、反抗汉奸恶霸地主的斗争。舞剧中的王大春,也不再是歌剧中"儿女情长"的温顺青年,"健儿身手健儿刀","他满怀壮志地投奔八路军,这不仅仅是为了解救一个喜儿,而是为了解放处在水深火热之中的千千万万的像喜儿一样被压迫被奴役的劳动人民"。②

于是,我们在舞剧《白毛女》中看到了与抽象的"恶"对峙的体现着抽象的"善"的英雄群像:"一个刚强朴质的老贫农杨白劳,一个坚贞不屈的贫农女儿喜儿,一个英武勃勃的子弟兵王大春,一个沉毅坚定的共产党员赵大叔。他们和广大的革命农民心连心,凝结成一股任何反动暴力也压不垮的、敢于起来砸烂旧世界的钢铁般的力量。这就是经过再创造,而在芭蕾舞剧《白毛女》中所再现出来的崭新的舞台人物形象。"③

一位评论家在《人民日报》撰文总结了芭蕾舞剧《白毛女》的美学追求:"把一条阶级斗争的红线贯穿在《白毛女》这部剧作中,通过舞

---

① 李希凡:《在两条路线尖锐斗争中诞生的艺术明珠》。
② 公盾:《谈芭蕾舞剧〈白毛女〉的改编》,《人民日报》1967年6月11日。
③ 同上。

剧所塑造的活生生的人物形象，对广大观众揭示了：在沉重的奴役压迫下的旧中国农民，始终没有屈服，而是顽强不屈地英勇战斗着！广大的革命农民在毛主席和中国共产党的领导下拿起了枪杆子，为夺取政权进行着武装斗争，不断地扩大战斗的行列，从一个胜利走向又一个新的胜利，将革命不断地推向前进！"①

这当然是另一个时代的"革命"经典歌剧《白毛女》所无法承担的使命。舞剧时代的评论家对歌剧进行了激烈的批评。他们认为歌剧作者"把一系列舞台人物都塑造成了卑微软弱、贫苦无告的角色"，这些形象"只是毫无造反精神的被怜悯的奴隶"；以致使作品"只有血泪史，屈辱史，而无反抗史，斗争史"因而与批判现实主义的作品没有什么区别。在他们眼中，歌剧《白毛女》与舞剧《白毛女》形成了鲜明的对比：

> 一个在站在资产阶级的立场上，严重地歪曲农民的形象；一个是站在无产阶级的立场上，正确地塑造农民的形象，一个是用资产阶级人性论、人道主义的观点来塑造剧中人物，一个是用无产阶级的阶级斗争的观点来塑造剧中人物；一个是用资产阶级旧现实主义的方法，止于揭露旧社会的黑暗；一个是用革命现实主义与革命浪漫主义相结合的方法，通过对现实生活中阶级斗争的描写，给广大人民指出了战斗的道路。②

同属"革命文学"阵容的两种话语实践产生了如此激烈的对立，当然是现代性的奇观。只有现代性才能孕育如此激烈的自我否定与自我超越。发生在现代性内部的这种冲突，果然如我们评论家宣称的那

---

① 公盾：《谈芭蕾舞剧〈白毛女〉的改编》。
② 同上。

样势不两立吗？在"延安文学"与"文革文学"之间，是否真的没有任何联系呢？

四、"文化革命"视野中的"延安文艺"

如果我们将延安时期的政治革命放置在现代性的范围内加以理解，即将其理解为一种现代性的话语实践活动，那么，我们在歌剧《白毛女》中看到的"政治革命"其实也是一种文化革命，或者说只是文化革命的一种表现形式而已。在詹姆逊的理论中，任何艺术都表达出意识形态的诉求，反过来，任何意识形态都必然包含着艺术的方式——隐喻、象征或乌托邦，因此可以说："意识形态即乌托邦，乌托邦即意识形态。"①

在一篇分析"延安文艺"的文章中，唐小兵就认为："延安文艺，亦即充分实现了的'大众文艺'实际上是一场轰轰烈烈的文化革命运动，含有深刻的历史必然性和久远的乌托邦冲动。"② 在某种意义上，歌剧《白毛女》相当完整地凸现了延安文艺具有的"文化革命"的意义。因此，"我们必须同时把握延安文艺所包含的不同层次的意义和价值，亦即其意识形态症结和乌托邦想象：它一方面集中反映出现代政治方式对人类细致行为、艺术活动的'功利主义'式的重视和利用，另一方面也表达了人类艺术活动本身所包含的最深层、最原始的欲望和冲动——直接实现意义，生活的充分艺术化。从这个角度来看，延安文艺是一场含有深刻现代意义的文化革命"。③

新政权的建立和巩固，往往有赖于新型意识形态的推行。这一

---

① 弗雷德里克·詹姆逊：《政治无意识》，王逢振、陈永国译，中国社会科学出版社，1999年，第273页。
② 唐小兵编：《再解读——大众文艺与意识形态》，牛津大学出版社，1993年，第16页。
③ 同上书，第17页。

点决定了建构意识形态认同成为进入"延安时代"的共产党的首要任务。在抗战时期,共产党领导的绝大部分根据地,都属于偏僻的山区和农村,本来就处于长期的经济文化的落后状态,比起平原和沿海地带,它们要落后几十甚至上百年,在这些地区占统治地位的传统意识形态显然不利于新政治认同的建立。虽然农民认可八路军和新四军的武力——就像他们认可任何一种能控制局面的武力一样,但他们明显缺乏对这些武力在心理上—文化上的认同。虽然他们也不满于近世道德的衰落,但对唯利是图和不道德行为带来的灾难往往无可奈何,他们固然一如既往地抨击和嘲笑富人,但骨子里却依旧充满了对富人生活的向往。因此,要建立新政治的合法性,不能仅仅依靠武力的有效性,甚至不仅仅在于迅速地改善农民的生活状况,而是要在农民心里植入新的认同理念。这种理念必须是讲理的,当然不能依靠武力来建立,而是要依靠文化、艺术和审美的力量。就像詹姆逊指出的那样:"因为道德状况只能从审美状态中发展而来,而不能从物质状态中发展而来",[1]亦如席勒将艺术视为一种深入人的"主体间性"的"中介形式":"正如人们在经验中要解决的政治问题必须假道美学问题,因为正是通过美人们才可以走向自由。"[2]

与其他艺术类型相比,作为群体艺术的戏剧无疑是最适合表现这种政治—美学使命的艺术类型。一个以建构共同的文化心理结构、共同的价值观念形态、共同的情绪、共同的焦虑与向往为目标的时代,往往是戏剧繁荣的时代。每当意识形态感到群体本质认同的必要性和紧迫感,因而要重温或再现一个"想象的共同体"时,戏剧便具备了繁荣的客观条件。在剧场中,悬置起现实中个性的观众,真诚感动地投入一个共同的情感世界,群体精神占领了个体心灵——人们在剧场中过着一种共同的生活。这一特点使戏剧常常成为民众的狂欢节。中

---

[1] 弗雷德里克·詹姆逊:《政治无意识》,第118页。
[2] 席勒:《审美教育书简》,冯至、范大灿译,北京大学出版社,1985年,第14页。

国古代戏曲发展的历史也充分地说明了这一点,中国戏曲与原始祭祀仪式、民间节日渊源深厚。由于近代以前的中国人交通不便,居住分散,光凭戏曲很难集结大批观众,正是世代相传万民同庆的民间节日帮助戏曲克服了这一巨大的困难。戏曲依托于节日,节日伴随着戏曲。中国民间节日大多是全民性的,正是这些"举国之人皆若狂"的民间传统节日造成了节日观戏时贤愚毕至、老少咸集、万人空巷的盛况。正因为戏剧具有这种其他艺术形式所不具备的功能,在建构政治认同成为延安文艺的基本目标以后,"延安大众文艺,则不仅仅要克服通俗文学的客体化成分,也要摈弃现代主义的个人化政治,因此大众文艺的具体形式就包括了放弃'长篇的体裁,复杂性格心理的描写,琐碎情节的描写'等(周扬语),转而强调戏剧、曲艺、民间文艺,以及带有狂欢色彩的集体欢庆活动"①。

准确地说,延安文艺选择的是"戏曲"而不是"戏剧"。中国传统的戏曲自兴盛的那天起,就有着"以歌舞演故事"(王国维语)的传统,正统的意识形态观念正是通过从演绎"正史"的缺口,将一个个忠臣义士、义夫节妇、孝子贤孙的故事渗入老百姓的心田。戏曲特有的仪式性,如戏剧的服饰、道具、程式营造的强烈的仪式化的氛围,使观众从中感受到上下尊卑的秩序,领受传统礼仪的魅力。由于戏曲为农民所喜闻乐见,所以其渗透力与感染力都是其他渠道不可比拟的。在古代戏曲艺术家和批评家看来,戏曲的主要功能是进行道德教化。用汤显祖的话来说,就是:"可以合君臣之节,可以浃父子之恩,可以增长幼之睦,可以动夫妇之欢,可以发宾友之仪,可以释怨毒之结,可以已愁愤之疾,可以浑庸鄙之好。……人有此声,家有此道,疫疠不作,天下和平。岂非以人情之大窦,为名教之至乐哉!"②戏剧的政治功能是显而易见的,然而,戏剧中的政治是一种"审美的政

---

① 唐小兵编:《再解读——大众文艺与意识形态》,第22页。
② 汤显祖:《宜黄县戏神清源师庙记》,《汤显祖诗文集》下,徐朔方笺校,上海古籍出版社,1982年,第1127页。

治"。中国古代戏曲是"乐"（艺术）的一个组成部分，是一种"情感的经验形式"。政治的道德化不能不讲"情"。如何将人们各种各样的"情"纳入道德规范中来，而不是任其泛滥，《毛诗序》就提出了"发乎情，止乎礼义"的观点，由此达到《乐记》的所谓"乐者，通伦理者也"。戏剧—戏曲成为延安时期与"文革"时期最重要的艺术类型显然与其具有的这种独特的"形式的意识形态"的功能有关。

抗战期间，存在着中国近代史上一次大规模的城市向乡村的文化转移，大批城市知识青年随着八路军和新四军来到了乡村，为面向农民的大规模民族主义宣传提供了条件。他们创作了许多小说、诗歌和话剧，排演了俄罗斯和苏联的大型话剧，举办大型的文艺会演，虽然演出时观众也是人山人海，但毕竟老百姓只是看热闹，并没有真的看懂。1942年的延安文艺座谈会改变了这一切。《讲话》从理论上解决了普及和提高的关系问题，认为必须先普及再提高，明确要求文化革命的方式必须首先是农民能够接受的方式，主张利用农村各种农民喜闻乐见的形式寓教于乐。《讲话》之后，传统的民间文艺形式如民歌、地方戏、民间音乐和民间舞蹈等才逐渐引起了知识分子作家的重视，一部分知识分子开始走进农民的生活，很快就摆脱了阳春白雪式的说教方式，开始与民间艺人结合起来，开出了一片戏曲生活的新天地。陕北地区的秦腔、信天游、郿鄠戏、道情、秧歌、花鼓等等，都成为文化革命的形式。

一位从国统区初到鲁艺的剧作家曾这样谈到自己对鲁艺的观感：

> 到延安鲁艺时，鲁艺的人大部分都下乡演出去了。回来时，在鲁艺大门外的空地上搭了一个土台子，竖起几根木杆，挂起一块天幕和两块大幕就演起戏来。观众就坐在地上或站在小土坡上看。一连演了三天，节目有《兄妹开荒》《二流子变英雄》《周子山》等，演出有乐队伴奏，演员又扭秧歌，又唱，又说，说的是陕北方言，都是陕北的农民、干

部和民兵的打扮。戏里面演的都是从未见过听过的……我看到的是一种崭新的戏剧……①

1943年,在周扬的直接领导和张庚、吕骥的统筹下,鲁艺全院的师生几乎都参加到秧歌的创作和排练中。黄钢在一篇文章中曾描写鲁艺秧歌队(起初名为鲁艺宣传队)巨大的政治作用:

> 从剧场到广场,这种演出场地的改变,表明了延安戏剧活动所发生的重大变化。川口区的一个妇女看了鲁艺宣传队的演出以后,说:"以前鲁艺的戏看不懂,这回看懂了。"很多节目中的曲调,农民都熟悉。在东乡罗家坪演出时,当表演《拥军花鼓》的王大化、李波唱到"猪呀,羊呀,送到哪里去?"时,老乡们马上就接唱道:"送给那英勇的八路军"。②

戏剧在整个延安时期的重要性其实并不亚于"文革"时期。在整个延安时期,戏剧的狂欢、仪式与叙事的功能得到了酣畅淋漓的表现。在如此艰难的生活和斗争环境里的戏剧的繁荣昭示着戏剧不可替代的意识形态功能。这种被组织起来的戏剧活动分为不同的层次,不仅边区政府和军队一般都拥有水准相当高的剧团,连各军分区和各县都有自己的剧团和剧社。这些剧团分散成小的演出队下到基层演出,他们还帮助培训村剧团。在整个延安时期,由青抗先和文救会组织、各地乡土戏曲爱好者参加的村剧团一直非常活跃,仅晋察冀边区,就有村剧团上千个,它们的活动遍及边区的每一个角落,甚至渗透到了敌占区。因为这一时期延安政治的主要目标是建立民族国家认同,因此在这些演剧活动中,民族主义的鼓动占了最显著的位置。除了某些

---

① 舒强:《培养革命文艺工作者的学校》,《延安鲁艺回忆录》,光明日报出版社,1992年,第158页。
② 黄钢:《皆大欢喜——记鲁艺宣传队》,《解放日报》1943年2月21日。

老戏之外，大量以现实斗争的真人实事入戏，通过各种文艺形式的演出和宣传，形象的塑造和升华，使得本来似乎是很普通的事情迅速地英雄化，使农民意识到原来自己的行为也可以入戏，可以像古代英雄豪杰那样被人传唱，从而产生一种前所未有的自豪感，农民因此感觉到自己的抗日行为的意义所在，意识到原来开荒种地、交公粮等会对整个民族和国家有如此重要的意义。与此同时，在弘扬民族主义的时候，自然会伴随对民族背叛和贪生怕死行为的抨击和鞭笞，在新老民族主义戏曲交互上演的时候，现实的汉奸与秦桧、潘仁美息息相通，成为超历史的反面人物。通过这一方式，落后、分散的根据地农村就注入了类现代的民族国家意识，逐渐建立起对共产党政权的"阶级"认同，为未来更加激烈的现代性革命打下了比政治基础更为重要的文化基础。

值得指出的是，延安文艺的"普及"毕竟是在"提高"指导下的"普及"。大众化的目标是"化大众"。民间戏曲毕竟是下层社会的产物，识字不多的艺人与识字不多的农民把浓厚的乡土观念带进了戏曲故事之中，就是那些表现忠臣义士的剧目，也缺少绝对主义的意旨。因此，从"借用"民间文艺形式到"改造"民间文艺形式到"再造"民间形式，歌剧《白毛女》可以说既是延安大众化文艺运动的高峰，又是这一运动的必然终结。

就主题而言，歌剧《白毛女》的改编和演出时值抗战尾声，民心所向将决定"中国向何处去"这个大问题。这出戏将中国划为阴阳两重天，而且据说有生活原型，让人真假难辨，因而被视为宣传战中的一颗重磅炸弹。《白毛女》成了解放区影响最大、最受欢迎的剧目。解放区报纸不断报道当时演出的盛况："每至精采处，掌声雷动，经久不息，每至悲哀处，台下总是一片唏嘘声，有人甚至从第一幕至第六幕，眼泪始终未干……散戏后，人们无不交相称赞。"[①] 人们称赞台

---

① 见1946年1月3日《晋察冀日报》。

上台下感情交融的情景为"翻身人看翻身戏",并且充分肯定它在实际斗争中的作用:《白毛女》"向我们提出了一个当前中国亟需解决的土地问题;杨白劳的死和喜儿的遭难,都是由于农民没有土地和民主政权的结果。所以今天我们出版或演出《白毛女》,那是十分合乎时宜的"。① 一些村庄在看了《白毛女》演出后,很快发动起来展开了反霸斗争。有的部队看了演出后,战士们纷纷要求为杨白劳、喜儿报仇,掀起了杀敌立功的热潮。一些小资产阶级知识分子也撰文叙述看了《白毛女》后,对自己阶级感情变化所起的重要影响。《白毛女》在土改运动和解放战争中,充分发挥了艺术作品的感染力量。一个剧能够在千千万万群众中起到这样大的教育作用,这在现代文学史上是空前的。

在中共中央高层对歌剧《白毛女》提出的三条意见中,有一条非常重要,那就是"黄世仁应当枪毙"。中央还对这一要求特别作出了解释:"农民是中国的最大多数,所谓农民问题,就是农民反对地主剥削阶级的问题。这个戏反映了这种矛盾。在抗日战争胜利后,这种阶级斗争必然尖锐化起来,这个戏既然反映了这种现实,一定会很快地流行起来的。不过黄世仁如此作恶多端,还不枪毙他,是不恰当的,广大群众一定不答应的。"② 这一指示预示了中央政治—文艺政策的转变。这种转变不仅意味着抗战中的"减租减息"和"团结地主共同抗日"的政策将被"土地革命"和"打倒地主阶级"所取代,预示着一场更大的革命——现代性风暴的到来,而且也预示着新文艺将摆脱延安文艺对传统意识形态的借用,由表现民族国家认同向表现更为抽象的"阶级认同"转化。正是在这个意义上,歌剧《白毛女》既是"延安文学"的最高峰,同时也是"延安文艺"的终结。

---

① 刘备耕:《〈白毛女〉剧作和演出》,(晋冀鲁豫)《人民日报》1946年9月22日。
② 张庚:《回忆〈讲话〉前后'鲁艺'的戏剧活动》,《文艺启示录》,中国戏剧出版社,1992年,第152—153页。

江青曾将"样板戏"的成功归因于所谓的"三结合"原则:"抓创作的关键是领导、专业人员、群众三者结合起来。"具体的程序是"先由领导出个题目",然后是"剧作者三下生活","剧本写好之后"再"参加剧本的讨论","广泛征求意见,再改","不断征求意见,不断修改"。① 江青的这一经验显然"偷师"自延安文艺。以歌剧《白毛女》的创作为例,从鲁艺的领导、理论家周扬从"白毛女"的民间传说中,敏感地发现和确定了歌剧《白毛女》的思想主题,随后是作家、艺术家遵循这一明确的意向,设计情节,编写故事,塑造人物,安排结构,创作音乐,在编排过程中,从领导到炊事员,从编剧、演员到鲁艺驻地桥儿沟的老乡,都十分关心这个戏,大家为它贡献了许多宝贵的意见。正式演出之后,鲁艺又按照中央领导的指示,对若干重要情节进行了修改,在以后的演出过程中,又在不断听取群众意见的基础上,反复进行修改、加工和润色,可以说,《白毛女》开创了文艺创作和艺术生产的组织化、计划化的先河。"样板戏"的生产过程,无疑是这种"三结合"形式的展开。

就艺术形式而言,歌剧《白毛女》开启了对传统戏曲进行现代性改造的方式。《白毛女》并不是真正意义上的西方"歌剧",而是融戏剧、音乐、舞蹈于一炉的综合艺术形式。歌剧《白毛女》音乐的创作者马可、瞿维这样解释他们对这一艺术形式的理解:

> 所谓中国的旧歌剧,包括的范围很广,种类很多,作为封建社会歌剧艺术最高的形式的,有已经衰败了的昆曲,和曾蒙宠召入宫廷而现仍流行于城市中的京戏,以及北方各种梆子戏等,它们在戏剧音乐的形式方面已发展得较为完整,艺术水准也较高,但是这种形式与其所表现的封建内容是如此地密切结合而不可分,以至于如果让它脱离了原来的

---

① 江青:《谈京剧革命》,《红旗》杂志 1967 年第 6 期。

旧内容而用以反映新的现实生活,就会发生不可调和的矛盾……①

鲁艺的音乐工作者对传统艺术形式的认识体现在歌剧《白毛女》的改编之中。这使得无论是从主题还是从形式上,歌剧《白毛女》已经根本不是传统意义上的戏曲。歌剧《白毛女》运用了民歌、小调和地方戏曲的曲调,但它既不是民间小戏的扩大,也不是传统的板腔戏或宫调戏,而是借鉴了西洋歌剧和话剧注重表现人物性格的处理方法,利用富有民族风味的音乐曲调来表现剧中人的性格特征。譬如在歌剧的表演上,《白毛女》借鉴了古典戏曲的歌唱、吟诵、道白三者结合的传统,尤其是吸收了陕北传统秧歌剧的一些特点。秧歌这种在农村环境下产生的民间艺术形式,具有单纯、朴素的特点,以舞蹈歌唱为主,在原始的秧歌里,甚至没有故事内容,更缺乏戏剧要素,只是农民在农忙之余一种感情的发泄,常常表现男女调情,因此又被称为"骚情秧歌"。鲁艺的作家大都是熟悉西方话剧形式的现代艺术工作者,他们逐渐在秧歌形式上加入简单的故事和情节,使秧歌向"秧歌剧"——在某种意义上是话剧化的"歌剧"发展。从小型秧歌剧《刘二起家》《兄妹开荒》《刘永贵受伤》到大型秧歌剧《周子山》,他们在为歌剧《白毛女》的创作积累经验。《白毛女》大胆吸收了话剧的表现方法,展现了广阔和丰富的现实生活内容,人物对话采用话剧的表现方法,同时注意学习戏曲中的道白。在道白与歌唱的关系上,则运用歌唱来叙述事件,回忆历史,介绍人物,衬托气氛,并在感情需要爆发时,用来揭示人物的内心世界。这些杂糅在一起的艺术手段,创造了一种非常奇特的艺术效果。当时人们对《白毛女》艺术上达到的成就,曾给予高度评价:"《白毛女》的演出对中国歌剧发展是一个最大

---

① 马可、瞿维:《〈白毛女〉音乐的创作经验——兼论创造中国新歌剧的道路》,《白毛女》,人民文学出版社,1952年,第267页。

贡献，有最大功劳——这是它的最高价值。从这次演出上，我们知道了怎样地向中国故有的歌剧形式学习和吸取，怎样把旧的和新的东西结合起来。"① 从早期对民间艺术亦步亦趋到《白毛女》对借用的传统大胆改造，说明革命文艺在经历了以普及为目标的延安时期以后，正在开始回归"提高"这一现代性的启蒙目标。革命文艺的创造者已经不再像从前那样尊重已经存在的艺术传统，这种"古为今用，洋为中用"的创造热情，将不仅仅体现在未来的艺术实践中，同时也将体现在政治实践中。其合二为一的标志，当然是"文革"文艺的经典——"样板戏"。

如何处理"传统形式"与现代革命之间的关系，一直是革命文艺最重要的课题——当然，它也是现代性带来的问题。"文革"后为数不多的"样板戏"研究之所以成绩寥寥，一个重要的原因是这些研究大都局限于"文革文艺"，而不是将其放置在20世纪中国现代性生长的历史中进行清理，因此许多问题显得含混不清。事实上，"样板戏"这一"艺术政治学"绝对是现代性的成果，如何利用和创造"传统"的问题，从五四那一代人开始就是挥之不去的时代命题。在发轫于五四、延续至30年代的俗文学运动对"民间"的发掘与发现的过程中，知识分子认识到历史悠久的传统艺术形式在落后的农村生活中对于农民思想的潜在而巨大的影响，主张将这些"陈旧"的艺术形式加以改良，加入新的内容，使之成为社会教育的重要手段，通过文艺介入乡村的文化秩序并施以教育和影响。这种设想体现出知识分子对作为"他者"的"民间"、对于自身的启蒙和改造社会的角色的现代性想象，显然不能被理解为"农民文化"对"知识分子文化"的否定，更不能理解为"传统"对"五四"的否定。抗战时期，围绕着"旧形式的利用""民族形式"等问题，文化思想界展开过多次讨论，包括毛泽东、陈伯达、周扬、茅盾、胡风等人的各种论述反映出对新文化路向

---

① 联星：《〈白毛女〉观后记》，《晋察冀日报》1946年1月10日。

的认识,其中也自然涉及延安文艺的文艺资源问题。其中茅盾的观点很有代表性:

> "旧瓶装新酒"并不是"利用"旧形式的全部意义,如果是全部的意义,那我们应当说"应用"旧形式而不是"利用"。"利用"可以有两个意义,应用了旧的形式,把整套的间架都搬了过来,例如应用京戏这形式,就连台步脸谱统统都拿过来,"瓶"完全是旧的,连"瓶"上的旧招牌也完全不去动它,这是仅仅借用了躯壳的办法,可以说是初步的手续,但显然未尽利用的能事。所以进一步的"翻旧出新"必不可少。翻旧出新便是去掉旧的不合现代生活的部分(这是形式之形式),只存留其表现方法之精髓而补充了新的进去。仍以京戏为例,则可以保存它的歌剧的特色以及象征手法的特长(如以布幔代替城,马鞭代马等,而非现代的服装、台步、脸谱等,可以去掉)。①

茅盾显然视"推陈出新"为"利用旧形式"的最高目标。这一点,既是"延安文艺"的目标,也是"文革文艺"的目标,甚至也可以视为"五四文艺"的一个基本环节。唐小兵称延安文艺具有一种"历史必然性",理由恐怕正在这里。因为延安文艺的"大众化"目标正是五四文艺的基本主题:

> 在现代中国,"大众文艺"的实践及其最壮阔的展现自然是我们现在需要认真考察的"延安文艺",因为在"延安文艺"里,"五四"新文学运动中一直孕育的,在30年代明确表达出来的"大众意识"才真正获得了实现的条件以及体

---

① 茅盾:《利用旧形式的两个意义》,《茅盾全集》(第二卷),人民文学出版社,1991年,第413页。

制上的保障,"大众文艺"才由此完成其本身逻辑的演变,并且同时被秩序化、政策化。①

如果我们认同"延安文艺"与貌似对立的"五四文艺"之间的内在联系,那么,我们或许能够在另一种意义上理解"延安文艺"与"文革文艺"之间的关系,进而促进我们在"文化革命"的意义上重新解读 20 世纪中国的"政治革命",并因此加深对永无止境、永无回返的现代性历程的了解:

> 正如公开的革命已不是定时的事件,而是使革命前作用于整个社会生活过程的无数日常斗争和阶级分化的形式浮于表面——这些斗争和形式潜伏和隐含地存在于"前革命"的社会经验之中,只能在这种"真理时刻"作为后者的深层结构显现出来——同样,文化革命的公开"过渡"时刻本身也不过是人类社会中某一持久过程的过渡,或各种共存生产方式之间持久斗争的过渡。因此,一个新的制度的主导因素上升的胜利时刻,只不过是它为了使自己的主导地位永远保持并再生而不断斗争的历时表现,这种斗争必须在它生存期间一直坚持下去,并在所有时刻都伴随着那些拒绝同化、寻求支持的旧的或新的生产方式的系统或结构的对抗。在这最后视域内如此理解的文化和社会分析的任务,显然是对其素材的重写,从而使这种永恒的文化革命可以得到理解并被解读为更深层的、更持久的构成性结构,而在这种构成性结构里经验的文本客体也可以获得理解。②

---

① 唐小兵编:《再解读——大众文艺与意识形态》,第 14 页。
② 弗雷德里克·詹姆逊:《政治无意识》,第 7 页。

第八章 《第二次握手》

——"地下文学"的三种叙事方式：言情小说、政治叙事与民族寓言①

  1928年夏天的上海。从欧洲回国上大学的美丽少女丁洁琼在黄浦江游泳时遭遇风暴，被英俊的大学生苏冠兰冒死救起，不久又在传奇般的火车历险中再度重逢，一对才貌双全的青年男女因此相识并相爱，但遭到苏冠兰父亲、留英著名科学家苏凤麟的极力反对。因为苏凤麟已为苏冠兰定下姻缘，让苏冠兰娶老友之女叶玉菡为妻。苏冠兰坚决不从。叶玉菡虽然相貌平常，却"温存、善良、纯洁"，一直在痴情地等待着苏冠兰。苏凤麟利用自己的社会影响和权力在苏冠兰与丁洁琼之间设置了重重障碍，仍无法割舍两位恋人之间的坚强爱情。无奈之下，苏凤麒利用自己主持全国留学考试的机会，将因病未完成考试的丁洁琼录取为美国留学生，将成绩优异的苏冠兰留在国内。一对恋人从此隔海相望，苦苦相思。赴美留学的丁洁琼，日后成为轰动美国科学界的著名

---

① 《第二次握手》，张扬著。该小说是"文革地下文学"中影响最大的作品，曾以手抄本形式广为流传。据张扬自己介绍，他曾经分别在1963年、1964年、1967年、1970年、1974年写过五稿，曾定名《浪花》《香山叶正红》《归来》等等。造成全国传抄的主要是1970年完成的《归来》。1979年7月，经过张扬的最后一次修改，《第二次握手》由中国青年出版社正式出版。本章解读采用该版本。

华裔核物理学家，但对苏冠兰一直坚贞不渝，她拒绝了美国科学家奥姆霍斯的苦苦追求，一直在等待着与苏冠兰的重逢，而留在大陆的苏冠兰经历了新中国的建立，最终在党组织的撮合下，娶叶玉菡为妻。许多年后，当丁洁琼冲破帝国主义的阻挠返回祖国，却发现苏冠兰已经儿女成行。悲伤的丁洁琼拒绝了朋友和组织的挽留，决意离开北京这块伤心地，最后，周恩来总理亲自赶到机场，说服丁洁琼放弃个人恩怨，留下来同大家一起为祖国工作。战胜了情感创伤的丁洁琼，与苏冠兰、叶玉菡一同幸福地工作在一起。在她的主持下，5年后，中国成功地爆炸了第一颗原子弹……

上述《第二次握手》的内容，现在重读会生出恍若隔世之感。这部"文革"时期的"地下文学"作品曾经以"手抄本"的形式流传了十多年，作者还因此锒铛入狱。书里书外的传奇故事在读者中引发了一股不可思议的激情。1979年该小说由中国青年出版社正式出版时，一年多的时间竟印行了420万册，直逼《红岩》保持的中国新文学长篇小说的最高纪录。不过，这股热情并没有保持太长的时间，在"新时期文学"璀璨的天穹上，《第二次握手》很快就暗淡下去了，不仅被读者和批评家遗忘，连文学史家也很少想起在两个时代的交接处还曾经存在这样一部奇特的作品。

让今天的读者为这个粗俗的传奇故事感动已经是奢求了。然而，对于文学史家而言，《第二次握手》仍然是一份难得的精神档案。作为"地下文学"的代表作品，它在写作和传播过程中引发的那么多读者形形色色但同样痴迷的阅读体验，或许比代表官方意志的正式出版物保留着更为真切、更为复杂的关于一个时代的想象与认同。本章的解读，将致力于了解小说如何在意识与潜意识的层面表达出多重主体——性别、知识分子以及民族国家之间的认同，力图揭示隐含在小说叙事成规中的历史过程、政治寓言及文化生产方式，并进一步探讨现代性的"革命"与"传统"之间隐秘的互动和缠绕。这种与解构批评有关的"细读",不同于新批评以文本中的反讽或悖论等等修辞特征为依据,来佐证作品内涵的丰富和充盈,而是"小心翼翼地从文本内部的意指结构中抽出冲突力量来"。

一、言情小说中的"男人"与"女人"

在最直观的层面上,《第二次握手》是一部言情小说。这显然也是小说作者张扬的初衷,当年他在每一次修改完成的手稿的扉页上都要抄录这段恩格斯的语录:"痛苦中最高尚的、最强烈的和最个人的——乃是爱情的痛苦。"二十年后,在回忆《第二次握手》的文章中,张扬仍然认为"这段语录非常切题",并且再次宣称"这部书稿写的就是爱情的痛苦和痛苦的爱情"。[①]

言情小说触及了"文革"中成为禁区的男女情感问题,成为"文革"时期严酷的政治文化环境中的地下奇观。对于那些在感情的沙漠中奄奄一息的读者而言,缠绵悱恻的情爱故事不啻一顿丰饶的情感大餐,人们从中尽情领略那久违的情感奇观带来的兴奋与刺激。禁锢与禁忌总是伴随着超常的欲望。"文革"时期较为有名的地下言情小说除了《第二次握手》,还有《九级浪》《塔里的女人》等等,甚至还包括像《曼娜回忆录》这样的准色情小说和《少女之心》这样有名的色情小说。在这些作品中,与《第二次握手》关联最大的是作家无名氏创作于40年代的畅销小说《塔里的女人》。

《塔里的女人》描写南京医生兼提琴家罗圣提与名媛黎薇之间凄婉的爱情故事,罗圣提起初试图回避纯真少女黎薇的接近,两人若即若离,当黎薇提出结婚,作者才揭破谜底,原来罗圣提已婚。黎薇深

[①] 张扬:《〈第二次握手〉文字狱》,中国社会出版社,1999年,第61页。

受刺激，加上家庭的极力反对，黎薇与罗圣提分手。她把自己封闭起来，与世隔绝，最后进入了修道院。小说结尾，若干年后当罗圣提带着忏悔之心去修道院看望黎薇时，黎薇走出来，怀里抱着一只猫，她对昔日的恋情已经淡忘："还有这样的事情发生吗？"罗圣提无限惆怅。一切都已经虚无，连道歉也是虚无的。

据《文化革命中的地下文学》一书介绍，《塔里的女人》一度成为"文革"时期最受欢迎的"手抄本小说"，东北建设兵团14团一些女青年曾联合抄录，订成一本。有些女青年至今还能背诵出《塔里的女人》的片段。此书在北京、南京以至北大荒，"疯魔"了许多女青年。《塔里的女人》在传抄过程中，曾出现过不同版本和异名。小说由文字变成口头文学，在许多知青点及部队、干校、工厂流传，并被不断"改造"，在南京被改名为《塔里"木人"》，在西安改成《塔姬》。其中《塔姬》将《塔里的女人》改写成了如下的故事：有一中统特务头子的女儿是社会上有名的交际花，她发现在社交场合，当众人追求、逢迎她的时候，有一青年却表现孤傲，敬而远之，这反而引起了她的注意。此青年是一位化学家，能拉一手悦耳的小提琴。不久，两人陷入热恋之中。但是，女方的父亲反对她的选择，将她许给一位年轻英俊又前程远大的军官。女儿迫于父命出嫁后，因为夫妻感情不和，导致最终离异。若干年后，化学家经历了一番沧桑之后，在大西北偏僻的地方，发现一座高塔，塔中住着一个枯槁、沉默的女人，原来就是他旧日的情人。她对化学家讲："你来得太迟了。"①

无名氏写《塔里的女人》是"立意用一种新的媚俗手法来夺取广大的读者，向一些自命为拥有广大读者的成名文艺作家挑战"。② 所谓的"媚俗手法"，包括曲折离奇的爱情故事、一见钟情的模式、悲切煽情的结局，以及故事套故事的男主人公忏悔回想结构、制造悬念和神

---

① 杨健：《文化大革命中的地下文学》，朝华出版社，1993年，第336页。
② 司马长风：《中国新文学史》下卷，昭明出版社有限公司(香港)，1978年，第103页。

秘效果的叙述方式。虽然张扬在后来的回忆文章中没有谈到自己当时是否读过《塔里的女人》或者受到这部小说的影响,但《第二次握手》在情节结构乃至叙事方式上的确与《塔里的女人》非常近似,至于与《塔姬》这一类改编本的联系,则更是一目了然。因此,与我们已经探讨过的《红灯记》《白毛女》这样的"地上文学"一样,类似于《第二次握手》这样的"地下文学"作品似乎也应当在文学的"生产"而不是"创作"这一意义上加以理解。

《第二次握手》与中国古代才子佳人小说之间的关联,更加值得关注。所谓的"才子佳人小说"描写的是才子和佳人的遇合与婚姻故事,早在唐代的传奇小说中就有滥觞,在以后的戏曲作品中,才子佳人故事开始大量出现。万历年间的传奇小说可视为才子佳人小说的雏形,话本小说也有不少的才子佳人故事。至于在白话长篇小说中形成才子佳人小说,作为中国小说史上的一种新的现象,则应当从明末算起。作为一种高度模式化的小说类型,才子佳人小说讲述的基本上是同一个故事:小说的男女主人才貌双全,大都出身世宦书香之家,他们因某种机缘相逢相爱,随后因小人"拨乱其间"或因父母的干预,波折丛生,结局是男方及第,奉旨完婚,有情人终成眷属。文学史上通常将这一大致相同的情节结构归纳成三部曲,即"一见钟情""拨乱离散"与"及第团圆",或者是"私定终身后花园,多情公子中状元,奉旨完婚大团圆"。

鲁迅在《中国小说史略》中指出,才子佳人小说在叙事结构方面,"大率才子佳人之事,而以文雅风流缀其间,功名遇合为之主,始或乖违,终多如意";①在其主题意向方面,"皆显扬女子,颂其异能,又颇薄制艺而尚词华,重俊髦而嗤俗士,然所谓才者,惟在能诗,所举佳篇,复多鄙倍,如乡曲学究之为;又凡求偶必经考试,成婚待于诏旨,则当时科举思想之所牢笼,倘作者无不羁之才,固不能冲决而高

---

① 鲁迅:《中国小说史略》,人民文学出版社,1973 年,第 160 页。

矣"。①

我们不妨从这些最基本的环节分析《第二次握手》对才子佳人小说模式的借用。与才子佳人小说的主人公总是出身于官僚与富贵之家一样，丁洁琼与苏冠兰均出身名门，苏冠兰的父亲是驰名世界的著名科学家，而丁洁琼的父亲则是留学欧洲的著名音乐家。男女主人公不仅门当户对，更难得的是才貌双全。这一男女情爱模式的设置，体现出中国传统小说审美观念的变化。

中国传统的爱情观是"郎才女貌"。女子对男方所产生的吸引力，主要还是"姿色淑令"，唐代《霍小玉传》中的男主人公进士李益宣称："小娘子爱才，鄙夫重色，两相映好，才貌相兼"，霍小玉因此在同李益结合之夜就不无忧虑地说："今以色爱，托其仁贤。但虑一旦色衰，恩移情替，使女萝无托，秋扇见捐。极欢之际，不觉悲至。"《柳氏传》写文士韩翊与美姬柳氏相恋，也是因为"柳夫人容色非常，韩秀才文章特异"，"翊仰柳氏之色，柳氏慕翊之才"；《莺莺传》写张生爱莺莺，是因为她"颜色艳异，光辉动人"，可见这时候男人最关心的主要是女子的姿色。

以"才貌双全"作为理想主人公的标准则是才子佳人小说的一大创造。才子佳人小说以"才情观"取代了"郎才女貌"，使"女子之才"受到了前所未有的重视。《玉娇梨》和《平山冷燕》中的主人公不管男女，被合称为"七才子"，表述了以"才"为基础的情感意向。《春柳莺·序》说："情生于色，色因其才，才色兼之，人不世出。所以男慕女色，非才不韵；女慕男才，非色不名，二者俱焉，方称佳话。"《定情人》中的主人公双星的一段话说得很透彻："只有色，没有才，还不是理想的伴侣；有女如玉，怎说不美，美固美矣，但可惜眉目间无咏雪的才能，吟风的风度，故稍逊一筹，不足定人之情耳！"所以，他不惜放弃仕途而寻求才色俱佳的佳人。把才、色、情三者统一在一

---

① 鲁迅：《中国小说史略》，人民文学出版社，1973年，第164页。

起,缺一不可。在这种主题审美的思维程式之下,女性形象尤其被表现得出类拔萃。

从表面上看,与基于"女子无才便是德"的传统色爱观念相比,才子佳人小说以女性的才、色、义共同做婚姻爱情的基础,文学史研究者通常将其理解为审美观念的进步,称这一变化实际上已从根本上否定了封建的"男性中心主义",认为才子佳人小说反传统之道而行之,高扬女子之才,并把它提高到与色相等,甚至超越色的高度,说明此时作家典型观念的核心——爱情观念已突破了封建礼教的规范,显示着鲜明的近代色彩,这一认识显然夸大了这种审美观念的意义。因为才子佳人小说在提高了对女子"才能"要求的同时,并没有降低对女子容貌——"色"的要求。这说明男性——社会对女性的要求不但没有降低,反而是提高了,甚至可以说变成了不折不扣的苛求。因为才子佳人小说提出了对女性才能的要求就将其等同于对女性的尊重,甚至将其与《简·爱》一类的西方现代小说相比附,显然是过于简单地理解了这种变化。出现在才子佳人小说中的女主人公几乎无一例外的才貌双全。有貌无才的女子当然不符合才子佳人小说的要求,有才无貌的女子更不可能成为才子佳人小说的主人公。在传统文化的框架内,才子佳人小说根本不可能真正走出"郎才女貌"的窠臼。

《第二次握手》再现了这种民族文化的集体无意识。叶玉菡即是这一男性中心主义的牺牲品。她的"情敌"丁洁琼是一个充分满足男性狂想的理想女性——不仅血统高贵,美丽绝伦,更兼才华横溢,成为举世闻名的科学家。在类型化的才子佳人故事中,有才有德惟独无"色"的叶玉菡注定是一个失败者。事实上,叶玉菡虽然最后凭借政治的干预而打败了丁洁琼,成为苏冠兰夫人并为苏冠兰生儿育女,却始终没有得到苏冠兰真正的"爱",苏冠兰的一颗心一直在"佳人"丁洁琼那里。这就是通俗小说的逻辑,当然也是才子佳人小说的逻辑。才子佳人小说表现在男女之间的"不可移之情",是才色情的统一。故笔炼阁主人说:"天下才子定当配佳人,佳人定当配才子。"① 没有"色"的叶玉菡不管多么努力,最终都只能是一个"有缺陷的女性"。这样的女性只有在《简·爱》那样的西方"女性小说"中才有翻身的机会。在才子佳人小说中,无色的女人则只能做配角、多余的人、悲剧人物、不讨人喜欢的人物或反面人物。叶玉菡的"德"与"才"被一再强调,但是在一部言情小说中,她一直是实现男女主人公至高无上的"情"与实现读者爱情梦想的真正障碍。

除了"才貌双全",才子佳人小说模式的第二个步骤就是所谓的"拨乱离散"。天花藏主人在《飞花咏小传序》中说:"金不炼不知其坚,檀不焚不知其香,才子佳人不经一番磨难,何以知其才之愈出愈奇,而情之至死不变耶?"(《〈飞花咏〉序》)可见才子佳人小说的作者并不是着意于日常生活中的世态人情,而是试图通过一番磨难,写才子佳人之奇才深情,借以表现自己的才子佳人遇合之梦。这些阻碍男女主人公爱情实现的力量主要来自于"小人",常常是奸臣贪官、纨绔子弟,有时也来自男女一方的封建家长。在《第二次握手》中,丁洁琼与苏冠兰的爱情障碍来自传统的"父母之命"。苏凤麟反对儿子的爱情,坚持让苏冠兰娶叶玉菡为妻,主要是源于对"信义"的恪守,因为他坚持要实现在故友临死托孤时作出的承诺,苏凤麒的行为尽管有许多不近人情之处,但他坚持的"信义"却是传统伦理的一个重要原则。信义要求"言必信,行必果""重然诺",朋友之间的情义甚至会超过骨肉之亲,正所谓"异性有情非异性,同胞同义枉同胞"(《永庆升平》)。因此,发生在苏冠兰与其父亲之间的冲突,其实只是通俗小说中非常普遍的"情"与"理"的冲突。而参与"拨乱"的"小人",则是美国特务查路德和他的手下"杂种修斯"一类人,他们对男女主人公爱情的破坏,一开始似乎是为了讨好法力无边的苏凤麒,后来则有更本质化的不可告人的政治目的。

---

① 笔炼阁主人:《五色石》第一卷,萧欣桥校点,春风文艺出版社,1985年,第1页。

才子佳人小说模式中最后出现也是最重要的模式就是所谓的"大团圆"。作为非悲剧性的审美观念的大团圆模式在中国传统文化中源远流长。从20世纪初期开始，许多现代作家都在中西文学的比照中，对才子佳人大团圆小说的叙事模式和主题取向进行否定和批判。鲁迅在《中国小说的历史的变迁》中论及《莺莺传》诸种续书的这一特点时就很不以为然，他说："中国人底心理，是很喜欢团圆的，所以必至于如此，大概人生现实的缺陷，中国人也很知道，但不愿意说出来；因为一说出来，就要发生'怎样补救这缺点'的问题，或者免不了要烦闷，现在倘在小说里叙了人生底缺陷，便要使读者感着不快。所以凡是历史上不团圆的，在小说里往往给他团圆；没有报应的，给他报应，互相骗骗。"① 胡适也认为："中国文学最缺乏的是悲剧观念。无论是小说，是戏剧，总是一个美满的团圆"，文学家总是"闭着眼睛不肯看天下的悲剧惨剧，不肯老老实实写天工的颠倒惨酷，他只图说一个纸上的大快人心。这便是说谎的文学。"② 钱玄同在1917年2月25日致胡适的信中指出：中国古代小说中"最下者，所谓'小姐后花园赠衣物'，'落难公子中状元'之类，千篇一律，不胜缕指。故小说诚为文学正宗，而此前小说之作品，其有价值者乃极少。"③……才子佳人小说确实如这些思想家所说的那样，没有（或曰不敢）直面现实的悲剧性、严酷性。当然，明末清初的小说家之所以没有或不敢面对现实，除了封建礼教的束缚之外，这些小说家自身的某些观念——以小说为"游戏"，给人以快乐，将在现实中找不到的东西通过小说去传达出来，以此造成某种意义上的与现实抗衡——也不能不说是重要的因素。

---

① 鲁迅：《中国小说史略》，第283页。
② 胡适：《文学进化观念与戏剧改良》，《中国新文学大系·建设理论集》，上海书店影印，1982年，第382—382页。
③ 钱玄同：《关于文学革命的两封信》，张若英编《中国新文学运动史料》，上海书店影印，1982年，第53页。

才子佳人小说的大团圆的确富于中国特色。才子佳人爱情遇阻，古代作家不敢像西方作家那样破坏宗法等级的现实秩序，让青年男女私奔去实现其爱情，只好设计所谓的"状元"模式来化解矛盾。即安排才子中举，名动京城，结果是惊动了皇帝，作为最高统治者的皇帝在洞悉了是非曲直之后，御赐婚姻，于是有情人终成眷属。皇帝赐婚成为才子佳人小说最经典的场面，影响非常深远，鲁迅就曾在清朝档案中发现一出滑稽故事，记载的是山西生员冯起炎因受了才子佳人小说的毒害，给乾隆皇帝上书，希望天子赐婚，娶表妹为妻，结果以狂妄罪被发配到关外与披甲人为奴。才子佳人小说的影响由此可见一斑。

《第二次握手》几乎完全照搬了这种大团圆的结局方式。丁洁琼成为了名动天下的科学家，她的情爱创伤让周恩来坐立不安。周恩来亲自出马挽留执意离去的伤心女子丁洁琼。小说最激动人心的一幕就此展开：

> 随着嫩绿色的丝质帷幔被完全拉开，金灿灿的阳光毫无阻拦地从落地大窗泻入宽敞的贵宾室，室内的温度似乎在急剧升高，绚烂的光彩四处洋溢……
>
> 贵宾室几扇厚重的门也一起敞开了。周总理身着银灰色中山服，出现在门口。
>
> "洁琼！"周总理喊了一声，踏着稳健而迅捷的步伐，向丁洁琼走去。总理那一双威严的浓眉下，两只炯炯有神的眼睛从一开始就深情地、关切地、慈祥地注视着丁洁琼。总理那线条刚直的嘴角显得无比沉着、坚毅……
>
> 周总理慈祥地注视着女科学家，他那一双深邃的目光表明，没有任何人比这位伟人更了解丁洁琼，了解她的悲欢、苦衷和意愿："洁琼，近来我比较忙，对你关心不够……"
>
> "总理！您……"女科学家的热泪涌上眼眶。她感到无法用语言来表达自己此刻的悔痛：敬爱的周总理在日理万

机、呕心沥血的繁忙工作中,还要为她分心!……此刻,她又站在敬爱的周总理面前,把双手置于总理温暖的巨掌中,心潮澎湃。总理不仅没有责备她,反而说对她关心不够……这比厉声呵责更千百倍地使丁洁琼难受!她透过模糊的泪眼注视着周总理宽大方正的面庞,痛心地喊道:"总理!我错了……"(第399—404页)

有道是:"周公吐哺,天下归心。"在小说中,描写周恩来出场的这一幕"阳光普照"是全书的高潮,在周恩来的关怀下,历经磨难的丁洁琼终于找到了自己的归属。周恩来给她提示的,即是她事业的归属,也是她情感的归属,这也是所有的才子佳人小说的共同归宿——言情小说总是以这样经典的方式描述苦尽甘来的幸福生活:"从此,男女主人公幸福地生活在一起,白头偕老……"

这是《第二次握手》的结尾:

不久后的一天下午,在北京前门外的一条小巷里,在苏冠兰家住的四合院中,秋菊盛开,海棠正红。在室内的餐桌上,上首坐着凌云竹夫妇、赵久真教授和鲁宁夫妇。下首坐着苏冠兰、叶玉菡、丁洁琼、小星星和小甜、小圆。人们看到,座中人个个笑脸盈盈,举杯祝贺丁洁琼在原子核物理学和应用高能技术方面取得的新成就。正在给客人布菜的叶玉菡,那往日苍白的面容添上了一抹红光,苏冠兰微微发了些胖,而丁洁琼那大理石般洁白的面庞则添上了一抹风尘,这可能是从那金黄色的大戈壁滩上带来的痕迹吧!她高兴地一手搂着小圆又亲又吻;另一只手抚摸着小甜的脑袋,关心地问小姑娘的学习成绩,小姑娘拿出标满"优"字的作业本,害羞而娇憨地笑着……(第409页)

这当然是典型的喜剧性的"大团圆"结局。不过，此团圆并不是彼团圆。明末清初的才子佳人小说中的团圆结局的确有不少这种一夫多妻、"娥英兼美""一床三好"的场面。《儿女英雄传》中的张玉凤、何玉凤同嫁安公子，"一碗水往平处端"，姐妹相称，和睦无事；《浮生六记》中陈芸偶遇"美而韵者"憨园，径直为丈夫说项纳妾，全无半点醋意。20世纪以后，随着一夫一妻制成为法定的婚姻制度，真正的"三角恋爱"才真正成为文学的主题。陈平原在分析现代言情小说时就指出过这一有趣的特点，他指出清末民初言情小说与以前轻快欢畅的才子佳人小说相比，最大的区别莫过于其情节的"哀感顽艳"，再也没有金榜题名、皇上赐婚之类的美事了，有的只是生离死别！由"彩凤双飞"改为"断鸿零雁"，这一点从1906年《恨海》和《禽海石》出版时，就已经基本定型了。此后清末民初的众多言情小说中，罕有一对青年男女的爱情婚姻是美满的。或许是以前才子佳人小说的结局过于美满，清末民初的言情小说家清算起"大团圆"来分外彻底。陈平原认为这种把千篇一律的"大团圆"改为同样千篇一律的"大离散"的写法"未免有失公道"，颇有"纯为赚取读者眼泪"的嫌疑①，无疑是中肯的，然而，"大离散"对"大团圆"的取代恐怕更多缘于现实的变革而不是由于作家的虚构。譬如说，这种三角恋爱故事在才子佳人小说的时代就一定无法"赚取读者眼泪"，因为同样的道理，在20世纪以后，恐怕不会有作家再以才子佳人小说的方式为三角恋爱小说设置"大团圆"的结局——当然，如金庸这样的"童话"作家除外。因为在现实生活中，无论作家的想象力多么丰富，他都不可能找到真正的解决三角恋爱的方法。一夫一妻制成为了每个现代人都无法回避因而最具世俗性同时又是最富象征性的现代性选择，也成为现代性焦虑的重要起源。

在中国古代的白话小说中，描写男女恋爱婚姻故事的小说曾经

---

① 陈平原：《中国小说史论》，《陈平原小说史论集》，河北人民出版社，1997年，第1658页。

出现过两次高潮，分别是我们论及的明末清初的"才子佳人小说"与清末民初的"言情小说"。虽然同样以男女情爱为题材，但两种文学的处理方式却截然不同。如果说才子佳人小说常常是喜剧性的，通常以大团圆结局，而作为民初小说代表的言情小说则常以悲剧结局。民国初年问世的《断鸿零雁记》和《玉梨魂》，标志了民初言情小说风格的形成。苏曼殊偏爱"言情"题材，他的小说几乎都写"恋爱"，大都是"一男两女"模式，结局都是悲剧，主人公不是"死"就是"出家"。言情小说发生的这种变化，当然有西方文学影响的原因。名扬天下的林纾翻译"处女作"《巴黎茶花女遗事》，就是言情小说。外国言情小说不仅在艺术上而且在价值观念上对中国小说产生了冲击。然而，更重要的冲击，来自时代与社会的变迁。鲁迅对《玉娇梨》《平山冷燕》《好逑传》这些"没有一部好"的作品"在外国却很有名"的原因的分析也证实了这一点，"因为若在一夫一妻制的国度里，一个以上的佳人共爱一个才子便要发生极大的纠纷，而在这些小说里却毫无问题，一下子便都结了婚了，从他们看起来，实在有些新奇而且有趣"。①

晚清小说历来被视为"五四"时代中国现代小说的先驱。在"传统"的言情小说与"现代"的言情小说之间，《第二次握手》无疑更接近于前者。张扬将"私定终身后花园，多情公子中状元，奉旨完婚大团圆"这一才子佳人小说模式改写成"私定终身解放前，多情女子中状元，奉旨革命大团圆"，让我们重逢了这种久违的大团圆场面。"大离散"重新回到了"大团圆"，是因为我们的男女主人公找到了真正克服三角恋爱的方法，即将男女之爱升华为对祖国的爱。相对于个体的相互排斥的具体的男女之爱，祖国之爱是抽象的和永恒的。在这里，男女主人公置身的不是夫妻关系结构的家庭，而是以超血缘的方式建立的祖国大家庭。

从明末清初喜剧性的"才子佳人小说"到民初的悲剧性的"言情

---

① 鲁迅：《中国小说的历史的变迁》，《中国小说史略》人民文学出版社，1975年，第300页。

小说",再到《第二次握手》这样的喜剧性的"革命言情小说",言情小说经历的这一由"喜剧"到"悲剧"再到"喜剧"的转化,形象地展示了近现代中国人精神成长的"三部曲":由安居于文化母体的群体的快乐,到离开文化母体的"个体"的无所依凭、涕泪飘零的痛苦,再到在民族国家这一全新的母体中找到安身立命之所的幸福,其中的酸甜苦辣,竟得以在"言情小说"这一传统文类中得到如此生动的体现。历史仿佛是轮回,然而并不是对传统的复归,而是对传统的再造。

在某种意义上,《第二次握手》体现了一个革命时代中沉潜于集体无意识深处的欲望、意志与理智之间的复杂冲突。小说一方面充分利用传统的文化资源,在塑造这些言情人物的同时,巧妙转换传统小说的文化符码,使言情小说成为"革命"的载体,在建构"爱国主义"理性秩序的同时,否定了文学"私人空间"的合理性;但另一方面,在小说力图借助于传统使现代政治自然化时,却出现了叙事的内在断裂。一方面是革命的狂潮,是对个人的灭绝,另一方面是情欲的涌动。小说以夸张痴男怨女、罗愁绮恨为能事,表面讲的是时代故事,骨子里卖的是才子佳人的老套。一般通俗大众趋之若鹜,实在因为这种作品哗众媚俗,可见"文革"的大潮仍不能将传统的绮梦冲刷干净。

二、政治叙事中的"知识分子"与"党"

《第二次握手》受到查禁时,审讯人员曾训斥作者张扬:"你的《归来》不是爱情小说,而是政治小说!"[①] 这无疑是一种一针见血的评价。虽然张扬无论在当时还是在二十多年后的今天都拒不接受这一指控,坚持认为《第二次握手》只是一部纯粹的爱情小说。

个人性的"男女之情"一直是才子佳人小说中主宰主人公行动的

---

① 张扬:《〈第二次握手〉文字狱》,第153页。

最高思想原则,《定情人》的作者明确指出:"人生大欲,男女一般,纵是窈窕淑女,亦未有不虑摽梅失时,而愿见君子者。"他还借男主人公双星之口,充分阐述了"情"的含义,把它与"出乎性者"的"君臣父子之伦"严格加以区分,认为它具有"性而兼情""人皆不能自主"的特点。因此,男女配合,必须是情之所钟,才能"一定而不移";如果从"宗嗣大伦"和富贵利益出发,勉强与"不足定情之人"结合,就宁可"一世孤单",也不"苟且婚姻"。这种观点,实际上是将男女之爱凌驾于群体利益甚至政治之上来加以肯定的。才子佳人小说将男女之情当作人的天然本性来理解,"情"即是审美的标准,同时也是道德的标准,自然比事业重要得多。《定情人》中江蕊曾对双星说:"欲促成其事,别无机括,惟功名是一捷径,望贤兄努力。"可见,在才子佳人小说中,爱情是至高无上的,连功名都只是实现爱情的手段。

张扬或者正是在这一意义上将男女之情理解为"最个人化"的感情,然而,就小说表现的爱情而言,从"情"与"礼",到"情"与"理",再到"情"与"革命"、"情"与"国家",爱情从来就不是男女个人之间的私事。或者可以说,爱情从来与政治有关。所有才子佳人小说的基本冲突都是在"情"与"理"的框架中展开。"在绝大部分的情况下,这些故事也并非涉及爱恋关系的'平衡交互作用',而是有关道德、贞洁和社会对个人的压抑。"[①] 在才子佳人小说中,情与理的矛盾常常统一于一个艺术形象中,形成人物性格的双重对立因素。一方面,故事的主人公不顾传统观念的层层禁锢,热情地追求情,歌颂情,成为新的爱情观念的实践者;另一方面,他们又无法完全冲破封建礼教的藩篱,常常处于情与理的剧烈矛盾之中,而且情往往屈从于理。封建礼教常常以理制情,《礼记·礼运》中就指出"以道制欲,则乐而不乱;以欲忘道,则惑而不乐"。古代青年男女的爱情故事往往只是以悲剧结局,封建礼教不允许他们超越"父母之命""媒妁之言"

---

① 周蕾:《妇女与中国现代性——东西方之间阅读记》,麦田出版有限公司,1995年,第103页。

的常规而自行其是。家庭的阻力常常是爱情的主要障碍,父母在制造悲剧的过程中扮演了主要角色。才子佳人小说的主人公往往具有既讲情又通理的双重性格,情总是规范在理(或曰礼)的框子内,矛盾的双方处于经常的冲突之中,故事的结局常常就是情与理斗争的结果,有时情战胜理,有时理克制了情。这里有两种表现形式:一是追求情的才子佳人与代表理的社会势力之间的斗争,二是才子佳人自身情与理两种思想的斗争。也正是通过这一方式,才子佳人小说与《金瓶梅》为代表的纵情声色的世情小说区别了开来。才子佳人小说用来解决"情"与"理"冲突的"状元模式",将最后的希望寄托在封建制度的最高统治者皇帝身上,就作品的社会和艺术效果而言,当然只能最终起到强化"礼"和"理"的作用。

《第二次握手》的主题亦是在"情"与"理"的框架中展开,只是"情"与"理"在这里已经被改称为"爱情"与"政治"。"爱情"与"政治"的冲突当然无法在传统意义上"情"与"理"的框架中得到解释,它表现为两个重要的现代性范畴——"个人"与"爱国主义"的冲突。虽然张扬至今仍然不承认"文革"时期关于《第二次握手》是一部政治小说的指控,但对于"文革"后大多数评论文章仍然从政治层面解读这部小说却毫不反感,因为在后一种描述中,《第二次握手》表现的是一种"正确的"政治。在这些批评家眼中,《第二次握手》通过丁洁琼、苏冠兰、叶玉菡三位知识分子解放前后的生活道路来讲述中国知识分子的"改造"与"成长"的历程。关于这种成长道路的经典性描述,是这些知识分子在党的关怀下最终战胜了自我,最终臣服于"爱国主义"这面20世纪中国最大的政治旗帜,在祖国的科学事业中找到爱情与生命的归宿。

"以风花雪月表现国家大事"是中国小说现代性的一种重要表现方式。如果说茅盾、蒋光慈、丁玲式等作家通过将"恋爱"与"革命"联系起来,展现了现代性对日常生活的组织过程,那么,《第二次握手》则开始将"恋爱"与"民族国家"联系起来,通过男女情爱与"爱国主义"之间的冲突与融合，深化了茅盾那一代作家的现代性探索。

才貌双全的丁洁琼与苏冠兰是"情"的体现者，在某种意义上，他们捍卫的不仅仅是他们之间的爱情，更是捍卫着从才子佳人小说生发出的一种情爱伦理——一种以"个人"出发感受世界的方式。叶玉菡不管具有多少美德，在言情小说的结构中，她始终只能是一个"第三者"，是丁洁琼与苏冠兰代表的情爱伦理的破坏者。因此，政治小说对言情小说的改写与拆解的最有效的方式，就是颠倒这种三角关系——让苏冠兰爱上叶玉菡。对苏冠兰而言，爱叶玉菡体现出外在于爱情伦理的另一种伦理力量——政治伦理的需要。因此，苏冠兰面对的已经不是爱情的选择，而是"政治"的选择。以下发生在苏冠兰与军代表鲁宁之间的冲突即生动地凸现出新的"情"与"理"——"知识分子"与"党"两种意识形态之间的紧张关系：

> 一九五零年，药学院各项工作逐渐走向正轨，大家都很忙。鲁宁带着伤病照管着几所大学的工作，更是忙得不可开交，但他终于抽出时间和苏冠兰进行了一次长谈。
>
> "找我谈什么呀，老鲁？"苏冠兰似乎已经敏感到摆在面前的是什么话题。
>
> "谈你的终身大事！谈你和玉菡的关系！"鲁宁单刀直入地说，两道浓眉下一双威严而明亮的大眼直视苏冠兰，"你总不至于认为我也是查路德、苏凤麟派来的说客吧？"他又朝妻子摆摆手，"沏两杯茶来，给我捎一盒烟。我要和老苏干一仗！我不是早说过要揍他一顿吗？他肯定打不过我的。"
>
> 苏冠兰垂下目光，紧闭嘴唇。
>
> "我知道你个性很强，老苏！但是，今天我希望你不要再任性，多用头脑想想。而所谓'不任性'，一个首要表现就是不回避矛盾，不绕道走，不作'沉默的反抗'。咱们双方短兵相接，交一次锋，怎么样？"（第301页）

军代表鲁宁恩威并施地开始了他的"思想工作",他一再宣称自己并不是查路德、苏凤麒派来的说客,但他的目标与查路德、苏凤麒其实并无二致,那就是迫使苏冠兰爱叶玉菡,放弃对丁洁琼的等待——放弃对知识分子的个人性的"情"的坚守。在这一点上,"革命"与"反革命"的目标是一致的。苏凤麒的武器是传统的"信义",鲁宁则缘于"革命"的需要。不过,革命的理由比传统的伦理要抽象得多,"代父"的鲁宁也比生父苏凤麒要严酷得多。知识分子的"个人性"在这里遇到了前所未有的挑战。

"我问你,"鲁宁目光炯炯地盯住苏冠兰问道"你为什么不爱玉菡,是不是因为她不漂亮?"

"不是不是!"苏冠兰连忙摇头。

"是什么原因呢,你为什么缄口不言了?我要告诉你!玉菡是个好同志,是一位非常可爱的女子。几十年来,她对你始终保持着少女时代纯洁、珍贵的爱情。她的学业水平并不比你低,有些甚至超过了你,例如在外文和实验技术方面。她的性格含蓄、内在,有深沉丰富的内心世界。她人格高尚,政治上倾向进步,为人正直、果敢,具有不平凡的侠义风度……老苏,你的玉菡是一个多么可敬可爱的人啊!——你意识到了吗?!"

"叶玉菡是……我的?"苏冠兰喃喃地念道。(第303页)

鲁宁就这样不容置辩地将叶玉菡"派"给了苏冠兰,虽然苏冠兰对"我的叶玉菡"感到"心慌意乱",但鲁宁根本不容他犹疑,他迅速打断了节节败退的苏冠兰的喃喃自语:

"是你的!她是你的同事,你的同志,你在今后革命征途和科学事业上忠诚不逾的伴侣和战友!懂吗?"鲁宁激动地挥挥手,"她的灵魂多么纯洁,她的义举多么惊人,而她又总是那么谦虚沉静!就说她为了救我而摔倒,右肘脱臼、腰部挫伤这些事吧,若不是你今天偶尔透露,我还根本不知道呢!这几个月,她对这一切只字不提……老实说,我望着你这位大教授真有点头痛!"鲁宁走到窗口,回过身来,背靠着窗台,用毫不掩饰的尖锐口气继续说下去,"你有进步要求,但你在长时期中并未能舍生忘死去献身革命;你恨查路德和你父亲,但又没有勇气彻底挣脱他们的钳制;你信服'科学救国论',但你终于又看到科学并不能救中国;你大概还崇尚过'爱情至上主义',但又始终无法获得美满的爱情,反而受尽了它的磨难……总之,几十年来,你就生活在矛盾、苦闷之中,晃晃荡荡,沉沉浮浮,左右为难,进退维谷。你也许埋怨生活对你太不公道了吧?其实,哪里是什么命运的主宰?起主宰作用的,还是你的世界观啊!冠兰,你呀,有时,我同情你,也责备自己对你关心不够、帮助不够;有时,我,我倒真想揍你一顿了!"

"鲁宁!你……"罗语眉站了起来。(第304页)

如果说在此以前,鲁宁谈论的只是苏冠兰的情感选择,苏冠兰还可以消极地闪避,那么,面对如此严酷的"世界观"问题,苏冠兰已经无法逃遁。革命知识分子的世界观改造实际上就是一个标准的"非个人化"历程。"现代性"在这里显示了狞厉的面目。

"你揍吧,老鲁!"苏冠兰摇摇低垂着的脑袋。
"将来有必要的话,我当然会揍你的;现在还不到时候。"鲁宁那黝黑的宽脸膛上忽然绽出笑容,他伸出一只巨大的拳头,在苏冠兰的眼前晃了晃,"从现在起,你应该换一副新的精神面貌,让爱情服从政治,把个人问题归入革命事业的总渠道。站在这个立场上,正确处理周围的一切。首先,你必须把玉菡当作一位好同志,要在生活上、工作上尽可能地关心她,爱护她;不允许再以任何方式加深她心灵上的创伤。我希望看到你们共同的美好未来!在最近即将开始的 PG-501 实验中,你们将一同工作;在这段工作中,你应当做到革命利益和你的良心要求你做到的一切!"
(第 304—305 页)

按照鲁宁的逻辑,对于苏冠兰而言,叶玉菡首先是一位同志,是苏冠兰今后在"革命征途和科学事业上忠诚不渝的伴侣和战友",因此,是否接受叶玉菡就成为一种政治上的选择。"在最近即将开始的 PG-501 实验中,你们将一同工作",党的事业需要他们在一起,爱叶玉菡是革命的需要,爱情必须服从于政治。在鲁宁眼中,苏冠兰的爱情悲剧的原因并不是旧社会造成的,而是由于苏冠兰的"世界观"一直存在问题。因此,苏冠兰的爱情选择,将关系到对知识分子的改造,关系到苏冠兰是否能真正战胜自我。因此,当不满于鲁宁的粗暴的鲁宁的妻子终于明白了鲁宁工作的意义之后,才恍然大悟:"我明白了,你关心老苏和玉菡的事,其实就是在做政治工作呵!"(第310页)

苏冠兰终于成为言情小说"超稳定结构"的缺口。当叶玉菡为了保护国家财产和苏冠兰被特务刺伤,进一步证实其"政治正确"之后,苏冠兰的防线彻底地崩溃了。苏冠兰急切地向伤愈归来的叶玉菡表达了自己的心迹,一直备受冷落的叶玉菡稍感惊异之后便明白了这个翻天覆地的变化发生的原因:

叶玉菡站住了。她仰起脸,睁大眼睛,仔细端详着苏冠兰,似乎是第一次认识这个人似的。

"你就怕鲁政委!"叶玉菡咬住嘴唇,含笑瞅着苏冠兰。

"不!"苏冠兰急道,"这也是我的意思!你负伤后,我

> 在你的手术台旁、急诊室里守候了一个多月，以后每天来看你几次，天天检查你的伤势的严重性。并不是怕老鲁，实在是出自肺腑啊……"（第327页）

苏冠兰急切地否定了他的改变缘于鲁宁的压力，他当然不愿承认自己的改变是因为恐惧。《第二次握手》为我们细致入微地勾画了一个在恐惧中形成的主体意识。

在才子佳人小说中，主人公爱情的干预者常常代表邪恶，因此也是爱情主人公实现爱情而必须克服的力量。在《第二次握手》的前半部分，苏冠兰的父亲代表的就是这样的一种力量，然而，在小说的后半部分中，干预爱情的却是正义的力量，这一转换改变了才子佳人小说发展的方向。

苏冠兰曾经是倔强的和勇敢的，他曾经用他二十多年的生命守候他的爱情，然而，刚进入新社会，他的防线就彻底崩溃了。在回溯知识分子这一个世纪的历程时，有一个现象曾令许多后来者迷惑不解——为什么许多在国民党的统治下能够不畏强暴、坚持和捍卫"自由主义"理想的知识分子在新时代如此迅速地改变了自己的立场？苏冠兰的"皈依"与"成长"为我们提供了答案。如果这种让苏冠兰屈服的力量是邪恶、荒谬、腐朽的势力或权势的话，那么苏冠兰的屈服的确不值一提，但是，如果这种力量是以"祖国""真理"或"革命"的化身而出现，苏冠兰或其他知识分子该如何面对呢？

才子佳人小说中的男女爱情同样充满磨难，但曲折的情节都是为了突出"情"的坚定，使观众最终在大团圆中体会苦尽甘来的彻底的欢乐。故天花藏主人说："金不炼，不知其坚；檀不焚，不知其香而情之至死不变耶！"（《〈飞花咏〉序》）因此，才子佳人小说中的男女主人公无论遭遇多少磨难，或者不管有多少理由，都不能背叛自己的爱人，否则，才子佳人小说就被解构了。

苏冠兰已经从言情小说的主角变成政治小说中的人物，接下来的，是对仍然生活在言情小说中的女主人公丁洁琼的改造。被爱情抛弃的丁洁琼开始了她最后的抵抗。

回到中国的丁洁琼已经是全球闻名的核物理学家，作为中国当时最大的敌人美国的原子弹实验的主要参与者，她的归来给正在起步的中国核武器事业带来了无边的希望。因此，日理万机的周恩来不仅亲自安排她的归国之旅，而且在她到达北京后马上接见了她，在中国科学院举行的欢迎会上，周恩来亲切而兴奋地将"爱国""进步"的丁洁琼介绍给她的中国同行。然而，丁洁琼的归来毕竟有着更具体的原因——她的归来，是因为一个长达26年的等待。然而，这是一个已经破灭的梦。

> 丁洁琼的心情是无法用语言文字来描述的。迷惘、悲怅、痛苦、震惊、感伤……千情万绪像潮水般吞噬了她。几十年的希望和期待，在一瞬间毁灭了，而且毁灭得无声无息……（第362页）

历经千难万险的丁洁琼发现自己等待了26年的情人竟已背弃诺言，儿女成行，不由得哀痛欲绝，而当她亲眼目睹负心人苏冠兰因为愧疚而晕倒在科学院为迎接她归来举行的欢迎会场时，她又看到了久违的爱情。一刹那间，她作出了自己的选择：

> 苏冠兰昏倒，这是丁洁琼没有料到的。从苏冠兰的脸色，她察觉出他是由于感情过于激动而引起血压急剧升高。当他俩握手时，她看到了苏冠兰惶惑、愧痛、深情的眼睛，看到了苏冠兰骤然变化的面色，感觉到了苏冠兰的手在强烈颤抖……她仅仅发现了这些吗？不，不！她透过这一切，敏锐地看到了苏冠兰的心。她明白了，冠兰的感情并没有褪色，更没有变质。否则，他就不会由于激动而昏倒！她更明

白了,忘掉过去的一切是不可能的,她仍然深深地、强烈地爱着冠兰,他已经嵌在她心上,与她的灵魂熔合为一体。唯一的办法是远离,像过去那三十一年的离别一样,再度分离,永远分离。只有这样,才能让冠兰好好地生活、工作下去。她是那么热爱冠兰,然而,正是为了爱,她必须离开冠兰,离开北京,必须再度经受那几乎无法忍受的痛苦。她心甘情愿忍受这种撕肝裂胆的剧痛,她在忍受这种剧痛中也多多少少感到一丝幸福和甜蜜。因为她明白了,自己始终也镌刻在冠兰心中……(第364页)

丁洁琼决定离开北京,放弃她的专长,去遥远的云南高山观测站工作。这个时候的丁洁琼,显然还是一个言情小说中的主人公。她已经完全忘记了她为祖国服务的承诺。支配她的仍然是一种刻骨铭心的爱与痛苦——"正是因为爱,她必须离开冠兰,离开北京"。这种纯粹"个人性"的感情使她与祖国的需要背道而驰,她在为爱情伦理作最后的坚持。在迷离的秋风中,为爱远走他乡的丁洁琼,仿佛是南归的雁群里一只执着离队去寻找什么的孤雁,她的行为不仅将使"祖国"失去一位急需的人才,更重要的是包含着主流意识形态所不能容忍的人生选择。

于是,留下丁洁琼再度成为"政治"的需要。这一次,曾经成功地收编了苏冠兰的鲁宁觉得自己的"一双大拳头"没有了用武之地,不仅仅因为丁洁琼是一个女性——女人在感情上常常会比男人坚强得多,更重要的是因为"丁洁琼教授是一位国际声威很高的科学家,更应该注意政治影响,绝对不能用简单、急躁的态度去对待"(第377页),于是,鲁宁向他的部属苏冠兰夫妇发出了战斗指令:

苏冠兰夫妇快步向门口走去,鲁宁又抢上一步,语重心长地叮嘱道:"记住!玉菡、老苏,这不是私人间的小事,而是严肃的政治任务。因此，要耐心细致，要情理并重，以真挚的感情，把党的温暖，把祖国的关怀，送到丁洁琼教授的心坎上。要尽一切能力把她留下来，留在北京！"（第378页）

或许有些读者会觉得由苏冠兰与叶玉菡来挽留丁洁琼过于残酷，因为，苏冠兰与叶玉菡正是丁洁琼坚决离开北京的原因。不过，对于鲁宁而言，这似乎不是问题，主宰他的根本不是"言情小说"的逻辑，而是政治的需要。于是，在首都机场的"贵宾室里"，面对着执意登机离去的丁洁琼，一场"爱情"与"政治"的较量开始了。当丁洁琼将爱情悲剧理解为命运的离奇而冷酷的"捉弄"时，叶玉菡却告诉她，所有这一切，都是万恶的"旧社会"造成的：

> ……叶玉菡拭拭晶莹的泪花，激动地说，"旧社会毁灭了多少美好的事物啊！现在好了，我们能够在共产党、毛主席领导下幸福地生活，积极地工作了。不要让旧社会的阴影，再遮蔽我们的心灵吧！"（第387页）

这完全是爱情伦理与政治伦理的较量，作为丁洁琼出发点的个体情感，在叶玉菡看来其实是并不存在的"旧社会的阴影"，叶玉菡挽留丁洁琼的，恰恰不是丁洁琼最需要的情爱，而是她此刻尚无法理喻的"政治"：

> "……同志们需要你，祖国的科教事业更需要你留在北京。你是我们之中不可分割的成员，你是我们的姐妹、亲人！留在首都吧，琼姐，和我们一起献身于祖国的社会主义建设事业，你一定会得到你一生中从未曾获得的温暖和幸福！"（第386—387页）

叶玉菡在这里承诺的显然是另一种抽象的"温暖和幸福",这对沉浸在非常具体的痛苦之中的丁洁琼多少有些隔靴搔痒。绝望的叶玉菡心脏病发作,也无法挽留丁洁琼离去的脚步。虽然为叶玉菡的故事所感动,丁洁琼仍然没有改变自己的打算。

第二轮出场的是丁洁琼的三位老师,他们是对丁洁琼有着养育之恩的凌云竹夫妇和帮助过丁洁琼的赵久真博士。然而,他们的指责、批评仍然没有打动顽强的抵抗者。直到"阳光普照"一场中周恩来亲自出场,丁洁琼的捍卫爱情的信心才终于在类似于父亲的"深情地、关切地、慈祥地注视"下一点点地溃散了。

小说戏剧性地显示了一个原本颇有挑战性的主题——知识分子如何在政治的恩威并施下"驯化"。像一只迷途的羊羔的丁洁琼终于"归来"了。

中国现代史上的知识分子改造其实是一个既触及灵魂也触及身体的严酷历程,在某种意义上,那是精神与身体的炼狱。《第二次握手》显然将这一过程诗意化了。"知识分子"与"党"的关系被置换成类似于"女儿"与"父亲"的亲缘关系。周恩来的父亲形象使党被人格化了,使超验的政治关系变得温馨、亲切而动人。

在中国当代文学中,我们很少看到像周恩来这样集政治、伦理与爱于一体的魅力无边的政治领袖,以如此不可思议的活力穿梭于社会的公共及私人领域,出没在主流文学、民间文学和"地下文学"之中。传说中的周恩来儒雅娴静、仔细周到、敏感细腻、善解人意、耐心诚恳、机智风趣、爽朗热情、体贴容忍、谦和平易,几乎兼具一切传统与现代的美德,因而能够在领袖与群体、统治与服膺之间维持一种个人性和情感性关系,他运用情感体验的方式,为读者提供了真实的可触摸的理想化身——一帖如此有效的抚慰剂或刺激物。这一近似于"神之子"的形象具有独特的政治功能,担负着"道成肉身"的使命,执行"天父"的旨意,通过政治道德化的方式,将"党"的关怀与恩泽施于每一个角落。

卡尔西顿大公会议规定了"道成肉身"的正统教义，内容如下：

> 因此，追随教皇们，我们所有人一致同意，要教导人们承认，同一的圣子，我们的主耶稣基督，既在神性上完全又在人性上完全，既是真神又是真人，亦由一个有理性的灵魂和肉体构成；论到神性，他与父同质，论到人性，他与我们同质；除了没有罪，他在各方面都与我们相似；论到神性，他在万世以先，为父所生，论到人性，他为救世人，为圣母玛利亚所生。同一的基督，圣子，主，独生子，以二性为表记，二性不混、不变、不分、不离；二性不因结合而丧失区分，而是各保其特征，并合而成一人和实体，不分成二人，而是同一的圣子和独生的上帝圣言，主耶稣基督；自远古时代以来的先知都这样认为，我们的主耶稣基督本人也这样告诉我们，还有教皇们的信经也如此传达。①

正是基于这类政治道德化的修辞策略，《第二次握手》在周恩来与丁洁琼之间设置了一种政治上的亲缘关系。丁洁琼的音乐家父亲在国外留学时受周恩来的影响走上了革命道路，回国后又在周恩来的直接领导下以音乐为武器参加了上海起义，为掩护同志被捕后被国民党关押并最终杀害，丁洁琼的母亲也在参加战场救护时牺牲。父母双亡的丁洁琼一直在共产党的暗中关怀下成长，成为了名副其实的"党的女儿"，周恩来一直像父亲一样关心着她的生活和学习，扮演着"代父"的角色。后来周恩来离开上海赴江西，临行前，特地批出一笔党的经费加上自己的最后一点积蓄派人交给丁洁琼的监护人凌云竹教授，作为丁洁琼未来的生活费用和学费。深受感动的凌云竹拒绝了这笔钱，只是收下了其中的三枚铜板作为纪念，并在多年后将其转交即

---

① 约翰·希克：《上帝道成肉身的隐喻》，王志成、思竹译，江苏人民出版社，2000年，第55页。

将赴美留学的丁洁琼。激动万分的丁洁琼"把三枚铜板紧紧攥在掌心中，之后，又扣在胸膛上"，从此以后的二十多年，丁洁琼一直将这三枚铜板藏在"最靠近心脏"的内衣左胸兜内。直到二十多年后，丁洁琼才从内衣胸兜里拿出这三枚铜板，激动地还给周恩来，完成了期待已久的"认父"仪式。这是一次通过"认父"仪式完成的本质归属，政治血缘关系又一次成为隐喻的载体。①

《第二次握手》原名《归来》，在"文革"的秘密传播中被改成了《第二次握手》，正式出版时作家接受了这个更接近于爱情传奇的名字，张扬大概没有意识到他放弃的原名"归来"其实更适合表现小说象征性的政治主题。丁洁琼与党的这种政治血缘，生动地表明中国知识分子对党的归依其实只是一种"归来"，就如同离散多年的女儿回到父亲的怀抱，知识分子以"党"作为自己的生命的归属——这是命定的归属，也是无法抗拒的归属。

"归来"后的生活是幸福的，一切苦尽甘来，小说圆满落幕。然而，这不是言情小说意义上的团圆。言情小说中男欢女爱的至情从未被如此大规模地颠覆过。在这个最后的结局中，我们的三位主人公——丁洁琼、苏冠兰、叶玉菡谁也没有获得爱情，然而这种男女之爱的缺陷在对"祖国"的爱情中得到补偿，三人无法解决的矛盾在一个更高的层次上象征性地解决了。我们的主人公牺牲了欲望的真实，

---

① 根据当时民间的传说，周恩来一共收养过十七个烈士子女。张扬的《第二次握手》显然借用了这一传说。譬如说丁洁琼就有孙维世的影子。孙维世的父亲孙炳文是周恩来的老战友、中共烈士，1927年"清党"时被国民党杀害。十年后的1937年，孙维世和哥哥来到武汉八路军办事处，要求赴延安参加革命。工作人员因其年纪太小不允，她竟当众大哭，张口就要找最高负责人，中共中央军委副主席周恩来。周恩来认出了他们兄妹俩，经邓颖超同意，收她为干女儿，并送往延安。在某种意义上，《第二次握手》也通过丁洁琼与周恩来的关系表现了广泛存在于中国人潜意识中的另一情结，那就是对周恩来的恋父情结。就像有的评论指出的，1976年周恩来的去世引发的"天安门事件"，除了一般历史学家们讨论的社会原因外，还有一个被忽略的重要的心理原因，即民众的恋父情结。在很多人心目中，周恩来是一个没有叫出口的父亲，一个"保护我们"、独撑危局、忍辱负重、质朴平易、具有道德风范的父亲，一个可以信赖又不可或缺的父亲。

臣服于"爱国主义"的神圣化力量，扮演着这一"想象的共同体"所要求的活生生的镜像化的角色。出现在读者面前的丁洁琼不再是那个由"丰满的胸脯""大理石般洁白的面庞""苍白的脸"甚至"惨白的脸"之类的肉身语言构成的言情小说中的女性，而是一个被"一抹风尘"覆盖的幸福而沉默的劳动者——丁洁琼必须以某种自戕方式拒绝其女性身份以后，才能成为这个群体中的一员。当个体的、女性的丁洁琼变成"知识分子"时，自由主体无法摆脱的"怨恨"也宣告结束。摆脱了性别、超越了个体内在性的新式英雄人物，将会以亲身经验来证明，彻底接受民族国家的认同，并投身于社会主义建设，这无疑是对个体生命最为成功的升华。这种升华，建立在对身体进行不断的政治化的基础上，将身体简约为历史使命的工具和器皿。当身体不再具有性别的意义时，社会意义也就可以直接书写在人们的身体上，因而这种新的身体变成一种直接表达意义的身体，它必须而且只能接受积极意义，只能作为一个博大得多的想象性社会主体的外延和细节。个人的身体实际上也就被消融了。在小说为我们刻画的如电影场景的"幸福生活"的画面中，出现在读者面前的是一个失忆、失语然而是幸福的"知识分子"集体——"看他们多幸福！"我们已经听不到主人公的声音，它们被叙事人的视角与独白所覆盖——全知全能的视角在这里凸现出其特有的暴力本质。

这种在样板戏中常见的结局显然超越了普通读者的想象力。据说在《第二次握手》流传的过程中，一个更加流行的民间版本为小说主人公提供了另一种解决问题的方式，在这个民间传说中，丁洁琼经过总理的特批，获准与苏冠兰和叶玉菡共同生活在一起——这里的"生活"，不是我们在正式出版的小说中看到的"抽象的"生活，而是像"夫妻"那样生活在一起。

善良的读者显然无法接受丁洁琼的巨大牺牲，这种牺牲超出了民间伦理的想象力，也最终打破了读者对一部言情小说的阅读期待。事实上，即使在"社会主义现实主义"小说中，言情小说与政治小说的结合并非只有《第二次握手》这样一种方式。延安文艺的经典作品歌剧《白毛女》的"旧社会把人变成鬼,新社会把鬼变成人"的政治主题曾经是在一个隐含的言情故事的框架中展开的,青梅竹马的王大春与喜儿在旧社会被迫分离,三年后,当上了八路军的王大春随共产党的军队回到了家乡,在山洞里与受尽磨难的喜儿幸福地团聚。类似的故事还有李季的长篇叙事诗《王贵与李香香》,美丽、勤劳、善良的农村姑娘李香香爱上了青年农民王贵,看上了李香香的地主崔二爷残酷地拆散了这对情侣,红军解放了死羊湾,一对恋人终获团圆,王贵发自内心地对李香香感叹道:"咱们闹革命,革命也是为了咱!"显然,在这些政治拯救爱情的小说中,政治与言情是并行不悖的。政治在这种情爱逻辑中寻找着自身的合法性,政治意味着一种承诺,它提供情爱伦理得以实现的条件。在这种关系中,情爱本身的合法性是无须证明的,需要证明的是政治的合法性。按照王贵与李香香的理解,爱情是他们选择革命的原因。如果革命不能帮助他们实现爱情,那么,革命还有什么意义呢?

这当然也可以成为《第二次握手》的问题,如果小说安排叶玉菡出局,最好的安排,应当是让她死于那次美国特务枪击事件,将不符合言情小说标准的叶玉菡作为爱情的祭品,然后让"政治上正确"的丁洁琼与苏冠兰最终在周恩来的关怀下"有情人终成眷属"。如果这样安排,《第二次握手》便被再度处理成一个类似于《王贵与李香香》式的言情故事,只不过故事的主体由"农民"变成了"知识分子",知识分子的个人幸福必须与民族与祖国的解放联系在一起。

然而,《第二次握手》没有也不可能选择这种同时满足"言情"与"政治"双重需要的方式,六七十年代的"政治"话语实践已经无法在40年代的话语框架中展开。虽然从话语的基本元素来看,《第二次握手》与《王贵与李香香》一样,表现的都是"言情"与"政治"之间的互动,然而,这些元素在两种小说中的结构却迥然不同。正如雅各布森所说,文学形式的演化,"与其说是某些元素消失,某些元素继起的问题,倒不如说是不同元素在某一系统中相互关系的改变;换句话说,是主导力量互有消长的问题"①。周蕾在《妇女与中国现代性》一书中曾引用麦舍瑞的话分析"鸳鸯蝴蝶派",将其运用在对《第二次握手》的分析中,或许是同样有效的:

> 组合层次的解说元素之间的关系或对立面是存在的,由此而产生的差异导致意义的分歧。这种分歧并非不完美的符号,而是揭示铭刻在作品中的一种他者性,因着这种他者性,一种似是而非的关系被维系着,并只发生在其边缘。②

《第二次握手》通过文学符码的内在转换颠覆了言情传统,它已经不是一部包含着政治因素的言情小说,而是一部包含了言情因素的政治小说。在某种意义上,它是对《青春之歌》之类的知识分子成长小说寓言的一次重写。甚至也可以说,叙事者在这里重新组装起来的,正是承接了"五四"精神并在40年代投身革命事业的那一代中国人的成长小说。这类小说的一个固定不变的现代情节,便是讲述个体的生命竭力将自己投身到一个更大的、民族的历史事业中去。《第二次握手》原意在模仿传统文学里"才子佳人"的陈旧主题,却造成了一种双重讽刺。通过悲剧—喜剧的转换,对"传统"进行了一次妙趣横生的现代性解构。在这里,知识分子服从于祖国的利益必须以牺牲"个人"利益为条件,"个人"与"祖国"之间呈现的这种非此即彼的紧张关系表现了一种强烈的现代性本质。值得注意的是,这种对现代性的表现与写作并不是出现在"样板戏"的舞台上,而是出现在一部据称是反主流的"地下文学"之中,说明"地下文学"与"地上文学"的

---

① 转引自王德威:《想象中国的方法——历史·小说·叙事》,生活·读书·新知三联书店,1998年,第95页。
② 周蕾:《妇女与中国现代性——东西方之间阅读记》,第109页。

关系，显非"文学"—"政治"二分法所能解释清楚。这个表面看来头头是道的言情小说，其实深具政治意义。之所以不为当局所容，纯粹是因为生错了时代。

三、民族寓言中的"中国"与"西方"

《第二次握手》的结尾，有一个非常富有象征性的场景：主人公丁洁琼将贴身收藏的三件珍宝——一枚名为"阿波罗"的指环、三枚铜板和一个名为"彗星"的指环一齐献给了周恩来，这三件礼物分别属于三个不同的男性，分别是苏冠兰、周恩来与奥姆霍斯。三件礼物构成了丁洁琼全部的情感世界。如果说丁洁琼与苏冠兰之间的故事凸现的是男女情爱，丁洁琼与周恩来的故事表现的是丁洁琼/"知识分子"对"代父"的党的臣服与归依，那么，"阿波罗"指环引出的发生在丁洁琼与美国科学家奥姆霍斯之间的故事则体现出《第二次握手》在另一个维度上的"政治"意义——通过这个看起来像是节外生枝的言情故事，《第二次握手》完成了对20世纪中国的民族国家意识的一次寓言式的书写，从而极大地丰富了这部小说的内涵以及对时代精神的表现力。

奥姆霍斯是英国贵族的后裔，他放弃爵位来到美国，成为一位著名科学家，作为丁洁琼的老师与同事，他一直以一种非常符合东方浪漫想象的方式爱着天使一样美丽的丁洁琼，虽然这注定是一种没有结果的感情。对祖国与苏冠兰的爱，使丁洁琼一次又一次地拒绝了善良而痴情的奥姆霍斯不懈的追求。失意的奥姆霍斯竟因此终生独身。最后，他抑制内心的痛苦，帮助走投无路的丁洁琼实现了回国的愿望。丁洁琼在回国的机场上才接受了奥姆霍斯的爱情指环"彗星"，并将一只珍贵的怀表回赠给奥姆霍斯作为纪念。

"谢谢你的礼物，密斯姜！"奥姆紧攥住还带有丁洁琼体温的金壳怀表，一字一顿地说，"我听着它的走动，就会感到你并没有离开……"

"别了，奥姆！我的老师，我的朋友！我永远、永远怀念你……"丁洁琼倏地扭转身，捂住面孔，向飞机舷梯跑去。

飞机起飞了，丁洁琼坐在机舱中，却仿佛看见奥姆久久地、孤零零地站在机场上，痴痴地凝视着茫茫的天际，西风吹乱了他脑后的白发，吹得他的泪花纷如雨下……（第355页）

这样的场景，是十足的爱情故事的场面。在一部纯粹的言情小说中，奥姆霍斯这样优秀的"第三者"的出现，常常是为考验我们的主人公对爱情的忠诚。然而，《第二次握手》根本就不是一部真正意义上的言情小说。奥姆霍斯爱情上的正确，来源于"政治上的正确"。奥姆霍斯曾经向丁洁琼解释自己"尽心尽责"的原因：

"……不错，你知道，我爱你；尽管你一直不肯接受我的爱情，但我仍然深深地爱着你！……不过，爱情并不是促使我对你尽心尽责的主要动力，主要动力是我的先人的罪过。我们家曾有过一批从中国抢掠来的'纪念品''战利品'，被列为'传家宝'。那批宝物是中国人的血泪、灾难和死亡的见证。我放弃爵位，离开英国，与这些肮脏的历史有很大关系。后来我认识了你，呕心沥血地指导你，你却并不明白我内心赎罪的深意……"

…………

"听我说，奥姆！你代表了你的民族对中华民族的友情！"丁洁琼凝视着对方热情的蔚蓝色眼睛，一字一顿地说……（第211页）

丁洁琼与奥姆霍斯的故事几乎从一开始就偏离了言情小说的轨道。对于张扬这样的小说家来说，在以如此激烈的方式颠覆了言情小说的传统和解决了男女情爱的矛盾之后，我们显然无法想象他会另起炉灶，再度言情。非常明显，张扬仍然在继续借"言情"来写"政治"。只是与丁洁琼与苏冠兰的爱情相比，与西方人奥姆霍斯的感情在对"爱国主义"—"民族国家意识"这一小说主题的表达上比前者要直接有效得多。在20世纪的中国文学中，发生在一个西方男子和一个东方女子间的"爱情"故事，总是不可避免地带有特定的民族政治的含义。而一个痴情的西方男子终其一生追求一个东方女子而不得的浪漫故事，更凸现出传统文学根本不能具备的意味深长的现代性想象。

丁洁琼赴美前夕，他的监护人凌云竹与她曾有过一次意味深长的谈话：

> ……凌云竹教授的神情忽然变得严峻起来。他目光炯炯，语调铿锵："洁琼！你知道吗？你的容貌美丽非凡，你的才智超群侠伦，我希望你到了异国，把这一切变作自己民族的集中象征！让那些对中国人民友好的外国人和那些敌视中国人民的洋鬼子，都从你身上看到我们的民族精神！"

（第172页）

丁洁琼的女性身体在这里充当了某种道具的功能。如果出国的人是苏冠兰，他即使被赋予同样的使命，也肯定与他的身体无涉。为什么让女性的身体去充当民族斗争的武器？为什么要将"集中象征"中华民族这样神圣的任务交给一个"女性"去完成呢？

来到美国以后的丁洁琼果然没有让她的老师失望。26岁时，她以一篇粒子结构论文获得了博士学位，28岁时，她对重要的原子核物理实验设备——加速器和"瓦斯仪"进行改革，被任命为加利福尼亚理工学院教授，粒子物理研究中心副主任；继而，在美国科学大会上，她一举推翻了全球"核子物理一系列理论的奠基人之一"的席里教授的"席里构造"，以"丁式构造"取而代之，轰动了美国科学界，她被任命为密西西比理论物理研究中心主任，并成为美国科学院院士，进入一流科学家的行列，并且只要她同意加入美国国籍，她将被授予"大师"称号；在她给苏冠兰的信中，她骄傲地介绍自己的科学成就："人们普遍认为我在艰深的基础理论和繁难复杂的技术领域中所表现出来的全面而突出的才能，是当代人中所罕见的"；这以后，她还成为美国第一颗原子弹研制中举足轻重的科学家……

对丁洁琼取得的令人炫目的科学成就的渲染，尽情挥洒着20世纪中国人特有的极度的民族自卑感导致的同样强烈的民族自豪感。在这个世纪，恐怕还找不到一个话题能像中国人的"科学成就"这样能激发这个民族的自尊。只有这样的场景，才能以不可遏止的亢奋缓解我们的共同焦虑。这是一种建立在所谓的"自我憎恶"（self-hate）之上的"自我赞许"（self-approbation）——或者简单地说，"自我厌憎"的孪生兄弟就是"自我赞许"。在这一个世纪的中国人的潜意识深处，都有着一种共同的愿望，那就是要为了这一个世纪中受到的所有事实上的和自己想象出的轻贱进行报复。从以"国术"痛击外国人的李小龙的电影，直到没有任何信仰系统的对西方人实行义和团式报复的《北京人在纽约》，这类作品总能获得中国观众与读者的由衷喝彩。"民族英雄"丁洁琼也就是以这样的方式出现在"全美科学大会"的会场，向"粒子物理领域的理论支柱之一"的"M-7公式"发起了挑战：

"让她说！"席里惊讶地望着容貌美丽的黑发女郎，朝伯希摆摆手，"她是日本人吗？叫什么名字？"

"我似乎在哪里见过她，也许是个中国姑娘，等一等再去问问……"伯希主席又摇摇手铃，要求大家坐下。他大声说："大家安静下来！请说吧，女士！"

坐席都朝着前方,但目光都朝着后面。几百双目光凝聚的焦点,就在那位容光焕发、微微显得有些腼腆的女郎身上。她环顾了一下全场,挺起丰满的胸脯,两手搭在前排的靠背上。

……

席里大师捋了捋浓密而卷曲的唇须,颤巍巍地从讲坛上移开,褐黄色的眼睛闪烁着异彩。他朝前平伸出双手,兴奋地喊道:"我很早就从丁女士的创见中发现了天才的闪光,今天,我终于看到这种闪光已经变为火山口的烈焰。我敢说,很可能在富兰克林宫开始科学史上一个新的时代!来吧,登上这座为世界一流科学家专设的讲坛吧!谈谈你的理论的第二部分、第三部分乃至全部,谈谈你在当代尖端科学的最重要领域内的卓越创见,谈谈未来的东方,未来的世界!……"

会场中响起经久不息的暴风雨般的掌声。丁洁琼昂起面庞,拉紧肩上的纱巾,迎着无数的笑脸和伸过来的温暖的手,沿着过道徐徐前行,不断地朝欢呼的人们微笑、颔首致意。(第220页)

在这样表达"极限情境"(limit situations)的被高度寓言化的画面中,丁洁琼仿佛是弘法的释迦牟尼,被听众恳请讨论的已经不仅仅是科学,甚至也不仅仅是"未来的东方",而且还有"未来的世界",由一个"中国人"——而不是现实中的"西方人"为迷途的世界指引方向,这似乎是20世纪的中国人在压抑的焦虑中萌发的最为狂热的梦想。这种梦想舒缓了中华民族主体所深藏的受制于异邦的创伤记忆。丁洁琼这一神奇人物的塑造,正是对于这种创伤记忆的想象性治愈,它以文化书写的方式,改写着被异族凌辱的集体潜意识。

值得注意的是,在作者设置的这个舞台式的场景中代表"中国"

出场的丁洁琼身上被不断突出的女性性征。丁洁琼/中国要向世界宣谕的是无形的"道",然而,"道成肉身"之后的"肉身"却是一个女性的身体。在男性/西方目光的注视下的丁洁琼/中国是一个"美丽""腼腆""胸脯丰满"的女性。在这里,我们再度见证了周蕾在她杰出的著作《妇女与中国现代性》一书中不断描述的一个事实,那就是:"中国被女性化了。"① 在这一女性化的空间中,"乌托邦和情欲主义出于各种批评目的而进行游戏"。②

在《看现代中国——如何建立一个种族观众的理论》一文中,周蕾通过"看"的隐喻来揭示不同种族的主体发现自我的过程,以此解释她的"中国等于女性"的阅读法:

> 当代批评话语对"他者"(the other)这一词所具有的广泛含义越来越敏感,随之而来的一个主要问题便是寻找适当的方式说出主体在其介入主导文化所受到的"他者化"和边缘化的过程。关于"看"(seeing)的隐喻和机制成为十分重要的讲话方式,这是因为"看"在不论是从种族、社会或性别上的"自我"和"他者"之间划出本体论的界限。然而,在"看"所包含的界线划分上,最困难的问题并不是按照"这是你们"和"那是我们"的那种自我封闭的认同和传统的实证主义分类来行事,而是指谁在"看"谁,以及如何看的问题。在文化多元决定的"眼睛"注视下,"主体"和"客体"之间的权力关系是什么? ③

中国被女性化这一事实凸现的正是现代性的民族关系逻辑中"主体"与"客体"之间的权力关系。在后结构主义看来,种族中心主义与

---

① 周蕾:《妇女与中国现代性——东西方之间阅读记》,第25页。
② 同上书,第69页。
③ 同上书,第21页。

男性中心主义是完全同构的。正是对殖民主义历史、种族、性文化问题的关注产生了将社会性别同其他不平等形态联系起来的研究。后结构主义有关权力和主体性的理论深刻地影响了女权主义人类学者，她们开始研究社会性别身份是如何形成的，以及消除社会性别不平等的努力是如何在权力结构之内发生的。周蕾引用女性主义历史学家史考特的话指出，性别除了是"以两性之间可见的差异为基础的社会关系"的组成元素外，还是"指向权力关系的一种首要方式"。也就是说，女性主义对这一概念的关注，并不仅仅看中了这一概念可以发挥作为结构分析工具的功能，而是关注纯粹结构性的东西如何表现"权力关系"的意义，"因此，把视线集中在'妇女'上，我们是以突出男女对立关系中处于劣势的女性生存方式，呈现所谓结构性、系统性差异的政治意义"。① 女性主义这种对发生在文化阅读中的充满权力色彩的等级化和边缘化过程的分析，反过来，又必然影响到对种族中心主义的批判性反思。在批评克莉丝特娃（也译为克里斯蒂娃）《关于中国妇女》一书在批判西方形而上学话语的同时仍然不得不重复西方话语将中国"女性化"和"他者化"的事实时，周蕾就明确提示了存在于种族中心主义和男性中心主义之间的联系："'克莉丝特娃——西方——中国'的三角关系实际上是按照'男性——上帝——女性'这个三角关系进行运作的。在这两个三角关系中，最后的一位总是处于'被排斥'的地位。"②

周蕾承认自己的阅读方式源于著名女性主义批评家劳拉·莫尔维的影响，在《叙事电影和视觉快感》这篇女性主义的经典文章中，莫尔维指出了存在于经典电影中的男权中心主义。在莫尔维看来，电影摄影机给男性和女性分配的角色是根本不同的。摄影机的凝视，与窥视有关，是"男性的"，而银幕上的形象，处于被看和被色情化的

---

① 周蕾：《妇女与中国现代性——东西方之间阅读记》，第105页。
② 同上书，第29页。

位置,是"女性的"。① 在《第二次握手》中,女性化的"丁洁琼"/"中国"正是这种历史舞台上"被看"——"被窥视"的"他者"。在穆尔维看来,这种窥视揭露了不平衡的性别秩序。与此同时,现代性的等级制并不仅仅体现在性别关系之中,它同时体现在以西方—东方为基本元素结构的现代种族关系中。

在这里,丁洁琼的双重身份"中国"与"女性"都无一例外是作为权力结构中的"他者",而在这种现代性的二元对立结构中,如果说主体对自身的确认必须以他者的确立为条件,同样的道理,作为客体的"他者"也只能在主体的目光中获得认同(identity,身份、自我),这种认同方式从来不是天生的,而是一种在无意识中被不断建构起来的东西。作为特定的权力关系的产物,它取决于与这种特定的权力结构中的主体与他者的关系——这正是拉康讨论的镜像关系。拉康的结论是在对儿童的成长的研究中获得的,他发现儿童的自我形象并非从内部自然产生,而是在与他者的关系中逐渐并艰难地习得的东西,儿童在他者的目光(镜子)中形成映像中的自我(itself reflected,被反映的自我)。这种"在他者的观看中形成自我"的活动开启了儿童与外在于他的符号系统的关系,从而也是儿童进入各种符号再现系统(语言、文化、性别关系)的途径。这种幼儿的社会性别化(genderization)过程不是指单个人的具体经历,它所表述的是在集体和文化意义上的人的成长。用拉康的话来说,已经由"想象界"进入了"象征界"。在拉康那里,"想象"与"象征"是两个与现实界相异的基本术语。"想象"与前俄狄浦斯阶段相一致,在这一阶段,孩子认为自己是母亲的一部分,自己与世界之间没有任何区别,没有压抑,没有缺失,也没有潜意识。"象征界"则不同,父亲的出现间离了母子的浑然一体的亲密关系。象征秩序实际上就是现代社会中父权制的性别

---

① 劳拉·穆尔维:《视觉快感与叙事性电影》,周传基译,张红军编《电影与新方法》,中国广播电视出版社,1992年。

和社会文化秩序，它由围绕着男性生殖器官的菲勒斯构成，受父亲的法律的支配。无论主体是否愿意进入象征秩序，由于它是社会文化和社会生活的主宰，主体必须进入象征界才不至于成为精神病患者。

或许正是在这一意义上，穆尔维进一步指明窥视快感的结构是通过自恋和自我的构成发展起来的，它来自对所看到的影像的认同。穆尔维对这种"观看癖"（scopophilia）的分析进一步阐明了这种不平衡结构中主体与客体的现代性关系，她富有洞察力地指出："在某些情况下，看本身就是快感的源泉，正如相反的形态，被看也是一种快感。"① 因此，如果说"看"是主体确认自身的需要，那么，"被看"——被主体观看，也就是成为主体的欲望对象就成为"他者"的宿命。正是在西方／男性的双重目光里，丁洁琼／中国才能获得真正的自我意识，成为一种象征性的历史关系中的新主体。用阿尔都塞的话来说，"我"这个主体（subject）的形成是"屈从"（to be subjected to）的结果，但"我"所屈从的并不是一种完全外在于"我"的力量，正是因为这种力量包含了我自己，"我"才能够成为"主体"。这一主体的形成过程在福柯关于知识话语的权力性和控制性的阐述中得到了更为清晰的说明。在福柯那里，一切知识都是权力形式，这种知识为控制者、被控制者所共有，因此思想被控制者实际上参与了对他自己的控制。

周蕾的"中国等于女性"的阅读法是以在第六十届奥斯卡电影评奖中获九项大奖的电影为研究对象展开的，在她看来，"《末代皇帝》是说明另一个文化如何作为女性化的奇观而被'制造'出来的最佳例子"，② 将周蕾的方法运用于《第二次握手》的解读，相信是同样有效的。"中国等于女性"与"女性等于中国"是可以置换的一对概念，民族主义的修辞常常是一种女性化的修辞。这种难以控制的自我女性化、情色化、对象化、功能化倾向的下意识流露或积极表现，也许能

---

① 劳拉·穆尔维：《视觉快感与叙事性电影》，周传基译，张红军编《电影与新方法》，第209页。
② 周蕾：《妇女与中国现代性——东西方之间阅读记》，第41页。

激发西方的情思和喝彩,但也可能如历史曾经的那样招致西方的妄想与蔑视。

《第二次握手》的滥情与自恋并非仅存在于虚构的小说中。许多年后,《第二次握手》的作者张扬在回忆录中如此评价自己:"在以后的年代里,人们发现,凡在外事场合与外国人接触时,我就特别显得潇洒、幽默、持重和尊严。我说:'在这种情况下,我代表着自己的国家和人民。'"① 这种带有强烈自恋感的自我评价,别有一番自况其身的寓言怀抱,作者变成了他的小说中的人物。

张扬似乎分不清小说与现实。这种在今天令人莞尔的生活中的舞台感与演员意识并非仅仅源于作者的个人气质,稍稍了解我们民族历史的人都不会对这样的姿态感到陌生。阅读50年代著名诗人公刘的这首题为"五月一日的夜晚"的著名抒情诗,我们不难体会这种异常熟悉的情感:

>　　天安门前,焰火像一千只孔雀开屏,
>　　空中是朵朵云烟,地上是人海灯山,
>　　数不尽的衣裳发辫,
>　　被歌声吹得团团旋转……
>
>　　整个世界站在阳台上观看,
>　　中国在笑!中国在舞!中国在狂欢!
>　　羡慕吧,生活多么好,多么令人爱恋,
>　　为了享受这一夜,我们战斗了一生!②

50—70年代文学中这种无处不在的"自我戏剧化表演"(self-

---

① 张扬:《〈第二次握手〉文字狱》,第382页。
② 公刘:《在北方》,作家出版社,1957年,第8页。

dramatization）① 直到今天仍然具有活力。事实上，只要东西方之间的不平等关系依然存在，萨义德的"东方学"就仍然是"世界"——准确地说是"西方"了解"东方"和"东方"确认"自我"的唯一方式，它意味着东方始终只能是"想象的东方"，中国也只能是"想象的中国"。与此同时，西方想象中国的方式，必然成为"中国"确认自我的方式，换言之，"中国"对"自我"的想象只能通过将"自我"想象成西方的"他者"——将自我客体化得以完成。对于被迫做"演员"的民族而言，"被看"成为我们确认自我的唯一方式——它既是无法忍受的伤害，同时也是全部幸福的源泉。

1982年8月1日《中国青年报》刊发了一篇题为"为什么哄堂大笑"的中国赴美留学生来信，反映根据《第二次握手》拍摄的电影在美国放映时，由于电影对美国地理的无知以及对中国留学生生活的美化等等引起了观众的哄堂大笑，尤其是电影中反映的丁洁琼参加美国原子弹试验的情节纯属虚构，因为根据这些留学生的了解，"没有任何重要的中国男女科学家参加过此项绝密试验"。② 这篇文章对张扬刺激颇深，他"没想到会在1975年招来'四人帮'的'全面专政'，又在1982年招来大洋彼岸的'哄堂大笑'"，③ 为此，他到处为自己的虚构寻找真实性的证据，最终如愿以偿。据张扬介绍，这份材料是美国人托马斯·索维尔所著的《美国民族问题》，该书指出："一位华裔中国女物理学家在第二次世界大战期间曾参与研制美国第一枚原子弹！"④

许多年后，当文学史家回溯这样的争论时，他们一定会为这种混淆了"文学"与"历史"界限的争论困惑不解。然而，这样的文体和叙述方式却是对于一个时代的真切记忆。类似于《第二次握手》这样的

---

① 周蕾：《写在家国以外》，牛津大学出版社，1995年，第19页。
② 《中国青年报》1982年8月1日第5版。
③ 张扬：《〈第二次握手〉文字狱》，第506页。
④ 同上书，第507页。

"文革地下文学"是一种处于"文学"与"历史"之间的文体。"文革"政治的神秘莫测与匪夷所思提供了民间想象的巨大空间,融政治传说、历史传奇、文学创作为一体的"地下文学"创作空前繁荣。《第二次握手》如同一面斑斓的棱镜,折射出一个时代的狂想与偏见,恐惧与希望;又如同一个姿态缤纷的舞台,展开"现代性"与"传统"之间的诡谲纠结,其中卷入不同社会和文化力量——现代与传统、个人主义与爱国主义、中国与西方、地下文学与地上文学、民间与官方、历史与小说、神话与现实、纪实与虚构、性别与政治等等元素之间的激烈冲突。正因为这个原因,对于今天的研究者而言,值得关注的或许并不是作品的真实性,甚至也不是这部作品是否具有起码的"艺术性"或"文学性",而是《第二次握手》如何表现一个特定时代的中国人对爱情、政治、自我与西方的想象——并通过这些想象获得的确认自身的方式。

附录 | 工业题材、工业主义与"社会主义现代性"
——《乘风破浪》再解读

一

1979年第7期的《人民文学》上发表的《乔厂长上任记》[①]历来被视为新时期"改革文学"的发轫之作,当读者和评论家惊叹作家蒋子龙的创造性,甚至将这部小说誉为中国当代文学史上"工业题材小说"的巅峰之作时,很少有人意识到这部小说与一部20年前的旧作之间的内在关联。这部作品就是草明出版于1959年的长篇小说《乘风破浪》。

草明是中国现当代作家中极为罕见的一直坚持工业题材小说创作的著名作家。这位出生于广东顺德的女作家,有过加入"左联"、积极投入左翼文艺活动,以及赴延安、参加延安整风和延安文艺座谈会的革命经历。草明创作的工业题材小说主要有三部,其一为1949年出版的以东北镜泊湖发电厂为背景的反映工人生活与斗争的中篇小说《原动力》,曾被评论界称赞为"中国的《士敏土》";其二则是1950年出版的以沈阳皇姑屯机车车辆厂为背景的长篇小说《火车头》;第三部,也是影响最大的一部长篇小说《乘风破浪》[②]出版于"大跃进"

---

① 蒋子龙:《乔厂长上任记》,《人民文学》1979年第7期。本文中引文皆见此版本。
② 《乘风破浪》1959年9月由作家出版社出版。本文中引文皆见此版本。

运动中的1959年。从1954年起，草明长期在当时中国最大的钢铁工业基地鞍山深入生活，曾担任鞍钢第一炼钢厂的党委副书记。《乘风破浪》即是草明深入生活的成果。这部以鞍钢为背景的小说，以东北兴隆钢铁公司在1957年的整风和1958年"大跃进"期间增产25万吨钢的故事为主线，描绘了发生在工厂的革新与保守、群众与领导、集体与个人之间错综复杂的矛盾与斗争，斗争的一方，是坚持改革、主张"大跃进"的青年工人李少祥、老工人刘进春以及站在工人一边的公司和上级党委的领导人，另一方，则是不相信甚至压制工人群众的积极性，不认真贯彻上级党组织的决议，坚持采用国外钢铁企业的管理方法的厂长宋紫峰以及上级支持者市委书记冯棣平等人。斗争的结果，当然是工人取得了胜利，厂长宋紫峰则在党组织与工人的教育下逐渐醒悟，在批判冯棣平的错误中"站稳了立场"，最终获得了拯救，回到了工人队伍。小说在炼钢厂胜利地完成了增产任务后召开的祝捷大会中结束。

《乘风破浪》不仅是草明最重要的作品，也是50—70年代工业题材小说最重要的作品之一。比起《原动力》反映的那个小水电站，《火车头》里那个破旧不堪的铁道工厂，以当时中国工业的象征——鞍钢为背景的《乘风破浪》显然具有更重要的象征意义。发生在巨型钢铁企业中的领导的保守、官僚主义与工人创造性、积极性的冲突与矛盾——或者说，这种冲突反映的政治与业务、党委领导与企业行政管理之间的关系，一直是理解中国工业现代性——或者说是现代中国工业政治的核心问题。

非常有趣的是，与《乘风破浪》的政治叙事始终并行的一条主线是厂长宋紫峰的情爱经历。宋紫峰是钢铁联合企业中的核心厂——炼钢厂的厂长，这位"仪态潇洒、体格魁梧的中年男子"，有二十多年党龄，在延安学习工作过，东北解放后还被派往苏联学习炼钢，成为炼钢行业的专家。他的妻子邵云端是市委宣传部长，一位共产党政工系统中意识形态建设的执行者、党的传声筒和代言人。由于性格和思想的差异，两人的婚姻出现了危机，宋紫峰陷入一场婚外恋，对象是他在留苏期间的一位中国同学汪丽斯。二十八岁的老姑娘汪丽斯现在钢铁公司煤气厂任工程师，对宋紫峰一往情深，宋紫峰在感情、事业、孩子等复杂因素的纠缠下犹疑痛苦，虽多次向邵云端提出离婚的请求，但最终迷途知返，在政治上重新做人的同时，摆脱了婚外恋，在小说结尾重新回到了妻子邵云端的身边。

《乔厂长上任记》几乎是完整复述了这个故事，只是改变了故事的结局。乔光朴也曾经在苏联留学，妻子也是一所大学的党委宣传部长。乔光朴也是在留学其间遭遇了他的汪丽斯——一位名叫童贞的中国女留学生。"她很快被乔光朴吸引住了。乔光朴英目锐气，智深勇沉，精通业务，抓起生产来仿佛每个汗毛孔里都是心眼，浑身是胆。他的性格本身就和恐惧、怀疑、阿谀奉承、互相戒备这些东西时常发生冲突，童贞最讨厌的也正是这些玩艺儿，她简直迷上这个比自己大十多岁的男人了。在异国他乡同胞相遇分外亲热，乔光朴像对待小妹妹，甚至是像对待小孩一样关心她，保护她。她需要的却是他的另一种关怀，她嫉妒他渴念妻子时的那种神情。"乔光朴回国到重型电机厂任职后，童贞也像汪丽斯一样，来到了乔光朴身边工作，在电机厂任技术员，她一直在苦苦等待着乔光朴，对别人的追求一概拒之门外，矢志不嫁。乔光朴"在童贞大胆的表白面前确实动摇过，心里有时也很喜欢她"，他们的关系成了工厂的焦点，乔光朴也因此被造反派扣上了"老流氓""道德败坏分子"的帽子。不过童贞似乎比汪丽斯要幸运一些，乔光朴的宣传部长妻子"六八年初不清不白地死在'牛棚'里"，为已是"老姑娘"的童贞让出了宝贵的位置，使乔厂长得以在出山改革前以快刀斩乱麻的方式首先解决了困扰自己多年的感情问题，公开宣布娶童贞为妻。

《乔厂长上任记》对《乘风破浪》主干故事的全盘借用，难免会让一些读者对蒋子龙的想象力产生怀疑。但问题显然不会如此简单。蒋子龙以"乔厂长"来仿写"宋厂长"的故事，完全是"有的放矢"。他之所以借用这个十七年时期工业题材小说中最著名的情爱故事,是为了"把被颠倒的历史重新颠倒过来",重写工业政治。从《乔厂长上任记》出版后获得的巨大反响来看,蒋子龙显然达到了预期的目的。乔厂长成了一个正面英雄人物,当然也就意味着宋厂长获得了平反。在《乘风破浪》中,宋紫峰被描写为负面典型:具有残余的资产阶级世界观,思想被公式束缚,看不到群众的主观能动性,骄傲自大,只重技术忽视政治。而在 20 年后,宋紫峰的缺点都变成了优点:"懂技术、讲科学、有事业心"①,宋紫峰忽视政治的缺点如今被描述为"尤其可贵的是他尊重科学,按科学规律管理工厂"②。在"新时期"读者和评论家眼中,当年那个在工人面前灰头土脸的宋紫峰其实是一个既有业务能力又有责任心的厂长,既有魄力又有干劲,而且能深入实际,贴近群众,深受工人群众信任。尤其可贵的是,在大话空话盛行、浮夸风气高涨的年头,他尊重科学,敢于采用外国先进的生产经验和管理方法,按科学规律管理工厂。在能否增产 20 万吨钢的激烈争论中,他在周密调查的基础上提出自己看法,并且不怕受批判,顶住压力,坚持自己的主张,又尽可能地尊重工人的意见,爱护群众的积极性。在日常工作中,对于那些片面夸大精神作用,一味冒进,违反操作规程和劳动纪律的现象尖锐批评、严肃处置,教育工人一定要按科学组织和实施现代化大企业的生产。——在这一意义上,把宋紫峰——乔厂长这样的好厂长写成反面人物——或者写成被教育者、被拯救者,自然成为了 50 年代作家"缺乏真知灼见""追随一时流行的潮流"③的最好佐证。

在一部表达工业政治观念的作品中花如此多的篇幅和力量来讲述一个爱情故事,无论对于《乔厂长上任记》还是对于《乘风破浪》,似

---

① 张钟等:《当代文学概观》,北京大学出版社,1980 年,第 71 页。
② 华中师范学院《中国当代文学》编写组编:《中国当代文学》,上海文艺出版社,1984 年,第 120 页。
③ 张钟等:《当代文学概观》,第 71 页。

乎都有些不合时宜。对于草明而言,当然可以归因于女作家对人物情感经历的敏感——草明的第一部工业题材小说《原动力》问世后,郭沫若就曾称赞草明"以女性的纤细和婉,把材料所具有的硬性中和了"①。但更重要的原因,还在于草明对"政治道德化"这一在社会主义文学中被广泛采用的修辞手法的运用。以情感的出轨来象征政治的背叛,用来表述受资产阶级思想影响的厂长宋紫峰与共产党市委宣传部长邵云端之间的情感——政治冲突,无疑既通俗又形象。在小说的结尾,宋紫峰像一只迷途的羔羊,完成了他的双重回归。草明这样满怀深情地描写了宋紫峰在共产党的宣传部长妻子邵云端身边的幸福生活:"像春天的玉兰,夏天的玫瑰,秋天的桂花,冬天的腊梅似地芬芳浓郁。"这种描写,表面上是写爱情,实际上是在写政治。——这当然也是蒋子龙在乔厂长的情爱经历上大费周章的原因。对乔厂长而言,这段新的爱情生活的开始,也是一种新的工业政治的开端。

二

50—70 年代的中国文学中工业题材小说成就不高,已是当代文学研究者的共识。所谓的"成就不高",当然是相对于同一时期"成就斐然"的"农村题材""革命历史题材"甚至"知识分子题材"而言。在公认的红色经典"三红一创保林青山"②中,没有一部"工业题材"作品。这对于以表达主流政治为己任的"50—70 年代中国文学"来说,无疑令人费解。因为"工业政治"是"50—70 年代"中国主流政治的基础,是"政治"中的"政治"。——毛泽东始终坚持将"工人阶级"定位为中国社会的领导阶级,在发表于 1949 年 6 月的畅想新中国

---

① 1949 年 1 月 16 日郭沫若给草明的信。见余仁凯等编,《草明研究资料》,知识产权出版社,2009 年,第 195 页。
② 即《红岩》《红日》《红旗谱》《创业史》《保卫延安》《林海雪原》《青春之歌》《山乡巨变》等 8 部长篇小说。

政体的《论人民民主专政》一文中,他明确指出:"人民民主专政需要工人阶级的领导。因为只有工人阶级最有远见,大公无私,最富于革命的彻底性。整个革命历史证明,没有工人阶级的领导,革命就要失败,有了工人阶级的领导,革命就胜利了。"① 这一不可动摇的"领导"地位在宪法中得到确认:"新中国"是"工人阶级领导的以工农联盟为基础的人民民主专政的中华人民共和国"。非常明显,从建立新中国的那一天开始,建构对"工人阶级"这一新的历史主体的认同,就成为新生的中国当代文学最重要也是最自觉的使命。1949年7月,周扬在北平召开的中华全国文学艺术工作者第一次代表大会上所做的主题报告《新的人民的文艺》中曾以数字说明这一问题:根据《讲话》以来解放区作家创作的统计数字,在177篇新作品中,描写工业生产的仅有16篇,周扬特别指出,这个数字对于现在是远远不够的,描写工业生产的作品应该走在前列。② 此后,在文艺界下厂深入生活的号召下,大批作家纷纷奔赴工业建设第一线,寻找创作源泉。

令人遗憾的是,经过了近三十年的努力,直到"文革"结束,中国文艺界仍然未能收获公认的佳作。③ 对一种自觉做时代"留声机"甚至是主流政治"传声筒"的文学而言,始终无法将最主流的政治转化为成功的文学形象,无疑是一种失职或缺位。其原因除了学界的诸多

---

① 《毛泽东选集》第4卷,人民出版社,1991年,第1468页。
② 周扬:《新的人民的文艺》,《中华全国文学艺术工作者代表大会纪念文集》,新华书店,1950年,第89页。
③ "三十年工业题材的长篇小说创作,直到一九七九年为止,还没有出现一部政治和艺术形式统一、内容和形式统一、革命的政治内容和尽可能完美的艺术形式统一,具有较大的思想深度的成功之作;还没有出现一部像农业题材的《创业史》、革命历史题材的《红旗谱》和历史题材的《李自成》那样的史诗作品。迄今为止,在我国工业题材的人物画廊中,还没有一个像梁生宝、朱老忠、李自成那样的思想和艺术统一、个性和共性统一、现实和理想统一,为读者所口碑载道的高度典型化的人物形象。在我国的工业文学队伍中,还没有诞生敢于打破传统思想的手法,在思想和艺术上都比较成熟,在创作上有卓著成就的大手笔作家。这一点不能不引以为憾。"(朱兵:《开拓中前进——新中国三十年工业题材长篇小说发展概观》,工人出版社,1984年,第2页。)

共识之外——诸如中国是个农业国,农村题材众多以及中国现代文学缺乏工业写作传统等等,工业题材小说与农村题材小说、革命历史题材小说的差距,除了取决于客观因素、传统乃至作家的水平、经验与努力,更取决于相关题材在特定的历史语境中的功能差异。

我们不妨以"三红一创保林青山"的农村题材写作为例讨论这一问题。《红旗谱》《创业史》为代表的作品之所以成功,是因为他们成功地塑造了"新农民"这一新的历史主体。正是通过《红旗谱》中朱严两个家族三代农民代表的"中国农民"以及《创业史》中的梁生宝代表的"新农民"形象,"社会主义民族国家"这一"想象的共同体"才得以"道成肉身"。50年代由农民、农业、农村组成的"三农"认同是为民族国家的认同服务的,它决定于农业在整个民族国家中的位置。以50年代农村题材小说所集中反映的农村社会主义改造为例,很明显,这一时期中国农村的社会化是为"以国有企业为主体的强大的工业的发展"服务的。由于中国城市工业化的资金主要是从农村获得,国家通过特殊的经济制度安排来实现通过工农产品的不等价交换获得工业发展资金。也就是说,城市的工业化主要是建立在剥夺农村的基础上的。与我们在其他社会主义国家看到的一样,50年代初期中国农村的社会主义改造急迫地把农民组织到集体经济组织里,并不是仅仅出于农业生产发展的需要,甚至也不是农民利益的需要,而是国家工业化的需要。只有把遍布全国的异常分散的小农组织到几万个集体经济组织里,通过控制农民经营权,实现农业剩余资金向工业转移才可能顺利完成。农业剩余大量转入工业支持了新中国工业的高速度增长,使中国得以在极短的时间内建立了比较完整的工业体系,为整个国家现代化奠定了基础。这种政治架构决定了工人阶级的主体地位,事实上,也内在地确立了文学表达的范围、想象的方向以及叙事的方向。正因为如此,我们在《创业史》这样的作品中看到的以人民公社为目标的合作化运动与《暴风骤雨》中的土地改革是一场性质完全不同的"社会主义革命",它意味着国家要把分到农民手中的土地重新剥夺,占有农民的剩余。要使农民接受这种民族国家的制度安排，使农民愿意为"想象的共同体"做出牺牲，遭遇的困难可想而知。20—30年代之交，与中国情况类似的苏联在开始费时四年的农村集体化运动时，就曾遭遇农民的激烈反抗，仅在1930年初，卷入反抗的暴动农民就达70万人，苏联政府为达到目标，出动正规红军和飞机大炮进行镇压，逮捕流放了上百万"富农"，其惨烈程度甚至导致了某些红军部队——"穿军装的农民"的哗变。而避免暴力的有效方式，当然是培育农民的民族国家意识，将民族国家的使命内在化，将其转化为每一个中国农民的自觉意识，让农民自觉接受民族国家的宰制，自愿为民族国家做出牺牲，——比起"革命"与"暴力"，"认同"当然是一种更有效的规训方式。以《创业史》为代表的以中国农村的社会主义改造为题材的作品，正是通过刻画梁生宝这样与国家同呼吸共命运的全新的"历史主体"形象，完成了中国农民由"旧农民"（投身土地改革的农民）向"新农民"（投身农业合作化运动的农民）的转换，完成了文学对生活的干预与创造。

很明显，创造出能与"新农民"比肩，甚至更加高大的"新工人"形象，对草明这样的工业题材小说作者来说是更为紧迫的政治—文学使命。《乘风破浪》中的青年工人李少祥无疑就是肩负这一使命的人物。李少祥出身于革命家庭，16岁就当上了炼钢工人，他有着高度的责任感和"工人阶级的优秀品德"——与女友约会时仍然是满脑子增产计划。他富有集体主义精神，胸怀宽广，沉得住气，吃得下"闷亏"，团结本班和另外两班的工友共同争取增产。只要对增产有利，他可以不顾危险，忍受委屈。偷偷试验快速精炼时，虽然受到了厂长的处分，但他还说："只要对生产有利，个人挨点批评也乐意。"快速精炼失败也不灰心，最后终于成功。在对待落后工人易大光的态度上，李少祥也表现了"工人阶级所特有的"深厚情感。易大光闹情绪造成严重的生产事故，险些要了李少祥的命，还使平炉停火检修，但李少祥还是不迁怒于易大光。最后，一个落后工人随着阶级良心被唤醒，终于真正回到了自己的队伍里。小说中哪里有困难，李少祥就站在哪里，哪里发生危险他就挺身挡住。钢瘤埋住出钢口时，他不顾烧伤的危险，一下子就抱走钢瘤。水淹蓄热室时，他昼夜看守，抽水、潜水，建议根治水患。炉门坎被钢水冲破，他沉着勇敢地指挥抢堵炉门，直至烧伤昏迷。醒来唯一的话是："有没有停炉？"在爱情问题上，他也表现出自己的公而忘私和心地淳朴。在海滨渔村一同长大的小兰和外表与言谈上更胜一筹的上海姑娘广播员小刘之间，他始终热爱着的是心地纯洁的小兰……

小说中有一个细节，少祥的妈妈发现自己的儿子一段时间来郁郁寡欢，猜想儿子一定是为情感问题困扰。少祥的回答竟然是："除了生产搞不好，再没有什么能叫我发愁的事呀，妈！"

与《创业史》中的梁生宝相比，李少祥身上的集体主义意识——对党与国家的认同与真诚并不逊色，甚至在爱情经历上，李少祥都让我们不由自主地想起梁生宝。但"集体主义意识"可以使梁生宝成为"新农民"，却无法使李少祥成为"新工人"。工业这个现代性装置，对新中国这个二位一体的所谓"社会主义民族国家"的意义要比农业复杂得多。农业政治需要建构的是农民对国家的认同，自愿为国家的工业化作出牺牲，而工业政治却显然是另一种政治——工人阶级本来就是无产阶级，不像农民那样有土地农具耕牛需要牺牲，也不像知识分子那样有个人意识个人欲望需要克服，甚至不像革命战士那样需要将个人或家族的困难与仇恨上升为抽象的阶级意识，工人阶级本身就不是个体，也不是工具——他们本身就是目的，他们本来就是国家的主人。

50年代工业题材小说的"不成功"显然与此有关。50年代的工业题材小说创造的"新工人"都是李少祥的翻版。在另一部与《乘风破浪》齐名的工业题材小说代表作《百炼成钢》[1]中，老作家艾芜为我们刻画的主人公秦德贵，也是一个李少祥这样完全克服了"个人"的道

---

[1] 《百炼成钢》1958年5月由作家出版社出版。本文引文均见该版本。

德楷模。与李少祥一样，秦德贵向来是快乐的，连恋爱的波折也无法使他不快乐。如果说有过什么不快乐，那也只可能出现在国家财产受到损失而又无可挽救的时候。他工作起来从来不觉得累，他一心"想在炼钢方面，创造新纪录"，为国家多生产钢和时间赛跑。在炼钢厂里，哪里辛苦危险，我们的英雄秦德贵就会出现在哪里，因为他始终认识到他的工作与国家政治——全国的社会主义建设、抗美援朝保家卫国的爱国主义、国际主义的伟大事业有着不可分割的血肉联系："我们是快乐的，就因为我们是毛泽东时代的炼钢工人。你想想看，志愿军打美帝国主义的炮弹，是咱们的钢做的，全国基本建设使用的钢，也要咱们来炼，多么使人感到骄傲。"

《百炼成钢》出版后，好评如潮。一位评论家这样评价作品的主题："作品通过劳动、爱情、家庭生活和社会生活的描写，多方面地生动刻画了几个不同工人的形象。突出地歌颂了工人阶级大公无私的集体主义精神，也批判了少数落后工人中的个人主义思想行为。"① 另一位评论家则指出："艾芜同志现在通过他的艺术形象，极为充分地宣扬、歌颂了工人阶级的大公无私、全心全意、忘我地为社会主义服务的高贵品质，并且通过另一个炼钢工人张福全的形象，尖锐地揭露了资产阶级损人利己的思想意识，这无疑地对资产阶级和小资产阶级的利己主义是一个沉重的打击，教育作用是很广泛和深刻的。"② 问题在于，以"集体主义"和"个人主义"来区分"新农民"与"旧农民"是有效的，但用来描述"工人阶级"的主体性却显然不够。对农村写作而言，写一个好人，一个道德高尚，也就是不自私的人就足够了。但这样写"新工人"却远远不够。与其说秦德贵是另一个李少祥，不如说他们都是梁生宝。这些工业题材的作品只是把工厂作为背景，实

---

① 高原:《一部描写工人生活的好书——向工人推荐〈百炼成钢〉》,《工人日报》1958年5月11日。
② 迟蓼洲:《一个优秀的工人英雄形象——评〈百炼成钢〉中的人物秦德贵》,《人民日报》1957年2月26日。

际上人物的活动根本与工业无关，只要稍作改动就可变成农业或别的什么题材，好像穿了工作服的演员，换件工作服，农民就变成了工人。以《原动力》为代表的建国初期的工业题材小说反复讲述的解放初期工人"护厂"的故事，与《红旗谱》开篇所讲的朱老巩的"护树"，实在没有什么不同。

这正是《乘风破浪》的意义所在。《乘风破浪》对当代文学的真正贡献，不在于刻画了李少祥，而在于创造了一个重技术轻政治的官僚宋紫峰，并将其作为小说矛盾的中心。"这个形象塑造得成功，不亚于李少祥；他的典型意义，同样不亚于李少祥。因为李少祥的形象在其他作品中经常见到，而宋紫峰的形象则是凤毛麟角。"①——下一次见到这个人物，得等到20年后的《乔厂长上任记》了。宋紫峰形象的难能可贵，是因为这个人物根本不可能用"集体主义"与"个人主义"这样简单的道德化修辞加以描述。与我们在农村题材、革命历史题材小说中看到的反面人物迥然不同，小说中的宋紫峰没有任何私心，既不贪名也不逐利。他甚至从未失去对党的真诚。他不接受任务的理由是"科学"，并说"我敢于对党负责。我认为做不到的事就不要作出决定来。"他与正面主人公李少祥的冲突，如果一定要套用"集体"与"个人"冲突这一屡试不爽的模式，那么，我们会惊异地发现，宋紫峰站的位置，他坚持不能逾越的"制度"，竟使他更接近于"集体"这一边。

宋紫峰的形象并非草明首创，但以其作为小说的主人公，并围绕其展开小说的主要矛盾冲突，却展示了工业文学的另一种趋向。这一趋向直接切入特定时期中国工业政治的核心，直面工业化制度与社会主义制度之间的冲突与悖反，生动地记录了50年代中国工业化运动的艰难历程。

---

① 张钟等：《当代文学概观》，第32页。

三

《乘风破浪》中有一段描写工厂风景的文字一直为评论家称道：

> ……车间里，车轮像条弧线似的飞速转动着，加工的钢板在磨床上穿来插去；这角落刚冒起一阵电火的红光，那边又飞溅着紫色的火花。李少祥正眼花缭乱，耳朵里却响彻着机器的大合唱。他含着微笑细细一听，分辨出来哪是小姑娘在娇嗔似的沙轮的均衡的尖叫，哪是少妇在欢笑似的瓦斯枪的吱吱格格的喧闹；还有那时高时低或紧或慢的敲打金属的声音，使合唱起着各种变化，而那一吨半重的汽锤的低沉的吟哦，虽然并不突出，但那浑厚的音响即使很远却听得见，有如男女混声合唱队里的男低音似的，显然起着使整个合唱达到和谐优美的作用。他虽然那么热爱平炉车间的浑厚、凝重的格调，喜欢听钢水的惊涛骇浪似的咆哮，然而他同样也喜欢机器修理车间的轻快和灵活。假如说一个炼钢工人在炼钢时怀着一种怀孕母亲似的庄严心情的话，那么现在听见金属的切削声和钢材的焊接声，就如母亲听见儿子在念书、在打球、在发议论那样，心情会变成快慰和感激了……

这样浪漫得近乎滥情的"大工业交响诗"与其说是青年工人李少祥心中的风景，不如说是身为女性、母亲、知识分子、共产党员、作家等多位一体的草明的内心独白更为准确。工厂——"工业"给作家带来的感受如此新颖和奇特，虽然作家努力转喻和类比，尝试将其转化为熟悉的个人经验，但反过来，正好说明了作家对这个现代性装置的陌生甚至疑惧。

对当代中国作家而言，意识到不能用处理农业题材的方式来处理工业题材，已经是很多年以后的事了。蒋子龙在创作了《乔厂长上任记》之后发表的一篇创作谈中曾经深有体会地谈到过工业叙事与农村叙事的区别,他指出,工业叙事不能"像写农村一样,把一家人放在一个工厂里,在家族中间展开矛盾实际是不可能的,在一个几千人、上万人、甚至是几万人的企业里,亲人也是很难在工作时间碰面的,除非一家人在一个工厂,又在一个车间,又在同一个生产组,上的又是同一个班次"[①]。

蒋子龙的感受是有道理的。工厂题材不能像农村题材那样写,比如像《创业史》和《红旗谱》那样,让集体、国家乃至阶级意识从家庭伦理中生长出来。传统中国家国不分,"国"是"家"的放大,家庭道德能够直接上升为国家政治,而现代工业机器生产完全切断了这种"家"与"国"之间的关联,也就切断了历史主体的成长之路,无法像孟悦分析的《白毛女》那样通过将政治伦理化来建构新政治的合法性。工业不仅仅是一种风景,更是一种制度。——用今天的话来说,就是一种新的"文化政治"。以大规模工业生产为出发点的社会组织方案服膺于现代工业的基本逻辑,整个社会因工业的统治而遵循工业的技术一物质结构与社会组织的形式。现代工厂对生产过程进行全面控制,大规模、高效率的工厂工作必须依靠纪律化、组织化的劳动大军,大工厂的协作式生产组织中,根本没有家庭、家族存在的空间。工业主义逻辑全面扩大至伦理领域,建立了新的准则,成为了新的社会组织力量。用贝尔的话来说,"工业革命归根结底是一种用技术秩序取代自然秩序的努力,是一种用功能与理性与技术概念置换资源与气候的任意生态分布的努力","这是一个调度和编排程序的世界","这个世界变得技术化、理性化了"[②]。因此,工业主义不仅仅是指一种技术与生产,同时也包括由此而来的社会形式与人格形态,置身其中的人,

---

[①] 蒋子龙:《大地和天空》,《山西师院学报》1981年第3期。
[②] 丹尼尔·贝尔:《资本主义的文化矛盾》,严蓓雯译,生活·读书·新知三联书店,1989年,第198—199页。

不可避免地在人的属性、人格状态上产生变化。卢卡契曾经谈到机器生产对于人的影响，人是"被结合到一个机械体系中的一个机械部分……无论他是否乐意，他都必须服从它的规律"①，工业生产"存在着一种不断地向着高度理性发展，逐步地消除工人在特性、人性和个人性格上的倾向"②。

《乘风破浪》中的一个中心情节，是平炉工人李少祥未经上报，悄悄进行快速精炼实验，虽然违反了操作规程，但缩短了精炼时间。厂长宋紫峰对李少祥予以了处分，别人试图劝阻，宋紫峰解释自己的决定："你们都是温情主义者，他连续违反命令，违反操作规程，这就是个错误。"尽管李少祥的试验提高了工效，但宋紫峰依旧处分工人，显然，他判断事情对错的依据不是结果，而是工厂的"规章制度"。用支持李少祥的党委书记唐绍周的话来说："老宋心目中认为企业里的经营管理和技术管理，应有一套神圣不可侵犯的成规，这套成规除了他谁也不能动；不，连他自己也不敢动。……这套成规——特别是技术规程的各个环节中间紧密相连……放手发动群众呢？冯书记已经指出过这是'游击作风、农村习气、没正规化观点'。"显然，厂长宋紫峰所做出的并不是其个人的选择，他背后，不仅有更高职位的市委书记冯棣平，更是一整套有关工业政治的理念支撑。

宋紫峰憧憬的具有严格规章的、不以外力为转移的现代工业企业制度其实就是马克斯·韦伯笔下的现代科层制——官僚制体制。韦伯根据理性的经济活动组织来界定资本主义，将理性化这一概念与一般意义上的科层组织和机械化联系起来，揭示了科层制、资本主义企业和机器之间的普遍联系。韦伯经常拿"科层制"和机器做对比，认为二者都是根据形式化知识的"专门"应用而建立起来的。"科层制"（英文为 bureaucracy），又被翻译成"官僚制"，是指一种权力依职能

---

① 卢卡契：《历史与阶级意识》，张西平译，重庆出版社，1993年，第97页。
② 同上书，第99页。

和职位进行分工和分层、以规则为主线的组织体系和管理方式。作为一种现代的大规模行政管理体制，官僚制具有如下特征：层级制——在层级划分的劳动分工中，每个人都有明确界定的权限，并在履行职责时对上级负责；连续性——有规则的职业结构，专职的、领薪的职业；非人格性——工作按照既定的规则进行，而不听任于个人情感、意志或趣味；专业化——根据实绩选拔官员，根据职责进行培训。这种制度相比于其他形式的组织，具有精确性、稳定性、效率性，和其他组织相比，正如机器生产与非机械生产方式一样。[①] 科层制、专业分工和非人格化保证了现代大工业的高速运转，成为保证实现现代化的可靠手段。

宋紫峰代表的现代官僚体制与社会主义理想之间的冲突之所以不可避免，源于作为现代大工业产物的理性官僚制与现代资本主义的内在联系。官僚制满足了工业大生产和行政管理复杂化的需要，它针对身份制和世袭制中的门第、血统、特权观念，提出了知识化和专业化的要求，以其远远超越传统社会组织形式的精确性、快捷性、可预期性、非人格化、制度化等方面的特点，同追求功利的市场经济、文官制度、契约观念、注重理性的资本主义文化与宪政体制相适应并有机地组合在一起，成为推动资本主义经济发展的有力杠杆。韦伯直接将官僚制视为资本主义发展的衍生物。没有官僚制，资本主义难以取得现有的巨大成就。然而，如同资本主义在带来生产力的巨大发展的同时也给人类带来前所未有的异化，官僚制同样是一把双刃剑。在官僚组织中，人的行为是由严密的法律规章和正式文件来规范的，人们在处理公务时不得掺杂任何个人的主观判断和价值因素，这种非人格化的制度祛除了各种"人为因素"，使人际关系转变为物的关系，将人固定在制度的铁笼中，压抑了人的积极性和创造性精神，使人成为一种附属品，只会机械地例行公事，命运越来越依靠官僚组织的运营，退

[①] 戴维·毕瑟姆：《官僚制》，韩志明、张毅译，吉林人民出版社，2005年，第4、7页。

化成温顺的"羊群",成为巨大复杂机器中的一颗颗小齿轮。与此同时,在官僚制行政中,官僚垄断了政策制定和法律执行的权力,包揽了公共服务,由此产生的官僚式的冷漠态度其实最终将降低组织的工作效率。在复杂多变的体制中,这种组织效率的获得常常以牺牲更高层面的社会效益为代价。

官僚政治的诸多缺陷决定了其与社会主义政治之间的必然冲突。针对黑格尔将官僚机构理解为连接绝对理念与市民社会的中介的观念,马克思断然指出,国家是社会矛盾的产物,官僚机构是国家最典型的组织形式。国家和官僚机构是人被异化了的"史前"和篡夺了人类社会权力并凌驾于社会之上的异化权力的反映。官僚国家植根于马克思所说的社会生活中的"反社会本性"之中,植根于"这种私有制、这种商业、这种工业、这种各个市民集团间的相互掠夺……因为这种分散性、这种卑鄙龌龊的行为、这种市民社会是现代国家借以存在的天然基础,正如奴隶占有制的市民社会是古代国家借以存在的天然基础一样"①。按照马克思的这一逻辑,社会主义要求废除国家和官僚机构,正如社会主义以废除它由之产生的阶级社会为前提一样。虽然的确如许多批评者所指出的那样,马克思对官僚主义的批判未能明确与他对未来社会主义社会的想象联系在一起,没有考虑到即使在废除生产资料私有制以后,官僚主义的结构也还会继续存在、不断重现并且逐步占统治地位,更未能考虑到东方社会主义可能遭遇到的现代化与社会主义的双重使命。但是,马克思对资本主义的批判本身就是对社会主义的界定。马克思主义关于在无产阶级专政下国家"自行消亡"的思想是以马克思早期提出的下述前提为基础的,即"只要它(社会主义)的组织活动在哪里开始,它的自我的目的,即它的精神在哪里显露出来,社会主义也就在哪里抛弃了政治的外壳"②,马克思认为:

---

① 《马克思恩格斯选集》第一卷,人民出版社,1995年,第544页。
② 《评一个普鲁士人的〈普鲁士国王和社会改革〉一文》,《马克思恩格斯全集》第一卷,人民出版社,2002年,第395页。

"只有当人认识到自己'固有的力量'是社会的力量,并把这种力量组织起来因而不再把社会力量的形式同自身分离的时候,只有到了那个时候,人类解放才能完成。"①

宋紫峰坚持严格的规程化管理,坚持处分李少祥,是因为李少祥违反了制度。在他心中,严格的规章制度才是企业运转的基础,而个别的主观能动性的发挥固然能一时提高产量,但会影响规程的严格运作,不符合现代大工业的逻辑:"我们科学技术的底子太薄,办企业常用手工业的方法,特别在管理上,这边等着出钢哪,那边还在打通思想啦,集体讨论啦,慢慢启发他的积极性和创造性啦,有什么办法呢,不按科学办事,不按规章办事!……那个工友分明违反劳动纪律,很不像话,可是我们的工会不仅不让行政开除或者处分他,还在那儿说服教育哩,调度人员和运转手开皮了,钢水捂在炉里出不来,青年团干脆把他们拉到郊区开会,打通思想去。"宋紫峰之所以"脱离政治""只专不红",自嘲"只能当厂长,不能当党委书记",反对在工厂进行政治思想工作——用今天的话来说,就是强调制度建设,反对人治,是因为在他看来,启发群众觉悟、提高群众的积极性,这个政治统治的法宝,常常降低了科层管理的效率,成文的规章被不成文的政治思想规则取代了。尤其是当党的组织驾临于这些制度之上,工会作为党在工厂中的延伸机构,掌握了话语权和合理性的标准之后,它的存在已经对工厂的日常秩序进行了颠覆。

四

《乘风破浪》反映的正是这种现代科层官僚制在50年代的中国引发的文化政治冲突。对于新中国这一以"社会主义现代化"作为自己战略目标的政体而言,几乎是命定将面临这一冲突:一方面,我们必

---

① 《论犹太人的问题》,《马克思恩格斯选集》第一卷,人民出版社,2009年,第46页。

须实现现代化——在相当长的时间内,现代化被表述为"超英赶美",其核心内容即工业化,要实现工业化,就必须建立一套适合现代工业发展的科层制度;另一方面,我们实现的现代化,必须是"社会主义"的"现代化",我们实现的工业化,也必须是社会主义的"工业化"。

草明《乘风破浪》记录的其实就是 50 年代中前期发生于鞍山钢铁公司的工业政治。在 50—60 年代初的中国大型企业中,鞍钢占据着最重要的地位,堪称社会主义国营企业的龙头老大。——直到大庆油田发现之后,鞍钢的"一哥"地位才被逐渐取代。"一五"期间,是鞍钢发展的重要阶段,中共中央出于加速社会主义工业化的战略安排,把钢铁等重工业列入国家经济建设的头等重要位置。在苏联专家的全面指导下,鞍钢系统地引进了苏式工业管理模式,成为新中国的钢铁生产基地。苏式工业管理模式即典型的现代科层官僚制,其核心就是实行一长制,鞍钢所属各个厂矿全面落实了一长制的经验,并相应建立起总工程师、总工艺师、总化验师、总检验师、总会计师的制度。科层制作为现代工业制度带来了鞍钢的快速发展,其自身的弊端亦开始浮现,尤其是不利于加强党的领导和职工群众当家做主的问题日益突显出来。1960 年,也就是《乘风破浪》出版的第二年,毛泽东在一个批示中,把鞍钢在"大跃进"期间实行的以政治挂帅为核心内容的一套做法誉为"鞍钢宪法",将"两参一改三结合"的发明权赋予鞍钢。"两参"指的是干部参加集体生产劳动,工人群众参加企业管理;"一改"是指改革企业中不合理的规章制度,建立健全合理的规章制度;"三结合"则是指企业领导干部,技术人员与工人群众相结合。用"宪法"这样一个词来形容鞍山钢铁公司创造的这套企业管理办法,表现了毛泽东对它的高度欣赏和充分肯定。1961 年制定的"工业七十条",正式确认这个管理制度,并建立党委领导下的职工代表大会制度,希望能够据此扩大企业民主,吸引广大职工参加管理、监督行政,克服官僚主义。这在此后很长一段时间里,成为中国共产党领导工业企业的指导方针。

《乘风破浪》表达了催生"鞍钢宪法"的历史焦虑，即发生在大工业带来的集权主义与社会主义理想之间的冲突：宪法赋予了工人阶级政治主体的地位，倡导工人参与工厂的一切事物，因为主权属于工人阶级，然而，大工业伴生的官僚制却制造了一个基于教育文凭和专业资格的官僚阶层，管理人员的数目相对来说很小，而被管理者数目庞大。管理者和被管理者是由一套复杂的规则网络连接起来的，而且由于技术、专业化和大规模运作程度的发展，这套规则网络也越来越精巧、复杂。在官僚制中，由于强调集权主义，强调下级对上级在职务上的绝对服从，从而抑制了工人的积极性和创造性。而官僚制对官员队伍的专业化和专家治国的强调，更是将"理性无知"的社会民众排斥在政府行政之外，从而在某种程度上剥夺了基层成员的民主参与权利，使行政失去其民主特质。——其结果，不仅有可能再度拒绝群众进入"政治生活及历史"，更重要的危险，是消解"政治生活"本身。宋紫峰"只看重技术，忽略政治"，"炼钢内行，政治上很弱"，拒不接受党中央决定的钢铁生产的增产计划，写文章配合冯棣平，实际上起着削弱党领导的作用。他自以为是，骄傲自满，看不起工人群众，只迷信书本，只相信手中的一把尺子，不相信群众的高度革命热情，不相信群众中蕴藏着无穷的智慧和力量。工人提出来的技术革新和技术革命的合理化建议，他采取不屑一顾的傲慢态度。——宋紫峰是一个典型的官僚。

　　但更严重的问题还在于，宋紫峰的官僚气却并非源于他的骄傲与个性，迈斯纳曾分析过50年代中国官僚主义的制度成因："党和干部的官僚化的发展是适合于时代的普遍趋势的，这种趋势是由现代工业化的全面推进造成的，它的特征是新建立的对现代科学和技术专业化力量的信仰。'合理化''系统化'和'程序化'是当时的口号，它们反映了'对游击思想的激进背离'，即对毛泽东主义革命传统的含蓄否定。在工业化进程中，马克思主义理论所宣布的目标逐渐变成一种仪式化的东西。虽然中国共产党人依然热情地主张社会主义与共产主义的目标,并且毫无疑问热烈地信奉这些目标,但是他们实际的活动目标是迅速发展工业,实际居于统治地位的价值观念是那些最有助于工业化的观念——经济的合理性与管理的有效性观念。"① "现代工业的发展曾被设想为是实现目标的手段,但是随着时间的推移,工业化本身成为了首要的目的,而社会主义的目的则被推迟到更加遥远的未来。"② 执政党对这一状况显然不能无动于衷:"到1956年,毛泽东主义者开始认为,社会主义者为走这条工业化道路所付出的代价太大。中国的第一个五年计划导致了官僚主义的成长和官僚机构的常规化,产生了新形式的社会不平等和特权阶层,现代化中的城市与落后的农村之间的差距日益增大,城市剥削农村,以及革命的意识形态不断退化和仪式化。第一个五年计划的社会、政治和意识形态的结果似乎使中国离社会主义和共产主义的未来越来越远而不是越来越近。毛泽东主义由此得出结论,社会主义的目的只能通过社会主义的方法才能实现。"③

"鞍钢宪法"代表了让"政治"重新进入经济领域的努力。以"人治"来替代科层制,它的实质是重申让工人阶级当家做主。草明算得上是"鞍钢宪法"的信奉者乃至实践者,并以此作为《乘风破浪》的主题,讲述官僚厂长宋紫峰的危机与觉悟。但一直生活在炼钢第一线的草明本人对这个新的乌托邦却并非没有疑惑。它集中表现为小说收尾前出现的一个让读者意外的情节:宋紫峰受到批评之后,作为科层官僚制象征的厂长的命令簿在整风中被取消,导致厂内大乱——基层干部为表示民主,以"群众路线"为名,不愿下命令,结果导致车间互相扯皮、占便宜,炉体垮塌,生产停滞。此前一直对官僚主义持激烈批评态度的刘进春师傅竟反过来提议宋紫峰"该要的规章制度就得

---

① 莫里斯·迈斯纳:《毛泽东的中国及后毛泽东的中国——人民共和国史》,杜蒲译,四川人民出版社,1990年,第172页。
② 同上书,第181页。
③ 同上书,第261页。

要"，宋紫峰重新振作，又提"制度紊乱危害论"。热火朝天的整风双反，失去了制度的束缚，成为群众的狂欢，潜伏着生产失败的危险。科层制专业化的制度被推翻之后反而显出了存在的合理性、必要性。小说中意外出现的这一与小说主题相违背的情节意味深长，可以被解释为作者的疏忽，也可以被解释为"现实主义"的胜利，但它更直接的客观意义，显然还在于对这一时期的悖论性的工业政治的揭示。面对官僚体制所造成的问题，需不需要，或者说能不能够将官僚政治的机制瓦解，重新追寻一个可以取代的机制，既是政治家的问题，也是困扰文学家的问题。

再造敌人，一直是50—70年代中国文学最为重要的功能之一。因为没有敌人这个他者，新的历史主体就无法建构起来。工业题材的小说当然也不可能例外。从草明的《原动力》，到艾芜的《百炼成钢》，到周立波的《铁水奔流》，再到更晚一些的《沸腾的群山》与"样板戏"《海港》，都无一例外地出现了敌人。只是在工人阶级队伍中想象敌人远比在农村和革命战争年代困难得多，一度便捷有效的方式是将敌人刻画成暗藏的"国民党特务"，但随着战争年代的远去，这一符码也逐渐变得危机重重，越来越缺乏说服力。《原动力》中的特务李希贤平时只是制造谣言、散布消极情绪，直到最后一刻才出现了一个所谓的李希贤的上线逼老佟头做内应的情节，从而将李希贤的特务身份落实，而在这一"水落石出"的场景中李希贤本人根本没出现。据草明回忆录中的记述，创作小说的时候她曾感到苦恼："人家不管是写土改还是写军队，都有敌我斗争。我写镜泊湖都是工人们意气昂扬，上上下下一心奉献，这样不怕人家说我没有阶级斗争观念吗？"紧接着，"我想起宋鸣岐厂长曾经说过湖的对岸还有胡子出没，我何不加这么一段，显现出情节跌宕有致呢？"① 其他作家也未能免俗，艾芜的《百炼成钢》也是在结尾处才安排一个潜伏的国民党特务李吉明"突然出

---

① 草明：《世纪风云中跋涉》，人民文学出版社，1997年，第176—177页。

场",以致被评论家普遍视为败笔;连周立波这样经验丰富的作家也想不出更好的办法,在工业题材的"力作"《铁水奔流》中竟然虚构出一个毫无意义的特务世界,走上了主题先行的不归路。①

不难看出,未能再造出有信服力的敌人,已经成为50—70年代工业文学共同的焦虑。也正是因为工业题材小说始终未能制造出令人信服的"他者",因此也始终未能创造出新的历史主体,以致50—70年代中国文学中的"工人阶级"一直就是一个空洞的符码。这应该是工业文学未能创造出自己的"三红一创保林青山"的真正原因。只不过,工业题材的这一缺陷——如果我们真的承认这是一种缺陷的话,其实绝不仅仅取决于作家的想象力和艺术水平,它凸显的恰恰是政治想象的困境。——就小说而言,我们的确在《乘风破浪》中看到了一种在"三红一创"中看不到的紧张,但这种紧张并非发生在"文学"与"政治"之间,更不是区分"真实的文学"与"虚假的文学"的标志,它呈现的正是这个时代的政治自身所特有的紧张。而对这种困境的揭示和记录,是否意味着类似于《乘风破浪》这样的工业题材作品反而具有了一种"三红一创"不具备的价值呢?

《乘风破浪》显然无意建构敌人。在《乘风破浪》中,谁有资格成为新工人李少祥的他者呢?是官僚厂长宋紫峰?还是"出身于资产阶级家庭,虽然投身革命但残余的资产阶级思想没有改造好,在资产阶

---

① 周立波在《铁水奔流》的开头一鼓作气虚构了出了一个工厂内特务的复杂网络:"全厂有七百多个反动党团员。……国民党在这里有两个党部……一明一暗……有蒋、汪、阎和'北平行营二处'的特务。匪徒们系统纷纭,名目繁多,有军统、中统、励志社、中美合作所、特别党员、三青团员、还乡团和青工先锋队员等等。……职工中加入青红帮、慈善会、先天道、后天道、后头道和一贯道的人为数不少。……好多会道门首要,就是特务……"(周立波:《铁水奔流》,作家出版社,1955年,第61页。)这样的布局似乎意味着小说将展开一场两个阶级之间的大决战,遗憾的是,在小说的发展中,阵营如此庞大的特务始终只是几个面目模糊的影子,他们只是在阴暗的巢穴中密谋,偶尔打一两次黑枪让人们感到他们的存在,直到最后因为破坏机器才与工人英雄正面冲突,但最终"现形"的也就是只是两个没有名字的黑衣人,通过审讯才得知是"国民党特务"。

级民主革命中尚能跟上形势，社会主义革命后就落后了"的市委书记冯棣平？抑或是小说开始就提到的因为"想把企业拉出党的轨道之外"而被打倒的钢铁公司前总经理？从政治身份而言，后两人显然更具成为"他者"的资格，但在小说中，这两位领导人与工人李少祥几乎根本没有交集，充其量作为一种背景存在，而真正有潜力成为"阶级敌人"的厂长宋紫峰，却被草明放生，最后奇迹般回到了人民的队伍。草明的这种处理方式当然打下了"讲述故事的年代"的鲜明印迹——在草明写作《乘风破浪》的50年代，刘少奇这样的"资产阶级党内代理人"还没有在政治舞台显形，作家还缺乏将党内的官僚写成阶级敌人的政治觉悟，另一方面的原因——或许是更加重要的原因，则可能来自草明对社会主义工业政治的认知。作为50—70年代工业题材小说作家中深入工厂生活最久、在鞍山落户长达十年的作家，草明很难像其他作家那样，毫无障碍地用同时代人熟悉的观念和模式去剪裁生活。

草明拒绝将宋紫峰描绘成一个堕落者，他的问题只是从"又红又专"变为"只专不红"，因此所有批评他的工人在写大字报的同时又对他表现出热情与同情。显然，在草明看来，宋紫峰与李少祥的冲突，仍然是工人阶级自身的内在冲突，这种冲突，作为"社会主义工业化"的显形，并不发生在主体和他者之间，而是发生在主体的内部。在这一层面上，热衷于技术创新的李少祥的确可视为毛泽东思想的实践者，但在另一个层面上，宋紫峰，这位极力捍卫现代工业制度的厂长，亦未尝不是党的意志的体现者。《乘风破浪》敏感地反映和表达了党的工业政策中的两难。正是在这一意义上，发生在宋紫峰与党的领导人及其支持下的工人之间的对立并非源于宋紫峰骄矜的个性，也不是厂长与党委书记两个人谁是"一把手"的权力斗争，甚至也不意味着"资产阶级代理人向党猖狂进攻"的预演，而是内在于执政党的两种思想——工业主义逻辑与社会主义信念之间的悖反。二者都深深内在于执政党的使命之中，因此远不如像在战场上战胜有形的敌人那么容易简单：既不能因为工业主义的"资本主义"性质而放弃工业主义与工业化——只要共产党坚持将建设一个强大的国家和把经济发展放在首位；又不能容忍工业主义对人民的异化而放任自流——只要共产党不放弃自己的共产主义理想，因此，执政党的工业政策就只能永远在这种两难之间徘徊。①《乘风破浪》因此触及了 50—70 年代中国政治的一个核心命题。不过，毕竟是作家，草明通过虚构宋紫峰的最终觉悟，靠想象化解了这一现实中的结构性矛盾。草明建构了一个党领导专家和工人合作共进的"社会主义工业乌托邦"。小说结尾处，宋紫峰完成了政治与家庭的双重回归，接下来，代表专家的宋紫峰和代表工人的李少祥共同解决了一个技术难题，"也不知是谁先扑向前的，两个人快活得扭作一团了"。而旁观的党支书的评价更是意味深长："幸亏你们俩凑在一个厂里，不然这个发明就不完满。"

新的乌托邦尽管绚丽多彩，但仍免不了疑云重重，因为新的危机仍在孕育之中：宋紫峰的回归，并非是被妻子邵云端的耐心和容忍所感化，而是因为"党的力量是无敌的"，整风的暴力性使宋紫峰认识到了危险，被迫低头认错，只是待事态平静后，他是否仍可能回归他的"错误路线"呢？宋紫峰是否真正放弃了他对官僚制的信仰，实在让人觉得可疑。在二人和好后的对话中，他们始终在"鸡同鸭讲"：邵云端关心的是"你怎么和工人群众结合，行政和党委的关系怎样摆法"，而宋紫峰"特别有兴味的是讲到他这十天来放弃了厂长的责任，使生产蒙受了损失"。社会主义条件下大工业企业的生产机制矛盾仍没有

---

① 1957 年年底，毛泽东提出准备用八至十个"五年计划"在经济上赶上并超过美国。到 1958 年 4 月，随着形势的发展，他认为我国在工农业生产方面赶上资本主义大国，可能不需要从前所想的那样长的时间了，预计十年可以赶上英国，再有十年可以赶上美国。而到了 1958 年 6 月则认为，超过英国，不是十五年，也不是七年，只需二至三年，二年是可能的。这里主要是钢。只要 1959 年达到两千五百万吨，我们钢的产量就超过英国了。只要 1962 年达到六千万吨钢，超过美国就不难了。同年 8 月，北戴河会议期间则提出了更高的目标：帝国主义压迫我们，我们一定要在三年、五年、七年之内，把我国建设成为一个工业大国。上述材料，详见中共中央文献研究室编：《毛泽东传（1949—1976）》，中央文献出版社，2003 年，第 811、823、824、831 页。

解决。群众路线——官僚制的本质对立仍像一颗定时炸弹威胁着二人的家庭，威胁着家庭隐喻的政治选择。

草明潜意识中似乎也在担心她从悬崖边拯救的宋紫峰有一天会重陷深渊并万劫不复，[①] 不过她一定想不到 20 年后，这个强悍霸道的中年厂长会在一个叫将蒋子龙的年轻作家笔下借尸还魂，演绎一段真正的"王者归来"，不仅与更名"童贞"的老姑娘汪丽斯重续旧好，更联袂演出了一场重返科层制的大戏，开启了一个似新实旧的改革时代……现实显然比小说要严酷得多。社会主义与工业化之间的矛盾，自由理想与科层制之间的矛盾，乃至更为深刻的效率和公平之间的矛盾，不仅内在于社会主义的历史，同时也与全部的人类历史如影随形。

(此文原载《文学评论》2010 年第 6 期)

---

① 草明的担忧后来变成了事实。薄一波著《若干重大决策与事件的回顾》中详细记录了 50 年代中后期企业党委制取代厂长责任制后在工业战线导致的混乱，为克乱求治，整顿工业企业，1961 年 9 月 16 日，中央颁布经毛泽东、周恩来审阅的《国营工业企业工作条例（草案）》，一般称为《工业七十条》，重申企业科学管理的重要性，内容包括：第一，限制企业党组织对生产行政工作的过多干预，禁止把单位领导下的厂长负责制引申到车间、工段和科室；第二，建立了严格的责任制度，实行以厂长为首的全厂统一的生产行政指挥系统及其责任制、以总工程师为首的技术管理责任制、有条件地实行以总会计师为首的财务管理责任制；第三，规定企业的主要管理权力集中在厂部而非车间或分厂、工段或小组。同时条例中的劳动管理章节还规定："对于经常旷工、破坏劳动纪律的职工，应当给予纪律处分；情节严重、屡教不改的，企业有权开除。"这是我国法规第一次赋予企业以开除职工的权利。然而到了 1967 年，《工业七十条》又被批判为"瓦解社会主义经济，复辟资本主义的黑纲领"。见薄一波：《若干重大决策与事件的回顾》（下卷），中共党史出版社，2008 年，第 715—716、959、960—978 页。

主要参考书目

艾克思:《延安文艺运动纪盛》,文化艺术出版社,1987年。
巴赫金:《巴赫金全集》,钱中文主编,河北教育出版社,1998年。
北京市艺术研究所、上海市艺术研究所:《中国京剧史》(上、下),中国戏剧出版社,1990、2000年。
《才子佳人小说述林》,春风文艺出版社,1985年。
曹文轩:《20世纪末中国文学现象研究》,北京大学出版社,2002年。
陈大康:《通俗小说的历史轨迹》,湖南出版社,1993年。
陈平原:《陈平原小说史论集》,河北人民出版社,1997年。
陈平原、夏晓虹:《二十世纪中国小说理论资料》第一卷,北京大学出版社,1989年。
陈其南:《文化结构与神话——文化的轨迹》,允晨文化实业股份公司,1996年。
陈永国:《文化的政治阐释学——后现代语境中的詹姆逊》,中国社会科学出版社,2000年。
戴嘉枋:《样板戏的风风雨雨——江青·样板戏及内幕》,知识出版社,1995年。
董之林:《追忆燃情岁月——五十年代小说艺术类型论》,河南人民出版社,2001年。
方汉文:《后现代主义文化心理:拉康研究》,上海三联书店,2000年。
福柯:《性经验史》,佘碧平译,上海人民出版社,2000年。

福柯：《知识考古学》，生活·读书·新知三联书店，1998年。

《革命京剧样板戏》，合肥师范学院大联委文艺革命组，1967年。

《革命现代京剧·样板戏讲义》，吉林师大中文系革命样板戏教学组编，1972年。

洪长泰：《到民间去：1918—1937年中国知识分子与民间文学运动》，董晓萍译，上海文艺出版社，1993年。

洪子诚：《中国当代文学史》，北京大学出版社，1999年。

胡风：《论民族形式问题》，海燕书店，1947年。

胡适：《白话文学史》，东方出版社，1996年。

华莱士·马丁：《当代叙事学》，北京大学出版社，1990年。

黄子平：《革命·历史·小说》，牛津大学出版社（香港），1996年。

《江青文选》，吉林省通辽师范学院中文系编，1969年。

康德：《判断力批判》，宗白华译，商务印书馆，1964年。

《拉康选集》，褚孝泉译，上海三联书店，2001年。

雷蒙德·威廉斯：《文化与社会》，吴松江、张文定译，北京大学出版社，1991年。

李银河：《虐恋亚文化》，今日中国出版社，1998年。

刘惠英：《走出男权传统的藩篱》，生活·读书·新知三联书店，1995年。

刘世德：《中国古代小说研究》，上海古籍出版社，1983年。

卢卡契：《历史与阶级意识》，杜章智等译，商务印书馆，1992年。

鲁迅：《中国小说史略》，人民文学出版社，1975年。

路易·加迪等著：《文化与时间》，郑乐平、胡建平译，浙江人民出版社，1988年。

马尔库塞：《工业社会和新左派》，任立编译，商务印书馆，1982年。

马尔库塞：《审美之维》，李小兵译，广西师范大学出版社，2001年。

曼海姆：《意识形态与乌托邦》，黎鸣、李书崇译，商务印书馆，2000年。

《茅盾全集》（第十八卷、第十九卷、第二十卷、第二十一卷），人民文学出版社，1989、1991、1990、1991年。

米列娜：《从传统到现代——世纪转折时期的中国小说》，北京大学出版社，1991年。

宁宗一：《中国小说通论》，安徽教育出版社，1995 年。

萨义德：《东方学》，王宇根译，生活·读书·新知三联书店，1999 年。

苏国荣：《戏曲美学》，文化艺术出版社，1995 年。

唐小兵：《再解读：大众文艺和意识形态》，牛津大学出版社（香港），1993 年。

唐小兵：《英雄与凡人的时代——解读20世纪》，上海文艺出版社，2001 年。

王德威：《想象中国的方法——历史·小说·叙事》，生活·读书·新知三联书店，1998 年。

王培元：《抗战时期的延安鲁艺》，广西师范大学出版社，1999 年。

温儒敏：《中国现代文学批评史》，北京大学出版社，1993 年。

席勒：《审美教育书简》，冯至、范大灿译，北京大学出版社，1985 年。

夏志清：《中国现代小说史》，刘绍铭编译，传记文学出版社，1979 年。

谢柏梁：《中国当代戏曲文学史》，中国社会科学出版社，1995 年。

《延安文艺丛书·文艺理论卷》，湖南人民出版社，1984 年。

《延安文艺丛书·文艺史料卷》，湖南文艺出版社，1987 年。

杨健：《文化大革命中的地下文学》，朝华出版社，1993 年。

伊恩·P. 瓦特：《小说的兴起》，高原、董红钧译，生活·读书·新知三联书店，1992 年。

袁进：《中国小说的近代变革》，中国社会科学出版社，1992 年。

约翰·希克：《上帝道成肉身的隐喻》，王志成、思竹译，江苏人民出版社，2000 年。

詹明信（詹姆逊）：《晚期资本主义的文化逻辑》，张旭东编，陈清桥等译，生活·读书·新知三联书店，牛津大学出版社，1997 年。

詹姆逊：《快感：文化与政治》，王逢振等译，中国社会科学出版社，1998 年。

詹姆逊：《政治无意识》，王逢振、陈永国译，中国社会科学出版社，1999 年。

张庚、郭汉城：《中国戏剧通史》，中国戏剧出版社，1992 年。

张炯、邓绍基主编：《中华文学通史》，华艺出版社，1997 年。

张俊：《清代小说史》，浙江古籍出版社，1997 年。

张鸣:《乡土心路八十年》,上海三联书店,1997年。

张鸣:《乡村社会权力与文化结构的变迁(1903—1953)》,广西人民出版社,2001年。

郑传寅:《中国戏曲文化概观》,武汉大学出版社,1993年。

《中国新文艺大系(1937—1949)·理论史料卷》,中国文联出版公司,1998年。

周蕾:《妇女与中国现代性——东西方之间阅读记》,麦田出版有限公司,1995年。

周蕾:《写在家国以外》,牛津大学出版社(香港),1995年。

周宁:《幻想与真实——从文学批评到文化批判》,中国工人出版社,1996年。

《周扬文集》,人民文学出版社,1985年。

2002年版后记

大约十年前，在写作博士论文《抗争宿命之路——"社会主义现实主义"（1942—1976）研究》的过程中，博士论文体裁的诸多限制，使我萌生了一个新的想法，即希望在完成自己的论文之后，能够有机会延续我在博士论文中未能完全展开的思路，做一次纯粹的红色经典解读，尝试一种完全从文本进入历史和阅读历史的方式。当时很为自己的这一前卫的想法激动，根本没有想到将这一想法变成现实竟然要拖上近十年的时间。十年的时间对于社会与历史犹如白驹过隙，对于个人生活却是不可思议的漫长。十年前完成的那本非常粗糙的《抗争宿命之路》近几年仍然被学界的朋友不时提及，实在让我惭愧莫名，与此同时，在我写作博士论文时还非常冷清的"50—70年代中国文学"以及"左翼文学"近几年竟然成为许多文学研究者——尤其是一些文学史家关注的热点，虽然大家关注的角度并不相同，却足以成为催促我把这一早该做完的工作做完的动力和压力。

之所以仍然使用"再解读"这一概念，不仅仅因为这十来年海内外许多学者如唐小兵、孟悦等人曾经以此为题做过不少卓有成效的工作，还因为这里的"再解读"也是针对我自己的工作而言的。在十年前出版的《抗争宿命之路》中我曾对本书涉及的部分作品进行过"解读"，此番重读，无论是文本选择的系统性还是解读的目标以及我本人对文学研究方法论的自觉意识，都发生了许多始料不及的变化。用意大利作家卡尔维诺的话来说，所有对经典的重新阅读都是一种发现，如同第一次阅读。因为经典"不断引生批判它的种种论说的云朵，而又不停地将其摆脱"，因此，经典永远不会完结它所要叙说的东西。与此同时，在目前包括"文学生产""一体化""文学场域""知识—权力"关系等众多新鲜有效的文学批评—文学史方法之中，我仍然选择十年前确定的"再解读"方式进入历史，显然还根基于我对研究对象和研究方法之间复杂关系的考虑。

尽管近年来许多学者的工作取得了公认的成绩，但我却始终没能摆脱对采用"文学生产""一体化"这样的范畴来描述和解释"50—70年代中国文学"的疑虑。这种疑虑恰如孟悦在一篇讨论"延安文学"的文章中（《〈白毛女〉演变的启示——兼论延安文艺的历史多质性》）提出的问题：

> 延安时期的文学通常被不言而喻地看作纯粹的政治运作的产物，研究这个时期的文学多少被视为某种政治表态。……但这种批评却有自身的局限性，比如，它容易流于一种简单的贬斥。这种贬斥的简单性甚至可以通过套用西方一些理论的"批评"视点和语汇，从而获得正当性。比如，福柯的"话语"概念就常常被抽象化成一个功能结构或一种压迫机制，于是我们不用像福柯本人那样进行什么历史的知识考古学的研究，也就可以将"延安文学"作为一个严丝合缝的压抑和统治机制进行批判。福柯的权威形象反倒成了对批判者自身"话语"的庇护。

孟悦对不加语境限制地使用福柯的知识—权力理论的担忧显然是有道理的。在80年代建立在"断裂论"和"空白论"之上的主流文学史叙事中，拒绝包括"50—70年代中国文学"在内的左翼文学的理由常常是因为这些文学是"政治"而不是"文学"，因此，当我们再度以

"文学生产""一体化"这样的概念来描述"50—70年代文学"或者是"延安文学",并将这一类概念理解为进入20世纪中国左翼文学的特殊方式,而不是将全部中国现代文学同样理解为"文学生产"的结果,甚至因此将"文学生产"与"文学创作"对立起来,或者将"政治性文学"与"个人性文学"对立起来,那么,不管这些概念是来自福柯,还是布尔迪厄,这些概念的反思功能与积极意义都已经不存在了。如果我们只是在80年代的意义上使用这些概念,那么,我们不能不遗憾地面对一种"化神奇为腐朽"的事实,那就是将这些反思性的概念再度转变成我们熟知的压抑性范畴。

在这一点上,我可能深受詹姆逊关于"永远历史化"的观念的影响。詹姆逊声言他对那些"永恒的""无时间性"的事物毫无兴趣,他对这些事物的看法完全是从历史出发。按我的理解,这里的"历史化"是指任何理论都应当在特定的历史语境中加以理解才是有效的,与此同时,"历史化"还不仅仅意味着将对象"历史化",更重要的还应当将自我"历史化"。这意味着我们在使用福柯、布尔迪厄——当然,还应当包括詹姆逊的理论时,应该顾及语境、对象乃至时空的复杂性。具体到"50—70年代文学"的研究,在将自我历史化之后,我将自己的立场表述为:如果不充分展开对"现代性"的反思,我们根本无法真正"反思"激进主义,"反思"革命。

赫胥黎曾言:"在很大的程度上,民族是由它们的诗人和小说家创造的。"本书选择文本再解读而不是"文学生产"之类的概念进入"50—70年代中国文学",是因为担心将这一时期的文学活动放置在"生产"这一框架中加以理解,仅仅关注文学制度对文学的组织和规约的过程,可能会忽略文学作品所特有的情感、梦想、迷狂、乌托邦乃至集体无意识的力量,而这些元素并非总可以通过制度的规约加以说明——甚至在某种意义上,这样的文学会反过来生产和转化为制度实践。因此,选择从"文学自身"进入"历史",而不是在"历史"或"政治"的环境中讨论"文学",并不是要从文学的"外部研究"回到以

"文学性"为目标、进行形式和结构上的技术分析的"内部研究",而是一种仿佛是颠倒了"由外及内"的社会历史批评的"由内及外"的方式——不是研究"历史"中的"文本",而是研究"文本"中的"历史"。关注的不是"历史"如何控制和生产"文本"的过程,而是"文本"如何"生产""历史"和"意识形态"的过程。用王德威的话来说,是看小说如何提供了特定时代的人们想象"中国"和"自我"的方式。

在本书的写作过程中读到王德威先生在《想象中国的方式》一书中提出的"小说中国"的概念,对于我的工作是一种非常及时的鼓励。将人们熟悉的"中国小说"改变成"小说中国",表面上看只是简单地改变了概念的顺序,实际上却是改换了研究文学的方式。王德威"以虚击实","一反以往中国小说的主从关系",坚持要说"小说中国是我们未来思考文学与国家、神话与史话互动的起点之一",甚至认为"比起历史政治论述中的中国,小说所反映的中国或许更真切实在些"。王德威的工作,甚至也超越了"由小说看中国"这样的观念,他为自己以晚清小说为研究对象确立的目标是:"我更是借此书强调小说之类的虚构模式,往往是我们想象、叙述'中国'的开端。国家的建立与成长,少不了兵戎或常态的政治律动。但谈到国魂的召唤、国体的凝聚、国格的塑造,乃至国史的编纂,我们不能不说叙述之必要,想象之必要,小说(虚构!)之必要。"

尽管在读完王德威这部令人豁然开朗的《想象中国的方式》之后,仍然会有人——而且很可能是大多数人还会继续怀疑这种"叙述之必要,想象之必要,小说(虚构!)之必要"——人们总是愿意关注历史本身而忽略历史的叙述过程。对这一难以动摇的历史信仰,詹姆逊在《马克思主义与历史主义》一文中曾经指出:"历史本身在任何意义上不是一个文本,也不是主导文本或主导叙事,但我们只能了解以文本形式或叙事模式体现出来的历史,换句话说,我们只能通过预先的本文或叙事建构才能接触历史。"将德里达的"文本之外一无所有"改变为"我们只有通过文本才能进入历史",詹姆逊的巨大理论意义是以一种我们表面上似曾相识，实际上却是全新的辨证方式为我们重新建立起人与历史、知识分子与社会、审美和意识形态的有效关联。

在某种意义上，与王德威论及的被"五四文学"压抑的"晚清小说"相比，本书讨论的"50—70年代中国文学"是在80年代主流文学史中另一种"被压抑的现代性"。本书以经典作品再解读的方式进入这一研究对象，意在对一直缠绕20世纪中国文学史写作的相关问题，包括左翼文学的现代性意义、文学发展中"传统"与"现代"的关系、形式与内容的关系、文学与政治的关系等等，提供另一种解答的可能性。因此，对本书解读的八部作品的选择，并不是随意而为，除了它们曾经产生的巨大影响，还因为这八部作品呈现出的"互文性"所体现的文学与时代的内在关联。"互文本性"就是指文本的互文特性，即每个文本的意义的确定，都要以其他未出现的潜在的文本作为理解意义的参照系。在克里斯蒂娃看来，文本作为一种意指实践，并不力求使主体控制语言，而是反过来使主体处于一种无法摆脱的权力网络之中。每个文本都是由此前的文本的记忆形成，因此，每个文本都是对其他文本的吸收、转化，从一个文本中抽取的语义成分，总是超越此文本而指向其他先前的文本，这些文本将现在的话语置于它自身不可分割地联系着的更大的社会历史文本之中。由于这种"互文本性"的普遍存在，读者对任何一个文本的阅读就只能是在现实的文本与历史的文本相遇的情境之中，体会自身的意义，即属于主体的文本。主体就在这样的不断延宕、压抑，又不断挣扎、反抗的行为中得以逐渐建构。用较为通俗的话来说，我选择文本细读的方法，目的在于揭示单个文本与其所属的复杂文本集合体之间的动态关系。

由于这八部作品之间存在的这种显而易见的"互文性"，有的读者或许会将本书当成一部"文学史"来阅读。不过这显然不是我的本意。因为我一直将自己的工作放置在"解构"的层面上加以理解。解构的目的是对我们曾经有过的某些文学史理论的前提和预设进行拆解，正如德里达一再强调的，解构不是一种主义，也不是一种写历史的方法。在《论文字学》的序言中，德里达解释自己对卢梭作品的"解读"："解读至少要基本摆脱传统的历史范畴，即，肯定要摆脱思想史和文学史的范畴，也许尤其要摆脱哲学史的范畴。"在这个意义上，本书对"50—70年代中国文学"的重新解读，就必然包含着德里达意义上的对"文学史"乃至"文学"这些概念的"历史的历史性问题"的追问。然而，与此形成反讽的是，按照本书的思路，如果"历史"是由每个人的叙述构成，反过来，每个人的工作也是历史叙述的一部分，那么，又如何能够在我的解构工作与对历史的建构之间划出真正的界限来呢？——对于我，这大约将是永远挥之不去的困惑。

　　本书写作过程中，曾抽出个别章节在刊物上发表。考虑到刊物在体例、篇幅上的诸多限制，发表时对文章做了删节和修改，现一概恢复原貌，特此说明。

李杨

2002年岁末于北京